Raymond
Carver

不管谁睡了这张床

（美）雷蒙德·卡佛 著
小二 译

Where
I'm
Calling
From

南海出版公司

新经典文化股份有限公司
www.readinglife.com
出　品

我们永远无法得知想要的究竟是什么,因为,只在尘世上走一遭,我们既不能和前世相比,也无法对来世加以完善。

——米兰·昆德拉
《不能承受的生命之轻》

致谢

《大厨的房子》《我打电话的地方》《箱子》《不管谁睡了这张床》《大象》《山雀派》和《差事》最初发表在《纽约客》上。

作者对以下刊物允许再版本小说集里的小说表示感谢：

《安泰乌斯》《安提俄克评论》《亚特兰大》《卡罗莱纳季刊》《科罗拉多评论》《十二月》《论述》《时尚先生》《小说》《大道》《格兰塔》《时尚芭莎》《爱荷华评论》《堪萨斯季刊》《密苏里评论》《新英格兰评论》《北美评论》《西北评论》《巴黎评论》《观点》《犁》《西部季刊》《塞内卡评论》《西南风》《月刊》《西方人文》。

---

① 这本选集基本上按照小说写作的时间顺序编排。作者对部分小说的内容进行了修改，并对几篇小说的题目作了改动。——原版编者说明

献给苔丝·嘉拉佛

目录

没人说一句话	1
自行车、肌肉和香烟	20
学生的妻子	33
他们不是你的丈夫	43
你在旧金山干了什么？	52
肥	62
阿拉斯加有什么？	69
邻居	86
把你的脚放进我鞋子里试试	94
收藏家	115
亲爱的，这是为什么？	124
真跑了这么多英里吗？	131
凉亭	143
还有一件事	152

小事	**157**
你们为什么不跳个舞？	**160**
严肃的谈话	**167**
当我们谈论爱情时我们在谈论什么	**176**
距离	**194**
第三件毁了我父亲的事	**206**
家门口就有这么多的水	**221**
平静	**247**
维他命	**254**
小心	**274**
我打电话的地方	**288**
大厨的房子	**308**
发烧	**315**
羽毛	**345**

大教堂	370
有益的小事	391
箱子	422
不管谁睡了这张床	439
亲密	458
牛肚汤	469
大象	488
山雀派	507
差事	530

没人说一句话

我能听见他们在厨房里说话。我听不清楚他们说的是什么,但他们在争吵。过了一会儿,争吵声消失了,她哭了起来。我用胳膊捅了捅乔治。我以为他会醒过来,跟他们说点什么,好让他们觉得内疚而停下来。但乔治就是这么一个浑球,他开始又踢又叫。

"别捅我,你这个浑蛋,"他说,"我告状去!"

"你这个笨狗屎,"我说,"你就不能聪明一回?他们在吵架,妈在哭。你听。"

他把头从枕头上抬起来听了一会儿。"我才不管呢。"说完他就转过身,面朝墙壁接着睡觉了。乔治是天底下最大的浑球。

后来,我听见爸爸离开家去赶公交车,出门时他使劲摔了一下前门。她告诉过我,他想把这个家拆了。我不想听这些。

过了一会儿,她进来叫我们去上学。她的声音听上去有点古怪，我也说不清楚。我说我肚子不舒服。已经是十月的第一周了，我还没旷过一次课，她还能说什么？她看着我，但似乎在想别的事。乔治醒了，在听。我从他在床上扭动的姿势就知道他醒着。他在等着事态发展，好决定下一步该干什么。

"好吧。"她摇了摇头，"我真不知道该怎么办。那就在家待着吧。但不许看电视，记住了。"

乔治一下子跳了起来。"我也病了，"他对她说，"我头疼。他整夜都在捅我踢我，我一晚上都没睡着。"

"够了！"她说，"乔治，你上学去！不许你待在这儿，整天和你哥打架。现在就起床穿衣服，我可是说话算话的，今天早上我不想再干一仗了。"

乔治等她离开房间后，才从床脚爬下来。"浑蛋。"他说完，把我的被子一下子全掀开了，然后躲进了卫生间。

"我会宰了你。"为了不让她听见，我压低了声音。

我在床上一直待到乔治去上学。当她准备去上班时，我说我想学习，让她为我在沙发上铺个床。咖啡桌上放着埃德加·赖斯·巴勒斯[①]的书，那是我的生日礼物，还有我的社会学课本。但我不想看书，希望她快点离开，我好看电视。

她在冲抽水马桶。

[①] 埃德加·赖斯·巴勒斯（Edgar Rice Burroughs，1875—1950），美国小说家，擅长科幻小说和犯罪小说，人猿泰山（Tarzan）的创造者。——译者注（以下若无特殊说明，均为译者注）

我等不及了。我打开电视，关掉声音。我来到厨房她放大麻烟的地方，从烟盒里抖出三支来，把它们放在碗碟柜里，然后回到沙发上，开始读《火星公主》。她从房间里出来，瞟了一眼电视，但没说什么。我的书是摊开的。她在镜子前拢了拢头发，进了厨房。她出来时，我赶忙低下头看书。

"我要迟到了。再见，甜心。"她没提看电视的事。昨晚她说过：要不是自己给自己打气，她真是一点上班的心情也没有。

"别用火，你不需要开炉子煮东西。饿了的话，冰箱里有金枪鱼。"她看着我，"但你要是肚子不舒服，最好什么都别吃。不管怎么说，你都不需要点炉子。听见没有？吃点药，甜心，希望晚上你的肚子就好了。也许今晚我们都会好受一点。"

她站在门廊那儿，转着门把手，看上去像是要说点别的。她穿着白衬衫、黑裙子，系着黑色的宽腰带。有时她说这是她的套装，有时又说这是她的工作服。打我记事起，这套衣服不是挂在壁橱里，就是挂在晾衣绳上，不是在晚上被手洗，就是在厨房里被烫平。

她的工作时间是星期三到星期日。

"再见，妈。"

我等着她发动车子，她在让车子预热。听见她开走后，我爬了起来，把电视声音开大，然后去取大麻烟。我抽了一支，一边看一个与医生和护士有关的节目，一边打手枪。然后，我换了其他频道，接着把电视关了。我不想看了。

3

我读完了塔斯·塔卡斯①爱上一个绿色女人这一章,读到她第二天一早被嫉妒的姐夫砍掉了脑袋。这大概是我第五次读这一章了。然后,我进到他们的卧室,四处查看。除了避孕套,我并没想着要专门去找什么,我曾经翻了个遍,也没找到一个。有一次,我在一个抽屉靠里面的地方发现一罐凡士林。我知道它肯定和那件事有关,但我不知道是什么样的关系。我研究了一番标签,希望能看出点什么,比如是干什么用的,或怎样使用之类的描述,但是没有。正面的标签上只有几个字——纯凡士林。但看完这几个字已足以让你硬起来。极好的幼儿园救助用品,背面的标签是这样说的。我试图找出幼儿园——秋千、滑梯、沙箱、单杠——和他们在床上做的事之间的关系。我曾多次打开这个罐子,闻里面的味道,看它又被用掉了多少。这次,我没有碰那罐纯凡士林。我是说,我只是看了看它是不是还在那儿放着。我翻了几个抽屉,也没指望找到什么。看了看床底下,什么都没有。我又看了看壁橱里放零用钱的罐子,里面没有零头,只有一张五美元的和一张一美元的。要是我拿了,他们肯定会发现的。过后,我觉得我该穿上衣服,步行去桦木溪。鳟鱼季节还剩下一个多星期,但几乎所有的人都不再去钓鱼了,大家都在等猎鹿和打野鸡的季节到来。

我找出我的旧衣服,把羊毛袜套在我平时穿的袜子外

---

① 塔斯·塔卡斯(Tars Tarkas),埃德加·赖斯·巴勒斯的幻想小说《火星公主》(*A Princess of Mars*)里的角色。

面，仔细地给靴子系上鞋带。我做了几个金枪鱼三明治和夹了花生酱的双层饼干，给军用水壶灌满水，把它和猎刀一起挂在腰带上。出门时，我决定留张纸条。我写道："好多了，去桦木溪了。很快回来。R。3:15。"那是四个小时以后的时间，比乔治放学回来的时间早大约十五分钟。离家前，我吃了一个三明治，又喝了一杯牛奶。

外面天气很好。虽然是秋天，但除了夜里，并不太冷。夜里，人们会在果园里点上熏烟罐，早晨起来，你的鼻子里会有一圈黑色。但没人说什么。人们说，熏烟是为了防止没长大的梨子被冻坏，所以没关系。

要去桦木溪，你得先走到我家门前这条路的尽头。在它和十六大街相交的地方，左拐上十六大街，爬到坡顶，过了那片墓地后，下坡到雷尼克斯，那儿有家中餐馆。在那个十字路口，你可以看到机场，过了机场就是桦木溪。十六大街过了这个十字路口变成了景观路。你沿着景观路走一会儿，就会见到一架小桥。路的两旁都是果园。经过果园时，有时你能看见野鸡沿着田垄奔跑，但你不能在那儿打猎，否则一个叫马苏斯的希腊人有可能会给你一枪。我估计走路的话，整个路程要花四十来分钟。

我在十六大街上刚走了一半，一个开着红色车子的女人在我前方的路边停下了车。她摇下乘客那边的窗子，问我是否要搭车。她瘦瘦的，嘴边长着几颗小小的青春痘，头发用发卷卷了上去。她的穿着还挺时髦的。她穿了一件棕色毛衣，里面的胸脯看上去很不错。

"逃学呢？"

"差不多吧。"

"要搭车吗？"

我点点头。

"快上来吧。我还有急事。"

我把飞蝇竿和柳条鱼篓放到后座上。后座和车底板上放了很多梅尔店的购物袋。我想找点话说。

"我要去钓鱼。"我说。我脱掉帽子，把水壶转到身前，靠着车窗坐了下来。

"哇，你不说我肯定猜不出来。"她笑着说，把车开上了路，"去哪儿？桦木溪？"

我又点了点头。我看着我的帽子，这是我叔叔上次去西雅图看冰球赛时给我买的。我实在想不出还能说点什么。我吸着腮帮子看着窗外。你总在设想被这么一个女人挑上。你肯定你们俩会为对方发狂，她会把你带回家，让你和她疯狂做爱。想到这里我不由得硬了。我把帽子移到大腿上，闭上眼睛，努力去想棒球的事。

"我总说有一天我会去钓鱼的，"她说，"都说钓鱼能让人放松。我很容易焦虑。"

我睁开眼。我们停在了十字路口。我想说，你真的很忙吗？你想从今天上午开始吗？但我不敢看她。

"这儿行吗？我得转弯了。对不起，今天上午我有点急事。"她说。

"没事，这儿就可以了。"我把我的东西拿了出来。我戴上帽子，说话时，又把它摘了下来。"再见了，谢谢。也许明年夏天。"但我没能把话说完。

"你是说钓鱼吗？没问题。"她像其他女人那样，冲我晃了晃手指头。

我开始往前走，想着刚才该说而没说的话。现在我能想出许多话来了。当时我是怎么了？我用飞蝇竿抽打着空气，又使劲吼了两三声。其实我该邀请她一起吃午饭来打开局面。我家里一个人也没有。一下子，我们就躺在我卧室的被子下面了。她问我是否可以不脱毛衣，我说我不介意。她也不想脱裤子。那也没关系，我说，我不在乎。

一架正在降落的私人小飞机低飞过我的头顶。离桥只有几步远了，我能听见流水的声音。我飞快地冲下堤坝，拉开裤子拉链，冲着溪水尿出五英尺远。这肯定创了个纪录。我慢慢吃着三明治和夹了花生酱的饼干，把水壶里的水喝掉了一半。我准备好开始钓鱼了。

我琢磨着该从哪里开始。自从我们搬来后，我已经在这里钓了三年鱼了。爸爸过去常开车带我和乔治来钓鱼。他在一旁抽着烟等我们，给钩子穿上鱼饵，把我们弄断的渔线接上。我们总是从桥那边开始，然后往下游走，每次我们都能钓到几条鱼。有时，鱼季刚开始时，我们能钓到允许的上限。我理好线，先在桥下甩了几竿。

我一会儿在岸边，一会儿在一块大石头的后面甩竿，但是什么都没钓到。有一个地方的水纹丝不动，水底铺满黄色的叶子。我从上面看下去，只见几只小龙虾举着难看的大钳子，在那儿爬来爬去。鹌鹑从灌木丛里飞出来。我扔了根树棍，一只野公鸡从十英尺开外的地方咯咯叫着跳了出来，吓得我差点把鱼竿扔了。

小溪不太宽，水流也不急，无论走到哪儿，溪水都几乎不会漫进靴子里。我穿过一片到处都是牛粪的草地，来到一根大排水管跟前。我知道管子下方有个小坑，所以很小心。到了可以垂钓的地方后，我跪了下来。鱼钩刚碰到水面就被咬了，但我还是让鱼给跑了。我感觉到那条鱼带着钩子打了几个滚，然后就挣脱了，渔线弹了回来。我重新装了一个三文鱼卵，又试着甩了几竿。但是我知道我已经触了霉头。

我登上堤坝，从旁边有柱子钉着"禁止入内"牌子的栅栏下面爬了进去。机场的一条跑道就从这里开始。我停下来查看路面裂缝里长出来的野花。你看得到轮胎接触跑道的地方以及留在野花周围的油腻的划痕。我又从另一侧下到小溪边，一边甩钓一边往前走，直到来到水潭跟前。我不想再往前走了。三年前第一次来这儿钓鱼时，溪水就在比河岸矮一点的地方翻腾，水流急得根本没法下钓。现在的水面比河岸低了六英尺。溪水翻着浪花，沿着深不见底的水潭顶端的一条小溪流往前流。再过去一点，潭底开始往上升，水又变浅了，就像什么都没有发生一样。上次来这儿的时候，我钓到两条大约十英寸长的鱼，却让一条看上去有这两条两倍大的鱼溜走了，那是条硬头鳟，我爸在听了我的描述后告诉我的。他说它们会在早春涨水的时候来这儿，但大多不等水位降下来就又游回河里去了。

我往渔线上加了两个坠子，用牙齿把它们咬合。然后，我装了一个新鲜的三文鱼卵，把它抛向浅滩，水流经过那里流向水潭。我让水流带着它往下走。我能感觉到坠子在岩石上面轻轻叩碰，这和鱼上钩时的抖动不一样。渔线绷紧了，水流在水塘尽头把鱼卵带出了水面。

走了这么远却什么也没钓到，我觉得很窝火。我把渔线都扯了出来，又甩了一竿。我把竿子靠在一根树杈上，大麻烟只剩两支了，我点着了一支。我抬头望着峡谷，开始想那个女人。因为我要帮她搬食品和杂货，我们来到她家。她丈夫在国外。我抚摸着她，她颤抖起来。我们在沙发上湿吻，她说她要去卫生间。我跟在她后面，看她褪下裤子，坐在马桶上。我已经硬得不行了，她招手让我过去。我正要解开拉链，这时听见小溪里传来扑通一声。我抬起头，看见鱼竿的尾部晃个不停。

鱼不是特别大，也不怎么挣扎。但我还是遛了它好一会儿。它侧着身，在下方的溪水里躺着。我不知道它是什么鱼，它的样子很奇特。我收紧线，把它拎到岸边草地上，它在那儿扭动起来。它是条鳟鱼，却是绿色的。我从来没见过这样的鱼，它的两侧是绿色的，带着黑色的鳟鱼斑点，微微泛绿的头，近似绿色的肚子。它的绿是一种苔藓的绿。就好像它被苔藓裹了很久，苔藓的颜色都掉在它身上了。它很肥，我奇怪刚才它为什么不使劲挣扎。我怀疑它是不是生病了。我又研究了它一会儿，就结束了它的痛苦。

我拔了几把草放在鱼篓里，将它放在草上面。

我又甩了好几次竿，估计肯定有两三点了。我觉得我该往桥那边走了。我想回家前在桥下再钓一会儿。我决定等到夜里再去想那个女人。可想着夜里将会来临的"硬",我现在就硬了起来。过后,我觉得我不应该老这么做。大约一个月前,一个家中无人的星期六,我手淫后马上抓起一本《圣经》,对着它发誓说我再也不做这件事了。但我把精液粘在《圣经》上了,我的誓言只持续了一两天,就又一切如故了。

往回走的路上我没有钓鱼。走到桥下时,我看见草地里有辆自行车。我四下望了望,看见一个和乔治差不多体形的小孩正沿河岸往前跑。我向他走去。他转了个弯,朝我走过来,眼睛却盯着河水看。

"嗨,干吗呢?"我喊道,"出什么事了?"我猜他没听见我的话。我看见他的鱼竿和装鱼的袋子都在岸上放着,我丢下我的东西,向他跑过去。他看上去像只耗子,我的意思是他长着龅牙,胳膊细细的,那件又破又旧的长袖衫对他来说实在是太小了。

"天哪,我发誓这是我见到过的最大的一条鱼!"他大喊大叫,"快点!看!看这儿!它在这儿!"

我向他指的地方看去,心怦怦直跳。

它有我的胳膊那么长。

"天哪,哦,天哪,你看啊!"男孩说。

我盯着它看,它在一片伸到水面的树枝投下的阴影里歇着。"全能的上帝啊,"我对鱼说道,"你是从哪儿来的呀?"

"我们该怎么办?"男孩说,"我真该带着我的枪。"

"我们去捉住它。"我说,"天哪,你看!我们把它弄到浅滩上去。"

"那你愿意帮我吗?我们一起干!"男孩说。

大鱼已顺着水流往下游漂了一点,它在清澈的溪水里不慌不忙地摆着尾巴。

"好的,我们怎么弄?"男孩说。

"我可以去上游,再沿着小溪往下走,把它往下赶。"我说,"你在浅滩等着,等它从那儿通过的时候,你他妈使劲给我踢它。我不管你怎么弄,给我把它弄到岸上来。然后抓牢它,别撒手。"

"好的。妈的,你看它!看,它动起来了!它想往哪儿跑?"男孩尖叫道。

我发现鱼又开始朝上游游动,并在靠岸的地方停了下来。"它哪儿也去不了了,他已经无处可逃了。看见没有?它吓得他妈的拉不出屎了。它知道我们在这儿。它在转悠,想找个出口。看,它又停下来了。它哪儿都去不了。它自己知道。它知道我们会逮着它。它知道自己快完蛋了。我上去把它往下赶。它一游过来你就抓住它。"

"我真希望我带着我的枪,"男孩说,"对付它肯定绰绰有余。"

我往上游走了几步,然后蹚着溪水朝下游走。我一边走一边注视着前方。突然,鱼飞快地游离岸边,在我面前转了个身,激起一片水花,飞快地朝下游冲去。

"它过来了!"我喊道,"嗨,嗨,它过来了!"但鱼在到达浅滩前，转身往回游。我一边拍打着水，一边大声叫喊，它又转了回去。"它过来了！抓住它，抓住它！它过来了！"

但那个蠢货找了根树棍，这浑蛋，鱼游上浅滩后，男孩用那根棍子来驱赶它，而不是像他该做的那样，把这个婊子养的往死里踢。鱼变得疯狂起来，它转了向，侧着身子，一下子就蹿过了浅水滩，逃掉了。这蠢货朝它扑过去，摔了个正着。

他浑身透湿地爬上岸。"我打着它了！"男孩大声喊道，"它肯定受伤了。我已经抓住它了，但没抓牢。"

"你什么也没抓住！"我喘不过气来。我很开心他摔到了溪里。"还差老大一截子呢，浑蛋。你拿着那根棍子干吗？你应该踢它。它现在估计早跑出老远了。"我想吐口水。我摇了摇头。"我不知道。我们没逮到它。很可能我们再也逮不到它了。"我说。

"该死的，我打着它了！"男孩尖叫道，"你没看见？我打着它了，我的手已经碰着它了。你离它有多远？另外，到底是谁的鱼？"他看着我。水顺着他的裤腿流到他的鞋子上。

我没再说什么，但还是想了想那个问题。我耸耸肩。"好吧，我觉得我们俩都失误了。这次一定要抓住它。谁都别犯蠢。"我说。

我们涉水向下游走去。我的靴子里进了水，但这孩子从头湿到了脚。他用龅牙咬住嘴唇，不让牙齿打战。

那条鱼已经不在浅滩下面的水流里,我们往远处看也见不着它。我们互相看了看,担心鱼往下游游了很远,已经游进一个深潭里了。但就在这时,这该死的家伙在靠岸的地方上下翻腾起来,它的尾巴甚至把泥土都带进了水里,它又游走了。它游过另一个浅滩,大尾巴露在水外面。我见它在靠岸的地方慢慢地游着又停了下来,尾巴有一半露出水面,轻微摆动着,抵挡水流。

"你看见它没有?"我说。男孩四下张望。我抓住他的胳膊,用他的手指指着。"就在那儿。好,现在听好了。我会去河岸中间的那条小溪。知道我说的地方吗?你在这儿等着我给你发信号。然后你往下游走,好不好?这次,如果它掉头的话,你千万不能让它从你身边溜掉。"

"好。"男孩说,用牙弄着嘴唇。"这次一定抓住它。"男孩说,一副被冻坏的样子。

我上了岸,放轻脚步朝下游走去。我从岸上再次滑进水里,涉着溪水往前走。但我看不见这个婊子养的大家伙,我有点紧张。我觉得它很可能已经跑掉了。再往下游那么一点,它就会游进一个水潭。那我们就再也逮不着它了。

"它还在那儿?"我喊道,屏住气息。

小孩挥了挥手。

"预备!"我又喊道。

"开始!"小孩叫喊着回应。

我的双手抖个不停。溪水大约有三英尺宽,两旁是土岸。水虽然浅,但水流很急。小孩朝下游走来,水漫到他的膝盖,他朝前方扔着石块,一边拍打溪水一边叫喊。

"它过来了!"小孩摆动他的胳膊。我看见这条鱼了,它径直朝我游来。看见我后,它想掉头,但已经来不及了。我跪下来,在冷水里牢牢抓住它。我用胳膊和手把它一下子舀了起来,站起身,举起它,把它从水里扔了出去,我和它一起摔倒在岸上。我把它紧贴我的衬衫抱着,它在那儿乱扭乱撞,直到我的手沿着它滑溜的身体移到它的两鳃。我把一只手从鱼鳃那里捅进去,一直捅到它的嘴里,从下巴那儿把它卡住。我知道我终于制服了它。它还在不停地扑腾,非常不好抓。但我抓牢了它,我不会让它逃脱的。

"我们逮着它了!"男孩一边泼着溪水,一边叫喊。"老天在帮我们,我们逮着它了!它可真不一般!你看它!哦,天哪,让我来拿着它。"男孩大声喊道。

"我们先得把它杀死。"我说。我用另一只手卡住它的脖子,用尽全力把它的头往后扳,提防着它的牙齿。我感到鱼身嘎吱作响,它慢慢地抖动了很长一段时间,就不动了。我把它放在地上,我们研究起它来。它至少有两英尺长,出奇地瘦,但比我钓到过的任何一条鱼都要大。我又抓住鱼颔。

"嗨。"小孩说,但等他弄明白了我的意图,就没再说什么。我把血洗掉后,把鱼放回河岸上。

"我太想拿给我爸看了。"小孩说。

我们俩浑身都湿透了,发着抖。我们看着鱼,不时碰它一下。我们撬开它的大嘴,触摸它成排的牙齿。它身体的两侧都有伤疤,发白的伤疤有二十五美分的硬币那么大,肿胀着。嘴上和眼睛周围都有裂痕,我猜这是撞上石头和打斗造成的。但它真瘦，瘦得和它的长度太不相称了，你几乎看不出它侧面的粉色条纹，它那本该又白又鼓的肚子灰白而松弛，但我觉得它还蛮不错的。

"我想我得走了。"我说。我望了望远处山头的云彩，太阳正从那儿往下落。"我得回家了。"

"我想也是。我也一样。我冻死了。"小孩说。"嗨，我要拿着它。"小孩说。

"我们去找根棍子，从鱼嘴那里穿过去，我们俩抬着它。"我说。

男孩找来一根树棍。我们把它从鱼鳃那里穿进去，一直把鱼穿到棍子的正中间。然后，我们一人拿住棍子的一头往回走，看着鱼在棍子上来回晃动。

"我们拿它怎么办？"小孩说。

"我不知道，"我说，"我想是我逮住的。"

"是我们俩。另外，是我先看见它的。"

"那倒是，"我说，"好吧，你想扔硬币来决定还是怎么着？"我用空着的手摸了摸，但身上一分钱也没有。而且，如果我输了的话怎么办？

不过小孩却说："不，不扔硬币。"

我说："好吧，我无所谓。"我看了看男孩，他的头发立着，嘴唇发紫。必要的话制服他应该没问题。但我不想打架。

我们来到我们放东西的地方，单手把东西捡起来，谁都不松开拿棍子的手。我们走到他放自行车的地方。我抓牢棍子，以防他玩什么花样。

就在这时我想到一个办法。"我们可以把它切成两半。"我说。

"你什么意思？"男孩说，他的牙齿又打起战来。我能感到他抓紧了树棍。

"切开它。我有把刀。我们切开它，一人拿一半。我也不知道，我觉得我们可以这样做。"

他揪着他的一缕头发，看着鱼。"就用那把刀？"

"你有刀吗？"我说。

男孩摇了摇头。

"那不就得了。"我说。

我抽出树棍，把鱼放在男孩自行车旁边的草地上。我拔出刀来。在我比画着该从哪儿切的时候，一架飞机在跑道上滑过。"这儿？"我说。男孩点了点头。飞机在跑道上轰鸣，从我们头顶上腾空而起。我开始切鱼，见到内脏后，我把它翻了一面，把里面所有的东西都扒了出来。我不停地切着，只剩下肚子上的一块皮连着。我用手抓住两边，把鱼撕成了两半。

我把尾巴那部分递给小孩。

"不要。"他说，摇着头，"我要另一半。"

我说："这两半一模一样！该死的，你等着，我马上就要发火了。"

"我不管，"男孩说，"既然它们都一样，我就要那一半。反正它们都一样，是不是？"

"它们是一样的，"我说，"但我要这半个，鱼是我切的。"

"我要这半个,"小孩说,"我先看见它的。"

"用的是谁的刀?"我说。

"我不要尾巴。"小孩说。

我四处看了看。路上没有车,也没有人在钓鱼。有架飞机发出嗡嗡的声音,太阳正在落山。我全身发冷。小孩抖得很厉害,他在等着。

"我有个主意。"我说。我打开鱼篓,给他看那条鳟鱼。"看见没有?是条绿色的。这是我见过的唯一一条绿色的鱼。不管谁拿头那一半,另一个就拿尾巴和绿鳟鱼。公平吗?"

小孩看了看绿鳟鱼,把它从鱼篓里取出来,抓在手里。他研究着切成两半的鱼。

"只能这样了,"他说,"好吧,那就这样。你拿那一半,我的肉比你的多。"

"我才不管呢,"我说,"我去把它洗干净。你住在哪儿?"

"亚瑟路那边。"他把绿鳟鱼和他的那半条鱼放进一个脏兮兮的帆布包里。"问这干吗?"

"那是哪儿?是靠近球场那边吗?"我说。

"是的,问这干什么。"小孩显得很害怕。

"我住得离那儿不远,"我说,"我想我可以坐在你车把上。我们俩可以轮流骑车。我有支大麻烟,如果还没湿的话,我们可以一起抽。"

但小孩只说:"我快冻死了。"

我去小溪里洗我的那半条鱼。我把它巨大的头按在水里，扒开它的嘴。水流进到它嘴里，从它身子剩下的部分流了出来。

"我快冻死了。"小孩说。

我看到乔治在街道另一端骑着车。他没看见我。我绕到房子后面脱掉我的靴子。我解开鱼篓，这样我就可以打开鱼篓的盖子，面带笑容，阔步走进家里。

我听见他们的声音，透过窗户往里看了看。他们坐在桌旁，厨房里到处是烟。我看见烟是从炉子上的一口平底锅里冒出来的，但他们谁都没有注意。

"我跟你讲的都千真万确，"他说，"孩子们懂什么？你等着瞧吧。"

她说："我什么都不用瞧，如果那么想的话，我情愿等他们先死了。"

他说："你什么毛病？你最好管好你的嘴！"

她哭了起来。他把烟在烟缸里使劲摁灭，站起身来。

"埃德娜，你知道这口锅烧起来了吗？"他说。

她看了一眼锅，把椅子往后一推，一把抓住锅的把手，一下子就把锅摔到洗碗槽上方的墙上。

他说："你疯了吗？看看你都干了什么！"他拿起一块洗碗布，开始把锅上的东西往下擦。

我打开后门，咧开嘴笑着。我说："你们肯定猜不到我在桦木溪逮到了什么。看吧，看这里，看这个。看我逮到什么了。"

我的腿在打抖,几乎都站不稳了。我把鱼篓送到她面前,她终于往里看了一眼。"噢,噢,我的天哪!这是什么?一条蛇!这是什么?快,快拿出去,别等我吐出来。"

"拿出去!"他尖声叫道,"没听见她怎么说的?把它从这里拿出去!"他叫喊着。

我说:"但是,爸,你看看这是什么。"

他说:"我不想看。"

我说:"这是一条桦木溪里的超大硬头鳟。看呀!它还可以吧?它简直是个巨无霸!我像个疯子一样在溪里上蹿下跳地追赶它!"我的声音听上去有点癫狂,但我停不下来。"还有一条,"我急急忙忙地说,"一条绿色的。我发誓!是绿的!你有没有见过绿色的鱼?"

他往鱼篓里看了一眼,张开了嘴。

他叫喊道:"把那个该死的东西扔出去!你到底在犯什么病?赶快把它从厨房拿出去,扔到该死的垃圾箱里去!"

我走到外面,往鱼篓里看了看。里面的东西在门灯下闪着银光。里面的东西把鱼篓塞得满满的。

我把它取了出来。我拿着它。我拿着只有一半的它。

自行车、肌肉和香烟

埃文·哈密尔顿戒烟已经有两天了，对他来说，两天来嘴里说的和脑子里想的，似乎都与烟有关。他在厨房的灯光下看着自己的手。他闻了闻手指头和指关节。

"我闻得到它。"他说。

"我知道，就像是从你身体里流出来的一样。"安·哈密尔顿说，"我戒了三天后还闻得到。甚至洗完澡以后。真讨厌。"她正在把晚餐端上桌。"我真替你难受，亲爱的，我知道你正在经受什么。但是，如果说这算是安慰的话，第二天是最难熬的。当然，第三天也不容易，但再往后，如果能坚持那么久的话，你就过了这个坎儿。你这么认真地戒烟真让我高兴。我都不知道说什么好。"她碰了一下他的胳膊，"现在，如果你去把罗杰叫回来，我们就开饭。"

哈密尔顿打开前门。天已经黑了。已经是十一月初，白天变得又短又冷。车道上，一个他不认识的大男孩骑在一辆配置齐全的小自行车上。他身体前倾，屁股稍稍离开车座，脚尖点着人行道，身体直立着。

"你是哈密尔顿先生？"男孩说。

"是的，我是，"哈密尔顿说，"怎么了？罗杰出事了？"

"我估计罗杰现在在我家，正和我妈谈话呢。奇普也在那里，还有那个叫加里·伯曼的男孩。和我弟弟的自行车有关。我不是很清楚。"男孩拧着车把手说，"我妈让我来找你，罗杰的家长。"

"他没事吧？"哈密尔顿说，"好的，那当然，我马上跟你走。"

他回家穿鞋子。

"找到他了吗？"安·哈密尔顿说。

"他遇到了点麻烦，"哈密尔顿答道，"和自行车有关。外面有个男孩，我没听清楚他的名字。他让一个家长跟他去他家。"

"他没事吧？"安·哈密尔顿说，脱掉她的围裙。

"当然，他没事。"哈密尔顿看着她，摇摇头，"听上去像是小孩之间的争吵，男孩的母亲也掺和进去了。"

"你想让我去吗？"安·哈密尔顿问道。

他想了一会儿说："想，我倒是情愿你去。但还是我去吧。等我们回来再开饭。不会很久的。"

"我不喜欢他天黑了还出门，"安·哈密尔顿说，"不喜欢。"

男孩坐在自行车上，在摆弄手刹。

"有多远？"他们走在人行道上，哈密尔顿问。

"在阿巴克尔球场那边。"男孩回答,见哈密尔顿看着他,加了一句,"不远,过两条街就到了。"

"大概什么事?"哈密尔顿问道。

"我不太确定。我对整件事不是很清楚。他和奇普还有加里·伯曼原来计划在我们度假时用我弟弟的自行车,我估计他们把它给撞坏了。是故意的。但我不是很清楚。不管怎样,他们正在谈这个。我弟弟的车子找不到了,是他们最后用的它,奇普和罗杰。我妈正在想办法弄清楚车子到底在哪里。"

"我认识奇普,"哈密尔顿说,"另外一个男孩是谁?"

"加里·伯曼。我猜他是新搬来的。他爸下班后马上就会过来。"

他们拐了个弯。男孩独自骑在前面,保持着一点距离。哈密尔顿看见一座果园,然后他们又拐了个弯,进了一条死胡同。他从来不知道有这么一条街,更不用说认识街上住着的人了。他看着周围这些不熟悉的房子,惊讶于儿子竟然有这么大的活动范围。

男孩拐上一条车道,下了自行车,让车子靠着房子。男孩打开前门后,哈密尔顿跟着他穿过客厅来到厨房,看见儿子和奇普·霍利斯特以及另外一个男孩坐在桌子的一侧。哈密尔顿仔细看了看罗杰,然后看向坐在桌首的矮胖的黑发妇人。

"你是罗杰的父亲吗?"妇人对他说。

"是的,我叫埃文·哈密尔顿。晚上好。"

"我是米勒太太,吉尔伯特的母亲。"她说,"很抱歉让你过来，我们有点小麻烦。"

哈密尔顿在桌子另一端的一把椅子上坐下，四处看了看。妇人旁边坐着一个九到十岁的男孩，哈密尔顿估计是那个丢了自行车的。另一个男孩，十四岁左右的样子，坐在沥水架上，晃荡着两条腿，看着另一个正在打电话的男孩。那个男孩还在想着刚从电话里听到的什么，脸上露出狡黠的笑容，他拿着香烟，伸到洗碗槽边上。哈密尔顿听见了烟在水杯里熄灭的声音。带他来的男孩抱着胳膊靠在冰箱上。

"找到奇普的家长了吗？"妇人对这个男孩说。

"他姐姐说他们买东西去了。我去了加里·伯曼家，他爸爸说他一会儿就过来。我留了地址。"

"哈密尔顿先生，"妇人说，"让我告诉你这是怎么回事。上个月我们去度假，奇普想借吉尔伯特的自行车，这样罗杰就可以帮奇普送报纸。我估计罗杰自己车子的轮胎瘪了还是怎么了。嗯，结果呢……"

"加里掐我的脖子，爸爸。"罗杰说。

"什么？"哈密尔顿说，仔细看着儿子。

"他掐我的脖子。我这儿有印子。"他儿子拉下T恤衫的领口，给他看自己的脖子。

"他们在外面的车库那儿，"妇人接着说，"我不知道他们在干吗，直到科特，我家老大，出去看了。"

"是他起的头！"加里·伯曼对哈密尔顿说，"他骂我是个白痴。"加里·伯曼看着前门。

"我的车值六十美元，伙计们。"叫吉尔伯特的男孩说，

"你们可以赔我现钱。"

"没你说话的分,吉尔伯特。"妇人对他说。

哈密尔顿呼出一口气。"接着说。"他说。

"喔,结果呢,奇普和罗杰用吉尔伯特的自行车来帮奇普送报,然后这两人,还有加里,他们说,轮流滚它。"

"你说的'滚它'是什么意思?"哈密尔顿说。

"滚它,"妇人说,"就是把它沿着街道用力向前推,让它摔倒在地上。后来,请注意——他们几分钟前刚承认——奇普和罗杰把车子带到学校,把它往球门柱上摔。"

"这是真的吗,罗杰?"哈密尔顿说,又看了看他儿子。

"有些是真的,爸爸。"罗杰说,垂下目光,用手指在桌子上刮来刮去,"但我们只滚了一次。奇普先干的,然后是加里,再后来我也干了。"

"一次就已经很过分了,"哈密尔顿说,"一次就已经等于很多次了,罗杰,我很吃惊,对你很失望。还有你,奇普。"

"但你看,"妇人说,"今晚有人在撒谎,或者说没把他知道的都说出来,实际的情况是自行车还没有找到。"

厨房里的大男孩们一边笑,一边逗着还在打电话的男孩。

"我们不知道车子在哪里,米勒太太。"叫奇普的男孩说,"我们已经跟你说了,最后一次见着它是我和罗杰把它从学校带回我家。我是说,那是倒数第二次。最后的一次是第二天早上我把它带到这里来,放在房子后面了。"他摇摇头。"我们不知道它去哪里了。"男孩说。

"六十美元，"叫吉尔伯特的男孩对叫奇普的男孩说，"你可以每星期付我五美元。"

"吉尔伯特，我警告你。"妇人说。"你看，他们声称，"妇人皱起眉头，继续说道，"车子是在这里丢掉的，在房子后面。但他们今天晚上不是很诚实，这怎么能让我们相信他们？"

"我们说的都是实话，"罗杰说，"每一句都是。"

吉尔伯特向后靠在椅子上，冲着哈密尔顿的儿子摇头。

门铃响了起来，坐在沥水架上的男孩跳下地，走进客厅。

一个宽肩膀、剃平头、长着一双锋利灰眼睛的男人一言不发地走进厨房。他瞥了妇人一眼，站到了加里·伯曼椅子的背后。

"你一定就是伯曼先生了？"妇人说，"很高兴见到你。我是吉尔伯特的母亲，这位是哈密尔顿先生，罗杰的父亲。"

男人对哈密尔顿点了点头，但没有伸出手来。

"这都是怎么回事？"伯曼对他儿子说道。

坐在桌旁的孩子们立刻一齐说了起来。

"别吵！"伯曼说，"我在和加里说话。有你们说话的机会。"

男孩开始讲他的故事。他父亲仔细地听着，不时眯着眼瞅瞅另外两个男孩。

加里·伯曼说完后，妇人说："我想知道这件事的真相。

25

我不是在为难他们中的哪一个,你们知道的,哈密尔顿先生,伯曼先生——我只想知道这件事的真相。"她定定地看着罗杰和奇普,他们正冲着加里·伯曼摇头。

"你没说真话,加里。"罗杰说。

"爸,我可以单独和你说会儿话吗?"加里·伯曼说。

"我们走。"男人说,他们进了客厅。

哈密尔顿看着他们离开。他感到自己应该阻止他们,阻止这种隐秘。他的手掌湿了,他伸手去上衣口袋里掏烟。然后,深深地吐了口气,他用手背在鼻子下面抹了一下,说:"罗杰,除了你说过的,你还知道什么?你知道吉尔伯特的车子在哪里吗?"

"不知道,我不知道。"男孩说,"我发誓。"

"你最后一次见到车子是什么时候?"哈密尔顿说。

"是我们把它从学校带回家,留在奇普家的时候。"

"奇普,"哈密尔顿说,"你知道吉尔伯特的车子现在在哪里吗?"

"我发誓,我也不知道,"男孩回答说,"我们在学校用过后的第二天早上,我就把它带到这里了,放在了车库的后面。"

"我记得你说过是放在房子的后面。"妇人飞快地说。

"我是想说房子!我就是这个意思。"男孩说。

"你后来有没有再回来骑过它?"她说,身子前倾。

"没有,我没有。"奇普答道。

"奇普?"她说。

"我没有!我不知道它在哪里!"男孩大叫。

妇人抬起肩膀又放下。"你怎么知道该相信谁，又该相信什么？"她对哈密尔顿说："我只知道，吉尔伯特丢了一辆自行车。"

加里·伯曼和他父亲走进厨房。

"滚车子是罗杰的主意。"加里·伯曼说。

"是你的！"罗杰说，他从椅子上跳了下来，"是你要这样做的！后来你想把车子带到果园里拆了！"

"你闭嘴！"伯曼对罗杰说，"跟你说话时你才能说，年轻人，先别开口。加里，我来处理这件事——两个无赖弄得别人晚上不能在家待着！现在，你们中的哪一个，"伯曼说，先看看奇普，然后是罗杰，"如果知道这个孩子的车子在哪儿，我奉劝你们现在就说出来。"

"我觉得你过分了。"哈密尔顿说。

"什么？"伯曼说，他的额头暗了下来。"我觉得你最好把你自己的事管好！"

"我们走，罗杰。"哈密尔顿说，站了起来，"奇普，你不想走的话就留下。"他转向妇人："我不知道今晚我们还能做什么。我打算就这事再和罗杰谈一谈，如果要说赔偿，我觉得既然罗杰参与了对车子的破坏，真走到那一步的话，他会付三分之一的钱。"

"我不知道该说什么，"妇人回答道，跟着哈密尔顿走过客厅。"我会和吉尔伯特的父亲谈一谈——他外出了。再说吧。也许只能这样了，但我会先和他父亲谈一谈。"

哈密尔顿侧过身，好让孩子们先走到外面的门廊上，他听见身后加里·伯曼在说:"他骂我是白痴,爸。"

"他骂了,是吗?"哈密尔顿听见伯曼在说。"要我说,他才是个白痴,他看上去就像个白痴。"

哈密尔顿转身说道:"我觉得你今晚非常过分,伯曼先生。你为什么不控制一下自己?"

"我告诉过你别多管闲事!"伯曼说。

"你回家去,罗杰。"哈密尔顿说,湿了湿嘴唇。"听我的话,"他说,"回去!"罗杰和奇普上了人行道。哈密尔顿站在门口,看着伯曼,他正和他儿子穿过客厅。

"哈密尔顿先生。"妇人紧张地开口,但没把话说完。

"你想干吗?"伯曼对他说,"小心点,别挡我的道!"伯曼蹭了一下哈密尔顿的肩膀,哈密尔顿从门廊上跌进多刺的灌木丛里。他简直不敢相信眼前的事情。他从灌木丛里爬出来,向站在门廊上的男人猛冲过去。他们重重地摔倒在草坪上。他们在草坪上翻滚着,哈密尔顿把伯曼压在了身下,用膝盖狠狠压他的二头肌。他抓住伯曼的领子,把他的头往草地上撞,妇人哭喊道:"老天爷,快拉住他们!看在老天的分上,快给警察打电话!"

哈密尔顿停了下来。

伯曼向上看着他,说:"放开我。"

"你们没事吧?"男人们松开手时,她冲他们喊道。"看在老天的分上。"她说。她看着他们,他们隔开几步,背对背站着,都在喘粗气。刚才那些大男孩都挤在门廊上看,现在结束了,他们看着这两个男人,等着,然后开始假装打架,用拳头捅对方的胳膊和肋骨。

"你们这帮孩子都回屋里去。"妇人说,"我从没想到会这样。"她把手放在心口上。

哈密尔顿在冒汗,当他猛吸一口气时,肺里就像着了火一样。嗓子里像是塞进了一团东西,让他有一阵无法下咽。他开始往回走,儿子和那个叫奇普的男孩走在他的两边。他听见摔车门的声音,引擎发动了,车灯划过走在路上的他。

罗杰抽泣了一声,哈密尔顿用胳膊搂住男孩的肩膀。

"我得赶紧回家了,"奇普说着哭了起来,"我爸会找我的。"他跑着离开了。

"对不起,"哈密尔顿说,"很抱歉不得不让你看到这些。"哈密尔顿对儿子说。

他们一直往前走,到了他们家的街区时,哈密尔顿移开了他的胳膊。

"如果他拿起一把刀呢,爸?或者一根棍子?"

"他不会那么做的。"哈密尔顿说。

"但他如果那么做了呢?"他儿子说。

"人在生气时会做什么确实很难说。"哈密尔顿说。

他们往家走去。当哈密尔顿看见被灯光照亮的窗户时,他有点感动。

"让我摸一下你的肌肉。"他儿子说。

"现在不行,"哈密尔顿说,"你现在就进去吃晚饭,然后赶紧去睡觉。告诉你妈我没事,我要在门廊上坐一会儿。"

男孩看着他的父亲,晃晃一条腿,再晃晃另一条,然后向家里飞奔,同时大喊:"妈!妈!"

他坐在门廊上,背靠着车库的墙,伸开双腿。额头上的汗已经干了。他感到衣服里面湿冷湿冷的。

他曾经见到过一次他父亲(一个脸色苍白,说话慢声慢调,耷拉着肩膀的男人)卷入类似的事件里。那次很糟糕,两个人都受了伤。事情发生在一家餐厅里,另一个男人是个农场工人。哈密尔顿很爱他的父亲,能够回想起很多和他有关的事情。但现在他只想着那次斗殴,好像这就是那个男人的全部。

妻子出来时,他还在门廊上坐着。

"我的老天,"她说,用手捧住他的头,"回家洗个澡,吃点东西,然后告诉我这是怎么回事。饭菜还热着呢。罗杰已经上床了。"

但他听见儿子在叫他。

"他还没睡着。"她说。

"我去一小会儿,"哈密尔顿说,"过后我们也许该喝上一杯。"

她摇了摇头:"我还是根本无法相信。"

他走进男孩的房间,在床脚坐了下来。

"这么晚了,你还没睡,我进来道个晚安。"哈密尔顿说。

"晚安。"男孩说,他把手放在脖子后面,胳膊肘向上支着。

男孩穿着睡衣,身上散发着一股清香,哈密尔顿深吸了一口气。他隔着被子拍了拍儿子。

"从现在起你老实一点。再也别去那种地方了，别再让我听见你损坏了一辆自行车或任何别人的物品。听清楚了吗？"哈密尔顿说。

男孩点点头。他把手从脖子后面拿出来，开始在床单上捡什么东西。

"好了，"哈密尔顿说，"我要说晚安了。"

他倾身亲吻儿子，但儿子开了口。

"爸，爷爷和你一样壮吗？他和你一样大的时候，我是说，你知道，你……"

"在我九岁的时候？你是说这个吗？是的，我想他很壮。"哈密尔顿说。

"有时我几乎都想不起他来了，"男孩说，"我不想忘记他或是怎样，你知道吗？你知道我的意思吗，爸？"

见哈密尔顿没有马上回答，男孩接着往下说："你小的时候，你和他就像你和我一样吗？你爱他超过爱我吗？还是一样？"男孩很突然地说了这些。他在被子下面动了动脚，移开了视线。见哈密尔顿还是没有回答，男孩说："他抽烟吗？我还记得有个烟斗一样的东西。"

"他去世前开始抽烟斗，是的，"哈密尔顿说，"他很久以前开始抽烟，后来因为一些事情变得很沮丧，就戒了。再后来，他换了牌子又抽了起来。我给你看个东西，"哈密尔顿说，"闻闻我的手背。"

男孩拿起他的手，闻了闻，说："我什么都没闻到，爸，是什么？"

31

哈密尔顿闻了闻手,又闻了闻手指。"我现在也闻不到了。"他说,"刚才还在那儿,现在没了。"也许是被吓跑了,他想。"我想给你看样东西。算了,太晚了。你赶紧睡吧。"哈密尔顿说。

男孩侧过身来,看着他父亲向门口走去,看他把手放在了灯的开关上。男孩说:"爸,你会觉得我在发神经,但我真希望你小的时候我就认识你。我是说,和我现在一样大的时候。我不知道怎么说才好,但我有时会觉得孤单。就好像——就好像刚一想起这些事,我就已经开始想你了。这实在是发神经,是不是呀?不说了,请别把门关上。"

哈密尔顿想让房门开着,稍后改了主意,把门带上了一半。

学生的妻子

他在给她念里尔克①的诗,一个他崇拜的诗人,她却枕着他的枕头睡着了。他喜欢大声朗诵,念得非常好——声音饱满自信,时而低沉忧郁,时而高昂激越。除了伸手去床头柜上取烟时停顿一下外,他的眼睛一刻也没离开过诗集。这个浑厚的声音把她送进了梦乡,那里有从城墙环绕的城市驶出的大篷车和穿袍子的蓄须男子。她听了几分钟,就闭上眼睛睡着了。

他接着大声往下念。孩子们已经睡着很久了,外面,不时有车子在潮湿的路面上擦出些声音。过了一会儿,他放下书,转身伸手去关灯。突然,她像被吓着似的睁开了眼睛,眨了两三下。她发愣的明亮眼珠上眨动的眼睑,看上去出奇黯淡而饱满。他注视着她。

"在做梦?"他问。

---

① 赖内·马利亚·里尔克(Rainer Maria Rike, 1875—1926),奥地利诗人,代表作有《杜伊诺哀歌》《马尔特手记》等。

她点点头，抬起手摸了摸两鬓的塑料发卷。明天是星期五，伍德隆公寓所有四到七岁的孩子都归她照看。他用手臂支撑着身体看她，同时用闲着的那只手把床单拉直。她脸上皮肤光滑，颧骨突出；她有时非要对她的朋友说，这颧骨是从她父亲那儿继承来的，他有四分之一的内兹珀斯人[①]血统。

她随后说："给我随便弄点三明治，迈克。在面包上放点黄油、生菜和盐。"

他没做什么，也没说什么，因为他想睡觉。但当他睁开眼睛时，她还醒着，正注视着他。

"南，你睡不着吗？"他严肃地说，"很晚了。"

"我想先吃点东西，"她说，"不知怎么，我的腿和胳膊都疼，肚子也饿。"

他重重地叹了口气，翻身下了床。

他给她做了三明治，用托盘端了过来。她从床上坐起来，对他笑了笑，接过托盘时往背后塞了个枕头。他觉得她穿着这身白色睡衣，看上去像是医院里的病人。

"真是个有趣的梦。"

"梦见什么了？"他说，上床朝他那边转过身去，背对着她。他瞪着床头柜，等了一会儿。慢慢闭上眼睛。

"真想听吗？"她说。

"当然了。"他说。

她舒服地靠在枕头上，抹掉嘴唇上粘着的一粒面包屑。

[①] 内兹珀斯（Nez Perce），北美印第安人的一个部落。

"嗯，好像是一个冗长的梦，你知道的，那种里面有各种复杂关系的梦，但我现在记不全了。刚醒来时还记得很清楚，现在有点模糊了。迈克，我睡了有多久？其实，我想也没什么大不了的。总之，好像是我们在某个地方过夜。我不知道孩子们都在哪儿，但只有我们俩，待在某个类似小旅馆的地方。在一个陌生的湖边。那儿还有一对年长的夫妇，他们提议用摩托艇带我们出去兜一圈。"她笑了起来，回忆着，身体离开枕头向前倾，"接下来我只记得我们在上船的地方。结果船上只有一排座位，在前排，有点像条凳，只够坐三个人。你和我为了谁该牺牲自己挤在船后面争吵起来。你说该是你，我说该是我。但最终还是我挤进了船的后面。那地方真窄，我腿都挤疼了，我还担心水会从船边上漫进来。后来我就醒了。"

"真是个不一般的梦。"他应付了一句，昏昏欲睡地觉得自己该再说点什么，"你还记得邦妮·特拉维斯吗？弗雷德·特拉维斯的老婆？她说她常做彩色的梦。"

她看了一眼手中的三明治，咬了一口。她咽下去，用舌头舔了舔嘴唇里面，伸手拍打身后的枕头时，她用腿平衡着托盘。她舒服地向后靠在枕头上。

"你还记得那次我们在提尔顿河过夜吗，迈克？就是第二天早上你钓到一条大鱼的那次？"她把手搭在他的肩上。"还记得吗？"她说。

她记得。过去几年里她很少想到它，最近却经常想起来。那是婚后一两个月，他们出去度周末。坐在一小堆篝火旁，冰凉彻骨的河水里泡着一个西瓜，晚饭有她做的炸午餐肉、鸡蛋和罐装豆子，第二天早晨，还是用那只烧黑了的平底锅做了烤薄饼、午餐肉和鸡蛋。两次做饭她都把锅烧煳了，咖啡怎么也煮不开，但这是他们度过的最美好的时光中的一段。她记得那晚他也给她朗诵了伊丽莎白·勃朗宁和《鲁拜集》里的几首诗。他们盖了那么多的被子，她的脚在被子下面动都动不了。第二天早晨他钓到一条巨大的鳟鱼，河对面路上的人停下车，看他怎样把鱼弄上岸。

"哎？你到底记不记得了？"她说，拍着他的肩膀，"迈克？"

"记得。"他说。他往他那边稍微移了移，睁开眼。他已经记不太清楚了。记住的只是仔细梳理过的头发和那些对人生和艺术的高谈阔论，他其实很想忘掉这些。

"那是很久很久以前的事了，南。"他说。

"我们刚上完高中，你还没去上大学。"她说。

他等着，然后用胳膊把自己撑起来，转过头，目光越过肩膀看着她。"三明治吃完了吗，南？"她仍然在床上坐着。

她点点头，把托盘递给他。

"我关灯了。"他说。

"要是你想的话。"她说。

他再次栽倒在床上，双脚向两边伸展，直到碰到了她的脚。他一动不动地躺了一会儿，试着放松下来。

"迈克，你还没睡着，是吧？"

"没有，"他说，"没睡着。"

"那就好，别在我前面睡着，"她说，"我不想一个人醒着。"

他没有回答，只是向她那儿稍稍靠近了一点。她把手臂搭在他的身上，手掌平放在他胸口上，他抓住她的手指，轻轻地捏了捏。只一会儿的工夫他的手就落到了床上，他叹了口气。

"迈克？亲爱的？我希望你能揉揉我的腿。我的腿好疼。"她说。

"天哪，"他轻声说道，"刚才我都睡着了。"

"嗯，我希望你能揉揉我的腿，再和我说会儿话，我的肩膀也疼。但腿特别疼。"

他转过身来，开始揉她的腿，然后又睡着了，手还放在她的臀部。

"迈克？"

"怎么了？南，告诉我怎么了。"

"我想要你帮我把全身都按摩一下，"她说，转身把脸朝上，"今晚我的手臂和腿都疼。"她屈起膝盖，把被子拱起一个包。

黑暗中他快速地睁开眼，又闭上。"哈，生长痛？"

"哦，天哪，正是这样。"她说，扭动着她的脚指头，很高兴自己终于把他从睡意中拉了回来。"我十岁十一岁时就长到现在这个样子了。你真该看看当时的我！那时我长得那么快，腿和胳膊一天到晚都在疼。你没这样过？"

"没什么样过？"

"你有没有感到过自己在生长？"

"不记得了。"他说。

37

他最终用胳膊支撑起自己,划了根火柴,看了看钟。他把枕头凉的那一面翻上来,又躺了下来。

她说:"你困了,迈克。我希望你愿意聊上一会儿。"

"好吧。"他说,没有动。

"你只要抱着我,让我睡着。我睡不着。"她说。

她转向她那一侧,面对着墙,他转过身来用胳膊搂住她的肩膀。

"迈克?"

他用脚指头碰了碰她的脚。

"跟我讲讲所有你喜欢的和不喜欢的东西。"

"现在想不起来。"他说,"愿意的话你可以告诉我你的。"

"如果你保证也告诉我。行吗?"

他又碰了碰她的脚。

"好吧……"她说,仰面躺着,很惬意,"我喜欢好的食物,像牛排和脆炸薯泥那样的东西。我喜欢好看的书和杂志,还有乘火车的那些夜晚和飞机上的那些时光。"她停住了。"当然,没有按照喜欢程度排序。如果要按顺序排的话我得想一想。但我喜欢坐飞机。离开地面的一刹那,你会有一切都无所谓的感觉。"她把腿搁在他的脚踝上,"我喜欢晚上睡晚点,第二天早上赖在床上不起来。我希望我们能经常那样,而不是偶尔一次。我还喜欢做爱,喜欢在不经意时被爱抚。我喜欢看电影,过后和朋友一起喝喝啤酒。我喜欢交朋友。我非常喜欢简妮斯·亨德里克斯。我希望每周至少去跳一次舞。我希望总有漂亮的衣服穿,希望在孩子们需要时，不用等就可以给他们买衣服。劳里现在就需要一套过复活节的衣服。我也想给加里买一套小西服或类似的衣服。他长大了。我希望你也有一套新西服。其实你比他更需要一套新西服。我希望我们有自己的住房，不再每年或每隔一年就搬一次家。这是最大的心愿了。"她说，"我希望我们俩能过一种诚实的生活，不用去担心钱和账单之类的东西。你睡着了。"

"没有。"他说。

"我再也想不起什么了。该你了。告诉我你喜欢什么。"

"我不知道，好多东西。"他咕哝了一声。

"嗯，告诉我嘛。我们不就是说说而已吗？"

"我希望你别烦我了，南。"他又转到他那一侧，手臂伸出床沿。她也转过身来，紧贴着他。

"迈克。"

"天哪。"他说。接着他又说："好吧。先让我伸伸腿，我好醒过来。"

过了一会儿，她说："迈克？你睡着了？"她轻轻地摇了摇他的肩膀，但他没有回应。她靠着他的身体躺了好一会儿，试图入眠。起先她很安静地躺着，一动不动地靠着他，小口地、均匀地呼吸。但她睡不着。

她努力不去听他的呼吸声，但这让她觉得不舒服，他呼吸时鼻子里发出一种声音。她试图调节自己的呼吸，让呼气和吸气合上他呼吸的节奏。但是没用。他鼻子发出的这种细小的声音让所有的努力都白费了。他的胸膛也发出一种吱吱声。她又翻了个身，用屁股抵着他的屁股，把手臂一直伸到床的外面，手指尖小心翼翼地抵住冰冷的墙。床脚处的被子被拉了起来，她移动腿时能感觉到一股气流。她听见两个人走过来，在上隔壁公寓的楼梯。有人在开门前发出一声嘶哑的笑声。然后，她听见椅子拖过地板的声音。她又翻了个身。隔壁有人冲抽水马桶，然后，又冲了一次。她又翻了个身，这次脸朝上，尝试放松下来。她想起了在一本杂志上读到过的文章：如果身体里所有的骨头、肌肉和关节都能完全放松的话，睡眠一定会降临的。她长长地呼了口气，闭上眼睛，一动不动地躺着，手臂伸直放在身体的两侧。她尽量放松自己，试图想象自己的腿悬在空中，沐浴在某种薄雾般的东西里。她翻身朝下躺着。她闭上眼睛，又睁开。她想着床单上自己蜷曲的手指，置于唇边。她伸出一根手指放在床单上。她用拇指摸了摸食指上的结婚戒指。她翻到自己的侧面，又翻到正面。她开始感到恐惧，在一种莫名的焦虑中，祈祷入眠。

求你了，老天，让我睡着吧。

她努力入睡。

"迈克。"她小声说道。

没有回应。

她听见隔壁房间里一个孩子翻身时碰到了墙。她听了又听，但再没有其他声音了。她把手放在左胸，感到心跳传到她的手指上。她趴在床上，头离开枕头，嘴贴在床单上，哭了起来。她哭了一会儿，然后爬到床脚处，从那儿下了床。

她在卫生间洗了脸和手。她刷牙，一边刷一边从镜子里端详自己的脸。她把客厅的暖气调热了点。然后，她在厨房桌旁坐了下来，把脚收进睡衣里面。她又哭了起来。她从桌上的烟盒里拿了一根烟点着。过了一会儿，她回到卧室去拿她的浴袍。

她去看了看孩子。把儿子的被子往上拉了拉，盖住他的肩膀。她回到客厅里，坐在那把大椅子上。她随手翻着一本杂志，试着往下读。她盯着上面的照片，又试着往下读。不时有车子从外面的街上开过，她会抬起头。每当车子开过时，她都要听着，等着，然后再低头读杂志。椅子边的架子上有一沓杂志。她把它们都翻了一遍。

曙光初现时她站了起来。她来到窗前。小山岗上无云的天空开始变白。树木和街对面那排两层高的公寓楼在她的注视下显露出形状。天空变得更白了，山岗后面的光线急剧增多。除了因为这个或那个孩子而早起外（她觉得这些不算，因为她从来没往外看，不是匆忙地回到床上，就是去了厨房），她一生中没见过几次日出，而那几次还是在她小的时候。她确信没有一次像这次一样。她从未在读过的书和看过的画里了解到日出会如此可怕。

她等了一会儿，走到门前，打开门锁来到门廊上。她掖紧浴袍的领口。空气又湿又冷。周围的景象渐渐显露出来。她一点点地看过去，最后把目光停留在对面山顶电台发射塔尖闪烁的红灯上。

她穿过幽暗的寓所回到卧室。他在床中央躺着，被子缠在肩膀处,头的一半压在枕头下面。沉睡中的他显得绝望,牙关紧咬,胳膊直挺挺地伸到她这一侧。在她的注视下,房间变得非常明亮,眼前的床单越来越白。

她湿了湿嘴唇,嘴唇黏黏的,发出了一点声音。她跪了下来,伸出手摊在床上。

"上帝啊,"她说,"上帝,你会帮助我们吗,上帝?"

他们不是你的丈夫

厄尔·奥伯是个失业的推销员,他妻子多琳夜间在镇边上一家通宵咖啡屋当女招待。一天晚上,厄尔正喝着酒,突然决定去那家咖啡屋转一圈,再吃点什么。他想看看多琳工作的地方,还想看看能不能从那儿蹭点白食。

他坐在柜台前,研究菜单。

"你来这儿干吗?"多琳看见他坐在那儿,问道。

她把一份菜单递给厨师。"厄尔,你想来点什么?"她说,"孩子们都好?"

"他们很好,"厄尔说,"我要杯咖啡,再来一个二号的三明治。"

多琳写了下来。

"有机会吗?你知道我的意思。"他对她说,眨了眨眼。

"没有,"她说,"这会儿别跟我说话。我正忙着呢。"

厄尔喝着咖啡,等着三明治。两个穿西装的男人,领带松着,领口敞着,坐到了他的身边,点了咖啡。多琳提着咖啡壶走开后,其中的一个男人对另一个说:"瞧那屁股,我简直不敢相信。"

另一个笑了。"我见过更棒的。"他说。

"我就是这个意思,"第一个说,"不过有些蠢货就喜欢她们那玩意儿肥肥的。"

"我可不是。"另一个说。

"我也不喜欢,"第一个说,"我刚才就是这个意思。"

多琳把三明治摆在厄尔的面前。三明治边上放着炸薯条、卷心菜沙拉和酸黄瓜。

"还要什么?"她说,"来杯牛奶?"

他没说什么。见她还站在那儿,他摇了摇头。

"再给你来点咖啡。"她说。

她提着咖啡壶回来,为他和另外那两人加了咖啡。然后,她拿起一个盘子,去盛冰激凌。她握着勺子,弯腰去舀桶里的冰激凌。白色的裙子一下子贴住了她的臀部,沿着她的大腿慢慢往上滑,露出了粉色的束腰内衣,结实、灰白的大腿,腿上有些许细毛,血管毕露。

那两个坐在厄尔身边的男人交换了一下眼色。其中一个抬了抬眉毛。另一个咧嘴一笑,眼睛从杯子上方直勾勾地盯着多琳看,她正用勺子往冰激凌上浇巧克力糖浆。当她开始摇鲜奶油罐时,厄尔站了起来,他丢下食物,朝门口走去。他听见她在喊他,但没有回头。

他去孩子们的房间看了看,然后来到另一间卧室,脱掉衣服。他盖上床单,闭上眼睛,陷入了沉思。某种感觉涌上他的脸，并蔓延到肚子和腿上。他睁开眼睛，脑袋在枕头上翻来覆去。后来，他侧过身体，睡着了。

早晨，把孩子们送去上学后，多琳走进卧室，拉起百叶窗。厄尔已经醒了。

"你自个儿照照镜子吧。"他说。

"什么？"她说，"你说什么？"

"照照镜子瞧瞧你自己。"他说。

"瞧什么？"她说。不过她已经朝梳妆台上的镜子望去，把头发从肩头拨开。

"怎样？"他说。

"什么怎样？"她说。

"我不想多说，"他说，"不过我想你最好考虑一下节食。我说真的，不开玩笑，我觉得你可以减掉几磅。别发火。"

"你说什么呀？"她说。

"我刚才说了，我觉得你应该减掉几磅。就几磅。"他说。

"你过去从来没说过呀。"她说。她把睡袍撩过臀部，转身对着镜子看自己的肚子。

"过去我没觉得这是个问题。"他说，斟酌着字句。

睡袍仍然堆在腰上，多琳背对着镜子，转过头来看自己。她用一只手托起半边屁股，又把它放下来。

厄尔合上了眼睛。"也许是我想错了。"他说。

"我想我可以减一点。不过很难。"她说。

"你说得对，是不容易。"他说，"不过我会帮你的。"

"也许你说得没错。"她说。她松手放下睡衣，望着他，然后，她脱掉了睡衣。

他们讨论了节食的方法，蛋白质节食法、蔬菜节食法、柚子汁节食法。不过他们发现没钱买蛋白质节食法所需要的牛排。多琳说她不喜欢吃太多的蔬菜。她也不怎么喜欢柚子汁，不知道该如何进行这种节食法。

"要不算了吧。"他说。

"不，你是对的，"她说，"我要想点办法。"

"运动怎么样？"他说。

"我在那儿运动得够多了。"她说。

"那就别吃东西，"厄尔说，"好在就几天。"

"好吧，"她说，"我试试看吧。如果就几天的话，我可以试一试。你说服我了。"

"我是个成事者。"厄尔说。

他算了算他们活期账户上的余额，然后开车去了折扣商店，买了一台浴室秤。女店员结账时，他看了她一眼。

回家后，他让多琳脱光衣服站到秤上。看见那些血管时，他皱了皱眉头，用手指头划过她大腿上露出的一根血管。

"干什么？"她说。

"没干什么。"他说。

他看看秤，在一张纸上写下一个数字。

"好了，"厄尔说，"就这样吧。"

第二天，他几乎整个下午都在面试。雇主是个大块头，他一瘸一拐地领着厄尔去库房看那些卫生间设备。他问厄尔能不能接受出差。

"当然可以。"厄尔说。

那人点点头。

厄尔笑了。

开门之前他就听见了电视的声音,他穿过客厅时,孩子们连头都没抬。多琳在厨房里,穿着工作服,正在吃炒鸡蛋和咸肉。

"你在干什么?"厄尔说。

她鼓着两腮,继续嚼着食物。不过,她马上又把所有东西都吐到餐巾纸里。

"我忍不住了。"她说。

"蠢货,"厄尔说,"吃吧,继续吃吧!继续吃啊!"他走进卧室,关上房门,躺在被子上。他还能听见电视的声音。他把手垫在头底下,看着天花板。

她打开门。

"我再试一次吧。"多琳说。

"好吧。"他说。

第三天早晨,她把他叫进浴室。"看。"她说。

他看了看秤上的数字。然后拉开抽屉,拿出那张纸,在她的笑声里又看了一遍秤。

"减了四分之三磅。"她说。

"有进步。"他说,拍了拍她的屁股。

读完分类广告后,他去了州职业介绍所。每三四天,他就得开车去某个地方面试,晚上回来后,他数她得的小费。把一美元的票子放在桌子上抹平,然后把五美分、十美分和二十五美分的硬币一美元一美元地码起来。每天早晨,他都要让她过过秤。

两周内,她就减了三磅半。

"我吃得很少,"她说,"我一整天都饿着自己,上班时也一样,积少成多。"

但一周以后,她竟一下子掉了五磅。再一周后,九磅半。衣服穿在身上松松垮垮的。她只好动用租房的钱,买了一套新制服。

"上班时,大家都在议论。"她说。

"都在说什么?"厄尔说。

"说我的脸色太苍白了,"她说,"说我都不像我自己了。他们担心我体重掉得太多了。"

"掉多了有什么不好?"他说,"你不用理他们。让他们少管别人的闲事。他们不是你的丈夫。你又不是非得和他们生活在一起。"

"可我得和他们在一块儿工作呀。"多琳说。

"这没错,"厄尔说,"但他们不是你的丈夫。"

每天早晨,他都跟她走进浴室,等她站到秤上去。他跪着,手里拿着铅笔和纸。纸上写满了日期、星期几、数字。他读完秤,对照纸片看看,或是点点头,或是噘噘嘴。

现在多琳待在床上的时间多了起来。孩子们上学后,她又回到床上睡觉。下午上班之前也要先睡一会儿。厄尔帮着做家务，自己看电视，让她睡觉。所有采购的事他都包了，还得不时外出面试工作。

一天晚上，把孩子们弄上床后，他关了电视，决定出去喝几杯。酒吧打烊后，他开车去了咖啡店。

他坐在柜台前等着。她看见了他，说："孩子们都没事？"

厄尔点点头。

他不慌不忙地点餐。看着她在柜台后面转来转去。最后，他要了份乳酪汉堡。她把单子递给厨师，又去招呼别的顾客。

另一个女招待提着咖啡壶过来，给厄尔的杯子倒满咖啡。

"你朋友叫什么来着？"他说，并朝自己的妻子点了下头。

"她叫多琳。"女招待说。

"她看上去跟我上次来这儿时大不一样了。"他说。

"我不知道。"女招待说。

他吃着汉堡，喝着咖啡。不时有人在柜台前坐下，又有人离去。柜台前的客人大部分由多琳招待，其他女招待偶尔也过来帮着开单子。厄尔看着他的妻子，非常留心地听着。有两次，他因为要去洗手间，不得不离开座位。每次他都怀疑自己是否漏掉了什么。第二次回来，他发现自己的杯子被收走了，位子也被另一个人占了。他端了张凳子，坐在了柜台的一端，靠着一位穿条纹衬衣、年龄稍长的人。

"你要什么?"多琳又见到厄尔时说,"还不回家?"

"给我来点咖啡。"他说。

厄尔身旁的人正在看报纸。他抬起头来,看着多琳给厄尔倒了杯咖啡。多琳走开时,他瞥了她一眼,又低下头继续看报。

厄尔呷着咖啡,等那个男人开口。他用眼角瞟着那人。那人吃完以后,把盘子推到一边,点上一根烟,把报纸对折起来,继续往下看。

多琳走过来,撤走了脏盘子,给那人添了点咖啡。

"你觉得她怎么样?"多琳走到柜台那边时,厄尔朝她点着头,问那个男人,"你不觉得她有点特别吗?"

那人抬起头。他先看了眼多琳,又看了眼厄尔,然后低头继续看报纸。

"嗨,你觉得怎样?"厄尔说,"我问你呢。看着好还是不好?告诉我。"

那人把报纸翻得哗哗响。

当多琳又朝柜台走过来时,厄尔拍拍那人的肩说道:"让我来告诉你,听着。看着她的屁股,瞧我的。""我能来一杯巧克力圣代吗?"厄尔朝多琳叫道。

她在他面前站定,呼出一口气。然后转过身,拿起盘子和冰激凌勺。她靠着冰柜,弯下腰,用勺子去挖冰激凌。厄尔看了看那个男人,多琳的裙子爬上她的大腿时,他朝那人眨眨眼,不过那人正看着另一个女招待。然后那人把报纸夹在胳膊下面,伸手去掏口袋。

另一个女招待径直朝多琳走过来。"这个家伙是谁？"

"哪个？"多琳四处张望着，手里还端着盛冰激凌的盘子。

"他呀，"女招待说着，冲厄尔点了下头，"这个蠢货究竟是谁？"

厄尔挤出他最美妙的微笑。他保持着这个笑容，直到感觉自己的脸都变形了。

但是那个女招待只是盯着他看，多琳开始慢慢地摇头。那个男人在杯子旁边放了些零钱，站起身来，也在等答案。他们都盯着厄尔。

"他是个推销员。他是我的丈夫。"多琳耸耸肩，终于说道。她把没盛完的巧克力圣代推到他面前，转身给他结账去了。

你在旧金山干了什么？

这件事跟我没有一点关系，它和一对年轻夫妇以及他们的三个孩子有关，去年初夏他们搬进了我投递线上的一栋房子。我拿起上星期日的报纸，看到一个因用棒球棍杀死妻子和妻子的男友而在旧金山被捕的年轻人的照片，这才又想到了他们。当然，不是同一个人，虽然他们的胡子让他们俩看上去很像。不过，情况非常相似，让我想起了很多。

我叫亨利·罗宾逊，是一名邮递员，联邦政府的公务员，一九四七年起就在干这份工作了。除了战时在军队里待过的三年外，我这辈子都住在西部。我离婚已经二十年了，有两个孩子，也差不多二十年没见了。我不是个玩世不恭的人，依我看，也不是个严肃的人。我相信，现在的男人这两种特质都得具备一点。我还相信工作的价值——越辛苦越好。不工作的人有太多的时间，太多的时间来沉溺于自己和自己的烦恼。

我确信，住在这里的年轻人的麻烦部分缘于他不去工作。不过我认为她也有责任，那个女人，是她纵容了他。

垮掉的一代，我猜你们见了他们准会这样说。那男的下巴上长着向外支棱的褐色胡须，他看上去像是急需坐下来好好吃一顿正餐，再抽上一根雪茄。那女的挺迷人，一头长长的黑发，容貌姣好，这是大实话。不过记住我说的，她可不是个贤妻良母。她是个画家。那个年轻人，我不知道他是干什么的——可能也干这一行吧。他们两个人都不工作，但他们付得起房租，能过得下去——至少在那个夏天是这样的。

我第一次见到他们，是在一个星期六的上午，大约十一点到十一点一刻之间。我已经跑完我那条线路的三分之二，转到他们那个路段时，发现一辆一九五六年的福特轿车停在院子里，后面是一辆敞着门的大"邮货"①拖车。松树街上只有三家住户，他们是最后一家，此外还有默奇森一家——他们来阿卡塔快一年了，格兰特一家——他们在这儿住了大概两年了。默奇森在辛普森·瑞德伍德公司工作，吉恩·格兰特是邓尼餐馆的早班厨师。这两栋房子，往前一点是块空地，最里头就是曾属于科尔一家的那栋房子。

那个年轻人已经从车里出来，站在拖车后面。女人正从车子的前门走出来，嘴上叼着烟，穿一条紧身白色牛仔裤和一件男式白汗衫。她看见我就停住了，站在那儿，看着我从便道上走过来。我走到他们的信箱跟前时放慢了脚

---

① U–Haul 是一家美国租车公司，专门出租搬家用的厢型卡车和拖车，此处音译成"邮货"。

步，朝她点了点头。

"都收拾妥当了？"我问。

"得花点时间。"她说，一边抽烟一边把额前的一缕头发撩开。

"很好，"我说，"欢迎你们来到阿卡塔。"

说完这话，我感到有些窘迫。不知道为什么，在和这个女人仅有的几次相遇里，我自己每次都很窘迫。这也是我从一开始就对她有点反感的原因之一。

她冲我淡淡一笑，我正要离开时，那个年轻人——他叫马斯顿——手里抱着一个装玩具的大纸箱，从拖车后面走了过来。现在，阿卡塔已经不是个小镇了，但也不是什么大城市，尽管我想你可能得说它更接近于小镇。但不管怎么说，阿卡塔不是世界的尽头，住在这儿的大多数人不是在锯木场干活儿，就是和渔业打交道，要不然就是在市区的某家商店工作。这儿的人看不惯留胡子的男人，或者说——不上班的男人。

"你好。"我说。他把纸箱放在前挡泥板上，我伸出了手。"我叫亨利·罗宾逊。你们刚搬到这里吗？"

"昨天下午。"他说。

"这趟跑的！从旧金山到这儿就花了十四个小时。"那女人在门廊处说道，"拉着那辆该死的拖车。"

"够呛，真够呛。"我边说边摇头，"旧金山？我刚去了趟旧金山。让我想想，是去年四月还是三月的事。"

"是吗？"她说，"你在旧金山干了什么？"

"噢，没干什么，真的。每年我都要去一两趟。到渔夫码头转转，或者去看巨人队打球。就这些。"

出现了片刻的停顿。马斯顿用脚尖在草地里摸索着什么。我准备离开了。就在这时，孩子们从前门飞跑出来，吵吵嚷嚷地奔到走廊尽头。当那扇屏风门哐的一声打开时，我觉得马斯顿吓了一大跳，而她只是抱着胳膊站在那儿，异常冷静，眼睛都没眨一下。他看上去很糟糕。每次准备做点什么时，他总先快速地痉挛一下。他的眼睛一会儿看着你，一会儿滑向一边，一会儿又看着你。

一共有三个孩子，两个四五岁左右的卷头发小姑娘，后面跟着个小一点的男孩。

"孩子真讨人喜欢，"我说，"好吧，我得接着干活儿去了。你们也许该把这信箱上的名字换掉了。"

"当然，"他说，"当然。明后天我就换过来。不过近期我们也不会有什么信件。"

"别这么说，"我说，"你不知道这只老邮袋里会钻出什么来。有备无患嘛。"我转身要走，"对了，如果你想到木工厂找活儿干，我可以告诉你到辛普森·瑞德伍德公司找谁。我的一个朋友是那儿的领班。他可能有……"发现他们不太感兴趣，我慢慢收住了话头。

"不必了，谢谢。"他说。

"他没在找工作。"她插话道。

"那好吧。再见。"

"再见。"马斯顿说。

她没再说什么。

55

我说过，那天是星期六，阵亡烈士纪念日的前一天。接下来的星期一是节假日，直到星期二我才又去了那儿。看见那辆拖车还停在前院，我倒是不怎么吃惊。不过，车还没卸完却让我吃了一惊。我得说有四分之一的东西已经搬到前廊上了——一张堆满东西的椅子，一张镀铬的餐椅以及一个装着衣服的大纸箱，纸箱上面的盖子已经被撕掉。另有四分之一的东西肯定已经搬进屋内了，其余的都还在拖车里。孩子们正拿着小木棍，敲打拖车的侧面，还从拖车后门那儿爬上爬下。他们的妈妈爸爸却连影子也见不着。

星期四我又在院子里看见他，提醒他别忘了换信箱的名字。

"我是得把这事做了。"他说。

"要花点时间，"我说，"搬到一个新地方，总有许多事要操心。原来住在这儿的人，科尔一家，你们来的前两天才搬走。他去了尤里卡工作。在捕鱼和狩猎部门。"

马斯顿摸摸胡子，眼睛看着别处，像在想着别的什么事。

"那就回头见。"我说。

"再见。"他说。

总之，他还是没换信箱上的名字。不久我又来了一趟，带来一封写着他们地址的信，他会这样说："马斯顿？是的，是我们的，马斯顿……这几天我就把信箱上的名字换掉。我得找一桶油漆，把那个名字……科尔，给涂掉。"其间他一直东张西望。他用余光瞥我一眼，下巴颤抖了两下。

但他根本就没有更换信箱上的名字。过了一阵,我也就耸耸肩,把这件事给忘了。

有一些传言。我不止一次听说他是个被假释的囚犯,到阿卡塔来是为了摆脱旧金山不健康的环境。根据这个传言,那个女人是他的妻子,但那几个孩子却没一个是他的。另一个传言说他犯了罪,在这儿躲着。不过没多少人相信这个故事。他看上去实在不像那种会犯什么重罪的人。大多数人都相信的,至少传播最广的,是最可怕的那个故事。那个故事说,那个女人有毒瘾,她丈夫把她带到这儿来,是要帮她戒掉恶习。作为佐证,大家总是提到迎新小组[①]的萨莉·威尔逊的那一次造访。一天下午,她顺道拜访了他们。后来她说,绝不是瞎说,他们确实有些古怪——尤其是那个女人。她刚刚还坐在那儿听萨莉说个不停,似乎全神贯注,可不久就站起身,不顾萨莉还在说话,开始画上她的画了,好像萨莉根本不在那儿一样。同样,她刚刚还在抚摩亲吻孩子,突然就对他们无缘无故地大喊大叫。嗯,如果你离她近一点,从她的眼神里就能看出来,萨莉说。不过,萨莉·威尔逊这些年来在迎新小组招牌的掩护下,打探了不少他人的闲事和秘密。

"你不了解情况,"要是有人提起这事我就会说,"如果他现在就去工作的话,谁还能说什么?"

依我看这些传言都差不多,他们在旧金山惹了点麻烦,

[①] 英文原文为"Welcome Wagon"。美国的一些居住区有这样的组织或个人,当新住户搬来时,他们会带着自己烤的点心上门问候,提供一些周边信息。

不管是什么样的麻烦,他们想从那些麻烦中解脱出来。不过他们为什么挑上阿卡塔来安家,这就很难说了,因为他们肯定不是为了找工作才来这儿的。

最初的几个星期,谈不上有什么邮件,只有几张广告,希尔斯和西部汽车修理这一类的。后来开始有些信,大概每周一两封的样子。我路过时,有时能看见他们中的一个在屋外散步,有时就见不着。不过孩子们倒是总在那儿,屋里屋外地跑进跑出,或者在旁边的那块空地上玩耍。当然,他们本来就算不上模范家庭,可他们在那儿住了一段时间后,野草开始疯长,草坪上的草却又枯又黄。谁也不愿意见到这样的事。我知道杰西老头来过一两次,让他们浇水,他们却说买不到水管。于是他给他们留了一根。后来我发现孩子们拿着那根水管在草地上玩,这事就这样不了了之了。有两次我看见一辆白色的小跑车停在屋前,不是本地的车子。

我和那个女人只打过一次直接的交道。有一封信欠了五美分邮费,我带着它去敲门。两个女孩中的一个让我进了门,然后跑去找她妈妈。屋里堆满了零零散散的旧家具,衣服也扔得到处都是,不过还算不上很脏。只能说是不够整齐,但不算脏。起居室里,一张旧沙发和一把扶手椅沿一面墙摆着。窗户下有一个用砖和木板搭成的书柜,里面塞满了平装书。墙角堆着许多画,都反扣着,另一侧有一幅画还搁在画架上,上面盖着一块布。

我移了移肩上的邮包,在原地站着,不过我开始后悔自己没把钱给付了。我一边等着,一边看着那个画架,正想侧身过去掀开盖布看看,就听见了脚步声。

"有事吗?"她说,人出现在门厅里,一点也不友好。

我碰了碰帽檐,说道:"不好意思,这儿有封欠费的信。"

"让我看看。谁寄来的?噢,是杰!这个傻瓜。给我们寄了封没贴邮票的信。李!"她叫道,"杰瑞来信了!"马斯顿走进来,不过他看上去不是很高兴。我轮流用两条腿站着,等着。

"我来付钱,"她说,"既然是老杰瑞来的信。给。再见。"

这就是他们待人接物的方式——可以说根本就没有什么方式。我不能说这儿的人已经习惯了他们——他们不是那种你真的能适应的人。然而过了一阵子,人们似乎也就不再在意他们了。要是在塞夫韦超市碰上那个男的推着购货车,你可能会瞧一眼他的胡子,仅此而已。再也没有别的故事了。

有一天他们消失了。向着两个不同的方向。后来我发现她一周前就和一个人——一个男人——先离开了,过了几天,他带着孩子们去了瑞汀,他母亲家。从星期四到下个星期三的六天里,他们的邮件就待在信箱里。窗帘全拉着,没人确切知道他们是否永远离开了此地。但那个星期三,我又看见那辆福特车停在院子里了,窗帘仍然拉着,可邮件已经被取走了。

从第二天起,他每天都待在信箱边上等着我把信递给他,要不他就坐在前廊上抽烟,很显然,他在等。他一看见我来就站起身，掸掸裤子朝信箱这边走来。如果那天我正好有他的邮件，我还没把信递给他，他就开始扫视寄信人的地址。我们很少交谈，如果目光恰巧相遇，也只是彼此点点头，可连这种机会也不多。他很痛苦——这谁都看得出来——如果可以的话，我真想帮帮这孩子，但我实在不知道该说点什么。

大约是他回来一周后的一个早晨，我看见他双手插在后兜里，在信箱前走来走去，我下决心跟他说点什么。说什么，我还没想好，但我肯定会说点什么。我走上便道时他正背对着我。我走近他时，他猛地转过身来，脸上的表情把我要说的话堵住了。我拿着他的邮件立在那儿。他朝我跑了两步，我看也没看就把它递了过去。他盯着它看着，非常吃惊的样子。

"住户。"他说。

那是洛杉矶寄来的一份医疗保险计划的广告单，那天上午我至少送出了七十五张。他把它对叠起来，走回屋去。

第二天，他和往常一样在外面等着。脸上是他惯有的表情，好像比前一天克制多了。这次我有一种预感，我带来了他正期盼的东西。那天早晨在邮站装邮袋的时候，我看过那封信。那是个普通的白信封，地址是一个女人手写的花体字，占去了大半个封皮。邮戳是波特兰的，寄信人地址上有姓名的缩写 J. D. 和波特兰街区的地址。

"早上好。"我说着，把信递过去。

他一言不发地从我手上接过信，脸唰的一下就白了。他摇晃了一下，然后朝屋里走去，在光下举着那封信。

我大叫道："孩子，她不是好人。我一见到她就看出来了。你为什么不忘掉她？你为什么不去工作好忘掉她？你为什么就这么不喜欢工作？当年我像你这样时，是工作，没日没夜的工作，让我忘掉一切的，那会儿正打仗，我在……"

打那以后，他不再在外面等我了，他在那儿也只多待了五天。每天，我都能看见他仍在等我，只不过是站在窗后，透过窗帘看着我。我走后他才会出来，我能听见屏风门的响声。如果我回头看，他就摆出不紧不慢的样子，朝信箱走去。

我最后一次见到他时，他正站在窗边，神情平静、安然。窗帘都放了下来，百叶窗收了起来，我看出他在收拾东西准备离开。不过，他的表情告诉我，这次他没在等我。他的目光越过了我，甚至越过了南边的房顶和树木。当我来到房子跟前，沿便道走过时，他仍然目不转睛地凝视着前方。我回头望了望。我能看见他仍待在窗边。那种感觉是那么强烈，我不得不转过身去，顺着他目光的方向望过去。不过，正像你可能猜到的，除了还是老样子的森林、山峦和天空外，我什么也没看见。

第二天他走了，没留下任何转投的地址。时而还会有些邮件，是给他、他妻子或者他们俩的。如果是甲级邮件，我们就保留一天，然后退还给寄信人。不是特别多，我也不在意。不管怎么说，这都是工作，我总是庆幸自己还有份事做。

肥

我坐在朋友丽塔家里,边喝着咖啡抽着烟,边和她说这件事。

下面是我跟她讲的。

那是个清闲的星期三,荷伯把这个肥胖的男人带到我这里时,天色已经不早了。

这是我有生以来见过的最肥的人,尽管他看上去挺干净,穿着也够得体。他身上所有东西都很大。但最让我难忘的是他的手指。我停下来照料他邻桌的一对老夫妇时,首先便注意到他的手指。它们看上去有常人手指的三倍大——又长、又粗,像奶油做的。

我还得照顾其他桌的客人,一桌是四个做生意的,非常难伺候。另一桌是三男一女,再加上这对老夫妇。利安得已经给胖子倒好了水,我过去之前给了他足够的时间拿主意。

晚上好,我说。可以为您服务吗?我说。

丽塔，他块头很大，称得上巨大。

晚上好，他说。你好，可以，他说。我想我们可以点餐了，他说。

他的这种说话方式很奇怪。① 你也这么觉得吧。他还经常发出些轻微的喘息声。

我想我们先来个凯撒沙拉，他说。然后来碗汤，多配些面包和黄油，如果可以的话。羊排，我想不会错，他说。烤土豆加上酸奶油。我们待会儿再考虑甜点。非常感谢，他说，然后把菜单还给了我。

天哪，丽塔，那些手指头啊。

我快步走进厨房，把单子递给鲁迪，他接过单子时做了个鬼脸。你知道鲁迪，他上班时就那个德行。

我从厨房出来时，玛戈——我和你提到过玛戈吗？就是追鲁迪的那一个？玛戈对我说，你的胖子朋友是谁？他真是肥得可以。

这只是一部分，我觉得这只是故事的一部分。

我是在他的桌上做的凯撒沙拉，他一边看着我的一举一动，一边给面包片抹黄油，把抹好的放在一侧，在这期间他一直发出一种咝咝的喘气声。结果，我不知道是太紧张了还是怎么回事，一下子打翻了他的水杯。

真对不起，我说。当你匆匆忙忙时往往会这样。真的很抱歉，我说。您没事吧？我马上让服务生过来收拾干净，

---

① 说话者只有一人，但他一直使用复数"we"（我们）。

我说。

没事,他说。没关系的,他说,喘了口气。别担心,我们不介意的,他说。我去找利安得时,胖子还冲我微笑并挥挥手,回来给他上沙拉时,我看见他把面包和黄油都吃光了。

过了一会儿,我给他拿来了更多的面包,而他已经把沙拉吃完了。你知道这些凯撒沙拉的分量有多大吗?

你真好,他说。面包太好吃了,他说。

谢谢您,我说。

嗯,太好了,他说,我们说的是实话。我们并不总是这么爱吃面包的,他说。

您是从哪儿来的?我问他。我好像从来没见过您,我说。

他不是那种你会轻易忘掉的人,丽塔窃笑着插了一句。

丹佛,他说。

尽管有点好奇,我没再说什么。

先生,您的汤一会儿就好,我说着,走到四个生意人那桌做了点扫尾工作,非常难伺候。

给他上汤的时候,我发现面包又没了。他正把最后一片往嘴里送。

相信我,他说,我们不是每次都这么个吃法的。喘气。请你原谅我们,他说。

别担心,我说。我就喜欢看人享受自己的食物,我说。

我也不知道,他说。我想可能是吧。喘气。他理了理餐巾。然后拿起勺子。

天哪,他可真够肥的!利安得说。

他也没办法,我说,闭上你的嘴。

我又放了一篮面包和一些黄油。汤怎么样?我说。

谢谢,很好,他说。非常好,他说。他用餐巾擦干净嘴唇,又轻轻抹了抹下巴。是这儿本来就热还是我的原因?他说。

不是啦,这儿本来就热,我说。

也许我们应该把外套脱了,他说。

请便,我说。舒服最要紧,我说。

说得对,他说,说得非常对,他说。

但过了一会儿我见他仍然穿着外套。

我的两大桌客人已经离开了,那对老夫妇也走了。地方一下子空了下来。等我给胖子送上羊排、烤土豆和更多的面包、黄油时,他是唯一的客人了。

我在土豆上放了很多的酸奶油。在酸奶油上撒了些咸肉末和细香葱。我给他拿来了更多的面包和黄油。

一切都还好吧?我说。

好,他说,喘气。棒极了,谢谢你,他说,又喘了几口。

请慢用,我说。我打开糖罐的盖子,向里看了看。他点着头,在我离开前一直看着我。

我现在明白了当时我是在找些什么。但我不确定到底是什么。

那个大肚皮怎样了?他会让你跑断腿的,哈里特说。你知道哈里特。

甜点，我对胖子说，我们有特制的绿灯笼，就是加了调味汁的布丁蛋糕，有乳酪蛋糕、香草冰激凌，还有菠萝雪葩。

我们没耽搁你吧，有没有？他说，喘着气，看上去有点担心。

没有没有，我说。当然没有，我说。慢慢来，我说。您先想着，我去给您添点咖啡。

那我们就照直跟你说吧，他说。他在椅子上动了动身体。我们想要特制甜点，但我们还想要一碟香草冰激凌。如果可以的话，上面加一滴巧克力糖浆。我们跟你说过我们饿坏了，他说。

我去厨房查看他的甜点。鲁迪说，哈里特说你从马戏团弄来个胖子，是真的吗？

鲁迪已经把他的围裙和帽子脱掉了，你知道我的意思。

鲁迪，他是很胖，我说，但这不是全部。

鲁迪只顾哈哈大笑。

看来她对肥胖的玩意儿感兴趣，他说。

最好小心点，鲁迪，刚走进厨房的乔安妮说。

我有点吃醋了，鲁迪对乔安妮说。

我在胖子面前摆上特制甜食和一大碗香草冰激凌，把巧克力糖浆放在旁边。

谢谢你，他说。

别客气，我说——我突然有点感动。

信不信由你，他说，我们不是每天都这么个吃法的。

我，我吃呀吃呀还是吃不胖，我说。我倒是想增点重量,我说。

千万别,他说,如果我们有其他选择的话,别这么做。但是没有选择。

接着他拿起勺子,继续吃。

然后呢?丽塔说,点着一根我的香烟,把椅子朝桌子拉近了点。故事变得有趣了,丽塔说。

完了。没别的了。他吃完甜点就走了,然后我们俩就回家了,我和鲁迪。

真是头肥猪,鲁迪说,像他平时累了那样伸了个懒腰。然后他只是笑了笑,接着看他的电视。

我烧上泡茶的水,去冲了澡。我把手放在肚子上,想着如果我有了孩子,其中一个变得那么胖,会怎样。

我把水倒进壶里,摆好杯子、糖罐和奶,端着托盘来到鲁迪面前。他好像一直在想这件事。鲁迪说,我小时候认识一个胖子,是两个,非常胖的家伙。天哪,他们是胖墩。我不记得他们的名字了。"肥猪",这是其中一个孩子唯一的名字。我们都叫他"肥猪",那个小孩就住在我隔壁,是我邻居。另一个孩子是后来的,他的名字就叫"站不稳"。除了老师以外大家都叫他"站不稳"。"站不稳"和"肥猪"。我要是有他们的照片就好了,鲁迪说。

我想不出来能说点什么,我们坐着喝茶,很快我就起身去睡觉了。鲁迪也站了起来,关了电视,锁上前门,开始解衣扣。

我一上床就移到床沿,面朝下趴在那儿。但鲁迪关灯上床后,马上就动了起来。虽然这是违背我的意愿的,我还是翻过身来,并稍稍放松。可奇怪的事情发生了。当他爬到我身上后,我突然觉得自己非常胖。我觉得自己肥胖无比,胖到鲁迪就像个小不点一样,几乎从那儿消失了。

这个故事非常有意思,丽塔说,但我看得出来她有点摸不着头脑。

我感到沮丧,但我不想和她说这个。我已经跟她说得太多了。

她坐在那儿等着,优美的手指拨弄着头发。

等什么?我想知道。

现在是八月。

我的生活将会发生改变。我感觉到了。

阿拉斯加有什么？

杰克三点下班。他离开修车站，开车去了离他公寓不远的一家鞋店。他把脚放在一个小凳子上，让店员把工作靴的鞋带松开。

"来双舒服点的，"杰克说，"平时穿的。"

"我们有几双这样的。"店员说。

店员拿来了三双鞋，杰克选了那双柔软的米色鞋。鞋不挤脚，脚下很轻快。付完钱，他夹着装旧靴子的鞋盒，一边走一边看着脚上的新鞋。开车回家的路上，他觉得脚可以在踏板间很随意地移来移去。

"买了双新鞋，"玛丽说，"让我瞧瞧。"

"喜欢吗？"杰克问。

"我不喜欢这种颜色，但我敢打赌穿着肯定很舒服。你是需要双新鞋了。"

他又看了一眼鞋。"我得洗个澡。"他说。

"今天我们早点吃晚饭，"她说，"海伦和卡尔叫我们晚上过去。海伦买了个水烟管,是给卡尔的生日礼物,他们急着想试试。"玛丽看了他一眼,"你没别的事吧?"

"几点?"

"七点左右。"

"可以。"

她又看了一眼他的鞋,吸了下腮帮子。"你去洗澡吧。"她说。

杰克打开水龙头,把衣服和鞋都脱了,他在澡盆里躺了一会儿,就开始用刷子来清洗指甲里的机油垢。他把手在澡盆里泡了泡,举到眼前。

她打开浴室的门。"我给你拿了瓶啤酒。"蒸汽立刻罩住了她,向客厅弥漫。

"我一会儿就好。"他说着,喝了口啤酒。

她坐在浴盆边上,把手放在他的大腿内侧。"从战场上回来了。"她说。

"从战场上回来了。"他说。

她的手在他湿漉漉的腿毛上慢慢滑动。突然,她拍了一下手:"嗨,有件事要告诉你!我今天参加了一个面试,我想他们会给我这个工作的,在费尔班克斯[①]。"

"阿拉斯加?"他问道。

她点了点头:"你觉得怎样?"

"我一直想去阿拉斯加,把握大吗?"

[①] 费尔班克斯(Fairbanks),阿拉斯加州第二大城市。

她点了点头："他们喜欢我，说下周就有消息。"

"太好了，把毛巾递给我，可以吗？我要出来了。"

"我去把饭菜端上桌。"她说。

他的手指头和脚指头都泡得有点发白发皱了。他慢慢把自己擦干，穿上干净的衣服和那双新鞋，梳了梳头，然后进了厨房。她把饭菜端上桌时，他又喝了瓶啤酒。

"我们该带些香草汽水和零食过去，"她说，"我们得去趟商店。"

"汽水和零食，好主意。"

吃完饭，他帮她收拾桌子。然后他们开车去了超市，买了香草汽水、薯片、玉米片和洋葱味脆饼干。在收银台前，他又抓了一大把"哟啮"巧克力棒。

"哎，太好啦。"她看见后说。

他们又开车回家，停了车，走路去海伦和卡尔家。

海伦打开门，杰克把袋子放在餐厅的桌子上，玛丽往摇椅上一坐，吸了吸鼻子。

"我们来迟了，"她说，"杰克，他们没等我们来就开始了。"

海伦笑了："卡尔回来后我们抽了一根，我们在等你们，还没有点水烟管。"她站在屋子中间，看着他们，咧开嘴笑着。"让我瞧瞧袋子里面都有什么。"她说，"哦，哇！我现在就想来片玉米片，你们也来点？"

"我们刚吃了晚饭，"杰克说，"待会儿再说吧。"水声停了下来，杰克听见卡尔在浴室里吹口哨。

"我们有一些冰棍和 M&M's 巧克力豆。"海伦说。她站在桌边,手伸进装薯片的袋子里。"如果卡尔能把澡洗完的话,他会去准备那个水烟管的。"她打开装饼干的盒子,往嘴里放了一片。"嗯,好吃。"她说。

"我不知道艾米丽·波斯特会怎么说你。"玛丽说。

海伦摇摇头,只管笑。

卡尔从浴室里出来。"你们好。嗨,杰克,有什么好笑的?"他笑着说,"我刚才听见你们在笑。"

"我们在笑海伦。"玛丽说。

"海伦一直笑个不停。"杰克说。

"她很搞笑的。"卡尔说,"这么多好吃的!嗨,你们想来杯汽水吗?我去把管子准备好。"

"我要来一杯,"玛丽说,"你呢,杰克?"

"我也来点。"杰克说。

"杰克今晚不太痛快。"

"你为什么这么说?"杰克问道。他看着她说:"这倒是个让我不痛快的好办法。"

"我逗你呢。"玛丽说。她走过来坐到他身边。"我只是想和你开个玩笑,宝贝。"

"嗨,杰克,别不开心,"卡尔说,"给你看看我的生日礼物。海伦,你去开瓶汽水,我得去准备那个管子了,我口渴得要命。"

海伦把薯片和脆饼干放在茶几上,她开了瓶汽水,拿出四个杯子。

"看来我们今天可以狂欢一番了。"玛丽说。

"我已经饿了自己一整天了,不然的话,一周下来非长十磅不可。"海伦说。

"这我太知道啦。"玛丽说。

卡尔拿着水烟管从卧室里走出来。"怎么样?"他一边问杰克,一边把管子放在咖啡桌上。

"像那么回事。"杰克说。他把它拿起来,看了看。

"这玩意儿叫水烟,"海伦说,"卖这个的人是这么说的。这只是个小号的,但很管用。"她笑了笑。

"哪儿买的?"玛丽问道。

"什么?第四街上的那个小店,你知道的那个。"海伦说。

"当然,知道了,"玛丽说,"改天我得去一趟。"玛丽说。她抱着胳膊,看着卡尔。

"这玩意儿怎么个用法?"杰克问道。

"你把烟草放在这里,"卡尔说,"把它点着,再从这头吸,烟从水里滤过。这样一来,味道好,有劲。"

"我也想给杰克买一个当圣诞礼物。"玛丽说。她笑着看了眼杰克,碰了一下他的胳膊。

"我想要一个。"杰克说。他伸直了腿,在灯光下看着自己的鞋子。

"来,试一下。"卡尔细细地吐出一口烟,把管子递给杰克。"看看怎么样。"

杰克就着管子吸了一口,屏住烟,把管子传给海伦。

"玛丽你先来,"海伦说,"我排在玛丽后面,你们得快点赶上了。"

"同意。"玛丽说。她把管子塞进嘴里，狠吸了两口。杰克看着她弄出来的水泡。

"真不错。"玛丽说，把管子传给了海伦。

"我们昨晚刚开始用它。"海伦一边说，一边大声笑着。

"她早上和孩子起来时还在那儿飘飘欲仙呢。"卡尔说，他笑着看海伦抽烟。

"孩子们怎样？"玛丽问。

"他们很好。"卡尔把管子塞进嘴里说。

杰克一边呷着汽水，一边看着管子里面的水泡。这让他想起了潜水员头盔上冒出来的水泡，他还想起了珊瑚礁和一大群奇形怪状的鱼。

卡尔把管子传了过去。

杰克站起身来，伸了个懒腰。

"你要去哪儿，宝贝？"玛丽问道。

"哪儿也不去。"杰克说。他坐了下来，摇了摇头，笑着说："天哪。"

海伦在笑。

"有什么好笑的？"等了好一会儿后，杰克问道。

"天知道。"海伦说。她擦了擦眼睛，又笑了，玛丽和卡尔也开始大笑。

过了一会儿，卡尔拧开烟管上部的盖子，对着一根管子使劲吹气。"有时它会堵住。"

"你说我不痛快是什么意思？"杰克问玛丽。

"什么？"玛丽说。

杰克看着她，眨了眨眼。"你刚才说我不太痛快，为什么那么说？"

"我不记得了，不过你一不高兴，我马上就会知道，"她说，"请别说扫兴的话了，行吗？"

"可以，"杰克说，"我只是不知道你为什么要那么说。在你开口之前我好好的，你这么一说，反倒让我不高兴了。"

"如果鞋子合脚的话。"玛丽说。她靠着沙发的扶手狂笑起来，把眼泪都笑了出来。

"你们在说什么？"卡尔问道。他看了一眼杰克，又看了一眼玛丽。"我刚才没听见。"卡尔说。

"我应该给薯片做一点蘸酱的。"海伦说。

"不是还有一瓶香草汽水吗？"卡尔说。

"我们带了两瓶来。"杰克说。

"两瓶都喝完了？"卡尔说。

"我们喝了吗？"海伦大笑着说。"没喝完，我只开了一瓶，我想我只开了一瓶，我不记得后来又开过。"海伦说，还在不停地大笑。

杰克把管子递给玛丽，她抓住他拿管子的手，把管子塞进嘴里。过了很长时间，他看见烟从她的嘴里冒了出来。

"来点汽水怎么样？"卡尔说。

玛丽和海伦在笑。

"为什么？"玛丽问。

"这个嘛，我以为我们要喝一杯。"卡尔说。他看着玛丽，咧嘴笑了笑。

玛丽和海伦还在大笑。

"有什么好笑的?"卡尔说,他看了眼海伦,又看了眼玛丽,摇了摇头。"我真搞不懂你们。"他说。

"我们有可能会去阿拉斯加。"杰克说。

"阿拉斯加?"卡尔说,"阿拉斯加有什么?你们去那儿干什么?"

"我倒是希望我们能去个什么地方。"海伦说。

"这儿有什么不好?"卡尔说,"你们去阿拉斯加干什么?真的,我想知道。"

杰克放了片薯片在嘴里,啜着汽水。"我不知道,你说呢?"

过了一会儿,卡尔说:"阿拉斯加有什么?"

"我不知道,"杰克说,"问玛丽,玛丽知道。玛丽,我去了那儿能干点什么?也许,我可以去种你读到过的那种超大卷心菜。"

"或者南瓜,"海伦说,"种南瓜。"

"你们会发大财的,"卡尔说,"过万圣节时把南瓜运到这儿来,我来做你们的批发商。"

"卡尔做你们的批发商。"海伦说。

"就是,"卡尔说,"我们都赚它一大笔。"

"发大财。"玛丽说。

过了一会儿,卡尔站了起来,"我知道什么东西美味了,香草汽水。"卡尔说。

玛丽和海伦在大笑。

"你们就笑个够吧。"卡尔说,自己也笑了一下。"谁要来一点？"

"来点什么？"玛丽问。

"来点汽水。"卡尔说。

"你站起来的样子就像要发表演讲一样。"玛丽说。

"我倒是没往那儿想。"卡尔说，摇了摇头，也开始大笑。他坐了下来。"这玩意儿不错。"他说。

"我们应该多弄点。"海伦说。

"多弄点什么？"玛丽问。

"多弄点钱。"卡尔说。

"没钱。"杰克说。

"纸袋里面装的是'哟喏'棒吗？"海伦说。

"我买了一点，"杰克说，"我快出超市时才看见它们。"

"'哟喏'棒不错呀。"卡尔说。

"它们滑溜溜的，"玛丽说，"入口即化。"

"如果有人想吃的话，我们有一些 M&M's 巧克力豆和冰棍。"卡尔说。

玛丽说："我来根冰棍吧。你去厨房吗？"

"是的，我要去拿汽水，"卡尔说，"刚刚想起来，你们要来一杯吗？"

"先都拿来再说，"海伦说，"还有 M&M's 巧克力豆。"

"看来把厨房搬过来要容易一些。"卡尔说。

"我们住在城里的时候，"玛丽说，"听别人说，只要在早上看看厨房，就知道谁家前一天晚上疯狂过。我们住在城里时，只有一间很小的厨房。"她说。

"我们现在的厨房也不大。"杰克说。

"我去看看能找出些什么来。"卡尔说。

"我和你一起去。"玛丽说。

杰克看着他们向厨房走去。他把背靠在沙发的垫子上，看着他们。然后他慢慢地向前倾身，眯起眼睛。他看见卡尔伸手去够碗柜架子上的东西，玛丽的身子贴在卡尔的后面，用手臂搂住了他的腰。

"你们俩是认真的吧？"海伦说。

"非常认真。"杰克说。

"去阿拉斯加。"海伦说。

杰克望着她。

"我记得你说过。"海伦说。

卡尔和玛丽回到客厅。卡尔拿了一大袋M&M's巧克力豆和一瓶汽水，玛丽在吮一根橘子味的冰棍。

"谁想吃三明治？"海伦说，"我们有做三明治的东西。"

"真有意思，"玛丽说，"先吃甜食，再吃正餐。"

"是有意思。"杰克说。

"你是在挖苦人吧，宝贝？"玛丽说。

"谁想要汽水？"卡尔说，"汽水马上就到。"

杰克递过杯子，卡尔把杯子倒满。杰克将杯子放在咖啡桌上，但他伸手去够的时候碰翻了它，汽水倒在了他的一只鞋子上。

"真该死，"杰克说，"你们看见了吧？我把自己的鞋子浇湿了。"

"海伦，我们有纸巾吗？给杰克拿点来。"卡尔说。

"这是双新鞋，"玛丽说，"他刚买的。"

"看上去很舒服。"海伦说，等了好一会儿，她才递了一卷纸巾给杰克。

"我就这么跟他说的。"玛丽说。

杰克脱下那只鞋，用纸巾擦着皮面。

"完了，"杰克说，"汽水肯定擦不掉了。"

玛丽、卡尔和海伦在哈哈大笑。

"这倒是让我想起在报上看到的一件事。"海伦说，她眯着眼，用手指压着自己的鼻尖。"我现在想不起来是什么了。"她说。

杰克穿上那只鞋，他把两只脚都放在台灯下面，同时盯着两双鞋看。

"你读到过什么？"卡尔说。

"什么？"海伦说。

"你说你在报上读到过什么。"卡尔说。

海伦笑了。"我刚才在想阿拉斯加，我记得他们发现了一个包在冰块里的史前人，有什么让我想起了这个。"

"那不在阿拉斯加。"卡尔说。

"也许吧，但它让我想起了这件事。"海伦说。

"你们俩，阿拉斯加到底是怎么回事？"卡尔说。

"阿拉斯加什么都没有。"杰克说。

"他心情不太好。"玛丽说。

"你们在阿拉斯加能干些什么呢？"卡尔说。

"在阿拉斯加什么都干不了。"杰克说。他把脚放到茶几下面,又把它们再次移到灯光下面。"谁想要一双新皮鞋?"杰克说。

"什么声音?"海伦说。

他们听见有个东西在抓门。

"听上去像是辛蒂,"卡尔说,"最好让它进来。"

"你起身时,顺便给我拿一根冰棍。"海伦说,她把头向后一仰,大笑起来。

"我也来一根,宝贝。"玛丽说。"我说什么呢?我是想说卡尔。"玛丽说,"对不起,我以为我是在和杰克说话呢。"

"每人都来根冰棍,"卡尔说,"你要根冰棍吗,杰克?"

"什么?"

"你要一根橘子味冰棍吗?"

"来根橘子味的。"杰克说。

"四根冰棍马上就到。"卡尔说。

过了一会儿,卡尔拿来四根冰棍,分给了大家。他坐下后,他们又听见了抓门声。

"我就知道我忘记了什么。"卡尔说。他站起身,把门打开。

"老天爷,"他说,"这可真了不得。我猜辛蒂今晚外出吃正餐去了。嗨,你们大家,快来看这个。"

猫叼着一只老鼠进了客厅,停下来看了看他们,然后叼着老鼠沿着走廊跑了。

"你们都看见了吗?"玛丽说,"正说着不痛快呢。"

卡尔打开走廊里的灯,猫叼着那只老鼠,从走廊跑出来,一头钻进了卫生间。

"它在吃老鼠。"卡尔说。

"我不想让它在卫生间里吃老鼠,"海伦说,"把它弄出去,里面有孩子们的东西。"

"它不会出来的。"卡尔说。

"老鼠呢?"玛丽说。

"管它呢,"卡尔说,"如果我们要去阿拉斯加的话,辛蒂必须学会狩猎。"

"阿拉斯加?"海伦说,"这和阿拉斯加有什么关系?"

"别问我。"卡尔说。他站在卫生间门口,看着猫。"玛丽和杰克说他们要去阿拉斯加,辛蒂应该学会狩猎。"

玛丽用手托住下巴,看着走廊。

"它在吃老鼠。"卡尔说。

海伦吃掉了最后一片玉米片。"我说了我不要辛蒂在卫生间里吃老鼠,卡尔?"海伦说。

"什么?"

"我说了,把它从卫生间弄出去。"海伦说。

"看在老天的分上。"卡尔说。

"看呀,"玛丽说,"呃,这该死的猫过来了。"

"它要干什么?"杰克说。

猫把老鼠拖到咖啡桌的下面,它趴在桌下,舔着老鼠。它用爪子摁住老鼠,慢慢地舔着它,从头到尾。

"这只猫很兴奋。"卡尔说。

"它让你打哆嗦。"玛丽说。

"这是天性。"卡尔说。

"看它的眼睛,"玛丽说,"看它看我们的眼神,它确实很兴奋。"

卡尔来到沙发这边,在玛丽身旁坐了下来。玛丽往杰克那边挪了挪,给卡尔腾了点地方。她把手放在杰克的膝盖上。

他们看着猫在那里吃老鼠。

"你们从来不喂这只猫?"玛丽对海伦说。

海伦笑着。

"再抽一根怎么样?"卡尔说。

"我们得走了。"杰克说。

"你们着什么急?"卡尔说。

"再待一会儿吧,"海伦说,"你们不用着急走嘛。"

杰克盯着玛丽,玛丽凝视着卡尔,卡尔却盯着脚边的地毯看。

海伦挑着手上的 M&M's 巧克力豆。

"我最喜欢绿色的。"海伦说。

"我得早起上班。"杰克说。

"瞧他不痛快的样子,"玛丽说,"你们如果想见识一个不痛快的,伙计们,这儿就有一个。"

"你走不走?"杰克说。

"谁想来杯牛奶?"卡尔说,"我们还有点牛奶。"

"我汽水喝饱了。"玛丽说。

"汽水一点都没剩下。"卡尔说。

海伦在笑,她合上眼睛,又睁开,大笑起来。

"我们该回家了。"杰克说。过了一会儿,他站了起来。"我们穿外套来了吗?我觉得我们没穿。"

"什么?我觉得我们没穿。"玛丽说。她仍然坐在那里。

"我们最好还是走吧。"杰克说。

"他们得走了。"海伦说。

杰克把手伸到玛丽的腋窝下面,把她拉了起来。

"再见了,伙计们,"玛丽说。她抱着杰克,"我太饱了,动都动不了。"

海伦只是笑。

"海伦总能发现好笑的事。"卡尔说完咧嘴一笑,"你在笑什么,海伦?"

"我不知道,玛丽说过的事。"海伦说。

"我说什么啦?"玛丽说。

"我不记得了。"海伦说。

"我们该走了。"杰克说。

"再见,"卡尔说,"回头见。"

玛丽想挤出一点笑容来。

"走吧。"杰克说。

"晚安,各位,"卡尔说,"晚安,杰克。"杰克听见卡尔说得非常非常慢。

他们来到外面,玛丽低着头,拖着杰克的胳膊往前走。他们在人行道上慢慢地走着。他听着她的鞋子在地上蹭出的声音,还听见一些断续刺耳的狗叫声,以及浮在这些声音上面的、远处车辆发出的微弱的呼啸声。

玛丽抬起头来。"到家后，杰克，我要你和我做，跟我说话，让我高兴。我要换换脑子，杰克，今晚我得换换脑子。"她抱紧了他的胳膊。

他能感觉到那只鞋子上的潮湿。他打开门，拨了一下灯开关。

"上床来。"玛丽说。

"这就来。"他说。

他进了厨房，一口气喝了两杯水。关了客厅的灯，他摸黑走进卧室。

"杰克！"她大叫，"杰克！"

"老天爷，是我！"他说，"我在开灯。"

他找到了台灯。她坐在床上，眼睛发亮。他上好闹钟，开始脱衣服。他的膝盖有点发抖。

"还有可以抽的吗？"她说。

"我们什么都没有。"他说。

"那就给我弄杯喝的来，我们有喝的东西，别跟我说我们什么喝的都没有。"她说。

"只有啤酒。"

他们瞪着眼，互相看着。

"我要杯啤酒。"她说。

"你真的要喝？"

她咬着自己的嘴唇，慢慢地点了点头。

他拿来啤酒，她坐在床上，大腿上放着他的枕头。他把啤酒递给她，自己爬到床上，把被子拉上来。

"我忘记吃药了。"她说。

"什么？"

"忘记吃药了。"

他从床上爬起来，取来她的药。她睁开眼，他把药丢在她伸出的舌头上。她就着啤酒把药咽了下去，他回到了床上。

"把这个拿走，我眼睛都睁不开了。"她说。

他把啤酒罐放在地上，侧身躺着，盯着漆黑的走廊。她把手放在他的肋骨上，手指在他的胸口慢慢地划着。

"阿拉斯加有什么？"她说。

他翻过身来，趴在床上，小心地把自己挪到他自己的那一侧。不一会儿，她就打起了呼噜。

他正准备把台灯关掉，就觉得在走廊里看见了什么。他紧盯着那儿看了一会儿，好像又看见了，是一双小眼睛。他的心跳一下子就加快了，他眨了眨眼，仍然盯着那儿看。他弯下身来想找个可以扔的东西，捡起了他的一只鞋子。他坐直了身子，双手举着鞋子。他咬着牙，听着她的呼噜声。他等着。他等着它再动一下，等着它发出最细微的响动。

邻居

比尔和阿琳·米勒是对快乐的夫妻。但有时他们觉得孤独，因为他们被圈子里的人甩在了后面，比尔还在做他的会计工作，阿琳依然忙于她的秘书事务。他们有时谈起这个，主要是跟他们的邻居哈里特和吉姆·斯通的生活作比较。在米勒两口子看来，斯通家的日子更充实，更有希望。斯通家不是去外面吃晚饭，就是在家里招待客人，或者就借着吉姆工作的机会到全国各地旅行。

斯通家就在米勒家的对门。吉姆是机器配件公司的销售，他常把公差和私人度假结合起来。这次，斯通夫妇要外出十天，先去夏延，再去圣路易斯拜访亲友。他们不在时，米勒夫妇会帮他们照看公寓，喂猫，给花草浇水。

比尔和吉姆在车旁握手。哈里特和阿琳互挽着手臂，在嘴唇上轻吻了一下。

"玩得开心。"比尔对哈里特说。

"我们会的，"哈里特说，"祝你们也过得愉快。"

阿琳点点头。

吉姆冲她眨了下眼。"再见，阿琳。照顾好老头子。"

"我会的。"阿琳说。

"玩得开心。"比尔说。

"那还用说。"吉姆说，轻轻捶了一下比尔的胳膊。"再次感谢你们。"

斯通两口子开车离开时挥了挥手，米勒夫妇也挥了挥手。

"嗯，真希望是我们。"比尔说。

"天晓得，我们真是需要度个假了。"阿琳说。她拉过他的手臂环在腰上，一起上楼回了公寓。

晚饭后阿琳说："别忘了。猫咪第一晚吃肝味食物。"她站在厨房门口，叠着哈里特去年从圣达菲带给她的手工桌布。

进入斯通家的公寓时，比尔深吸了口气。空气已经有些沉闷，似乎带着点甜味。电视上方日出造型的座钟指向八点半。他记得当初哈里特带着这台钟回家时，是怎样拿来对门给阿琳看的，她搂着黄铜的底座，隔着包装纸和它说话，好像这台钟是个婴儿似的。

猫咪在他的拖鞋上蹭她[1]的脸，然后侧身躺下。比尔走进厨房，从光亮的沥水板上堆着的罐头里选出一罐，这时猫咪噌的一下跳了起来。他留下猫咪吃食，来到卫生间，看了看镜子里的自己，闭上眼，又睁开来。他打开药柜，

---

[1] 原文指代猫用了"she"（她）。

发现一瓶药，看了看标签——哈里特·斯通，每天一片，遵医嘱——顺手塞进了口袋里。他回到厨房，提了一大壶水去了客厅。浇完植物后，他把水壶放在垫子上，打开了酒柜。他从后面拿出一瓶皇家芝华士，就着瓶口喝了两口，用袖子擦了擦嘴，把酒瓶放回原处。

猫咪在沙发上睡觉。他关了灯，慢慢地带上门，确认关好了。他觉得自己落下了什么。

"怎么这么长时间？"阿琳说。她正跪坐在那儿看电视。

"没事。逗了一会儿猫咪。"他说，蹭到她身边，抚摸着她的胸部。

"我们上床吧，宝贝。"他说。

第二天下午，比尔在原本二十分钟的休息时间，少休息了十分钟，五点差一刻就下班了。阿琳从公共汽车上下来时，他正在停车。他等她进楼后才冲上楼梯，好在她从电梯里出来时和她碰个正着。

"比尔！老天，你吓我一跳。你回来早了。"她说。

他耸耸肩。"工作那边没什么事情。"他说。

她让他用她的钥匙开了门，他瞟了眼对门，跟着她进了屋。

"我们上床吧。"他说。

"现在？"她笑了起来，"你这是怎么了？"

"没什么。把衣服脱了。"他笨拙地去搂她。她说："我的天哪，比尔。"

他解掉他的皮带。

后来他们叫了中餐外卖，饭送来后他们狼吞虎咽地吃着，听着唱片，一言不发。

"别忘了喂猫咪。"她说。

"我也正想着这件事呢，"他说，"我马上过去。"

他为猫选了一个鱼味罐头，然后给水壶加满水去浇花。他回到厨房时，猫正在猫砂盆里抓着。她盯着他看了一会儿，又回到猫砂盆里。他打开所有的碗柜，查看罐头食品、麦片、袋装食品、鸡尾酒杯和红酒杯、瓷器、罐子和平底锅。他打开冰箱，闻了闻芹菜，咬了两口切达奶酪，啃着一个苹果走进卧室。床显得巨大无比，盖着蓬松的白色床罩，一直拖到地板上。他打开床头柜的一个抽屉，看见半包香烟，把它塞进了口袋。然后他向壁橱走去，正要打开它时，听见了前门的敲门声。

他去开门时路过卫生间，冲了抽水马桶。

"怎么这么久？"阿琳说，"你在这儿都一个多小时了。"

"真的吗？"他说。

"当然是了。"她说。

"我上了趟厕所。"他说。

"你自己家里有厕所。"她说。

"等不及了。"他说。

那晚他们又做了爱。

早晨他让阿琳打电话替他请假。他冲完澡，穿上衣服，做了点清淡的早餐。他想看书。他出去走了一圈，感觉好多了。过了一会儿他回到公寓，双手还插在裤兜里。他在斯通家门口停了停，期望能听见猫的动静。然后他走进自己家门，去厨房取钥匙。

屋里似乎比他的公寓要凉快些，也暗一些。他怀疑植物对温度有影响。他向窗外看了看，然后慢慢地穿过每个房间，琢磨着见到的每样东西，非常仔细地，一件一件地看过去。他看到了烟灰缸、各式家具、厨房用具和时钟，每样东西都看了一遍。最后他走进卧室，猫出现在他脚下。他摸了她一下，把她抱进卫生间，关上了门。

他在床上躺着，眼睛盯着天花板。他闭着眼躺了一会儿，然后把手伸进裤带下面。他试图回想今天是几月几号，回想斯通两口子回来的日子，然后琢磨起他们是否还会回来。他已记不得他们的长相、穿着和说话的样子了。他叹了口气，艰难地翻身下床，靠在梳妆台上，看着镜子里的自己。

他打开壁橱，选了件夏威夷衬衫。他又翻了半天，找到一条烫得平平的、挂在一条棕色斜纹布裤子上面的百慕大短裤。他脱掉自己的衣服，穿上短裤和衬衫，又照了照镜子。他去客厅倒了杯酒，呷着酒往回走。他穿上蓝衬衫、深色西装，戴上蓝白相间的领带，穿上黑色的尖皮鞋。酒杯空了，他又去倒了一杯。

再次回到卧室，他在一把椅子上坐下来，翘着腿，微笑着，看着镜子里的自己。电话响了两下，没再响下去。他喝完酒，脱掉西装外套。他在上面的抽屉里乱翻了一通，找到一条女式内裤和一件胸罩。他穿上那条内裤，系紧胸罩，又在壁橱里找外面穿的。他穿上一条黑白格子裙,想把拉链拉上。他套上那件前襟带扣子的紫红色上衣。琢磨了好一会儿她的鞋,断定它们实在是不合脚。他站在客厅的窗前,隔着窗帘向外看了很久。然后回到卧室,把衣服都脱了。

他一点都不饿。她吃得也不多。他们有点害羞地看着对方,微笑着。她从桌旁站起身来,确定钥匙在架子上,很快地把碗洗了。

他站在厨房门口,吸着烟,看着她拿起钥匙。

"我去对门时你好好歇着,"她说,"看看报什么的。"她攥紧钥匙。他看上去,据她说,有点疲惫。

他想把注意力集中到新闻上,看了一会儿报纸,又打开电视。最后,他去了对门。门是锁着的。

"是我,你还在里面吗?宝贝。"他叫道。

过了一会儿锁才打开,阿琳走出来,顺手带上了门。"我去了很久了吗?"她说。

"嗯,是的。"他说。

"是吗?"她说,"肯定是逗猫咪玩得太久了。"

他琢磨着她,她把头转向一侧,手还握着门把手。

"真奇怪,"她说,"我是说——像这样进到别人家里。"

他点点头,把她的手从把手上拿开,拉着她往自己家走。他打开公寓的门。

"是很奇怪。"他说。

他注意到她背后的毛衣上沾着白色线头,她的脸通红。他开始吻她的脖子和头发,她也回身吻他。

"哦,该死,"她说,"该死,该死。"她像小女孩一样拍着手叫道:"我刚想起来。我彻底忘了我要去做的事。我没喂猫咪,也没给植物浇水。"她看着他:"是不是很蠢?"

"我不觉得,"他说,"等一会儿。我拿上烟,和你一起过去。"

她等着他锁上门,然后拉着他满是肌肉的胳膊,说:"我想我该告诉你。我发现了一些照片。"

他在走廊中间停了下来。"什么样的照片?"

"你自己去看吧。"她说,注视着他。

"是吗,"他咧嘴一笑,"在哪里?"

"在一个抽屉里。"她说。

"是吗。"他说。

然后她说:"也许他们不会回来了。"说完就对自己的话感到很吃惊。

"有可能,"他说,"什么都可能发生。"

"或者也许他们会回来,而且……"但她没把话说完。

他们拉着手走过短短的过道。他说话时,她几乎听不见他的声音。

"钥匙,"他说,"把钥匙给我。"

"什么?"她说,瞪着那扇门。

"钥匙,"他说,"钥匙在你那儿。"

"我的天哪,"她说,"我把它忘在里面了。"

他试了试门把手。锁着的。她跟着试了试,转都转不动。她张着嘴,呼吸加重,期待着。他张开手臂,她扑了进去。

"没关系的,"他对着她的耳朵说,"看在老天的分上,放松点。"

他们站在那儿,抱着对方。他们靠着大门,像是在抵挡一阵大风,极力保持着平衡。

把你的脚放进我鞋子里试试

电话铃响起的时候,他正在吸尘。整间公寓都吸得差不多了,他正在客厅里忙着,用吸管清理沙发坐垫间的猫毛。他停下来,听了听,然后关掉吸尘器,接起电话。

"喂,"他说,"我是马尔斯。"

"马尔斯,"她说,"你还好吗?在忙什么呢?"

"没忙什么,"他说,"嗨,保拉。"

"今天下午办公室有个聚会,"她说,"你被邀请了,迪克邀请了你。"

"我来不了。"马尔斯说。

"迪克刚对我说了,给你家老头子打电话,叫他过来喝一杯,把他从他的象牙塔里拖出来,拖到现实世界里待一会儿。迪克喝了酒后很风趣。马尔斯?"

"我在听。"马尔斯说。

马尔斯原来是迪克的下属。迪克总说他要去巴黎写一部小说,当马尔斯辞职去写小说时,迪克说他会在畅销书排行榜上留意马尔斯的名字。

"我现在来不了。"马尔斯说。

"我们今天上午听到一个可怕的消息,"保拉像是没听见他说的一样,"你还记得拉里·古迪纳斯吗?你来工作时他还在。他在科学书籍处帮过一阵忙,后来被派出去工作,再后来就被解雇了。今天上午听说他自杀了,他朝自己嘴里开了一枪,你想象得出来吗?马尔斯?"

"知道了。"马尔斯说。他试图回想古迪纳斯的样子,想起一个高个儿、有点驼背的男人,他戴一副金丝眼镜,有着颜色鲜艳的领带和后退的发际线。他能想象出那致命的一震,头猛地向后一甩。"天哪,"马尔斯说,"唉,听了真让人难过。"

"宝贝,来办公室坐坐吧,可以吗?"保拉说,"大家只是随便聊聊,喝点酒,听听圣诞音乐。过来吧。"

马尔斯能听见电话那一头的嘈杂声。"我不想去,"他说,"保拉?"他看着窗外飘过几片雪花。在等待回应时,他用手指刮了刮玻璃,并开始在上面写自己的名字。

"什么?知道啦。"保拉说。"好吧,"她又说,"既然这样,那我们在奥也莱斯碰个面,一起喝一杯?马尔斯?"

"好吧,"他说,"奥也莱斯,就这样吧。"

"你不来大家都会失望的,"她说,"特别是迪克,迪克对你很钦佩,你是知道的,他真的是这样,他对我说过。他很佩服你的魄力,他说他要是有你这样的魄力,早就辞职不干了。迪克说像你这样做,没有勇气肯定是不行的。马尔斯?"

"我在听,"马尔斯说,"我觉得我能把车子发动起来。不行的话,我给你打电话。"

"就这样,"她说,"奥也莱斯见。如果五分钟里你不来电话,我就从这儿出发。"

"替我向迪克问好。"马尔斯说。

"我会的,"保拉说,"他正说着你呢。"

马尔斯把吸尘器放到一边。他下了两层台阶,走到他停在最末一个车位、覆盖着积雪的车旁。他钻进车里,踩了好几脚油门,试着发动。车子发动起来了。他踩住油门。

路上,他看着人行道上提着购物袋来去匆匆的行人,望了一眼飘着雪花的灰色天空,和墙缝与窗台上都积着雪的高楼。他试图把一切尽收眼底,以备后用。他正在小说写作的间歇阶段,有点鄙视自己。他找到奥也莱斯,街角处紧靠一家男装店的小酒吧。他在后面停了车,走了进去。他在吧台前坐了一会儿,然后端着杯酒,来到靠门的一张小桌旁。

保拉进门时说了声:"圣诞快乐。"他站起来吻了她一下。他帮她把椅子拉开。

他说:"威士忌?"

"威士忌。"她说。"威士忌加冰。"她对过来开单子的女孩说。

保拉端起他的酒杯,把酒一口干了。

"我也再来一杯。"马尔斯对女孩说。"我不喜欢这个地方。"女孩离开后,他说。

"这地方哪儿不好？"保拉说，"我们总来这儿呀。"

"我就是不太喜欢，"他说，"我们喝完这杯就去别的地方。"

"随你的便。"她说。

女招待端来了酒，马尔斯付了账，他和保拉碰了一下杯。

马尔斯看着她。

"迪克向你问好。"她说。

马尔斯点点头。

保拉呷着她的酒："今天过得怎样？"

马尔斯耸了耸肩。

"都干了些什么？"她说。

"没干什么，"他说，"我用吸尘器打扫了。"

她碰了一下他的手："所有人都让我替他们向你问好。"

他们把酒喝完。

"我有个主意，"她说，"我们干吗不去摩根家拜访一下？我们从来没见过他们，看在老天的分上，他们已经回来好几个月了。我们可以顺道去一下，说我们是马尔斯夫妇，向他们问个好。再说，他们给我们寄了张卡片，让我们在节日期间过去坐坐。他们邀请了我们。我不想回家。"她终于把话说完了，伸手去包里找烟。

马尔斯在想他出门前有没有设置好火炉，把所有的灯关掉。然后，他想起了窗前飘过的雪花。

"他们上次寄来的那封侮辱我们的信，提到他们听说了我们在屋里养猫,这事怎么讲?"他说。

"他们现在肯定已经忘掉了,"她说,"又不是什么大不了的事情。哦,我们去吧,马尔斯!我们顺路去一下嘛。"

"如果要去,我们应该先打个电话。"他说。

"不用打,"她说,"这样做本身就很有意思。我们不打电话,直接去敲门问好,我们以前在那儿住过嘛。好不好?马尔斯?"

"我觉得我们还是应该先打个电话。"他说。

"正过节呢,"她从椅子上站起身来,"走吧,宝贝。"

她拉住他的胳膊,出门走进雪里。她建议开她的车去,过后再来取他的车。他为她打开车门,再绕到副驾驶那一边。

当看到被灯光照亮的窗户、屋顶上的积雪和车道上停着的旅行轿车时,他愣住了。窗帘开着,圣诞树上的小灯泡透过窗户冲他们眨眼。

他们从车里钻出来。他搀扶着她,跨过一堆积雪,向房子的前廊走去。刚走了没几步,就看见一只毛茸茸的大狗从车库拐角处冲出,径直朝马尔斯奔来。

"哦,天哪。"他说着弯下腰往后退,不由得举起了双手。他在走道上滑了一下,外套掀了起来,他摔倒在冰冻的草地上,心想这狗肯定会上来咬断他的喉咙。狗咆哮了一阵后,嗅起马尔斯的外套。

保拉抓起一大把雪向狗扔去。门廊的灯亮了,门开了,一个男人喊道:"巴兹!"马尔斯爬起来,掸了掸身子。

"怎么回事？"站在门口的男人说，"是谁呀？巴兹，过来，伙计，这儿来！"

"我们是马尔斯夫妇，"保拉说，"我们是来祝你们圣诞快乐的。"

"马尔斯夫妇？"站在门口的男人说。"滚出去！滚到车库去，巴兹。滚，滚！是马尔斯夫妇。"男人对站在他身后、正探头往外张望的女人说道。

"马尔斯夫妇，"她说，"哦，让他们进来，让他们进来，看在老天的分上。"她走到门廊前，说："请进，天真冷。我是希尔达·摩根，这是埃德加。很高兴见到你们。请进来吧。"

他们在门廊处很快地握了握手。马尔斯和保拉进屋后，埃德加·摩根关上了门。

"把你们的外套给我，把外套脱了吧。"埃德加·摩根说。"你没事吧？"他对马尔斯说，仔细地看了看他，马尔斯点了点头。"我知道这条狗有点疯，但它从来没像今天这样。我看见了。刚才我正好看着窗外。"

这番坦白让马尔斯觉得有些奇怪，他看了一眼这个男人。埃德加·摩根四十来岁，头几乎全秃了，穿着休闲裤和毛衣，脚上穿着双皮拖鞋。

"它叫巴兹，"希尔达·摩根宣布，并做了个鬼脸。"是埃德加的狗。我不能忍受在家里养宠物，但埃德加买了这条狗，他保证不让它进屋。"

"它睡在车库里，"埃德加·摩根说，"它乞求进屋，但我们不允许，这你知道吧。"摩根咻咻地笑了起来。"坐下，坐下，如果你们能在这堆得乱七八糟的地方找到座位的话。希尔达，亲爱的，把沙发上的东西挪开，好让马尔斯他们坐下来。"

希尔达清理好沙发上的盒子、包装纸、剪刀、一盒缎带和纸花，她把所有的东西都放到了地上。

马尔斯注意到埃德加又在盯着他看，脸上没了笑容。

保拉说："马尔斯，亲爱的，你头发上沾了个东西。"

马尔斯用手在头后面摸了一下，发现一根细树枝，就把它放进了口袋。

"那条狗，"摩根说着又哧哧地笑了起来，"我们正在喝热饮，包装那些拖到最后一刻的礼物。你们愿意和我们一起为节日喝一杯吗？你们想来点什么？"

"什么都可以。"保拉说。

"随便什么，"马尔斯说，"但愿我们没有打扰你们。"

"什么话，"摩根说，"我们一直……一直都对马尔斯一家很好奇。先生，你来杯热的？"

"好的。"马尔斯说。

"马尔斯太太？"埃德加说。

保拉点了点头。

"两杯热饮马上就到。"摩根说。"亲爱的，我觉得我们也差不多了，是不是？"他对他的妻子说。"这的确是个好理由。"

他拿过她的杯子，去了厨房。马尔斯听见碗碟橱的门砰的一声响，还听见一句像是咒骂的低声嘀咕。马尔斯眨了眨眼。他看了一眼希尔达·摩根，她正端坐在沙发一端的一把椅子上。

"往这边坐，你们俩。"希尔达·摩根说。她拍了拍沙发的扶手。"往这边一点，靠着壁炉。等摩根先生回来，让他添一点柴火。"他们坐了下来。希尔达·摩根把手放在大腿间，身体略向前倾，端详着马尔斯的脸。

除了希尔达·摩根椅子背后墙上的三张带镜框的小照片外，客厅和他记忆中的一模一样。其中的一张照片里，一个穿着马甲和双排扣礼服的男子正在向两个打着阳伞的妇人脱帽致敬。背景是跑着马车的中央广场。

"德国怎么样？"保拉说。她坐在坐垫的边上，抓着膝盖上的包。

"我们很喜欢德国。"埃德加·摩根说，他端着放有四个大杯子的托盘从厨房出来。马尔斯认出了这些杯子。

"马尔斯太太，你去过德国吗？"摩根问道。

"我们很想去，"保拉说，"是不是啊，马尔斯？也许明年吧，明年夏天。要不就是后年。一旦我们有了钱。也许等马尔斯卖出点什么以后。马尔斯在写作。"

"我觉得一趟欧洲之行对一个作家来说会十分有益。"埃德加·摩根说。他把杯子放在垫子上。"请便。"他在他妻子对面的一把椅子上坐了下来，注视着马尔斯。"你在信中说你辞了职专事写作。"

"是这样的。"马尔斯呷着他的饮料说。

"他几乎每天都要写点什么。"保拉说。

"是这样吗？"摩根说，"那真了不起。我可以问问你今天都写了点什么吗？"

"什么都没写。"马尔斯说。

"正过节呢。"保拉说。

"你一定为他感到骄傲,马尔斯太太。"希尔达·摩根说。

"是的。"保拉说。

"我为你高兴。"希尔达·摩根说。

"你们或许会对我那天听说的事情感兴趣。"埃德加·摩根说。他取出一些烟丝塞进烟斗。马尔斯点了根烟,四下找着烟缸,最后把火柴丢到了沙发背后。

"这真的是个令人毛骨悚然的故事,但你也许可以用它做素材,马尔斯先生。"摩根划着火柴,吸着烟斗。"对你的写作有帮助,是不是,这类的事情。"摩根边说边笑着把火柴晃灭。"这老兄和我差不多大,和我做过几年同事,我们有些来往,也有共同的朋友。后来他搬走了,在一所大学接受了一份职务。唉,你们知道这是怎么一回事——这老兄和他的一个学生搞上了。"

摩根太太用舌头表示了一声不满。她弯腰捡起一个包着绿纸的小盒子,往上面粘一朵红色的纸花。

"根据各方面的说法,这是一段持续了好几个月的风流韵事,"摩根继续说道,"直到不久前,事实上,准确地说,是一周前。那天——是在晚上——他向他妻子宣布——他们已经结婚二十年了,他向他妻子宣布他要离婚。你不难想象那个傻女人会怎么反应。可以说是突然就来了这么一下子。这一通闹,全家都卷进来了。她命令他立刻从家里出去。但就在这老兄往外走的时候,他儿子朝他扔了一个西红柿汤罐头，正好砸在他的前额上。把他砸成了脑震荡，住进了医院。他的情况很严重。"

摩根吸着烟斗，眼睛盯着马尔斯。

"我从没听说过这样的事。"摩根太太说，"埃德加，真恶心。"

"太恐怖了。"保拉说。

马尔斯咧嘴一笑。

"现在，有个为你准备的故事，马尔斯先生。"摩根说，他看见了那一抹笑，眯起眼睛，"想想如果你能钻进那个男人的脑袋里，你会有个什么样的故事。"

"或者她的脑袋里，"摩根太太说，"他妻子的。想想她的故事。二十年后就这样被别人背叛了。想想她会有什么样的感受。"

"但是，想象一下那可怜的男孩所承受的，"保拉说，"想想看吧，他几乎把他爸爸杀了。"

"是的，说得都对，"摩根说，"但我觉得你们都没往这儿想。想一想这个。马尔斯先生，你在听吗？告诉我你是怎么想的。把你的脚放进那个爱上了一个已婚男人的十八岁女学生的鞋里，设身处地替她想一想，你就会发现这个故事可能的写法了。"

摩根点了点头，带着得意的神情靠在椅背上。

"我对她恐怕没有一点同情，"摩根太太说，"我能想象她是哪一种人。我们都知道她是什么样的，那种专门勾引老男人的。我对他也没有一点同情——这个男人，这个追

103

逐者，没有，我没有。在这件事上，我不得不说我的同情心全在妻子和儿子身上。"

"这得托尔斯泰来写才能写好，"摩根说，"比托尔斯泰差半点都不行。马尔斯先生，水还热着呢。"

"该走了。"马尔斯说。

他站起来，把烟扔进炉火里。

"待一会儿，"摩根太太说，"我们还没有彼此熟悉呢。你们还不知道我们是怎样……猜测你们的呢。我们现在总算见面了，再待一会儿吧。这真是个惊喜。"

"谢谢你们的卡片和短信。"保拉说。

"卡片？"摩根太太说。

马尔斯坐了下来。

"我们决定今年一张卡片都不寄，"保拉说，"我忙不过来，最后一刻再来做这个似乎也没有什么意思。"

"你要再来一杯吗，马尔斯太太？"摩根站在她前面，手放在她的杯子上。"给你丈夫做个榜样。"

"是很好喝，"保拉说，"喝了暖和。"

"对，喝了暖和。说得好。亲爱的，你听见马尔斯太太说的了吗？喝了暖和。这非常好。马尔斯先生？"摩根说，等着回应，"你愿意和我们一起喝吗？"

"好吧。"马尔斯说，让摩根拿走了杯子。

狗发出呜呜的叫声，开始用爪子抓门。

"那条狗，我不知道它是怎么了。"摩根说。他进了厨房，这一次，马尔斯清楚地听见他在把水壶摔到炉子上时咒骂了一声。

摩根太太哼起了小调。她拿起一个包了一半的礼品盒，剪了一条胶带，开始封贴包装纸。

马尔斯点了根烟。他把火柴撂在杯垫上。他看了看表。

摩根太太抬起头来。"我好像听见有人在唱歌。"她说。她听了听。她从椅子上站起来，走到前面的窗子跟前。"有人在唱歌。埃德加！"她喊道。

马尔斯和保拉走到窗前。

"我好多年没见过沿街唱圣诞颂歌的人了。"摩根太太说。

"怎么了？"摩根说。他端着托盘和杯子出来。"怎么了？出什么事了？"

"没什么，亲爱的。是唱圣诞颂歌的人。他们在那边，街对面。"摩根太太说。

"马尔斯太太。"摩根递过托盘，"马尔斯先生。亲爱的。"

"谢谢。"保拉说。

"*非常感谢*[①]。"马尔斯说。

摩根放下托盘，端着杯子回到窗前。年轻人聚集在对面房子前的人行道上，一群男孩和女孩，一个穿着大衣、戴着围巾的年龄稍大、个头稍高的男孩。马尔斯能看见对面窗户里的面孔——阿特里夫妇。圣歌唱完后，杰克·阿特里来到门口，给了那个大男孩一件东西。这群人沿着人行

[①] 原文为西班牙语。

道往前走,手电筒的灯光晃来晃去,他们在另一栋房子前停了下来。

"他们不会来这儿了。"等了一会儿,摩根太太说。

"什么?他们为什么不来这儿?"摩根说,转向他的妻子,"说的是什么蠢话!他们为什么不来这儿?"

"我就是知道他们不会。"摩根太太说。

"我说他们会。"摩根说,"马尔斯太太,这些唱圣诞颂歌的人会不会来这儿?你怎么认为?他们会回来祝福这个家吗?你说说。"

保拉贴近窗户,但唱圣诞颂歌的人已经走到了路的尽头。她没有回答。

"好啦,大家的兴奋劲都过去了。"摩根说,回到椅子旁。他坐下,皱了皱眉头,开始往烟斗里面塞烟丝。

马尔斯和保拉回到沙发上。摩根太太终于离开了窗户。她坐下来,一边微笑一边盯着自己的杯子。然后,她放下杯子哭了起来。

摩根把手帕递给妻子。他看着马尔斯。不久,摩根开始用手指敲椅子的扶手。马尔斯动了动他的脚。保拉在钱包里找香烟。"你看你弄的!"摩根说这话时,眼睛盯着马尔斯脚边地毯上的某个东西。

马尔斯准备站起来。

"埃德加,再给他们来杯饮料。"摩根太太边说边擦眼睛。她用手帕擦了擦鼻子。"我想让他们听听阿滕伯勒太太的故事。马尔斯先生写东西。我想他可能会觉得这个故事有点用。等你回来,我们再开始讲这个故事。"

摩根收起杯子,把它们端到厨房里。马尔斯听见盘子的哗啦声和碗柜门的嘭嘭声。摩根太太看着马尔斯,无力地微笑着。

"我们得走了,"马尔斯说,"我们得走了。保拉,拿上你的外套。"

"别,别走,请留下,马尔斯先生,"摩根太太说,"我们想让你们听听阿滕伯勒太太的故事,可怜的阿滕伯勒太太。马尔斯太太,你也会感谢这个故事的。它是个机会,让你看看你丈夫的大脑是怎样处理一手素材的。"

摩根回到客厅并把热饮递给大家。他飞快地坐了下来。

"给他们讲讲阿滕伯勒太太的故事,亲爱的。"摩根太太说。

"那条狗差点没把我的腿给扯下来。"马尔斯说,说完马上对自己这句话感到吃惊。他放下杯子。

"哎,我说,没那么严重吧。"摩根说,"我看见了。"

"你知道这些作家,"摩根太太对保拉说,"他们总喜欢夸张。"

"所谓笔杆的力量。"摩根说。

"就这样吧,"摩根太太说,"把你的笔弯成犁头,马尔斯先生。"

"让摩根太太来讲阿滕伯勒太太的故事。"摩根说,不理睬正站起身来的马尔斯,"摩根太太和这件事有着密切的关系。我已经给你们讲了那个被汤罐头砸昏了的老兄。"摩根咻咻地笑了起来,"让摩根太太来讲这一个。"

"你讲吧,亲爱的。马尔斯先生,你注意听着。"摩根太太说。

"我们该走了。"马尔斯说,"保拉,我们走吧。"

"是关于诚实的。"摩根太太说。

"那我们就诚实一点。"马尔斯说。然后他问:"保拉,你走不走?"

"我要求你们听这个故事。"摩根提高了嗓音,"你们如果不听,那就是在侮辱摩根太太,侮辱我们俩。"摩根握紧了烟斗。

"马尔斯,别这样,"保拉不安地说,"我想听听,听完我们就走。马尔斯?求你了,亲爱的,再坐一分钟。"

马尔斯看着她。她动了下手指头,像是对他做了个暗号。他犹豫了一下,在她身边坐了下来。

摩根太太开始了:"在慕尼黑时,一天下午,我和埃德加去了多特蒙德博物馆。秋天那里有个包豪斯①展,埃德加说管它呢,歇上一天——要知道,他正在做研究——管它呢,歇上一天。我们坐上有轨电车,穿越慕尼黑城来到博物馆。我们花了好几个小时看展览,为了向我们喜欢的几位过去的大师致敬,还重访了几家画廊。就在我们快要走的时候,我去了趟厕所。我把钱包丢在那儿了。钱包里有埃德加当月的工资支票,前一天刚从国内寄来,还有一百二十美元现金,我原本准备把钱和支票一起存进银行。钱包里还有我的身份证。我到家才发现钱包丢了。埃德加

---

① 包豪斯(Bauhaus),建筑学的一个流派,始于德国。

赶紧给博物馆的负责人打电话。他正说着，我看见一辆出租车在门前停下来。一位穿着讲究的白发妇人从车里走了出来。她是个结实的妇人，拿着两个钱包。我招呼了声埃德加，就去开门。妇人说她叫阿滕伯勒太太，把我的钱包递给我，解释说她也在下午参观了博物馆，在厕所发现垃圾箱里有个钱包。为了找到失主，她当然得打开钱包。里面有我的身份证，她便知道了我们的地址。为了把钱包亲自送来，她立刻离开了博物馆，打了辆出租车过来。埃德加的支票还在里面，但是现金，那一百二十美元不见了。尽管这样，我还是很感激，其他东西都完好无损。快四点了，我们留那位女士和我们一起用茶。她坐了下来，没过一会儿就给我们说起了她的经历。她出生在澳大利亚，在那儿长大，婚结得早，有三个孩子，全是男孩，她现在守寡，和两个儿子一起住在澳大利亚。他们以牧羊为生，有两万多英亩的地用来放羊，而且，每年到了特定季节，会有很多牧羊人和剪羊毛工人来给他们打工。她正准备从英国回到澳大利亚，顺路才来到我们慕尼黑。她在英国看望完她做律师的小儿子，准备回澳大利亚前遇见了我们。"摩根太太说，"她一路上玩了不少地方。她的行程单上还有好几个地方要去。"

"说重点，亲爱的。"摩根说。

"好的。这是事情的经过，下面，马尔斯先生，我就直奔高潮，就像你们作家说的那样。我们愉快地交谈了一个小时，在这个女人讲完她的经历和她在澳大利亚的历险后，她起身准备离开。她把杯子递给我时，突然张开了嘴，杯子掉到了地上,她一头倒在我们的沙发上死了。死了。就在我们的客厅里。这是我们一生中最震惊的一刻。"

摩根很严肃地点了点头。

"天哪。"保拉说。

"命运让她死在德国我们家客厅的沙发上。"摩根太太说。

马尔斯大笑起来。"命、运、让、她、死、在、你、们、的、客、厅?"他一边喘气一边说。

"这好笑吗,先生?"摩根说,"你觉得这很好笑吗?"

马尔斯点点头。他笑个不停。他用衣袖擦了擦眼睛。"实在对不起,"他说,"我控制不住。那句'命运让她死在德国我们家客厅的沙发上'。对不起。后来怎样了?"他好不容易把话说完。"我想知道后来怎样了。"

"马尔斯先生,我们不知道该怎么办。"摩根太太说,"太震惊了。埃德加试了试她的脉搏,但她一点活着的迹象都没有。她已经开始变色。她的脸和手都在变灰。埃德加走到电话旁想打给谁。他说:'打开她的包,看看能不能查到她住在哪儿。'我把目光从沙发上躺着的那个可怜人的身上移开,拿起她的钱包。我在钱包里看见的第一样东西竟然是我的一百二十美元,回形针还在上面别着呢,想象一下我当时的惊讶和困惑吧。那种彻底的困惑。我从来没有这么惊讶过。"

"还有失望,"摩根说,"别忘了,一种刻骨铭心的失望。"

马尔斯咯咯地笑着。

"如果你真的是个作家,像你自己说的那样,马尔斯先生,你不会笑的。"摩根站起身来说,"你根本不敢这么笑!你会努力去理解它。你会扎到那个可怜人的灵魂里去,设法理解她。但你根本不是个作家,先生!"

马尔斯咯咯地笑个不停。

摩根把他的拳头砸在茶几上,杯子在桌垫上叮当作响。"真实的故事就发生在这里,就在这栋房子里,就在这间客厅里,现在是说出它的时候了!真实的故事在这儿,马尔斯先生。"摩根说。他在地毯上摊放的鲜亮包装纸上走来走去。他停下来盯着马尔斯看,后者正用手托着前额,笑得前俯后仰。

"设想一下这种可能性,马尔斯先生!"摩根尖叫道,"设想一下!一个朋友——让我们称他为 X 先生——是 Y 先生和 Y 太太的……的朋友,也是 Z 先生和 Z 太太的朋友。不幸的是,Y 先生、Y 太太和 Z 先生、Z 太太并不互相认识。我之所以说'不幸',是因为假如他们已经互相认识,这件事根本就不可能发生,这个故事也就不存在了。现在,X 先生听说 Y 先生和 Y 太太要去德国一年,需要有人在他们不在时住那栋房子。Z 先生和 Z 太太正在找合适的住处,X 先生告诉他们他知道一个好住处。但没等 X 先生把 Z 先生和 Z 太太介绍给 Y 先生和 Y 太太,Y 他们不得不提前离开了。作为朋友的 X 先生,被委托根据自己的判断把房子租给别人,这包括 Y 先生和 Y 太太——我是想说 Z。这样,那位……那位 Z 先生和 Z 太太就搬了进来,并带来一只猫,Y 先生和 Y 太太后来是在 X 先生给他们的一封信里知道的。

尽管租约里明确说明不能养猫和其他动物，因为Y太太有哮喘病，Z先生和Z太太还是带了只猫进来。真实的故事，马尔斯先生，就在我刚才描述的情况里面。如果要说出事实来的话，Z先生和Z太太——我是说Y先生和Y太太搬到Z家后，侵犯了Z的家。在Z的床上睡觉是一回事，但打开Z的私用壁橱，使用他们的床单被套，故意损坏里面的东西，这是不道德和违背租约的。上述这对夫妻，Z他们，打开上面标着'请勿打开'的装厨房用具的箱子。打碎了盘子，虽然有明文规定，在上述的租约里明文规定他们不得使用房主的，也就是Z的私人物件。我强调一下，是私人的财产。"[1]

摩根的嘴唇发白，他继续在纸上走来走去，偶尔停下来看马尔斯一眼，嘴巴里发出轻微的喘气声。

"还有卫生间的东西，亲爱的，别忘了卫生间的东西，"摩根太太说，"用Z的毯子和床单已经是很不对的了，但他们还用了卫生间的东西，翻动储存在阁楼里的私人物件，这就太过分了。"

"这是个真实的故事，马尔斯先生。"摩根说。他试图填他的烟斗。但他的手在发抖，烟丝散落到了地毯上。"这是个真实的故事，正等着别人来写呢。"

"而且这并不需要托尔斯泰来写。"摩根太太说。

"根本就不需要托尔斯泰。"摩根说。

---

[1] 这段独白里，摩根先生好几次把"Y先生和Y太太"与"Z先生和Z太太"搞混。作者借此来表现摩根语无伦次的愤怒心情。

马尔斯大笑着。他和保拉同时从沙发上站起身，向大门走去。"晚安。"马尔斯开心地说。

摩根跟在他的身后："如果你是个真正的作家，先生，你会把那个故事变成文字，而不是踮着脚绕着它走。"

马尔斯只是在笑。他触到了门把手。

"还有一件事。"摩根说，"我本来不想提的，但鉴于你今晚的所作所为，我想告诉你我的两张一套的'爵士音乐会'不见了。这些唱片是很有纪念意义的，我一九五五年买的它们。现在，我强烈要求你告诉我它们去了哪里！"

"凭良心说，埃德加，"摩根太太在帮保拉穿外套时说，"清点完唱片后，你承认你记不得最后一次见这些唱片是什么时候了。"

"但我现在很确定，"摩根说，"我肯定我们离开前见过那些唱片，现在，现在我想让这位作家确切地告诉我们那些唱片的去向。马尔斯先生？"

但马尔斯已经来到门外，他拉着他太太的手，急匆匆地沿过道向车子走去。巴兹被他们吓住了，怯生生地叫了一声，跳到了一旁。

"我要知道！"摩根叫道，"我等着呢，先生！"

马尔斯和保拉钻进车里，发动了引擎。他又看了一眼站在门廊里的那对夫妻。摩根太太挥了挥手，而后，她和埃德加·摩根进到屋里，关上了门。

马尔斯把车开上了路。

"那些人疯了。"保拉说。

马尔斯拍了拍她的手。

113

"他们真恐怖。"她说。

他没有回答。她的声音像是从很遥远的地方传来的。他继续往前开着。雪花扑打在挡风玻璃上。他默不作声地看着前方的路。此刻,他正处在一个故事的结尾。

收藏家

我丢了工作。我躺在沙发上听着雨声，随时期盼着来自北方的消息。我不时欠身，透过窗帘看一眼邮递员来了没有。

街上没有人，什么都没有。

我再次躺下还不到五分钟，就听见有人在门廊上走动，来人停顿了一下，敲起门来。我躺着没动。我知道不是邮递员。我听得出他的脚步声。没工作时你得格外留心，通知会来自邮件，也会从门缝底下塞进来。他们有时还会直接上门来找你谈谈，尤其是你没装电话的话。

敲门声又响了起来，更响了，坏兆头。我慢慢坐直身子，想从这儿看看前廊。但是不管站在那里的是谁，他贴着门站着，又一个坏兆头。我知道地板会咯吱咯吱地响，所以没有机会溜进另一个房间，从那里的窗户向外看。

又一声敲门声，我说，谁呀？

我是奥布里·贝尔，一个男人说道，你是斯莱特先生吗?

你想干什么?我在沙发上喊道。

我有东西要给斯莱特太太。她赢了一样东西。斯莱特太太在家吗?

斯莱特太太不住在这里,我说。

唔,那么,你是斯莱特先生吗?那个男人说,斯莱特先生……他打了个喷嚏。

我从沙发上起身。打开锁,把门开了一条缝。是个老头,在雨衣里面显得肥胖臃肿。水沿着雨衣往下淌,滴在他拎着的那个装着什么设备的大箱子上。

他咧嘴笑了笑,放下大箱子。他伸出手来。

奥布里·贝尔,他说。

我不认识你,我说。

斯莱特太太,他说了起来,斯莱特太太填了张卡。他从里面口袋里掏出一叠卡片,翻了一小会儿。斯莱特太太,他念道,南六街东二百五十五号?斯莱特太太中奖了。

他脱下帽子,庄重地点了点头,用帽子抽打着雨衣,好像在说就这样了,都搞定了,旅程已经结束,到达终点了。

他等着。

斯莱特太太不住在这里,我说,她中了什么奖?

我给你看看,他说,我可以进来吗?

我不知道。要是时间不长的话,我说,我很忙。

好的,他说,让我先把这件雨衣脱了。还有这双套鞋。我不想在你的地毯上留下水迹。我看见你确实铺了块地毯,您是斯……

看见地毯后,他的眼睛亮了一下,又暗了下去。他打了个寒战,脱掉雨衣,在外面抖了抖,把领子挂在门把手上。这是个挂衣服的好地方,他说,该死的天气,别提了。他弯下腰来松鞋带。他把箱子放在房间里面。他脱掉套鞋,穿着拖鞋进了房间。

我关上门。见我盯着拖鞋看,他说,奥登[①]第一次去中国时,穿着拖鞋走遍了那里。从来没有把它们脱下来过。有鸡眼。

我耸耸肩。又看了一眼街上有没有邮递员,再次把门关上。

奥布里·贝尔盯着地毯看。他咬住下唇,然后笑了起来。他一边笑一边摇头。

有什么好笑的?我说。

没什么,天哪,他说。他又笑了起来。我想我是昏了头了。我想我在发烧。他把手放在额头上。他的头发乱成一团,头上戴帽子的地方被压出一圈印子。

我像是在发烧吗?他说,我也不知道,我想我可能是发烧了。他仍然盯着地毯看着。你有阿司匹林吗?

你怎么啦?我说,我希望你别把病传给我。我还有要紧的事要做。

他摇摇头。他在沙发上坐了下来。他用穿着拖鞋的脚踩了踩地毯。

[①] 威斯坦·休·奥登(Wystan Hugh Auden,1907—1973),二十世纪上半叶最具影响力的美国诗人,出生于英国。

我去了厨房，洗了一只杯子，从瓶子里倒出两片阿司匹林。

这儿，我说，吃完你就该走了。

你能代表斯莱特太太吗？他有点生气了，低声说。算了，算了，算我刚才没说，算我刚才没说。他擦了擦脸，吞下阿司匹林。他的目光扫过空荡荡的房间。然后他费劲地倾身向前，打开箱子的搭扣。箱子嘭的一声打开了，露出装满各种各样东西的隔间，有软管、刷子、发亮的管子和一个装在小轮子上面、看上去很重的蓝色的东西。他盯着这些东西，一副吃惊的样子。他用一种神秘兮兮的语调说：你知道这是什么吗？

我靠近了一点，要我说这就是台吸尘器。我没买东西的打算，我说，就算买，也不会去买一台吸尘器。

我想让你看个东西，他说。他从上衣口袋里掏出一张卡片。看这个，他说。他把卡片递给我。没有人要你买什么。但你看看这个签名，是不是斯莱特太太的签名？

我看着卡片。我把它凑到灯光下面。我把它翻过来，但另一面是空白的。那又怎样？我说。

斯莱特太太的卡片是从一篮子卡片里随机抽出来的。有几百张这样的小卡片。她赢了一次免费吸尘和地毯清洗的服务。斯莱特太太中奖了。没有任何附加条件。我来这里甚至要帮你们吸吸床垫，斯……先生，看到床垫上日积月累的那些东西，你会吓一跳的。生命里的每一天，每一夜，我们身上都会留下一点东西，这儿一点，那儿一点。我们身上的这些碎屑去哪儿了呢？它们穿过床单掉进了床垫，就在那里！还有枕头里。都一样。

他把那些亮晶晶的管子一根根地取出来，把它们接了起来。现在他把长度适当的管子插进软管。他跪在地上，嘴里咕哝着，把一个像吸嘴一样的东西接在软管上，又把带轮子的蓝色的东西提了出来。

他让我查看了一下他打算用的滤网。

你有车吗？他问道。

没车，我说，我没有车。如果有的话我会开车把你送走的。

太不幸了，他说。这个小吸尘器带着条六十英尺长的延长线。如果你有辆车的话，你可以把这个小吸尘器推到你车门跟前，吸一下里面的长毛地毯和豪华仰式座椅。当你发现我们身上会掉下那么多东西，那些高级椅子下面长年累月积攒下来那么多东西，你会大吃一惊的。

贝尔先生，我说，我觉得你最好把东西都收起来，离开这里。我这么说没有任何恶意。

但他正在房间里四处找插座。他在沙发尽头找到了一个。机器里面像是有个玻璃球，发出咔嗒咔嗒的响声，总之，里面有松动的东西，稍后，响声变成了稳定的嗡嗡声。

里尔克成年后，从一个城堡搬到另一个城堡。全靠资助者，他透过吸尘器的嗡嗡声大声说道。他很少坐汽车，情愿去坐火车。再看看和夏特莱侯爵夫人住在西莱堡的伏尔泰①。面对死亡，他多么平静。他抬起右手，好像我马上要反驳他似的。不对，不对，说得不对，是不是？别这么说。但又有谁知道呢？说完他转过身去，开始把吸尘器往另一个房间里拖。

房间里有一张床，一个窗户。被子堆在地上。一个枕头，一张床单罩着床垫。他褪下枕套，又迅速地把床单从床垫上扒下来。他盯着床垫看，还用余光瞄了我一眼。我去厨房拿了把椅子，坐在门口看着。他先把吸嘴放在手掌上试了试吸力。他弯腰调了调吸尘器上的一个旋钮。像这样的活儿，得把马力调到最大，他说。他又检查了一下吸力，然后把软管拉到床的顶头，让吸嘴在床垫上移动。吸嘴贴住了床垫，吸尘器发出更大的响声。他把床垫来回吸了三遍，然后关掉了机器。他按下一个手柄，盖子"啪"的一声打开了。他取出滤网。这个滤网只是用来做示范的。正常使用时，所有这些东西都会进到袋子里，这里，他说。他用手指头拈了一撮上面的灰尘，肯定有一茶杯那么多。

他脸上的表情有点古怪。

这不是我的床垫，我说。我在椅子上往前倾了倾身子，努力做出一副感兴趣的样子。

现在轮到枕头了，他说。他把用过的滤网放在窗台上，向窗外看了一会儿。他转过身来。你来抓住枕头的角，他说。

---

① 伏尔泰（Voltaire, 1694—1778），法国启蒙运动思想家，也是文化史家，被尊称为"文化史之父"。晚年为躲避法国政府，曾在夏特莱侯爵夫人的西莱堡居住了十五年。

我站起来，抓住枕头的两个角。觉得自己像是在揪住某个东西的耳朵。

就像这样？我说。

他点点头。他去另一个房间又取来一个滤网。

这玩意儿要多少钱？我说。

几乎不值钱，他说。它们是用纸和一小点塑料做的。很便宜。

他用脚打开吸尘器开关，我紧紧抓住枕头，吸嘴陷进枕头里，从枕头的一端移到另一端——一遍，两遍，三遍。他关掉吸尘器，取出滤网，一声不响地拿着它。他把它放在窗台上另一个滤网旁边。然后，他打开壁橱的门。他向里看了看，但里面只有一盒灭鼠灵。

我听见门廊上的脚步声，门上投信口开了一下，又咔嗒一声关上了。我们互相看了一眼。

他拖着吸尘器进了另一个房间，我跟在他的后面。我们看了一眼靠近前门的地毯上那封朝下的信。

我朝那封信走去，转身说道：还有什么？不早了。这块地毯不值得弄。它只是一块十二乘十五、加了防滑背衬的棉线地毯，从地毯城买来的。根本就不值得去弄它。

你这儿有装满的烟灰缸吗？他说，或者盆栽植物之类的？一把土也行。

我找到烟灰缸。他接过去，把里面的东西倒在地毯上。用穿着拖鞋的脚把烟灰和烟头踩碎。他又跪下来，放进一个新的滤网。他脱掉外套，把它扔到沙发上。他腋下在出汗。肚子上的肥肉耷拉到皮带上。他拧下吸嘴，在软

121

管上装上另一个装置。他调了一下旋钮，用脚打开机器的开关，开始来回走动，在这块破地毯上来回地走动。我有两次向那封信走去，但他简直像是知道我要去干什么似的，总用那些软管和金属管子挡住我的去路，他扫过来，扫过去……

我把椅子搬回厨房，坐在那里看着他工作。过了一会儿，他关掉机器，打开盖子，一声不响地把滤网递给我，上面全是灰尘、毛发和颗粒状的东西。我看了一眼滤网，起身把它丢进了垃圾箱。

现在他有条不紊地工作着。不再解释什么。他拿着一个装着一点绿色液体的瓶子去了厨房。他把瓶子放在水龙头下面，灌满水。

你要知道我可什么都付不起，我说，即使是个没它就活不下去的东西，我也拿不出一分钱。你只能为我白干了，到此为止吧。你在我身上花工夫实在是浪费时间，我说。

我想把话说清楚，免得误会了。

他继续忙他的。他在软管上安了另外一个附件，用一种复杂的方法把瓶子挂在这个新附件上。他在地毯上慢慢地走着，让刷子在地毯上前后移动，不时释放出一点青绿色的蒸汽，形成了一摊一摊的泡沫。

该说的我都说了。我坐在厨房的椅子上，放松下来，看着他工作。我偶尔看看窗外的雨。天开始变黑。他关掉吸尘器，站在靠前门的一个角落里。

要喝咖啡吗？我说。

他在粗声喘气。他擦了把脸。

我烧上水。水烧开后，我冲了两杯咖啡。他已经把所有东西都拆开装了箱，捡起了那封信。他读着信上的名字，仔细查看着寄信人的地址。他把信对折起来，放进了屁股后面的口袋里。我一直注视着他，什么都没干。咖啡凉了。

这是斯莱特先生的信，他说，我来处理它。咖啡我就不喝了。我还是别从地毯上走过去了。我刚洗过。

那倒是，我说。然后我说：你确定那封信是给谁的？

他伸手去拿沙发上的外套，穿上它，打开前门。还在下雨。他脚伸进套鞋里，系好鞋带，然后穿上雨衣朝里面看了看。

你要看一眼吗？他说，你不相信我？

只是觉得有点奇怪，我说。

好了，我该走了，他说。但他仍然站在那儿。你到底要不要这台吸尘器？

我看了看这个大箱子，它已经合上，准备上路了。

不要，我说，算了吧。我很快就要走了。它只会碍事的。

好吧，他说。他带上了门。

亲爱的，这是为什么？

尊敬的先生：

收到您询问我儿子的来信，我感到很惊讶，您怎么知道我住在这里的？多年前，当事情刚露出点征兆时，我就搬过来了。这里没人知道我的身份，但我还是很担心。我害怕的人正是他。看报时我会一边摇头一边纳闷。读着有关他的报道我扪心自问，这个人真是我儿子吗？他真的在做这些事吗？

除了爱发火和不说真话外，他是个好孩子。我找不出任何原因。事情始于那一年夏天的独立日，他差不多有十五岁了吧。我们家的猫特鲁迪不见了，第二天都没回来。第二天晚上，住在我们后面的库珀太太告诉我，特鲁迪那天下午爬到她家后院死了。特鲁迪被弄得遍体鳞伤，但她还是认出了它。库珀先生把尸体埋了。

遍体鳞伤？我说，你说的遍体鳞伤是什么意思？

库珀先生在地里看见两个男孩把鞭炮塞进特鲁迪的耳朵和它那个你知道的地方。他想制止他们，但他们跑了。

谁，谁会做这样的事情，他看清是谁了吗？

他不认识另一个男孩，但他们中的一个往这边跑。库珀先生觉得就是你儿子。

我摇头。不，这绝对不可能，他绝不会做这样的事，他喜欢特鲁迪，特鲁迪在我家好多年了，不会，不会是我儿子。

那晚我告诉了他特鲁迪的遭遇，他表现得非常震惊，说我们应该悬赏捉拿凶手。他写了个东西并答应把它贴在学校里。但当晚就在他回房间之前，他说别太难过了，妈，它老了，按猫的年纪算，它已经六十五或七十岁了，活得够久了。

他每天下午和星期六在哈特利做搬货工。我在那儿工作的朋友，贝蒂·威尔克斯，告诉了我这个工作，说会帮他说话。那天晚上我向他提了一下，他说好呀，年轻人的工作不好找。

他第一次拿到薪水的那天晚上，我做了他最喜欢吃的晚餐，他进门时所有东西都上了桌。当家的回来啦，我说，抱了抱他。我太为他骄傲了，你挣了多少，宝贝？八十美元，他说。我大吃一惊。太棒了，宝贝，我简直不敢相信。我饿死了，他说，吃饭吧。

我很高兴，但我弄不懂，这比我挣得还多。

洗衣服时，我在他口袋里发现了哈特利发的工资单，二十八美元，他说是八十。他为什么不说真话？我弄不明白。

我会问他，昨晚去哪儿了，亲爱的？他会回答说看戏去了。过后我会发现他去了学校的舞会，或者和什么人开车兜风去了。我就在想这又有什么不同，他为什么不能诚实一点，没有理由对他妈妈说谎呀。

我记得有一次他应该是去参加了学校的实地考察活动，我就问他，你们实地考察时都看到了什么，亲爱的？他耸耸肩，说陆地的形成、火山岩、灰层，我们参观了一百万年前曾是一片大湖的地方，现在那里是一片沙漠。他看着我的眼睛一直讲下去。第二天我收到学校的条子，说他们需要得到家长对实地考察的许可，问是否允许他去。

高中最后一年快结束时，他买了辆车，总不回家。我很担心他的成绩，但他只是笑笑。要知道他是个很优秀的学生，如果您对他有点了解的话，肯定会知道这个。后来，他买了一杆猎枪和一把猎刀。

我很不愿意在家里见到这些东西，就对他说了。他笑笑。他总是用笑来应付你。他说他会把它们放在他车子的后备厢里，那样拿起来反而方便些。

一个星期六的晚上，他没回家。我急得要死。第二天早上十点左右，他回来了，让我给他做早饭，他说外出打猎把他的胃口给撑大了，他说他很抱歉昨晚没回家，他们开了很远才赶到那里。他的话听上去很奇怪。他神色慌张。

你去哪儿了？

去了威纳斯，我们在那儿打了几枪。

你和谁去的，宝贝？

弗雷德。

弗雷德？

他瞪着眼，我没再说什么。

就在那个星期日，我轻手轻脚地走进他房间，去取他的车钥匙。他昨天曾答应晚上下班后，在回家的路上买点做早饭的东西，我以为他可能把它们留在车里了。我看见他床下露出半截的新鞋子上沾满了泥沙。他睁开眼睛。

宝贝，你的鞋子怎么了？看看你的鞋子。

汽油用完了，我只好走着去找油。他坐起来。你管这干吗？

我是你妈妈。

他洗澡时，我拿了钥匙到外面他停车的地方。我打开后备厢，没找到食品。我看见猎枪放在一床棉被上，刀也在那里，我看见他的一件被卷成一团的衬衫，我抖开它来，上面全是血。衬衫是湿的。我丢下了它，关上后备厢往回走，见他正在窗前注视着这边，他打开门。

我忘了对你说了，他说，我鼻子流了很多血，我不知道那件衬衫还洗不洗得出来，还是扔掉算了。他微微一笑。

过了几天我问他工作怎样。很好，他说，涨工资了。但我在街上碰到贝蒂·威尔克斯，她说他们都为他不在哈特利干了感到可惜。大家都那么喜欢他，贝蒂·威尔克斯说。

两天后的晚上我躺在床上，但睡不着，我盯着天花板看。我听见他的车在房前停了下来，我听见他把钥匙插进门锁，听见他穿过厨房，沿着过道进了他的房间，随即关上了门。我爬起来。我可以看见他门缝底下漏出的光，我敲了敲，推开了门，说想喝杯热茶吗，宝贝，我睡不着。他正在衣柜那儿弯腰站着，砰的一下关上抽屉冲我发火，出去，他尖叫道，滚出去，我讨厌你监视我，他尖叫着。我回到我的房间一直哭到睡着。那天晚上他伤透了我的心。

第二天早上，我还没见着他，他就起身出门了，但我无所谓。从现在起我就只把他当成个房客，除非他改改自己的行为，我已经忍到极限了。如果他不想让我们变成住在一个屋檐下的陌生人，他得道歉。

那天晚上我回来时，他已经把晚饭做好了。你怎么样？他说，接过了我的外套。今天过得如何？

我说我昨晚没睡，亲爱的。我答应自己不会把这件事说出来，我不是想让你觉得内疚，但我不习惯自己的儿子这样和我说话。

我想给你看样东西，他说，给我看了他正在为他的公民学课程撰写的文章。我确信那是关于国会与最高法院的关系的。（就是那篇为他在毕业典礼上赢得奖状的论文！）我尽力读着它，下定了决心，是时候了。亲爱的，我想和你谈一谈，这年头把孩子带大不容易，像我们这样家里没有父亲的就更难了，需要男人帮助时我们找不到人。你几乎长成大人了，但我对你还是有责任，我觉得我有权要求一些尊重和体谅，对你我尽量做到平等和坦诚。我要听实话，亲爱的，我对你的唯一要求就是，说实话。亲爱的。我喘了口气，假如你有这样一个孩子，当你问他一件事时，任何一件事，他去了哪儿或者他要去哪儿，他自己一人时都做了些什么，任何事，从来没有，他从来没有一次对你说真话，你会是什么感受？你如果问他外面是不是在下雨，回答会是没有，天很好，阳光明媚，我猜他肯定暗自发笑，觉得你已经老到或者糊涂到看不见他的衣服是湿的。他为什么要说谎，你问你自己，我不明白他这样做能得到什么，我不停地问自己这是为什么，但我没有答案。亲爱的，这是为什么?

他什么都不说，一直瞪着眼，他走到我身旁说，我会让你知道的。我要说的是跪下，跪下是我要说的，他说，这是第一个原因。

我跑进我的房间，锁上门。当晚他就走了，带上了他的东西，他想要的东西，走了。信不信由你，我再也没见过他。我在他的毕业典礼上见过他，但那是和很多人一起。我坐在观众席上，看他领他的毕业证书和他文章得的奖状。我听他发言，和大家一起鼓掌。

后来我就回家了。

我再也没见过他。哦，当然，我在电视上见过他，在报纸上见过他的照片。

我知道他参加了海军陆战队，后来又听说他离开了海军陆战队，回东部上大学，然后和那个女孩结了婚，并且从了政。我开始在报纸上见到他的名字，我找到他的地址，给他寄了信，我每隔几个月就给他寄封信，一封回信也没收到。他竞选州长，选上了，现在很有名。这时我开始担心了。

我的恐惧在增加，开始担惊受怕，我当然不再给他写信，希望他会认为我死了。我搬到这里来，要了个没有编入电话簿的电话号码。后来我不得不把名字改了。如果你是个有权有势的人并想找到什么人，你能找到他们，不会太难。

我应该骄傲才对，但我反而害怕。上周我看见街上有辆车，里面坐着个我知道是在监视我的人，我径直走回家，锁上门。几天前我正躺着呢，电话铃响了又响，我拿起话筒，里面什么声音也没有。

我老了。我是他的母亲。按说我应该是天底下最骄傲的母亲，但我只感到害怕。

　　谢谢您的来信。我想让人知道。我非常羞愧。

　　我还想问一下您是怎么知道我的名字和住址的，我一直在祈祷没人会知道。但您知道。您为什么会知道？请告诉我为什么。

您真诚的

真跑了这么多英里吗?

那辆车必须尽快脱手,利奥让托妮去办这件事。托妮精明能干,而且有个性。她过去曾挨家挨户推销儿童百科全书。尽管他那时没有孩子,她还是让他签下了订单。后来,利奥和她约会,一直发展到了现在。这必须是一笔现金交易,而且,今晚就得成交。明天,他们的一个债主就可能把这辆车收了做抵押。下星期一,他们就得上法庭,成为无家可归的人。昨天,他们的律师寄来几封说明意图的信后,有关他们的闲言碎语就传开了。律师说,星期一的听证会没什么可担心的,会问他们一些问题,再让他们签几份文件,仅此而已。但是,卖了那辆敞篷车,他说,就今天,今天晚上。他们可以留下利奥的那辆小车,这没问题。但如果他们开着那辆大敞篷车去法庭的话,法庭一定会把它没收。事情就是这样。

托妮在穿衣打扮。已经下午四点了,利奥担心卖车的地方会关门,可托妮还是不慌不忙地打扮着。她穿了一件白色的新衬衣，宽花边袖口，新西服套装，新高跟鞋。她把草编钱包中的东西放进新黑漆皮手提包里。她检查了一下那只蜥蜴皮的化妆袋，把它也装了进去。托妮在妆发上花了两个多小时。利奥站在卧室的走道里，用指关节敲着嘴唇，看着她。

"你弄得我很紧张，别老那么站着，"她说，"我看上去怎么样。"

"你看上去很不错，"他说，"你看上去非常棒。任何时候我都愿意从你这儿买辆车。"

"但你没钱，"她边说边瞟了一眼镜子，压压头发，皱了一下眉头。"你信用极差，一无所有。"她说，"逗你玩呢。"她从镜子里看着他。"别当真，"她说，"这事得办，我会去办的。如果让你去，能弄个三四百美元就算你走运了，咱们俩都知道。宝贝，其实只要你不倒找钱给他们，就算是走了大运了。"她最后一次拍了拍头发，抿了下嘴唇，再用纸巾把多余的唇膏擦掉。她从镜子前转过身来，拿起她的包。"我得和他们吃顿饭什么的，我告诉你，这是他们的规矩，我了解他们。不过别担心，我会脱身的，"她说，"我应付得了。"

"天，"利奥说，"你非得说这些吗？"

她一动不动地看着他。"祝我好运。"她说。

"好运。"他说。"带上那张粉色单子了吗？"他问。

她点点头。他跟着她穿过房子。她是个高个子女人，有小而挺立的乳房，宽厚的臀部和大腿。他挠了一下脖子上的疙瘩。"你确定吗？"他说，"再看看，没那张粉色单子是不行的。"

"带上了。"她说。

"再看看。"

她张嘴想说些什么，结果只是在面前那扇窗子上看了一眼自己，然后摇了摇头。

"至少打个电话回来，"他说，"让我知道事情的进展。"

"我会打的，亲亲我，亲亲。这儿。"她说，指着嘴角。"小心点。"她说。

他为她打开门。"你先从哪儿开始？"他说。她从他身边走过，来到了前廊。

马路对面的厄内斯特·威廉姆斯在向这边张望。他穿着百慕大短裤，肚皮耷拉着，一边给秋海棠浇水，一边看着利奥和托妮。有一次，去年冬天的一个假日里，托妮带孩子去了利奥母亲家，他把一个女人带回了家。第二天，一个寒冷、有雾的星期六，早晨九点，利奥送那个女人上车，让拿着报纸站在路边的威廉姆斯吃了一惊。雾散开了，厄内斯特·威廉姆斯盯着他们看了一会儿，然后用报纸在自己的腿上狠狠拍了一下。

利奥想起了那一拍，耸起肩，说："你想好先去哪一家了吗？"

"我就顺着往前走，"她说，"先去第一家，然后一路往下走。"

"从九百美元开始要价，"他说，"然后往下降。即使是现金交易，九百已经是蓝皮书[①]上的低价了。"

"我知道该怎么开价。"她说。

厄内斯特·威廉姆斯把水管转向他们这边。他在水雾后面瞧着他们。利奥有了股忏悔的冲动。

"一定要敲定。"他说。

"好的，知道了，"她说，"我走了。"

这是她的车，他们都称它为她的车子，这使得一切更加糟糕。三年前的夏天，他们买了这辆全新的车。孩子们上学以后，她想做点事，就又回去跑销售。他在纤维玻璃厂上班，一周干六天。有一段时间，他们钱多得不知道该怎么花。后来，他们就在这轿车上先付了一千美元，然后每月都以分期付款数目的两到三倍来还款，一年内，他们就还清了贷款。刚才，在她穿衣打扮的时候，他把备用胎和千斤顶从车子的后备厢里取了出来，又把乘客座前放铅笔、火柴和邮票的箱子腾空，先把车子的外面洗了一遍，再用吸尘器把里面吸干净。汽车的红色前盖和挡泥板亮闪闪的。

"祝你好运。"他说，碰碰她的胳膊肘。

她点点头。看得出来她的思绪已经不在这儿了，已经在讨价还价了。

"一切都将会不同！"她走上自家车道时，他朝她喊道，"下星期一，我们从头来过。我说话算话。"

厄内斯特·威廉姆斯望着他们，转过头，吐了一口唾

---

① 美国二手车市场上汇编旧车参考售价的小册子。

沫。她坐进汽车,点燃一根烟。

"下星期的这时候!"利奥又叫喊道,"一切都将成为历史!"

她把车倒上马路,他挥了挥手。她换了挡,向前开去。加速时,轮胎发出低声的呼啸。

利奥在厨房倒了些威士忌,然后端着酒杯来到后院。孩子们都在他母亲家。三天前来过一封信,他的名字被用铅笔写在脏兮兮的信封上。那是整个夏天唯一一封不是催债的信。信上说,我们很快乐。我们喜欢奶奶。我们有了一条新狗,它叫六先生。它很可爱。我们爱它。再见。

他又去倒了一杯酒。他加了些冰块,看见自己的一只手在颤抖。他把那只手放在洗碗槽上。他盯着它看了一会儿,放下酒杯,伸出另一只手。然后他端起酒杯,回到屋外,坐在台阶上。他想起小的时候,父亲指着一栋漂亮的房子,一栋很高的白房子,四周种满了苹果树,还围着高高的白栅栏。"那是芬奇家。"他父亲羡慕地说,"他少说也破产过两次。瞧那房子。"但破产应该是企业彻底垮台,高管割腕、跳楼,成百上千的人流落街头才对呀。

利奥和托妮还有家具。他们的家具还在,托妮和孩子们的衣服还在。这些东西不会被没收。除此以外,还剩下什么?孩子们的自行车,但为保险起见,他已经把它们送到了他母亲家。几周前来了辆卡车,把便携式空调、各种器具、新的洗衣机和烘干机都拉走了。他们还剩下什么呢?零零散散,没什么值钱的了,剩下的只是些早已破烂不堪的东西。但是从前,他们曾经有过大型派对、美妙的旅游。去里诺和塔荷①,八十迈的速度,车篷敞着,收音机开着。食物是一项很大的开支。他们吃起来简直就是狼吞虎咽。他算了一下,光是为那些奢侈品就花了好几千美元。托妮进了商店,见到什么拿什么。"这些都是我小时候没有的东西,"她说,"不能让我的孩子们也没有这些。"就像是他一直都不让他们有似的。她还加入各种读书俱乐部。"小时候,我们家里根本就没有书。"她一边说,一边撕开厚厚的包装纸。他们为了能在新音响上放音乐,又加入了唱片俱乐部。他们什么都加入,甚至还买了一条名叫金泽尔的纯种小猎犬。为买这条狗,他花了两百美元,但一周后就发现它被撞死在街上。他们买了想要的一切。如果付不起,就用信用卡,就签字记账。

他的衬衣湿了,他能感觉到汗从腋下流出来。他手持空杯坐在楼梯上,看着阴影覆盖了整座院子。他伸伸腰,抹了把脸。他听着高速公路上的汽车声。想着他是否应该走进地下室,站在水槽上,用皮带把自己吊死。他知道自己真的很想去死。

回到屋里,他又调了一大杯酒。打开电视,给自己做了点吃的。他手拿伽里②和脆饼干,坐在桌前,看着电视里一个盲人侦探的故事。他收拾好桌子,洗了锅和碗,把它们擦干、收好,然后才让自己看了一眼钟。

---

① 塔荷,指靠近里诺的塔荷湖,是内华达州和加利福尼亚州交界处的一个高山湖。
② 一种墨西哥食品,由红豆、牛肉末、辣椒等原料炖制而成。

九点多了。她已经走了快五个小时了。

他倒上威士忌，加了点水，端着杯子来到客厅。他坐在长沙发里，发现自己肩膀太僵硬，不能往后靠。他盯着屏幕，喝着酒，很快就又去倒了一杯。他重新坐下来。一个新节目开始了——十点整——他说："天哪，天晓得到底哪儿出了差错？"然后，他走进厨房，回来时，杯子里又倒上了威士忌。他坐下，闭上眼睛，听到电话铃声，立即睁开了眼睛。

"我想打电话来着的。"她说。

"你在哪儿？"他说。听到钢琴的声音，他的心跳了一下。

"我不知道，"她说，"某个地方。我们正在喝酒，然后要去另一个地方吃饭。我和销售经理在一块儿，他很粗鲁。不过还行，他已经把车买下了。我得走了。我是在去厕所的路上看见这个电话的。"

"车卖掉了吗？"利奥问。他透过厨房的窗户望着自家的车道，她过去总是把车停在那儿。

"我告诉你了，"她说，"现在我得走了。"

"等等，等一下，看在老天的分上，"他说，"车到底卖出去了没有？"

"我刚刚出来的时候，他已经把支票本拿出来了，"她说，"我现在必须走了。我得去洗手间。"

"等等！"他喊道。那头的电话已经挂掉了，他听着话筒里的嘟嘟声。"老天啊。"他手拿听筒站在那儿。

他在厨房里转了一圈，又走回客厅。他坐下，又站起来。他在卫生间里非常仔细地刷了牙,又用了牙线。他洗了脸,又回到厨房。他看了看钟,从每只上面都画着一副扑克牌的套杯中取出一只干净的。他往杯子里装满冰块,然后盯着丢在洗碗槽中的那只杯子看了一会儿。

他靠着长沙发的一头坐下,把腿跷在沙发的另一头。他看着屏幕,发现自己不明白那些人在说什么。他转着手上的空杯子,想把杯子的边咬下来。他打了一阵寒战,想上床去,可是他知道,他会梦见一个一头灰发的壮女人。他总在梦里弯腰系鞋带,当他直起身子时,她正看着他,他弯下腰来又系了一次。他看着自己的手,在他的注视下它握成了拳头。电话铃响了。

"你在哪儿,亲爱的?"他轻声细语地问。

"我们在这家餐馆。"她说,她的嗓音响亮明快。

"亲爱的,哪家餐馆?"他问道,用手掌抵住眼睛,揉了揉。

"市区的一家,"她说,"我想是'新吉米'。对不起,"她在电话那端对什么人说道,"这是'新吉米'吗?是'新吉米',利奥。"她对他说:"都办妥了,我们就快完事了,然后他会送我回家。"

"亲爱的?"他说。他把听筒靠在耳朵上,闭着眼,前后摇晃着。"亲爱的?"

"我得挂了,"她说,"我一直想打电话给你。好啦,猜猜多少钱?"

"亲爱的。"他说。

"六百二十五,"她说,"已经在我包里了。他说敞篷车不太好卖。我想我们生来就走运。"她说着笑了起来："我把什么都告诉他了。我想我只能这样。"

"亲爱的。"利奥说。

"什么？"她说。

"求你了，亲爱的。"利奥说。

"他说他很同情，"她说，"不过他说什么我都不会觉得奇怪。"她又笑了起来。"他说如果是他，他宁愿自己被当成强盗或强奸犯，也不愿意是个破产的。不过他还算客气。"她说。

"回家吧，"利奥说，"叫辆车回家吧。"

"不行。"她说，"我告诉你了，我们正吃着饭呢。"

"我去接你。"他说。

"不行，"她说，"我说了，我们马上就结束了。我告诉过你，这也是交易的一部分。他们总想多得到点什么。不过别担心，我们就要走了。一会儿我就到家了。"她挂了电话。

几分钟以后，他打电话到"新吉米"。一个男人接的电话。"'新吉米'已经打烊了。"那个男人说。

"我想跟我妻子说话。"利奥说。

"她在这儿上班吗？"那人问，"她是哪位？"

"她是个顾客，"利奥说，"她和一个人在一起。一个生意人。"

"我认识她吗？"那男的说，"她叫什么？"

"我想你不认识。"利奥说。

"没事了，"利奥说，"没事了，我看见她了。"

"谢谢你的来电。"那人说。

利奥快步跑到窗前。一辆他没见过的车子在房子前面减了速,然后又突然加快了速度。他等着。两三个小时后,电话铃又响了起来。等他拿起听筒,那边已经没人了,只剩下忙音。

"我就在这里!"利奥冲着听筒大叫。

天快亮时,他听见前廊上的脚步声。他从沙发上爬起来。电视还在嗡嗡叫,屏幕闪着白光。他打开门,她磕磕碰碰地走了进来。她咧嘴笑着。她的脸有点浮肿,好像在镇静剂的作用下睡了很久。她动了动嘴唇。当他举起拳头时,她费力地闪开身体,躲到一边。

"来啊。"她口齿不清地说。她摇摇晃晃地站在那儿。突然,她发出一声喊,向前一跃,抓住他的衬衣,把前襟一把扯开。"破产!"她尖叫道。她一扭身子,抓住他的汗衫领口,使劲扯。"你个婊子养的。"她说,用手挠他。

他捏紧她的手腕,然后放开,后退了一步,想找个有重量的东西。她跌跌撞撞地朝卧室走去。"破产了。"她嘟囔着。他听见她呻吟着,摔倒在床上。

他等了一会儿,朝自己脸上扬了些水,才走进卧室。他打开灯,看看她,开始动手脱她的衣服。脱她的衣服时,他把她翻过来倒过去。她在睡梦中嘀咕了些什么,手动了动。他脱下她的内裤,拿到灯下仔细检查,然后把它扔到角落里。他掀起床单,把她赤裸的身体裹起来,然后打开她的包。他正看着那张支票,就听见一辆车子开上了车道。

他透过前门的窗帘望出去,看见了车道上的敞篷车,马达平稳地运转着,车的前大灯亮着。他眨了眨眼,看见一个高个子男子从车前绕过来,来到前廊。他在那儿放了点什么后,又朝车子走回去。他穿了一身白色亚麻布西装。

利奥打开前廊上的灯,小心地打开门。最上面那级台阶上放着她的化妆包。那男子隔着车头看着利奥,然后坐进车里,松开了手刹。

"慢着!"利奥喊着,走下台阶。当他走进车灯的光线里时,那人刹住了车。车子在刹车的作用下发出嘎吱声。利奥想把他衬衣的两片前襟拢在一起,塞进裤子里。

"你想干什么?"那人问。"听着,"那人说,"我得走了。我不想冒犯你,我是个卖车的,是不是?那位女士落下了她的化妆包。她是个好女人,非常优雅。怎么了?"

利奥靠在车门上,看着那人。那人的手从方向盘上挪开,又放了回去。他挂上倒挡,汽车朝后倒了一点。

"我想告诉你。"利奥说,润了润嘴唇。

厄内斯特·威廉姆斯卧室的灯亮了,窗帘卷了起来。

利奥摇摇头,又塞了塞他的衬衣。他往后退了退。"星期一。"他说。

"星期一。"那人说,防范着突然的举动。

利奥慢慢点点头。

"那好,晚安。"那人边咳边说,"别往心里去,听见没有?星期一,很好。那好,就这样吧。"他的脚从刹车上挪开,车往后倒了两三英尺后,他又踩住刹车。"嗨,有个问题。朋友之间随便问问,它真跑了这么多里程吗?"那人等着,清了清喉咙。"好吧,算了吧,都无所谓了。"他说,"我得走了,别往心里去。"他倒上公路,迅速地开走了。转弯时都没停一下。

利奥一边往里塞着衬衣,一边往回走。他锁上了前门,又检查了一下。然后他走进卧室,锁上门,掀开床单。关灯前,他又看了看她。他脱了衣服,在地上仔细地把它们叠好,钻进去躺在她身边。他仰面躺了一会儿,用手揪着肚皮上的毛,想着什么。他看看卧室的门,在外面黯淡的光线下,只能看见轮廓。隔了一会儿,他伸出手,碰了碰她的屁股。她没动。他侧过身,把手放在她的屁股上。他的手指在上面滑动,感受着上面的褶痕。它们像是道路。他追踪着她肉体上的这些道路,手指在上面划来划去,一条,又一条。路在她的身体上纵横交错,成打,也许有上百条。他记起他们刚买下这辆车子的第二天早晨,醒来后看见了它,它就在车道上,在阳光下闪闪发光。

凉亭

那天早晨，她把提切尔①浇在我的肚皮上又舔掉。那天下午，她试着从窗户跳出去。

我说："霍莉，不能再这样下去了。这事必须了结。"

我们坐在楼上一个套间的沙发上。这里有很多空房间可以选择。但我们需要一个套间，一个可以边走动边说话的地方。所以那天早晨我们锁上了汽车旅馆的办公室，去了楼上的一个套间。

她说："杜安，这快要了我的命。"

我们在喝加了冰块和水的提切尔。我们在上下午之间曾睡了一小会儿。后来她下了床，只穿了内衣，威胁说要从窗户那里爬出去。我只好搂住她。虽然只有两层楼高。但还是危险。

"我受够了，"她说道，"我再也受不了了。"

---

① 提切尔（Teacher's），一种威士忌酒品牌。

她用手捂住脸,闭上眼睛。她的头来回晃动,发出哼哼的呻吟。

见她这样我难受得要死。

"受不了什么?"我问道,尽管我当然知道她说的是什么。

"我不必对你再说一遍,"她说,"我控制不住自己了。脸也丢尽了。我曾经是个那么骄傲的女人。"

她刚过三十,是个有魅力的女人。高个子,一头长黑发,一双绿色眼眸,是我认识的唯一一个绿眼睛女人。过去我常说到她的绿眼睛,她告诉我说正是这双眼睛让她觉得自己与众不同。

难道我还不知道这个!

这一桩接一桩的事情让我觉得糟糕透顶。

我能听见楼下办公室里的电话铃声。它一整天都在断断续续地响着。甚至我在打盹时都能听得见。我会睁开眼,望着天花板,听着铃声,琢磨我俩之间到底怎么了。

但也许我该看看地板。

"我的心碎了,"她说,"成了一块石头。我不行了。最糟糕的是我再也不会好起来了。"

"霍莉。"我说。

刚搬来这儿做管理员那会儿,我们觉得总算熬出头了。不用付房租和水电,外加一个月三百美元。哪儿去找这样的好差事。

霍莉负责账目。她算得清楚,客房大多是她租出去的。

她喜欢和人打交道,大家也喜欢她。我负责照看庭院,修整草坪,剪杂草,维持游泳池的清洁,做些小的维修。

第一年可以说是万事如意。我晚上做着另一份工作,我们的状况在改善。我们有自己的计划。然后在某天早晨,我也不知道,那个瘦小的墨西哥女佣进来做清洁时,我刚给一个客房的卫生间铺好瓷砖。是霍莉雇的她。我实在说不上以前曾注意过这个小东西,尽管彼此碰面时说过几句话。我还记得,她称呼我先生。

总之,事情就这样接踵而至。

于是从那个早晨起我开始留意她。她是个长着洁白牙齿的小可人儿。我常盯着她的嘴看。

她开始用名字来称呼我。

一天早晨,我正在修一个卫生间的水龙头垫圈,她走了进来,像其他女佣一样打开电视机。她们在打扫时都这样。我停下手里的活儿,走出卫生间。看见我她有点意外。她轻笑着叫出了我的名字。

她刚说完我们就倒在了床上。

"霍莉,你仍然是个骄傲的女人,"我说,"你仍然是最棒的。别这样,霍莉。"

她摇摇头。

"我心里有些东西已经死了,"她说,"虽然它坚持了很久,但还是死了。是你杀死了它,就像你劈了它一斧子。现在一切都龌龊不堪。"

她喝完了酒,而后开始放声大哭。我试着搂住她。但没用。

我给我俩添了点酒，望向窗外。

办公室前面停了两辆挂着外州牌照的车子，开车的正站在门口说话。其中的一个刚对另一个说完些什么，他托着下巴，打量着客房。那儿还有个女人，她把脸贴在玻璃上，用手挡住光线，向里面张望。她推了推门。

楼下的电话响了起来。

"甚至在我们刚才干那件事时，你还想着她，"霍莉说，"杜安，这太让人伤心了。"

她接过我递给她的酒。

"霍莉。"我说。

"这是事实，杜安。"她说，"别跟我争了。"

她手里拿着酒，穿着内裤和胸罩在房间里走来走去。

霍莉说："你背叛了婚约。你毁掉的是信任。"

我跪下来，开始乞求。但我脑子里却在想胡安妮塔。这太糟糕了。我不知道自己会怎样，也不知道世界上其他人会怎样。

我说："霍莉，宝贝，我爱你。"

有人在停车场按喇叭，停了一下，又接着按。

霍莉擦了擦眼睛。她说："给我弄杯酒。这杯水太多。让他们去按他们的臭喇叭。我不在乎。我要搬到内华达去。"

"别搬去内华达。"我说，"你在说疯话。"

"我没说疯话，"她说，"去内华达一点都不疯狂。你可以和你那个清洁女工待在这里。我要搬到内华达去。要么去那儿要么自杀。"

"霍莉！"我说。

"霍莉个屁！"她说。

她坐在沙发上，收起腿，用膝盖顶住下巴。

"给我再倒一杯汽水，你这个婊子养的，"她说，"操这帮按喇叭的。让他们去糟蹋那个游客客栈。你的清洁女工现在在那儿做清洁吧？给我再弄一杯来，你这个婊子养的！"

她抿着嘴唇，摆了个脸色给我看。

喝酒是件滑稽的事。当我回头看时发现，我们所有重要的决定都是在喝酒时做出的。甚至在讨论必须少喝点酒的时候，我们也会坐在厨房餐桌，或是外面的野餐桌旁，喝着半打啤酒或者威士忌。我们拿定主意搬来这儿做管理员时，花了两个晚上，边喝酒边掂量此事的好处和坏处。

我把剩下的提切尔倒进了我俩的杯子里，又加了点冰块和水。

霍莉从沙发上起身，在床上伸展开来。

她说："你和她在这张床上干过吧？"

我无话可说。我觉得脑子里一片空白。我把杯子递给她，在椅子上坐下。我边喝边想，一切都不会再和过去一样了。

"杜安？"她说。

"霍莉？"

我的心跳慢了下来。我等着。

霍莉曾经是我的真爱。

和胡安妮塔之间的那档子事是一周五次，在十点和十一点之间。她在哪个房间打扫就在哪个房间里。我会直接走进她正在清洁的房间，关上门。

但多数时候是在十一号房，十一号是我们的幸运房间。

我们彼此缠绵，但动作迅速。感觉不错。

我想霍莉也许能够熬过去。我想她必须要做的是努力试着去接受。

至于我，我还保留着那份晚间工作。那是份连猴子都可以做的工作。但这里每况愈下。我们真的没有心思去做任何事情了。

我不再清理游泳池。池里长满了绿苔，客人们不再使用它了。我也不再去修理水龙头、铺瓷砖或给墙壁补漆。唉，实际上我俩都喝得很凶。想喝痛快是要花很多时间和精力的。

霍莉登记客人时也经常出错。她要么多收钱要么根本忘记收钱。有时她把三个客人放进只有一张床的房间，或让一个客人住进有特大号床的房间。我跟你讲，客人在抱怨，有时会吵起来。他们把东西装上车，去了别的地方。

接下来，管理部门的人来了封信，接着又来了一封，是挂了号的。

电话打来了。有人要从城里过来。

但我们不在乎了，这是事实。我们知道自己的日子屈指可数了。我们被生活罚出局，正在为从头再来做准备。

霍莉是个聪明的女人。她起初就知道了。

星期六早晨,我们经过一晚的旧事重提后醒来。我们睁开眼睛,在床上转过身,好好地打量了一下对方。此刻,我们两个都明白了。我们已经走到尽头,要做的是寻找新的开始。

我们爬起来,穿上衣服,喝咖啡,决定开始这次谈话。不受任何干扰。没有电话。没有客人。

我就是在这时拿来提切尔的。我们锁上门,带着冰桶、杯子和酒瓶上了二楼。一开始,我们看着彩电,打闹了一会儿,任由电话铃在楼下响着。想吃东西时,我们就从自动售货机里弄点脆奶酪条。

这真有意思,如今我们意识到一切都已经发生了,任何事情便都是可能的了。

"我们没结婚、还是孩子的时候,"霍莉说,"我们有宏伟计划和梦想的时候,你还记得吗?"她坐在床上,抱着膝盖和酒。

"记得,霍莉。"

"你不是我的第一个,你是知道的。我的第一个是怀亚特。想象一下。怀亚特。而你的名字是杜安。怀亚特和杜安。天晓得这些年来我错过了什么?你是我的一切,就像歌里唱的一样。"

我说:"你是个出色的女人,霍莉。我知道你曾经有过各种机会。"

"但我没有好好利用它们！"她说，"我没办法背叛我们的婚约。"

"霍莉，别这样，"我说，"打住吧，宝贝。我们别再折磨自己了。我们该做些什么呢？"

"听着，"她说，"你还记得那次我们开车去亚基马外面的农场吗？在泰瑞斯高地的另一边？我们当时在开车随便乱转？在一条土路上，天很热灰尘很大？我们一直往前开，到了那座老房子跟前，你去向人家要水喝？你能想象我们现在去做这样的事吗？去一户人家要水喝？"

"现在那对老人肯定已经入土了，"她说，"并排躺在某个墓地里。你还记得他们邀请我们进屋吃蛋糕吗？后来他们领着我们四处看？屋子后面有个凉亭？在屋后的几棵大树下面？它有个小尖顶，漆掉得差不多了，台阶上面长着野草。那个妇人说，多年前，我是说很久很久以前，人们会在星期天来这儿演奏乐器，大伙儿会坐在这里听音乐。我以为我们老了以后也会那样。有尊严。有一个住处。人们会到我们的门前来。"

我仍然说不出话来。稍后我说："霍莉，这些事情，我们也会回过头来看的。我们会说：'还记得那个游泳池里满是污垢的汽车旅馆吗？'"我说："霍莉，你明白我的意思吗？"

但霍莉只是端着酒杯坐在床上。

我看得出来，她不明白。

我走到窗户跟前，从窗帘后面往外看。有人在下面说着什么，使劲摇晃办公室的门。我待在那儿。我祈求霍莉能给我些表示。我祈求霍莉指引我。

我听见一辆车子发动起来。接着又是一辆。他们打开车灯,背对旅馆,一辆跟着另一辆,驶离了这里,汇入公路上的车流。

"杜安。"霍莉说。

就连这,她也是对的。

还有一件事

L. D. 的老婆玛克辛晚上下班回家后发现他又喝醉了，正对着他们十五岁的孩子蕾骂骂咧咧，她让他滚出去。L. D. 和蕾当时正坐在餐桌旁争吵。玛克辛都没来得及放下包和脱掉外套。

蕾说："告诉他，妈妈。告诉他我们说的话。"

L. D. 转了转手中的杯子，但没有喝。玛克辛用愤怒不安的眼神盯着他。

"最好别把你的鼻子往你不知道的事情上凑。"L. D. 说，"我无法把整天坐在那儿读占星术杂志的人当回事。"

"这和占星术无关，"蕾说，"你没必要来侮辱我。"

说到蕾，她已经有两周没去上学了。她说谁都不能强迫她去。玛克辛说这是低收入家庭一连串不幸中的又一个不幸。

"你俩都给我闭嘴！"玛克辛说，"我的天哪，我的头已经大了。"

"告诉他,妈妈,"蕾说,"告诉他是他脑子有问题。但凡有点常识的人都会告诉你问题就出在那儿!"

"那糖尿病呢?"L.D.说,"还有癫痫症?大脑能控制那个吗?"

他在玛克辛的眼皮底下举起酒杯,喝干了它。

"糖尿病也一样,"蕾说,"癫痫症,任何一切!告诉你,大脑是人体中最有威力的器官。"

她拿起他的烟,给自己点了一根。

"癌症。癌症呢?"L.D.说。

他觉得他可能把她给难住了。他看着玛克辛。

"我不知道我们怎么就扯上这个了。"L.D.对玛克辛说。

"癌症。"蕾说,为他的愚蠢摇摇头,"癌症也一样,癌症也是从大脑开始的。"

"简直疯了!"L.D.说。他用手掌拍了一下桌子。烟灰缸跳了起来。他的杯子倒下来,滚到了地上。"你疯了,蕾!你自己知道吗?"

"闭嘴!"玛克辛说。

她解开外套的纽扣,把包放在台子上。她看着L.D.,说道:"L.D.,我受够了。蕾也是。所有认识你的人都是。这件事我想了很久了。我要你从这里搬出去。今晚。就现在。就这一刻。立马从这里滚出去。"

L.D.哪儿都不打算去。他把目光从玛克辛转向打中午起就在桌上放着的那罐酸黄瓜。他拿起罐子,把它从厨房窗户扔了出去。

蕾从椅子上跳起来。"天哪!他疯了!"

她走过去站在她母亲身边。她微微用嘴吸了口气。

"打电话叫警察。"玛克辛说,"他有暴力倾向。快离开厨房,别让他伤着你。给警察打电话。"

她们退出了厨房。

"我走,"L.D.说,"好,我现在就走。"他说:"这正合我意。反正你们都是一群疯子,这里就是个疯人院。外面还有别的生活。相信我,这里的生活可不轻松,这个疯人院。"

他的脸能感受到从窗户上的破洞吹进来的风。

"那就是我要去的地方。"他说。"外面。"他一边说一边指了指。

"好极了。"玛克辛说。

"好,我走。"L.D.说。

他使劲拍了一下桌子。他把椅子猛地往后一推。他站了起来。

"你们再也见不到我了。"L.D.说。

"你已经给我留下足够多的记忆了。"玛克辛说。

"那就好。"L.D.说。

"走呀,滚出去。"玛克辛说,"是我在付这儿的房租,我要你走。就现在。"

"我在走。"他说。"别逼我,"他说,"我在走。"

"走呀。"玛克辛说。

"我这就离开这个疯人院。"L.D.说。

他进到卧室,从壁橱里取出她的一个行李箱。这是个旧的白色人造革箱子,其中一个扣环已经坏掉了。她曾往里面装满毛衣，带着它去上大学。他也上过大学。他把箱子扔到床上，开始往里面放他的内衣、他的长裤、他的衬衣、他的毛衣、他的带有铜扣的旧皮带、他的袜子和他所有其他东西。他从床头柜上拿了几本杂志以供阅读。他拿了烟灰缸。只要塞得进去，他把能放的东西都放进箱子里了。他扣紧那个好的扣环，捆好带子，然后他想起了他的洗漱用品。他从橱架上她帽子的后面找到了一个塑料剃须袋，放进他的剃须刀、他的剃须膏、他的爽身粉、他的止汗棒和他的牙刷。他还拿走了牙膏。然后他拿走了牙线。

他能听见她们在客厅里低声交谈。

他洗了把脸，把肥皂和毛巾放进剃须袋。随后，他又放进了肥皂盒、水池边上的杯子、指甲剪和她的睫毛夹。

他无法合上剃须袋，但这没关系。他穿上外套，拎起行李箱。他走进了客厅。

看见他时，玛克辛搂住了蕾的肩膀。

"就这样了。"L.D.说。"这就是再见了。"他说。"除了说我大概以后再也不会见到你以外，也没什么好说的了。你也一样，"L.D.对蕾说，"你，还有你那些疯狂的念头。"

"走呀。"玛克辛说。她抓住蕾的手。"你对这个家的伤害难道还不够多吗？别停下来呀，L.D.。从这里滚出去，让我们过几天安稳日子。"

"别忘了，"蕾说，"你脑子有问题。"

"我在走，我能说的就这些了。"L.D.说道。"随便去哪儿。远离这个疯人院，"他说，"这是最关键的。"

他最后环视了一圈客厅，然后他把箱子从一只手换到另一只手，又把剃须袋夹在胳膊下面。"我会保持联络的，蕾。玛克辛，你自己最好也离开这个疯人院。"

"你把这里变成了疯人院，"玛克辛说，"如果这里是疯人院，那也是你造成的。"

他放下箱子，把剃须袋放在箱子上面。他直起身来，面对着她们。

她们向后退了退。

"当心点，妈妈。"蕾说。

"我不怕他。"玛克辛说。

L.D.把剃须袋夹在胳膊下面，拎起了箱子。

他说："我只想再说一件事。"

但他想不起来是什么事了。

小事

那天早晨变了天，雪正在融化成污水。融雪的水痕从对着后院的齐肩高的小窗户上淌了下来。车子溅起街道上的污水，天渐渐地暗下来了。屋里也越来越黑。

她来到卧室门口时他正往箱子里面塞衣服。

你走了真让我高兴！你走了真让我高兴！她说。听见没有？

他在不停地往箱子里放东西。

婊子养的！你走了我真是太高兴了！她哭了起来。你都不敢看着我的脸，对吗？

她注意到床上放着孩子的照片，把它拿了起来。

他看着她，她擦了擦眼睛，瞪着他，然后转身往客厅走去。

把那个拿回来，他说。

拿上你的东西滚出去，她说。

他没有回答。他捆好箱子，穿上外套，关灯前巡视了一遍卧室。然后他离开卧室走进了客厅。

她抱着宝宝,站在小厨房的门口。

我要孩子,他说。

你疯啦?

没有,我要孩子。我会让人来拿他的东西。

你别想碰这个孩子,她说。

宝宝哭了起来,她打开包住他头的毯子。

哦,哦,她说,看着孩子。

他向她走过来。

看在老天的分上!她说。她向厨房后退了一步。

我要孩子。

滚出去!

她在炉子后面的一个角落转过身去,想护住孩子。

但他走上前。他隔着炉子伸过手来,紧紧抓住宝宝。

放开他,他说。

滚开,滚开!她哭喊道。

孩子脸色通红,哭喊着。厮打过程中,他们把炉子后面挂着的一个花盆碰掉了。

他把她逼到墙角,试图掰开她握紧的手。他抓住孩子,用尽全力推开她。

放开他,他说。

别这样,她说。你伤着孩子了,她说。

我没伤着孩子,他说。

厨房窗户不透一点光。黑暗中,他用一只手掰开她紧握在一起的手指,另一只手死死抓住正在哭喊的孩子靠近胳肢窝的地方。

她感觉到她的手指被硬掰开了。她感觉到宝宝正在离开她。

不！她在手松开的那一霎尖叫道。

她要这个孩子。她去抓孩子的另一只胳膊。她抓住孩子的手腕往后扯。

但他不愿意放手。他感觉到孩子正从他手中滑脱，他使劲往回拽。

这个问题，就以这种方式给解决了。

你们为什么不跳个舞?

厨房里,他又倒了杯酒,看着前院摆着的卧室家具。床垫被扒了下来,带有条纹图案的床单放在梳妆橱上摆着的两个枕头边。除此以外,其他东西与在卧室时的摆放一模一样——他那边的床头柜和台灯,她那边的床头柜和台灯。

他那一边,她那一边。

他一边喝着威士忌一边想着这个。

梳妆橱立在离床脚几英尺远的地方。那天早晨他已经把抽屉里的东西全都倒进了纸箱里,那几个纸箱在客厅里放着。梳妆橱边上摆着一个便携式取暖器。紧靠床脚的是一把上面放有装饰枕头的藤椅。擦得亮晶晶的铝制炊具占据了车道的一部分。桌子上盖着一块黄色平纹细桌布,桌布很大,从桌子的四边耷拉下来,是一件礼品。桌上放着一盆蕨类植物和一盒刀叉,还放着一部唱机,也是礼品。一台落地式大电视被安置在茶几上面,离它几英尺远的地方摆着一张沙发、一把椅子和一盏落地灯。写字桌抵着车库门放着。上面有几件厨房用具、一台壁钟和两幅装了镜框的画。车道上还放着一个纸箱子，里面装有咖啡杯、玻璃杯和盘子，每个都用报纸包着。那天早晨，他清空了壁橱，除了客厅里放着的三个纸箱外，所有东西都从房子里搬了出来。他拖了一根长电线出来，把所有电器都接通了。每件都能工作，跟在屋里时没两样。

不时会有辆车慢下来，有人往这儿瞧上一眼。但谁都没停下来。

他突然觉得，换了他，他也不会停下来的。

"肯定是在卖旧货。"女孩对男孩说。

女孩和男孩正在布置一间小公寓。

"看看床要多少钱。"女孩说。

"还有电视。"男孩说。

男孩拐上车道，将车停在餐桌前。

他们下车查看东西。女孩摸了摸平纹细桌布，男孩插上搅拌机的插头，把旋钮转到"切碎"那一挡，女孩拿起一口保温锅，男孩打开电视，稍稍调了一下。

他坐在沙发上看了起来。他点了根烟，往四周看了看，把火柴弹到了草地上。

女孩坐在床上，她脱掉鞋子，躺了下来。她觉得她看见了一颗星星。

"过来，杰克。试试这张床。拿个枕头过来。"她说。

"床怎么样？"他说。

"过来试试。"她说。

他往四周看了看,房子里漆黑一片。

"我觉得有点怪,"他说,"最好看看家里有没有人。"

她在床上蹦了蹦。

"先试试看。"她说。

他在床上躺下,把枕头垫在头下。

"你觉得怎么样?"她说。

"挺结实的。"他说。

她侧过身来,把手放在他脸上。

"吻我。"她说。

"我们起来吧。"他说。

"吻我。"她说。

她闭上眼睛,抱住了他。

他说:"我去看看有没有人在家。"

但他只是坐了起来,在原处待着,假装自己正在看电视。

街上左邻右舍的灯都亮了起来。

"会不会有点滑稽,要是……"女孩咯咯地笑了起来,没把话说完。

男孩笑了,但不知道为什么。也不知道为什么,他打开了台灯。

女孩拂走一只蚊子,男孩随即站起身来,塞了塞他的衬衣。

"我去看看家里有没有人,"他说,"不像有人的样子。但如果有的话,我就去问问价钱。"

"不管他们要多少,都砍掉十美元。这个主意准没错。"她说,"此外,他们肯定很急迫或是之类的。"

"这是台很不错的电视机。"男孩说。

"问他们要多少。"女孩说。

男人拎着一个超市购物袋沿着人行道走来。他买了三明治、啤酒和威士忌。他看见了车道上的车和床上的女孩。他看见了打开的电视机和门廊上的男孩。

"嗨,"男人对女孩说,"你发现这张床了。很好。"

"嗨,"女孩说,站了起来,"我刚才只是试了试,"她拍了拍床,"床很好。"

"是张好床。"男人说,他放下袋子,拿出啤酒和威士忌。

"我们以为这里没人,"男孩说,"我们对这张床,或许还有这台电视机感兴趣。也许还有这张写字桌。这张床你想卖多少钱?"

"我本来想卖五十美元。"男人说。

"四十美元可以吗?"女孩问道。

"四十就四十。"男人说。

他从纸箱里取出一个玻璃杯,去掉外面包着的报纸。他打开了威士忌酒瓶的封口。

"电视机呢?"男孩说。

"二十五。"

"十五美元可以吗?"

"十五美元可以。十五美元能接受。"男人说。

女孩看着男孩。

"年轻人，你们要喝一杯的话，"男人说，"杯子在箱子里。我得坐下了。我就坐在沙发上。"

男人在沙发上坐下，往后一靠，盯着男孩和女孩看。

男孩找出两个玻璃杯，往里面倒威士忌。

"够了，"女孩说，"我想往我的里面掺点水。"

她拉出一把椅子，在餐桌旁边坐了下来。

"那边的水龙头有水，"男人说，"打开水龙头。"

男孩端着掺了水的威士忌回来。他清了清嗓子，在餐桌旁坐下。他咧开嘴笑了笑，但没有喝酒。

男人盯着电视机。喝完后他又倒了一杯。他伸手打开落地灯。就在这时，他的烟从指间滑落，掉进了沙发垫里。

女孩起身帮他找烟。

"所以你想要什么？"男孩对女孩说。

男孩取出支票本，把它举到唇边，像是在思考着什么。

"我想要写字桌，"女孩说，"写字桌卖多少钱？"

男人冲这个荒谬的问题摆了摆手。

"你说个数吧。"他说。

他看着桌边坐着的他们。灯光下，他们的面孔看上去有点异样。是善是恶，一点也看不出来。

"我去把电视关了，然后放张唱片。"男人说，"这个唱机也卖。便宜。出个价吧。"

他倒出更多的威士忌并打开了一瓶啤酒。

"每样东西都出手。"男人说。

女孩递过杯子,男人往里面倒了一点。

"谢谢。"她说。"你真好。"她又说。

"有点上头。"男孩说,"我头晕。"他举着玻璃杯,轻轻地晃了晃。

男人喝完酒后又倒了一杯,稍后他找到了装唱片的箱子。

"随便挑一张。"男人对女孩说,拿出那些唱片递给她。

男孩在写支票。

"这张。"女孩说,她挑了一张,随便地挑了一张,因为她并不认识唱片标签上的那些名字。她从桌旁站起来,又坐了下来。她不愿意一动不动地坐着。

"我就不写收款人了。"男孩说。

"没问题。"男人说。

他们听着唱片,喝着酒。然后男人换了张唱片。

年轻人,你们为什么不跳个舞?他本想这么说来着,随后他说道:"你们为什么不跳个舞?"

"我不想跳。"男孩说。

"来吧。"男人说,"这是我的院子。你们想跳就跳。"

手臂互相搭着,身体靠在一起,男孩和女孩在车道上来回摆动。他们在跳舞。曲子完了后,他们又跳了一支曲子,跳完后,男孩说:"我喝醉了。"

女孩说:"你没醉。"

"唔,我醉了。"男孩说。

男人把唱片翻了个面，男孩说："我醉了。"

"跟我跳舞。"女孩先对男孩，然后对男人说道，当男人站起身时，她张开手臂走向他。

"那边的人，他们在看。"她说。

"没关系。"男人说。"这是我的地盘。"他说。

"让他们看去。"女孩说。

"就是。"男人说。"他们以为这里的什么都见过了。但他们没见过这个，不是吗？"他说。

他的脖子感受到了她的呼吸。

"我希望你喜欢你的床。"他说。

女孩闭上眼睛，又睁了开来。她把脸埋在男人的肩膀上。她把男人往近拉了拉。

"你肯定很绝望或是之类的。"她说。

几个星期后，她说道："这家伙中年人的样子。他所有的东西都在院子里摆着。没骗你。我们喝多了，还跳了舞。就在车道上。噢，天啦。别笑。他给我们放唱片。你看这个唱机。老家伙送给我们的。还有这些烂唱片。你想看看这些破玩意儿吗？"

她不停地说着。她告诉了所有的人。这件事里其实还有别的东西，她想把它说出来。过了一会儿，她放弃了。

严肃的谈话

薇拉的车停在那里,边上没别的车,伯特觉得很庆幸。他拐上车道,在他昨晚掉在那儿的南瓜派旁停了车。派还在那儿,铝盘底朝天扣着,南瓜泥在地上摊了一圈。这是圣诞节后的第一天。

他在圣诞节那天去看望他的妻子和孩子了。薇拉在此之前就警告过他。她对他讲了实情。她说他六点前必须离开,因为她的一位朋友和他的孩子要过来吃晚饭。

他们坐在客厅里,郑重地打开伯特带来的礼物。他们只打开了他的礼物盒,而其他包着节日彩纸的礼物盒都在圣诞树下堆着,等着六点以后打开。

他看着孩子们拆开礼物,等着薇拉解开她礼物盒上的丝带。他看着她撕开包装纸,打开盒盖,取出那件开司米羊毛衫。

"很好看,"她说,"谢谢你,伯特。"

"穿上试试。"他女儿说。

"穿穿看。"他儿子说。

伯特看着他儿子,感激他对自己的支持。

她真的去试了。薇拉进了卧室,穿着它走了出来。

"很好看。"她说。

"是你穿着很好看。"伯特说,感到胸口有东西在往外涌。

他打开了给他的礼物。来自薇拉的是一张桑德海姆男装店的礼品券。一套配对的梳子和发刷来自女儿。一支圆珠笔来自儿子。

薇拉端来汽水,他们聊了一小会儿。但多数时间在看圣诞树。后来他女儿起身去摆放餐厅里的桌子,他儿子去了他自己的房间。

但伯特喜欢他待着的地方。他喜欢待在壁炉前面,手里端着杯喝的,他的房子,他的家。

薇拉去了厨房。

他女儿不时拿着件东西走进餐厅,准备摆桌。伯特看着她。他看着她把亚麻布餐巾叠起来,放进葡萄酒杯里。他看着她把一个细细的花瓶放在桌子中央。他看着她小心翼翼地把一朵花插进花瓶。

一小块带着锯末和树蜡的木头在壁炉里燃烧着。炉边的纸箱子里还放着五块备用的。他从沙发上站起身,把它们统统塞进了壁炉。他看着它们燃起火焰。然后他喝完汽水,朝院门走去。途中,他看见餐具柜上并排放着的派。他把它们叠起来揣在怀里,一共六块,每一块用来抵偿她的十次背叛。

车道上,他在黑暗中摸索着打开车门时掉了一块派。

自从那天晚上他的钥匙断在锁里后,前门就永远地锁上了。他绕到后面,院门上挂着一个圣诞花环。他敲了敲玻璃。薇拉穿着浴袍。她从里面看着他,皱了皱眉头。她把门打开了一点。

伯特说:"我想就昨晚的事向你道歉。我也想向孩子们道歉。"

薇拉说:"他们不在。"

她站在门口,他站在院子里的一株喜林芋旁边。他摘掉衣袖上的一个线头。

她说:"我受够了。你曾想放火把房子烧了。"

"我没有。"

"你有。这儿所有人都看见了。"

他说:"我能进屋里说话吗?"

她掖紧浴袍领口,然后转身往里走。

她说:"我一个小时以后要出门。"

他四处看了看。树上的灯泡一明一灭地闪烁着。沙发的一端有一堆彩色薄纸和鲜亮的盒子。一只盛着火鸡残骸的大盘子放在餐桌正中央,火鸡皮还残留在垫盘底的荷兰芹上,看上去像一个可怕的鸟巢。堆成小山似的炉灰塞满了壁炉。那儿还有一些喝空了的可乐罐。一道烟痕顺着砖墙延伸至壁炉架,架上的木头已经被烟熏黑了。

他回身进了厨房。

他说:"你那个朋友昨晚什么时候离开的?"

她说:"如果你想吵架的话,你现在就可以走了。"

他拉出一把椅子在餐桌旁坐下,正对着那个大烟灰缸。他闭上眼睛又睁开。他把窗帘往边上拉了拉,看了看后院。他看见一辆没前轮的脚踏车头朝下栽在那里。他看见野草沿着红杉木栅栏生长。

她往炖锅里倒水。"你还记得感恩节吗?"她说,"那时我就说过这将是你毁掉的最后一个节日。晚上十点钟不是在吃火鸡而是在吃培根和鸡蛋。"

"我知道,"他说,"我说过对不起。"

"光说对不起是不够的。"

煤气炉的引火又熄灭了。她在炉子跟前,试着把放着锅的煤气炉点着。

"别烧着自己,"他说,"别把自己给烧着了。"

他设想她的浴袍烧着了,他从桌旁跳起来,把她推倒在地,滚呀滚地把她滚进客厅,再用自己的身体盖住她。还是他应该先跑进卧室去拿一条被单?

"薇拉?"

她看着他。

"你这儿有喝的吗?我今天早晨需要来一点。"

"冰箱里有点伏特加。"

"你什么时候开始在冰箱里存放伏特加了?"

"别问。"

"好的,"他说,"我不问。"

他拿出伏特加,往柜台上找到的一个咖啡杯里倒了一点。

她说:"你就准备这样喝,就用这个咖啡杯?"她说:"天哪,伯特。你到底想谈点什么?我跟你说了我要出门。我一点钟有堂长笛课。"

"你还在上长笛课?"

"我刚才说过了。怎么了?告诉我你脑子里在想些什么,然后我就要收拾出门了。"

"我想说对不起。"

她说:"你说过了。"

他说:"如果你有果汁的话,我想掺点到伏特加里。"

她打开冰箱门,把里面的东西挪动了一下。

"有蔓越橘苹果汁。"她说。

"可以。"他说。

"我要去浴室了。"她说。

他喝着杯中的蔓越橘苹果汁兑伏特加。他点了根烟,把火柴扔进了那个总是放在餐桌上的大烟灰缸里。他研究着里面的烟蒂。有些是薇拉抽的牌子,有些不是。有些甚至是淡紫色的。他站起身,把烟缸里的东西都倒在了洗碗槽底下。

这个烟灰缸其实并不是烟灰缸。这是他们在圣塔克拉拉的一家商场里,从一个留胡子的陶艺人手里买来的大瓷盘。他用水把它冲了冲,再擦干了。他把它放回到桌子上。然后把他的烟在里面摁灭了。

电话铃响起时,炉子上的水正好烧开了。

他听见她打开浴室门,隔着客厅冲他喊道:"接一下!我正要去洗澡。"

厨房里的电话放在柜台上的一个角落里,在烤盘的后面。他移开烤盘,拿起了话筒。

"查理在吗?"那个声音说。

"不在。"伯特说。

"好吧。"那个声音说。

当他准备去泡咖啡时,电话又响了起来。

"查理?"

"不在这里。"伯特说。

这次他没有把话筒放回去。

薇拉穿着毛衣和牛仔裤,梳着头发回到厨房。

他把速溶咖啡舀进盛着开水的杯子里,然后往他自己的那杯里滴了点伏特加。他端着杯子来到桌前。

她拿起话筒,听了听。她说:"怎么回事?谁打来的电话?"

"没谁,"他说,"谁抽带颜色的香烟?"

"我抽。"

"我不知道你抽那种。"

"嗯,我抽。"

她坐在他的对面喝咖啡。他们抽着烟,用着那个烟灰缸。

他有很多想说的话,伤心的话,安慰的话,这一类的话。

"我一天抽三包，"薇拉说，"我是说，如果你真想知道这里的情况的话。"

"我的老天爷。"伯特说。

薇拉点点头。

"我来这儿不是想听这个的。"他说。

"那你来是想听点什么？你想听房子被烧掉了？"

"薇拉，"他说，"现在是圣诞节。这是我来这儿的原因。"

"昨天是圣诞节。"她说。"圣诞节来了又走了，"她说，"我再也不想过下一个了。"

"那我呢？"他说，"你以为我盼着过节吗？"

电话铃又响了起来。伯特拿起了话筒。

"有人要找查理。"他说。

"什么？"

"查理。"伯特说。

薇拉拿过话筒。她说话时背对着他。然后她转过身来对他说："我要去卧室接这个电话。你能不能等我在里面拿起话筒后把它挂了？我听得出来，所以我一说话你就挂了它。"

他接过话筒。她离开了厨房。他把话筒放在耳边听着。他什么也听不见。然后他听见一个男人清嗓子的声音。他听见薇拉拿起了另一个话筒。她高喊道："好了，伯特！我接起来了，伯特！"

他放下话筒，站在那儿看着它。他打开放刀叉的抽屉，在里面翻了翻。他打开另一个抽屉。他看了看洗碗槽。他去餐厅找到那把切肉刀。他把刀放在热水下面冲着,直到把上面的油污都冲掉了。他把刀刃在衣袖上擦了擦。他来到电话跟前,把电话线对折,不费吹灰之力就把它割断了。他检查了一下断口,然后将电话一把推到烤盘后面的角落里。

她走进来。她说:"电话断了。你有没有动电话?"她看了看电话,把它从台上拿起来。

"婊子养的!"她尖叫道,"出去,去你该待的地方去!"她冲着他摇着手里的话筒。"没什么好说的了!我这就去弄一张限制令①来,马上就去弄!"

她把话筒摔在台子上时,它发出"叮"的一声。

"如果你现在不离开这里,我就去隔壁给警察打电话!"

他拿起烟灰缸。他抓住烟灰缸的边缘。他拿着它的姿势像是一个准备掷铁饼的人。

"别这样,"她说,"那是我们的烟灰缸。"

他是从院门那里离开的。他不是很确定具体是什么,但他觉得自己已经证明了一些事情。他希望他已经把某些东西表达清楚了。那就是,他们之间必须尽快进行一次严肃的谈话。有些事情必须谈开来,有些重要的事情必须讨论。他们会再次交谈的。也许等过完节,一切都恢复正常以后。比如,他会告诉她说,那个该死的烟灰缸只是个该

---

① 限制令(restraining order),来自法院的一种禁止令,常用于家庭暴力、性侵犯等情况下,限制一方不得接近另一方。

死的盘子。

他绕过车道上的南瓜派,进到自己的车里。他发动车子,挂上倒挡。直到放下烟灰缸后,他的行动才方便了一点。

当我们谈论爱情时我们在谈论什么

我的朋友梅尔·麦克吉尼斯在不停地说话。梅尔·麦克吉尼斯是一位心脏病医生,有时候,这种身份给了他这样说话的权利。

我们四人围坐在梅尔家的餐桌旁喝杜松子酒。从洗碗槽后面的大窗户照进来的阳光映满了厨房。四人里有我、梅尔、梅尔的第二任妻子特芮萨(我们叫她特芮)和我的妻子劳拉。那时我们住在阿尔伯克基。但我们都是外地来的。

餐桌上放着冰桶。杜松子酒和奎宁水在我们手中传来传去,不知怎的,我们就谈到爱情这个话题上来了。梅尔认为真正的爱情绝不止于精神上的爱。他说他离开神学院去上医学院时,已经在神学院里待了五年,他说回顾在神学院的那些日子,他仍然觉得那是自己一生中最重要的时光。

特芮说在梅尔之前,和她一起生活的那个男人非常爱她，爱到想杀死她。特芮说："有一天晚上他揍我，拽着我的脚踝在卧室里拖来拖去。他嘴里不停地说：'我爱你，我爱你，你这个婊子。'他不停地把我在卧室里拖来拖去，我的头不断地磕碰着东西。"特芮看了看大家："碰到这样的爱情你们怎么办？"

她身材瘦削，有一张漂亮的面孔，深黑色的眼睛，棕色的头发披落到背上。她喜欢戴蓝绿色宝石做的项链和长长垂下的耳坠。

"我的天哪，别犯傻了。那不是爱，你知道的。"梅尔说，"我不知道你该叫它什么，但我知道你绝对不能把它叫作爱情。"

"你爱怎么说就怎么说，但我知道那是爱情，"特芮说，"也许对你来说很疯狂，但它同样是真实的爱。人和人不一样，梅尔。不错，有时他是有些疯狂的举动，我承认。不过他爱我。或许这是他自己的方式，但他爱我。那里面有爱，梅尔。别说没有。"

梅尔呼了口气，端起酒杯转向我和劳拉。"那个人威胁要杀死我。"梅尔说。他喝干杯中的酒，伸手去拿酒瓶。"特芮是个崇尚浪漫的人。特芮是那种踢－我－我－才－知－道－你－爱－我类型的人。特芮，亲爱的，别这副样子。"梅尔把手伸到桌子对面，用手指摸了摸特芮的脸颊。他冲她咧嘴笑了笑。

"现在他想和解了。"特芮说。

"和什么解？"梅尔说，"有什么好和解的？我清楚自己知道什么。就这些。"

"我们怎么就说到这个话题上来了呢？"特芮说。她端起酒杯喝了一口。"梅尔满脑子都是爱情，"她说，"是吧？亲爱的。"她笑了笑。我想这个话题应该结束了。

"我只是不会把艾德的所作所为叫作爱情。我没别的意思，亲爱的。"梅尔说。"你们怎么看？"梅尔转向我和劳拉，"你们觉得那是爱情吗？"

"你问错人了，"我说，"我连那个人都不认识，只是听人提起过这个名字。我怎么会知道。你得知道具体情况。但我想你的意思是说爱情是一种绝对。"

梅尔说："我说的那种爱情是。我说的那种爱情是，你不会想着去杀人。"

劳拉说："我对艾德一无所知，也不了解当时的情况。不过谁又能够评判别人的事情呢？"

我碰了碰劳拉的手背，她冲我轻轻地笑了笑。我握住劳拉的手。它很温暖，指甲光洁，修剪得十分整齐。我用手指攥住她的手腕，把她搂在怀里。

"我离开他时，他喝了老鼠药，"特芮说，双手紧抱双臂，"他们把他送到圣达菲的医院。那时我们住在那里，大约有十英里远。他们救了他的命。但他的牙龈因此变了形。我是说，它们从牙齿上脱开了。自那以后，他的牙齿就像狗牙一样向外凸着。我的天哪。"她沉默了一会儿，松开两臂，端起酒杯。

"有些人真是什么事都做得出来！"劳拉说。

"他现在消停了，"梅尔说，"他死了。"

梅尔把一小碟酸橙递给我。我拿了一块，把汁挤进酒里，用手指搅了搅冰块。

"后来更糟了。"特芮说。"他朝自己嘴里开了一枪。但他就连这件事也给搞砸了。可怜的艾德。"特芮说着，摇了摇头。

"什么可怜的艾德，"梅尔说，"他非常危险。"

梅尔四十五岁，身材瘦长，满头松软的鬈发，脸和胳膊都因打网球而晒成了棕色。没喝醉的时候，他的每个动作和手势都很精准，非常谨慎。

"可他确实是爱我的，梅尔。你得认同这个，"特芮说，"这是我对你的唯一请求。他爱我的方式和你的不一样。这不是我要说的。但他爱我。你能认同这一点，是吧？"

"你说他给搞砸了是什么意思？"我说。

劳拉端着杯子，身子往前倾。她把双肘搁在桌上，两手握住酒杯。她瞟了眼梅尔，又瞟了眼特芮，坦率的脸上带着迷惑的神情，她等着答案，好像很讶异这样的事情怎么会发生在自己的朋友身上。

"他自杀时怎么给搞砸的？"我说。

"我来告诉你们是怎么回事，"梅尔说，"他用他买的点22手枪威胁我和特芮。噢，我没有开玩笑，这家伙老是威胁我们。真该让你们看看那些日子我们是怎么过的。像逃犯一样。我自己甚至买了一支枪。你能相信吗？像我这样的人？但我真的买了，用来自卫，就放在车子仪表板旁的匣子里。有时我不得不在半夜离开公寓去医院，知道吗？我和特芮那时还没结婚。房子、孩子、狗和所有的一切都归了我前妻,我和特芮住在现在这所公寓里。有时,像我说的那样,我会在半夜接到出诊电话,必须在凌晨两三点钟赶到医院。停车场里一片漆黑,我还没走到车子跟前就会吓出一身冷汗来。不知道他会不会从灌木丛里蹿出来或是从汽车后面给我一枪。我是说,这个人疯了。他完全有能力安装一颗炸弹之类的东西。他曾没日没夜地打我的服务专线,说要和医生谈谈,我一回电话他就说:'你这个婊子养的,你没几天活头了。'诸如此类的事情。我跟你们讲,真是太恐怖了。"

"我还是为他感到难过。"特芮说。

"听起来像是一场噩梦,"劳拉说,"可是他开枪自杀后到底怎样了?"

劳拉是一名法律秘书。我们是因为工作关系认识的。不知不觉,我们就好上了。她今年三十五岁,比我小三岁。除了彼此相爱,我们也相互欣赏并愿意在一起待着。她是个容易相处的人。

"后来呢?"劳拉说。

梅尔说:"他在屋里朝自己的嘴里开了一枪。有人听到枪响,报告给管家。他们用总钥匙打开房门,看到发生的事情,叫了救护车。他被送来的时候我恰好在医院里。他还活着,但已经没救了。他活了三天,头肿得比正常人大一倍。我从没见过这种情形,我希望这辈子也不要再见到。特芮知道后想去医院陪他。我们为这事大吵了一架。我认为她不该看到他那副样子。我认为她根本就不该去见他,我现在还这么认为。"

"谁吵赢了?"劳拉问。

"他死的时候我在病房里陪着他,"特芮说,"他再也没能醒过来。但我一直陪着他。他没有别的亲人了。"

"他非常危险,"梅尔说,"如果你把那叫作爱情,那就请便吧。"

"那是爱情,"特芮说,"当然,在大多数人眼里那可能不太正常。可是他愿意为它而死。他也确实为它死了。"

"我他妈说什么也不会称它为爱情,"梅尔说,"我是说,没有人明白他为何而死。我见过许多人自杀,我敢说没人知道他们到底为什么自杀。"

梅尔把手放在脖子后面,椅背向后倾斜着。"我对那种爱不感兴趣,"他说,"如果那也是爱情的话,那你就这么觉得吧。"

特芮说:"我们那时很害怕。梅尔甚至立了一份遗嘱,并写信给他在加州做过特种兵的弟弟,告诉他一旦发生不测好去找谁。"

特芮喝着杯子里的酒。她说:"但梅尔说得没错——我们过得像逃犯一样,整天提心吊胆的。特别是梅尔,对吧,亲爱的?我甚至报过警,但警察也无能为力。他们说必须等艾德真的干了什么才能采取行动。是不是很可笑?"

她把最后一点酒倒进杯里,晃了晃瓶子。梅尔起身走到橱柜前,又拿出一瓶来。

"嗯,尼克和我知道什么是爱情。"劳拉说。"我是说,对我俩而言。"劳拉说着,用膝盖碰了碰我的膝盖。"现在你该说点什么了。"劳拉说,笑着看我。

作为回应,我拉起劳拉的手举到嘴边,很夸张地吻了一下。大家都被逗笑了。

"我们很幸运。"我说。

"你们两个家伙,"特芮说,"快别那样,真让我恶心。你们还在蜜月期,看在老天的分上。你们还热恋着呢,真是的。等着瞧吧。你俩在一起多久了?有多久?一年?一年多?"

"有一年半了。"劳拉笑着答道,脸上泛起红晕。

"哦,那么,"特芮说,"等着瞧吧。"

她端着酒杯,一动不动地看着劳拉。

"我只是开个玩笑。"特芮说。

梅尔打开杜松子酒,围着桌子给大家倒酒。

"嘿,伙计们,"他说,"咱们干一杯。我建议大家干一杯。为爱情干杯。为真正的爱情。"

我们碰了碰杯。

"为爱情。"我们说。

后院里,一只狗叫了起来。窗前那棵白杨树的叶子轻声拍打着窗玻璃。下午的太阳照射进屋里,光线充沛舒适,将室内照得敞亮,有种如临仙境的感觉。我们再次举起酒杯,冲彼此咧嘴笑着,像群商量好要去干一件大人不让干的事情的孩子。

"我来告诉你们什么是真正的爱情,"梅尔说,"我是说，我会给你们举一个很好的例子。然后你们可以自己下结论。"他又往杯子里倒了些杜松子酒，加了一块冰和一片酸橙。我们一边呷着酒，一边等着他。劳拉和我又碰了碰膝。我把一只手放在她温暖的大腿上，没再挪开。

"我们当中有谁真正懂得爱情吗？"梅尔说，"在我看来，我们只不过是些爱情的新手。我们说我们彼此相爱，这没错，我不怀疑这点。我爱特芮，特芮爱我，你们俩也彼此相爱。你们知道我现在说的这种爱情是什么。肉体上的爱，那种把你驱引向某个特别的人的冲动，还有对另一个人的本质的爱，对他或她的灵魂的爱。肉欲之爱和……好吧，就叫它精神之爱吧，就是每天都关心着另外那个人。但有的时候，我很难接受我爱过我前妻这个事实。可我确实爱过，我知道我爱过。所以我想就这点而言，我很像特芮。像特芮和艾德。"他想了一会儿接着说道："曾经有一段时间，我觉得我爱我前妻胜过爱我的生命。但现在我从心里恨透了她。我真的是这样。你们对此作何解释呢？那份爱情怎么了？它到底怎么了，这是我想知道的。我希望有人能告诉我。再有就是艾德。好吧，我们又说起艾德了。他那么爱特芮，以至于想杀死她，而最后他自杀了。"梅尔止住话头，吞了一大口酒。"你们俩一起度过了十八个月，你们彼此相爱。从你们的一举一动就能看出来。你们因爱而发光。但是，你们在相遇之前也曾爱别别人。你们也都曾结过婚，就像我们一样。甚至在那之前，你们可能还爱过其他人。特芮和我在一块儿五年了，结婚也四年了。而可怕的事情，可怕的事情是,不过也是件好事,不幸中的万幸吧,你们可以这么说,就是如果我们当中谁出了什么事——请原谅我这么说——但如果明天我们当中谁出了事,我想另一半,另一个人,会伤心一段时间,你们知道的,但很快,活着的一方就会结识新人,再次恋爱,用不了多久就会另有新欢。所有这些,所有这些我们正在谈论的爱情,只不过是一种记忆罢了。甚至可能连记忆都不是。我错了吗?我说得太离谱了吗?如果你们认为我错了,我希望你们立刻指出来。我想知道。我的意思是,我什么也不清楚,我率先承认这一点。"

"梅尔,看在老天的分上。"特芮说。她伸手握住他的手腕。"你醉了吧?亲爱的?你已经醉了?"

"亲爱的,我只是说说话而已。"梅尔说。"行吗?我不必非得喝醉了才能说出我的想法。我是说,我们大家只是随便聊聊,对不对?"梅尔说,目光定在她身上。

"宝贝,我不是在批评你。"特芮说。

她端起她的杯子。

"我今天不值班。"梅尔说。"让我提醒你一下,我不值班。"他说。

"梅尔,我们都爱你。"劳拉说。

梅尔看着劳拉。他看着她,像是认不出她似的,像是她不是从前的她了。

"我也爱你,劳拉。"梅尔说。"还有你,尼克,我也爱你。你们知道吗?"梅尔说,"你们俩是我们的真朋友。"

他端起他的杯子。

梅尔说："我本来想要告诉你们一件事。我是说，我想证明一点。是这样的，这件事发生在几个月前，但现在它还没结束，它会让我们感到羞愧，我们在谈论爱情时，说起来就像知道自己在说什么一样。"

"行了，"特芮说，"没喝醉的话就别说醉话。"

"闭上你的嘴，哪怕就这一次，"梅尔十分平静地说道，"你能不能行行好把嘴闭上一分钟？我要说的事情是，有对老夫妇在州际公路上发生了车祸。一个年轻人撞了他们，他们给撞得稀烂，没人觉得他们能挺过来。"

特芮看了看我们，又回头看着梅尔。她看上去有点紧张，也许用这个词来形容太重了一点。

梅尔把酒瓶沿桌子传了一圈。

"那天晚上正赶上我值班，"梅尔说，"那是五月还是六月的一天。我和特芮刚坐下准备吃晚饭，医院就来了电话，州际公路上发生了这起车祸。喝醉了酒的小伙子，十几岁的小年轻，开着他爸爸的小货车一头扎进了这老两口开的野营车里。这对夫妇七十来岁。这个小伙子——大约十八九岁——没到医院就死了。方向盘刺穿了他的胸骨。这对老夫妇还活着，你们知道，我的意思是，也就剩一口气了。他们遍体鳞伤。多处骨折，内伤，大出血，擦伤，撕裂伤，全了，而且他们俩都得了脑震荡。他们的状况很糟糕，真的。当然，他俩的年龄对他们来说更是双重打击。要说那女的比那男的还要糟。除了以上说的外，她的脾脏也破裂了，双膝膝盖骨折。好在他们系了安全带，天晓得，

185

这才暂时保住了他们的命。"

"伙计们,这是国家安全委员会的广告。"特芮说。"这是发言人梅尔文·R.麦克吉尼斯[①]博士在讲话。"特芮大笑。"梅尔,"她说,"有时你真是太过了。但我爱你,宝贝。"

"亲爱的,我爱你。"梅尔说。

他隔着桌子探身向前,特芮迎着他。他们接了个吻。

"特芮说得没错,"梅尔坐下后说,"系上安全带。言归正传,他们还算有点人形,这两位老人家。我赶到时,那个小伙子已经死了,我之前说过。他就在墙角的一张担架上躺着。我看了一眼那对老夫妇,告诉急救室的护士马上给我找一位神经科专家、一位整形外科医生和两位外科医生来。"

他端起杯子喝了一口。"我会尽量长话短说,"他说,"我们把这两个人抬进手术室,没命地干了几乎一整夜。这两位,他们的生命力简直不可思议。你很少会碰上这样的人。我们尽了一切努力,天快亮时,我们认为他们有百分之五十的生还几率,她的也许还要少一点。就这样,他们第二天早上还活着。于是,我们把他们转到特护病房。待在那儿的两个星期里,他们一直顽强地支撑着,各方面都越变越好。于是我们就把他们转回到他们自己的病房。"

梅尔停了下来。"现在,"他说,"咱们干掉这瓶廉价的杜松子酒,然后去吃饭,好不好?我和特芮知道一个新去

[①] 梅尔文(Melvin)是梅尔(Mel)的全称。

处，我们就去那儿，到那个新地方去。不过得先把这瓶廉价的烂酒喝完再说。"

特芮说:"实际上我们还没在那儿吃过饭。不过它看起来还不错。从外面看上去，你们懂的。"

"我喜欢食物。"梅尔说，"你们知道吗？如果我这辈子可以重来的话，我想当一名厨师。是吧，特芮？"

他笑了起来。用手指搅了搅杯子里的冰块。

"特芮知道，"他说，"她可以告诉你们。不过，让我来说。如果我可以转世投胎到一个不同的年代，你们知道吗？我想投胎成一名骑士。因为穿着那身盔甲你会感到很安全。在枪和火药发明之前，做一名骑士还是不错的。"

"梅尔想骑着马，拿着根长矛。"特芮说。

"走哪儿都带着一条女人的头巾。"劳拉说。

"或一个女人。"梅尔说。

"真不害臊。"劳拉说。

特芮说:"假如你转世成一个农奴呢。那年头农奴的日子可不好过。"

"农奴的日子从来就没好过过，"梅尔说，"但我估计就连骑士也是某个人的扑人。①难道不是这样吗？实际上，每个人都是某个人的扑人。不是吗，特芮？但我之所以喜欢骑士，除了他们的女人外，还因为那一身盔甲，要知道，他们不会轻易受到伤害。那会儿没有汽车，明白吗？不会

---

① 这里梅尔想说"骑士也是某个人的仆人"。"仆人"对应的英文为"vassal"，梅尔把它说成了"vessel"。Vessel 中文翻译为"容器、船"，此处按别字处理，翻译为"扑人"。

有喝醉的年轻人来撞你的车屁股。"

"仆人。"特芮说。
"什么?"梅尔说。
"仆人,"特芮说,"他们叫仆人,不是扑人。"
"仆人,扑人,"梅尔说,"有他妈的什么差别?你反正知道我的意思。行了。""我没文化。我学会了我的那点玩意儿。我是心脏外科医生,没错,但我只是个修理工。我走进手术室里乱整一气,把东西修修好。他妈的。"梅尔说。

"没见你这么谦虚过。"特芮说。

"他只不过是个谦虚的操刀医生。"我说,"不过梅尔,他们有时会闷死在那身盔甲里。如果里面太热而他们又累又乏的话,他们甚至会心脏病发作。我读到过他们会从马背上摔下来,爬不起来了,因为那副盔甲让他们累得站都站不起来。他们有时会被自己的马踩在脚下。"

"那太可怕了,"梅尔说,"那是件很恐怖的事情,尼基[①]。我猜他们只好躺在那儿等着,直到有人出现,把他们做成烤羊肉串。"

"其他的扑人。"特芮说。

"正是,"梅尔说,"一些仆人会过来把这个狗杂种刺死,以爱的名义,或是以那些他们那时为之而战的狗屁东西。"

[①] 尼克(Nick)和尼基(Nicky)都是尼古拉斯(Nicolas)的昵称。尼基更亲密一点。

"和我们现在为之而战的东西一样。"特芮说。

劳拉说:"什么都没变。"

劳拉的脸颊还是红红的。她的眼睛发亮。她把杯子送到嘴边。

梅尔又给自己倒了杯酒。他仔细地看着标签,像是在琢磨一长串数字。然后他慢慢地把酒瓶放在桌上,又慢慢地伸手去拿奎宁水。

"那对老夫妇怎样了?"劳拉说,"你开了头的故事还没讲完。"

劳拉点不着烟,她的火柴老是熄掉。

屋内的光线和刚才不一样了,变得越来越暗淡。但窗外的树叶还在闪闪发亮。我凝视着它们映射在窗玻璃和富美家牌柜台上的图案。当然,它们和先前映下的纹理不一样了。

"那对老夫妇怎样了?"我说。

"更老但也更有智慧了。"特芮说。

梅尔瞪着她。

特芮说:"继续讲你的故事,宝贝。我只是开个玩笑。后来怎样了?"

"特芮,有的时候……"梅尔说。

"梅尔,别这样,"特芮说,"别总这么严肃,亲爱的。连个笑话都受不了?"

"哪儿好笑了?"梅尔说。

他握着杯子,目不转睛地看着他的妻子。

"后来呢？"劳拉说。

梅尔将目光定在劳拉身上。他说："劳拉，假如我没有特芮，假如我不是这么爱她，假如尼克不是我最好的朋友，我会爱上你的。我会把你拐走，亲爱的。"

"讲你的故事，"特芮说，"然后我们就去那个新地方，可以吗？"

"可以。"梅尔说，"我说到哪儿了？"他盯着桌子看了会儿，然后又开口了。

"我每天都顺便过去看看他俩，有时一天两次，如果我恰好在那儿有别的事情的话。石膏和绷带，从头到脚，两人都这样。你们知道的，就像在电影里看到的那样。他们就是那副样子，跟电影里的一模一样。只在眼睛、鼻子、嘴那儿留了几个小洞。除此之外，她还必须把两条腿吊起来。她丈夫抑郁了好一阵子。即使在得知他妻子会活下来后，他的情绪仍旧很低落。但并不是因为这场事故。我是说，事故只是一方面，但不是所有。我贴近他嘴那儿的小洞，他说不，不完全是这场事故让他伤心，而是因为他无法从眼洞里看到她。他说那才是使他如此悲伤的原因。你们能想象吗？我在告诉你们，这个男人的心碎了，因为他不能转动他那该死的头来看他那该死的老婆。"

梅尔看了看大家，想要说点什么，又摇了摇头。

"我的意思是，只是因为他无法看见那个该死的女人，这简直要了那个老狗屁的命。"

我们都看着梅尔。

"你们明白我说的吗？"他说。

也许这时候我们都有点醉了。我很难把注意力集中起来。阳光正从房间里消退，从它进来的那个窗子撤离。尽管如此，没有人从桌旁起身去打开顶灯。

"听着，"梅尔说，"我们先喝完这该死的杜松子酒。剩下的刚好够每人一杯。然后我们去吃饭。我们去那个新地方。"

"他情绪不太好，"特芮说，"梅尔，你为什么不吃片药？"

梅尔摇了摇头。"我什么都吃过了。"

"谁都有需要药片的时候。"我说。

"有些人生来就需要它们。"特芮说。

她在用手指刮蹭桌子上的东西，稍后，她停了下来。

"我觉得我想给我的孩子们打个电话。"梅尔说。"你们都不介意吧？我去给我的孩子打电话。"他说。

特芮说："要是玛乔里接电话怎么办？你俩听我们说过玛乔里的事吧？亲爱的，你知道你不愿意跟玛乔里说话的。那只会使你更加难受。"

"我不想和玛乔里说话，"梅尔说，"但我想和我的孩子们说话。"

"梅尔没有一天不唠叨这件事，他希望她再嫁人，要不就死掉。"特芮说。"不说别的，"她说，"她正在拖垮我们。梅尔说她不结婚是为了故意刁难他。她有个男朋友，跟她和孩子们住在一起。所以，梅尔也在养着她的男朋友。"

"她对蜂毒过敏，"梅尔说，"如果我不祈祷她再婚，我

191

就祈祷她被一群该死的蜜蜂蜇死。"

"真不要脸。"劳拉说。

"嗡嗡嗡嗡嗡嗡嗡——"梅尔用手指作蜜蜂状在特芮的喉咙上比画着。然后他将双手垂到身子两旁。

"她很邪恶,"梅尔说,"有时我真想装扮成一个养蜂人去找她。你知道吗?戴着那种像头盔一样的帽子,有可以放下来遮住脸的挡板,大手套和防护服。我会去敲门,把一窝蜜蜂都放到她屋子里去。当然,我得首先确保孩子们都不在家。"

他把一条腿跷到另一条腿上,看上去他费了很大的劲。然后,他把两只脚都放在地板上,身体前倾,手肘支在桌子上,用双手托住下巴。

"要不我还是不给孩子们打电话了,这恐怕不是什么好主意。不如咱们直接去吃饭吧,怎么样?"

"听起来不错,"我说,"吃或者不吃,或者接着喝。我可以现在就出发,向落日走去。"

"那是什么意思,亲爱的?"劳拉说。

"就是我说的字面意思,"我说,"就是说我可以就这样继续下去。就是这么个意思。"

"我可要吃点东西,"劳拉说,"我想我这辈子从来没这么饿过。有什么可以垫垫的?"

"我去拿点奶酪和饼干。"特芮说。

但特芮只是坐在那儿。她没有起身去拿任何东西。

梅尔把他的酒杯倒扣过来,酒洒在了桌子上。

"酒没了。"梅尔说。

特芮说:"现在干吗呢?"

我能听见我的心跳。我能听见所有人的心跳。我能听见我们坐在那儿发出的声响,直到房间全都黑了下来,也没有人动一下。

距离

她来米兰过圣诞,想知道她孩提时的事情。在他难得见到她的几次里,她总这么要求。

告诉我,她说,告诉我那时候是什么样的。她呷着利口酒,专注地看着他,等着。

她是个时髦、苗条、很有魅力的姑娘,从头到脚无可挑剔。

那是很久以前的事了,是二十年前的事了,他说。他们在他靠近卡希纳花园的法布罗尼路上的公寓里。

你想得起来,她说,接着讲嘛,告诉我。

你想听什么?他问道。我能告诉你些什么呢?我可以告诉你一些你还是个婴儿时的事。它与你有关,他说,但关系不大。

告诉我,她说,但先再给咱们倒杯酒,待会儿就不用在半截停下来了。

他端着酒从厨房回来,在椅子上坐好,开始讲述。

这个十八岁的男孩和他十七岁的女朋友结婚时，他们自己还是孩子呢，但他们爱得死去活来。没隔多久他们就添了个女儿。

这个孩子在十一月末的一次寒流里降生，正赶上这一地区水鸟的高峰期。男孩喜欢打猎，明白吗，这是故事的一部分。

男孩和女孩，现在是丈夫和妻子，是父亲和母亲了，他们住在一个牙医诊所下面的一套三居室的公寓里。他们每晚打扫楼上的诊所，以此来抵房租和水电费。夏天他们还得维护草地和花木，冬天男孩要把过道的雪铲掉并在路面上撒上粗盐。这两个孩子，我跟你讲，真的是非常相爱。此外，他们都有很大的野心，是疯狂的梦想家。他们总在谈论要做的事情和要去的地方。

他从椅子上站起身来，向窗外看了片刻，目光越过石板瓦屋顶，看着雪花在黄昏的光线下缓缓飘落。

就讲这个嘛，她说。

男孩和女孩睡在卧室里，婴儿睡在客厅里的婴儿床上。要知道，婴儿那时大约只有三周大，刚刚开始能睡一整夜。

一个周六的晚上，男孩干完楼上的活儿后，走进牙医的私人办公室，脚往办公桌上一跷，给他父亲钓鱼打猎的老朋友卡尔·萨瑟兰打了个电话。

卡尔，那人拿起话筒时他说，我做父亲了，我们生了个女儿。

祝贺你，小伙子，卡尔说，妻子怎样？

她没事，卡尔。婴儿也没事，男孩说，大家都好。

那就好，卡尔说，真替你们高兴。好吧，向你妻子转达我的问候。如果你来电话是为了打猎的事，听我跟你讲。成群成群的大雁都飞来这儿了。打了这么多年的猎，我还从没见到过这么多。我今天打了五只，早上两只，下午三只。明天一早我还去那里，你如果想去的话，可以一起走。

我要去，男孩说，所以才给你打电话。

你明天五点半准时到这，然后我们就出发，卡尔说。多带些子弹，我们打个痛快，明儿早上见。

男孩喜欢卡尔·萨瑟兰，他是他死去的父亲的朋友。父亲去世后，或许是为了弥补他俩都感受到的失落，男孩和萨瑟兰开始一同打猎。萨瑟兰是个瘦削、已开始谢顶的男人，他独自一人生活，平时不苟言笑。他们在一起时，男孩偶尔会感到局促不安，纳闷他是不是说错了什么话或做错了什么事，他还不习惯与长时间保持沉默的人待在一起。但这老头一旦说起话来却常固执得要命，男孩经常不同意他的观点。尽管这样，男孩喜欢并钦佩他坚韧的个性和丛林经验。

男孩挂了电话，下楼对女孩说了。她在一旁看着他整理东西，猎装、子弹袋、靴子、袜子、打猎帽、羊毛内衣和猎枪。

你什么时候回来？女孩问。

大概中午吧，他说，但也有可能要到五、六点以后。那样会太晚吗？

没事，她说，我们没问题。你尽管去，玩开心了。这是你应得的。也许明晚我们把凯瑟琳打扮打扮，去萨利那儿看看。

好，好主意，他说。就这么办。

萨利是女孩的姐姐，比她大十岁。男孩有点爱她，就像他有点爱女孩的另一个姐姐贝齐一样。他曾对女孩说过，如果我俩没结婚的话，我会去追萨利。

那贝齐呢？女孩曾问过。我虽然不想承认，但我真的觉得她比萨利和我都好看。她怎么样？

贝齐也行，男孩边说边笑，但和追萨利的感觉不一样。萨利有种让你无法抗拒的东西。不，我相信我宁可去追萨利，如果非要做个选择的话。

但你真正爱的是谁？女孩问道。世界上你最爱的是谁？谁是你的妻子？

你是我的妻子，男孩说。

我们会永远相爱吗？女孩问，他看得出来她非常享受这样的对话。

永远，男孩说，我们会永远在一起。像加拿大雁一样，他说，用了这个最先进入他脑子的比喻，因为这些天来他老是想着它们。它们一生只配一次对。它们很早就选择好一个配偶，然后永远待在一起。如果其中的一个死了或怎样了，另一个会单独生活下去，或尽管生活在雁群中，但会保持独身，独自待在雁群里。

那太惨了，女孩说。这样活着更惨，我觉得，和别人待在一起却独自生活，这比自己单独待在一个地方还要惨。

是很惨，男孩说，但这是天性。

你有没有杀死过其中的一只呢？她问道，你知道我的意思。

他点点头,他说,有那么两三次,我打死一只雁,一两分钟后,就会看到另一只离开雁群飞回来,开始围着躺在地上的雁打转和呼唤。

你也向它开枪吗?她担心地问。

如果可能的话,他回答,有时会打偏。

这不会让你感到不安?她说。

从来没有。干这件事时你不能这样想。要知道,我喜欢大雁,不打猎时看着它们我都会很高兴。但生活中充满矛盾,你不能老是想着这些矛盾。

晚饭后,他把炉火调大,帮着她给婴儿洗澡。他再次为婴儿的长相感到惊讶,婴儿一半的特征(眼睛和嘴)像他,一半(下巴和鼻子)像女孩。他给这个小小的身体搽上粉,又往手指和脚趾间撒了点儿粉。他看着女孩给婴儿裹上尿片包进睡衣里。

他把洗澡水倒进淋浴池里后上了楼。外面的天气阴冷。他呼出来的气一条一条的。曾经是草坪的地方看上去像块帆布,在街灯下面显得僵硬灰白。雪堆积在过道两侧。一辆车开过,他听见轮胎轧过沙子发出的声音。他想象着明天的情形,雁群在他头顶打转,枪托撞击着他的肩膀。

然后他锁上门下了楼。

上床后他们想看点什么,但两人都睡着了,先是她,手里的杂志陷进了被窝。他的眼皮合上了,但他强迫自己醒来,检查了一下闹钟,关了台灯。

他被婴儿的哭声弄醒。客厅的灯亮着。他能看见女孩在婴儿床边上站着，摇晃着怀里的小婴儿。过了一会儿，她放下婴儿，关了灯，回到床上。

时间是凌晨两点，婴儿又睡着了。

婴儿的哭声再次把他吵醒。这次女孩没动窝。婴儿断断续续地哭了一阵，停了下来。男孩听了会儿，又打起盹来。

他睁开眼，客厅里灯火通明。他坐起来并打开台灯。

我不知道是怎么回事，女孩说，抱着孩子来回走动。我已给她换了尿片，又喂过她了，但她还是哭个不停。她不停地哭。我好累，真担心她从我手上掉下去。

你回床上来，男孩说。我抱她一会儿。

他爬起来接过孩子，女孩回到床上躺下。

再摇她一小会儿，女孩在卧室里说。说不定她就睡着了。

男孩抱着孩子坐在沙发上。他用膝盖轻轻颠着她，直到她闭上了眼睛。他自己的眼睛也差不多快合上了。他小心翼翼地站起身，把婴儿放进婴儿床。

现在是四点差一刻，他还可以睡上四十五分钟。他爬上床。

但几分钟后，婴儿再次哭了起来。这次俩人都爬了起来，男孩咒骂了一声。

看在老天的分上，你这是怎么了？女孩对他说。也许她生病了还是怎么了。也许我们不该给她洗澡。

男孩抱起婴儿。婴儿蹬了蹬脚，不哭了。你看，男孩说，我真的不觉得她有什么病。

你怎么知道的？女孩说。过来，把她给我。我知道我该给她吃点儿药，但我不知道该给她吃什么。

又过了几分钟，孩子没再哭泣，女孩再次把她放下来。当孩子睁开眼开始哭泣时，男孩和女孩看了看孩子，又看了对方一眼。

女孩抱着孩子，宝贝，宝贝，她说话时眼里含着眼泪。

有可能她的肚子不舒服，男孩说。

女孩没理他。她不停地摇晃着怀里的婴儿，不再注意男孩了。

男孩又等了一会儿，就去厨房烧上水，准备咖啡。他穿上他的羊毛内衣，扣上扣子，然后穿上外衣。

你在干吗？女孩对他说。

打猎去，他说。

我觉得你不该去，她说。如果孩子好了的话，你也许可以晚点儿去。但我觉得你今天早上不该去。孩子哭成这样，我不想一个人留下来。

卡尔计划我和他一起去的，男孩说，我们计划好了。

我才不管你和卡尔计划好什么，她说，我也一点都不在乎卡尔，我甚至都不认识这个人。关键是我不想让你走，我觉得在这种情况下你根本就不该有走的想法。

你过去见过卡尔，你认识他，男孩说。你说你不认识他是什么意思？

这不是问题的关键，你知道这一点，女孩说。关键是我不想一个人带着生病的孩子。

等一下，男孩说。你不明白。

不对，是你不明白，女孩说。我是你的妻子，这是你的孩子，她病了还是怎么了。你看看她，她为什么在哭？你不可以丢下我们去打猎。

别弄得歇斯底里的，男孩说。

我想说的是你任何时候都可以去打猎，她说。现在孩子不对劲，你却要扔下我们去打猎。

她哭了起来。她把孩子放回婴儿床，但孩子又哭起来了。女孩忙用她的睡衣袖子擦了下眼睛，又把孩子抱了起来。

男孩慢慢地系着鞋带，穿上衬衫、毛衣和外套。厨房炉子上的水壶发出哨声。

你必须做个选择，女孩说。卡尔还是我们。我是认真的，你得选一个。

你这是什么意思？男孩说。

你听见我说的了，女孩回答道。如果你想要个家的话，你必须做出选择。

他们对视了一会儿，随后男孩拿上他的打猎用具上了楼。他把车发动起来，绕到车窗前，像在做一件很艰难的事似的，刮着上面的冰。

气温在夜里降了下来，天却晴了，星星都出来了。它们在他头顶上的天空闪烁着。开着车，男孩看着外面的星星，想到它们遥远的距离，他被感动了。

卡尔门廊的灯亮着，他停在车道上的旅行车的马达在空转着。男孩开到路边时卡尔正往外走。男孩已经做了决定。

你可能要把车停得离路远点，男孩走上过道时卡尔说。我准备好了，等我把灯都关了。我觉得真糟糕，真的，他继续往下说道。我以为你睡过了，刚往你那儿打了个电话，你妻子说你已经出来了。我觉得糟糕透了。

没什么，男孩说，掂量着要说的话。他把重量放在一条腿上，竖起领子。他把手插进外套口袋里。她已经起来了，卡尔。我们俩都起来有一会儿了。我估计婴儿有点问题，我不知道，婴儿不停地哭，我是想说，是这样，我想我这次去不了了，卡尔。

你给我来个电话就行了，孩子，卡尔说。这没什么。你不需要专门过来告诉我这件事。见他的鬼，打猎可去可不去。这不是件要紧的事。你来杯咖啡？

我最好还是回去，男孩说。

好吧，那我就自己去了，卡尔说。他看着男孩。

男孩仍站在门廊那儿，一句话不说。

天晴了，卡尔说。今天早上我不指望有太多的猎好打，看来你也没什么好遗憾的。

男孩点点头。那就再见，卡尔，他说。

回见，卡尔说。嗨，别管别人怎么说，卡尔说，你是个走运的孩子，我不是随便说说的。

男孩把车发动起来等着。他看着卡尔在房子里走动着，把所有的灯都关了。然后，男孩挂上档，开走了。

客厅的灯亮着，但女孩已在床上睡着了，孩子睡在她身旁。

男孩脱掉他的靴子、裤子和衬衫。他轻手轻脚地做着这些。他只穿着袜子和羊毛内衣，坐在沙发上看晨报。

外面很快就泛白了。女孩和孩子继续睡着。过了一会儿，男孩去了厨房，开始煎培根。

几分钟后，女孩穿着睡袍走出来，用手臂搂着他，一句话不说。

嗨，别把睡袍点着了，男孩说。她依在他身上，但也挨着了炉子。

我很抱歉之前的事，她说，我不知道我是怎么了，不知道我为什么要那样说话。

没什么，他说，来，让我把这条培根夹起来。

我不想那么凶来着，她说，真是糟透了。

是我不对，他说，凯瑟琳怎样了？

她现在好了。我不知道她早先怎么了。你走后我又给她换了尿片，她就没事了。她什么事都没有，一下子就睡着了。我不知道这到底是怎么回事。别生我们的气。

男孩笑了。没生你们的气，别犯傻了，他说，听我说，让我用这个煎锅再做点什么。

你坐着，女孩说，我来做早饭。华夫饼配煎培根如何？

听上去很棒，他说，我饿坏了。

她把培根从煎锅里取出来，和好做华夫饼的面团。他坐在桌旁，轻松下来，看着她在厨房里忙碌。

她离开厨房去把卧室的门关上，在客厅里她放了一张他俩都喜欢的唱片。

我们可不想再把那一位给弄醒了，女孩说。

那还用说，男孩边说边笑了起来。

她在他面前放了个盘子，里面有培根、一个煎鸡蛋和一块华夫饼。她又为自己在桌子上放了一个盘子。准备好了，她说。

饼看上去很暄，他说。他往上面抹好黄油，浇上糖浆。但当他把饼切开时，他把盘子打翻到了腿上。

怎么弄的，他说，一边从桌旁跳了起来

女孩看看他，又看了看他脸上的表情。她大笑起来。

如果你去照照镜子的话，她说，还在不停地大笑。

他低头看看覆盖在他内衣前襟的糖浆、和粘附在糖浆上的华夫饼块、培根和鸡蛋。他大笑起来。

我饿坏了，他说，摇摇头。

你是饿坏了，她笑着说。

他扒下羊毛内衣，把它往浴室门那儿一扔。然后他张开两臂，她钻了进来。

我们不会再吵架了，她说。一点都不值得，是不是？

太对了，他说。

我们不会再吵架了，她说。.

男孩说，不会。然后他亲吻了她。

他从椅子上站起身来，把他们的酒杯倒满。

讲完了，他说，故事结束了。我承认这算不上什么故事。

很有趣，她说，我跟你讲这是个非常有趣的故事。后来呢？她说，我是说后来怎样了。

他耸耸肩,端着他的酒来到窗前。天已经黑了,但雪还在下。

事情在变,他说,我不知道它们是怎么变的,但总是在不知不觉中,也不总是按照你的意愿来变。

对,确实是这样,可是——但她只开了个头,没再说下去。

她搁下了这个话题。从窗子的反光里,他看见她正在研究自己的指甲。稍后她抬起头,欢快地问他究竟打不打算带她参观一下这座城市。

他说,穿上你的靴子,咱们走。

但他仍然待在窗前,回忆着那段生活。他们曾经笑过。他们曾经相互依偎,笑到眼泪都流了出来,而其他的一切——寒冷的天气以及他将要去的地方——都不在他的思绪里,起码当时是这样的。

第三件毁了我父亲的事

我来告诉你们是什么毁了我父亲。第三件事是哑巴,是哑巴死了这件事。第一件是珍珠港事件。第二件是搬来我祖父靠近威纳奇的农场。我父亲在这儿结束了他的余生,只不过也可能在那一天到来之前就已经结束了。

我父亲把哑巴的死归罪到哑巴老婆身上。后来他又说是鱼的错。最后他怪罪他自己——因为是他给哑巴看了《田野和溪流》杂志背面的广告,那是一则向全美各地运送活黑鲈鱼的广告。

自从弄到了鱼,哑巴的行为就变得古怪起来。那些鱼彻底改变了哑巴的性格。我父亲是这么说的。

我从来不知道哑巴的真名。即使有谁知道,我也从没听说过。他那时就叫哑巴,我现在也只记得他叫哑巴。他是一个长着皱纹的矮个男人,秃头,四肢短而粗壮。如果他咧开嘴笑——这种事并不经常发生——他的嘴唇会向内包住棕黄色的烂牙。这让他看上去十分狡诈。在你说话时，他水汪汪的眼睛会盯着你的嘴——如果你不说了，它们就停在你身上某个让你觉得不舒服的地方。

我不觉得他是真聋。至少不像他表现出来的那么聋。但他确实不能说话。这是肯定的。

不管聋还是不聋，哑巴从一九二〇年代起就是锯木厂的一个普通员工。这家瀑布木材公司坐落在华盛顿州的亚基马。在我认识他的那些年头里，哑巴一直是个清洁工。那么多年里，我从来没见他穿过别的。永远是一顶毡帽，一件卡其色工作衫，一件牛仔外套罩在连体工装裤外面。他的上衣口袋里总装着好几卷卫生纸，因为他的工作之一就是打扫厕所并提供卫生用品。眼看上夜班的人下班后总往自己的饭盒里放上一两卷卫生纸，你就知道哑巴的工作有多忙了。

尽管上的是白班，哑巴总带着个电筒。他还带着扳手、钳子、起子和绝缘胶布等工厂技工常带的东西。是的，他们为此取笑哑巴，嘲笑他的做派——总是带着所有的东西。卡尔·罗易、特德·斯雷德和乔尼·韦特是取笑哑巴的人里面最为恶劣的几个。但哑巴总是不声不响地忍着。我觉得他已经习以为常了。

我父亲从来不取笑哑巴。至少我没见到过。爸爸是个剃着平头的大块头，有着厚实的肩膀、双下巴和一个很大的肚子。哑巴总是盯着那个肚子看。他会到我父亲工作的锉工间，我爸用金刚大砂轮锉锯子时，他就会坐在一个凳子上，看着我爸的肚子。

哑巴有一栋和别人一样的房子。

那是一栋临河而建、外面贴满焦油纸的房子，离镇子有五六英里。房子后面半英里的地方是一个草场的尽头，那里有个大石坑，是州里在附近铺公路时挖的。当时挖了三个相当大的坑，多年下来，它们积满了水。渐渐地，三个水塘汇成了一个。

水塘很深。看上去很阴暗。

哑巴除了房子以外还有老婆。她是个比他年轻很多的女人，据说和墨西哥人在一起鬼混。父亲说那是罗易、韦特和斯雷德这些爱管闲事的人说的。

她是个矮小壮实的女人，有一双闪烁的小眼睛。第一次见到她时，我就注意到了这双眼睛。那次我和彼得·延森一起骑车子，我们停在哑巴家门口要水喝。

她打开门时，我告诉她说我是戴尔·弗雷泽的儿子。我说："他和——"我突然反应过来了。"我是说，他和你丈夫在一起上班。我们在骑车子，想要杯水喝。"

"在这儿等着。"她说。

她回来时每只手里端着一个装着水的锡杯子。我一口喝干了我的。

但她没再给我们水。她一声不响地看着我们。当我们准备骑上车子时，她来到前廊边上。

"要是你们小伙子现在有小汽车，也许我会搭搭你们的车子。"

她咧开嘴笑了笑。相对她的嘴来说，她的牙太大了。

"我们走。"彼得说。我们就走了。

州里我们居住的那块地方没有什么鲈鱼好钓。大多数是彩虹鳟，一些高山溪流里会有少量的溪鱼和花羔红点鲑，蓝湖和里姆罗克湖里有些银鱼。除了深秋时在一些淡水河里会有洄游的虹鳟和鲑鱼外，大概就只有这些了。但如果你是个捕鱼的，这些就足够你忙活了。没有人钓鲈鱼。我认识的人里面很多只在照片上见到过鲈鱼。但我父亲在阿肯色州和佐治亚州长大时见过很多鲈鱼，因为哑巴是他的朋友，他对哑巴的鲈鱼寄予厚望。

鱼运到的那天，我去了城里的游泳池游泳。因为爸爸要去帮哑巴一把，我记得我回到家后又出门去取鱼——来自路易斯安那州巴顿鲁治的三个包裹箱。

我们上了哑巴的卡车，爸爸、哑巴和我。

原来这些箱子就是木桶，三个木桶被分别放在松木板做成的箱子里。它们立在火车站后方的阴影里，我爸和哑巴两个人一起用力才能一个个地把箱子抬上车。

哑巴小心翼翼地开车穿过镇子，同样小心翼翼地一直开到他家。经过院子时他没有停下来，一直开到了水塘跟前。这时候天几乎全黑了，他让车灯开着，从座椅下取出一把锤子和一根卸轮胎用的铁扳手，然后他俩把木板箱使劲拖到水塘边上，开始撬第一个箱子。

箱子里面的木桶包着粗麻布，盖子上面有些五分硬币大小的洞洞。他们掀开盖子，哑巴用电筒往里面照了照。

里面看上去像是有上百万条手指那么长的鲈鱼幼苗在

游动。这是一幅极为奇特的景象，所有这些活的东西都在那儿动着，就像火车运来了一小片海洋。

哑巴把桶移到水塘边并把鱼倒进里面。他用手电照了照水塘。但什么也看不见了。你能听见青蛙的叫声，但只要天一黑，在哪儿都能听见。

"让我来弄剩下的箱子。"我父亲说，他伸过手来，好像是要去拿哑巴工装裤上挂着的锤子。但哑巴摇摇头，向后退了几步。

他自己打开了另外两个箱子，在干这件事时他划破了手，在木板上留下了深色的血滴。

从那天晚上起，哑巴就不一样了。

哑巴现在再也不让任何人靠近那里。他用栅栏把草场围了起来，然后用带倒刺的铁丝电网把水塘围住。听说这花去了他所有的积蓄。

当然，自从上次那件事以后，我父亲就不再和他来往了。不是因为哑巴赶走了他。不是因为不给他钓鱼，得提一句，毕竟那些鲈鱼才那么一丁点大。而是因为连看都不让他看一眼。

两年后的某个晚上，我父亲晚下班，我给他送去些食物和一罐冰茶。我看见他正站在那儿和技工斯德·格洛弗说话。我进来时听见他正说道："看他那样，你会以为这个傻子是和那群鱼结婚了呢。"

"要我说，"斯德说，"他还不如用那些栅栏围住他自己的房子呢。"

这时我父亲看见我了，我见他给斯德使了个眼色。

但一个月以后，我父亲终于迫使哑巴去做那件事。他采用的方法是：告诉哑巴必须去掉那些弱小的鱼，这样才能保证其他鱼的成长空间。哑巴站在那儿，一边拽自己的耳朵，一边盯着地面。父亲说，就这样了，他明天会过来做这件事，因为这是件非做不可的事。事实上，哑巴从来就没有说可以。他只是从没说不可以罢了。他所做的只是又拽了拽他的耳朵。

那天爸爸到家时，我早就准备好了，一直在等着他。我翻出了他钓鲈鱼用的旧鱼饵，正在用手指试着三锚钩。

"你准备好了？"他从车里跳出来，冲我喊道，"我去上趟厕所，你把东西放进来。要想开车的话，你可以来开。"

我把所有东西都放在后座上，当他戴着他的钓鱼帽、双手捧着块蛋糕吃着走出来时，我正试着方向盘。

我母亲站在门口看着。她是一个皮肤白皙的女人，金色的头发向后梳成一个紧髻，再用一个莱茵石发夹夹住。我想着在过去那些快乐的日子里，她有没有四处闲逛过，她又到底做过些什么。

我松掉手刹。母亲看着我换好挡，然后，仍然面无表情地回到屋里。

这是个天气晴朗的下午。我们把车窗全摇了下来，好让空气进来。我们跨过莫克西桥，向西拐上斯莱特路。两边田地里种着紫苜蓿，再远一点的地方是一片玉米地。

爸爸把手伸出车窗。他让风把他的手向后推。看得出来，他很兴奋。

没多久我们就开到了哑巴家。他戴着帽子从屋里走出来。他老婆在窗户那儿向外看。

"你炸鱼的锅准备好了吗？"爸爸冲着哑巴大声嚷嚷。但哑巴只是站在那儿盯着车子看。"嗨，哑巴！"爸爸喊道，"嗨，哑巴，你的鱼竿呢，哑巴？"

哑巴快速地前后晃动脑袋。他把重心从一条腿换到另一条腿上，看看地面又看看我们。他的舌头耷在下嘴唇上，他开始把脚往泥地里踩。

我拐上鱼篓，拿起我的鱼竿，并把爸爸的递给了他。

"我们可以走了吗？"爸爸说，"嗨，哑巴，我们可以走了吗？"

哑巴脱掉帽子，用头蹭了一下脱帽子的那只手的手腕。他突然转过身，我们跟在他的后面，穿过海绵般松软的草场。每走过二十英尺左右，就会有一只鹬从旧水沟边上的草丛里蹿出来。

在草场尽头，地面开始渐渐向下倾斜，变得干燥，有很多的石头，到处是荨麻丛和低矮的橡木丛。我们穿到右边，顺着一条旧车辙走过一块乳草齐腰高的草地，我们拨开草往前走，草梗顶端干了的荚果发出愤怒的嘎嘎声。现在，越过哑巴的肩膀我能看见水面的闪光，我听见爸爸喊道："哦，老天，你看哪！"

但哑巴慢了下来，不停地抬起手，在头上前后转动他的帽子，后来他干脆停了下来。

爸爸说:"哎,你觉得呢,哑巴?有比这儿更好的地方吗?你觉得我们该从哪儿开始?"

哑巴润了润他的下嘴唇。

"你这是怎么了,哑巴?"爸爸说,"这是你的水塘,不是吗?"

哑巴往下看了看,捻掉工装裤上的一只蚂蚁。

"好吧,见鬼了。"爸爸说,呼出一口气。他掏出表。"如果你还没改主意的话,我们趁着天还没太黑赶快动手吧。"

哑巴把手放在口袋里,向水塘转过身去。他又开始往前走。我们在后面跟着。现在我们可以看到整个水塘了,浮上来的鱼在水面激起涟漪。不时会有一条鲈鱼跃出水面又落回去,溅起一片水花。

"我的老天。"我听见我父亲说道。

我们来到水塘边一个开阔的地方,一片像是河滩的碎石地。

爸爸向我做了个手势并蹲了下来。我也蹲了下来。他注视着我们前面的水塘,我一看,就明白了他为什么这么专注。

"我的天哪。"他低声说道。

一群鲈鱼在慢慢地游着,二三十条左右,没有一条轻于两磅。它们呼啦一下游走,又游转回来。它们之间靠得那么紧,好像在相互碰撞。它们游过时,我能看见它们厚眼皮下的大眼睛在看着我们。它们哗的一下又游走了,然后又游了回来。

这是它们自找的。不管我们是站着还是蹲着都无所谓。鱼根本就不在乎我们。我跟你讲,这景象真是值得一看。

我们在那儿坐了好一阵,看着那群鲈鱼无辜地游来游去。在这期间,哑巴一边掰着自己的手指,一边四处张望,像是在等谁出现。水塘里到处都是鲈鱼探着头用鼻子轻抚水面,跳出水面又摔回去,或者浮出水面,把脊背露在外面游动。

爸爸做了个手势,我们站起来准备抛竿。我跟你讲,我激动得发抖。我几乎无法把带着鱼饵的鱼钩从鱼竿的木手柄上解下来。正当我把鱼钩往下扯时,我感觉到哑巴粗大的手指抓住了我的肩膀。我看着他,哑巴朝我爸那个方向扬了扬下巴,作为应答。他的要求非常清楚,只能用一根竿。

爸爸脱掉帽子又戴上,随后他来到我站着的地方。

"你来吧,杰克,"他说,"没关系,儿子,你来钓。"

我在抛竿前又看了眼哑巴。他的脸变得僵硬,下巴上挂着一丝细细的口水。

"这玩意儿咬钩时使劲往回拉,"爸爸说,"这些婊子养的嘴硬得和门把手一样。"

我松开导线环,把胳膊向后伸展。我把鱼饵一下子甩出去四十好几英尺。没等我把线收紧,水里就炸开了锅。

"钓它!"爸爸大声喊道,"钓这个婊子养的!就钓它!"

我往回猛拉了两下。我钓到它了，还算顺利。鱼竿弯成了弓，来回猛烈地摇晃。爸爸不停地喊着该怎么做。

"放线，放线！让它跑！再给它点线！现在收线！收线！不，让它跑！嘿！看见了吧！"

那条鲈鱼在水塘里到处乱窜。每次从水里钻出来，它都使劲地摇头，甚至可以听见鱼饵震动的声音。然后它又游走了。但渐渐地，我把它遛累了，并把它拉到了近处。它看上去非常大，也许有六七磅重。它侧身躺着，身体在抽动，嘴张着，鳃一张一合。我膝盖发软，几乎都站不住了。但我抓住鱼竿，鱼线绷紧了。

爸爸穿着鞋蹚水过来。但当他伸手去捉鱼时，哑巴开始发出气急败坏的咕哝声，摇着头，挥舞着手臂。

"你现在又要搞什么鬼，哑巴？这孩子钓到一条我见到过的最大的鲈鱼，他不会把它放回去的，我发誓！"

哑巴继续着他的动作，朝水塘比画着手势。

"我不会让这孩子把鱼放跑的。你听见没有，哑巴？你要是觉得我会那么做的话，你最好再重新想一想。"

哑巴伸手来抓我的鱼线。同时，鲈鱼也缓过来了一点。它翻过身又游了起来。我大叫，失去了理智，一把按住卷线器上的刹车并开始收线。鲈鱼做了最后一次疯狂的挣扎。

就这样。鱼线断掉了。我几乎摔了个四脚朝天。

"走，杰克。"爸爸说，我见他一把抓起鱼竿，"走，该死的蠢货，别让我把他给揍趴下。"

那年二月，河里发起了大水。

十二月的前几个星期，雪下得很大，圣诞节前天气变得非常冷。土地都冻上了。雪都在原地待着。但快到一月底时，刮起了钦诺克风①。我在一天早晨醒来，听见屋子被风吹得呼呼响，水不停地从屋顶上往下淌。

风一连刮了五天，河水从第三天开始上涨。

"涨到十五英尺了，"一天晚上，我父亲从报纸上抬起头来，"比发洪水需要的水位还高了三英尺。老哑巴就要失去他的宝贝了。"

我想去莫克西桥那儿看看河水到底涨了有多高。但我爸不许我去。他说洪水没什么好看的。

两天以后河里的水涨满了，之后就开始向四处流溢。

一周后的一个早晨，我、奥林·马歇尔和丹尼·欧文斯一起骑车去哑巴家。我们把车停下来，走路穿过和哑巴家接壤的那块草场。

那天天气潮湿，刮着很大的风，破碎的乌云快速移过天空。地面湿透了，我们不停地踩进茂密草丛里的污水坑。丹尼刚学会说脏话，每当污水漫进他的鞋子，他就把刚学会的最难听的脏话全骂一遍。我们可以看见草场尽头涨了水的河。水位还是很高，水溢出了河道，绕着树根奔涌，吞蚀土地的边缘。河中间，水流又急又大，不时会有一团灌木丛，或一棵支棱着枝丫的树漂过。

我们来到哑巴的铁丝网跟前，看见一头母牛揿在了铁丝网上。它身体肿胀，皮肤灰里透亮。无论是大是小，这

---

① 钦诺克风（Chinook wind）是北美落基山脉东坡的一种干暖西南风。它导致气温快速上升，落雪迅速融化。

是我见到过的第一具死尸。我记得奥林拿起一根棍子，戳了戳它睁开的眼睛。

我们沿着铁丝网向河那边走。我们不敢靠近铁丝网，因为觉得它可能还带着电。但在一个像是很深的沟渠边上，铁丝网不见了。它就这么和地面一起陷进了水里。

我们跨了过去，沿着新形成的水渠向前走，这条水渠径直穿过哑巴的地，通向他的水塘，河水纵向汇入了水塘，在水塘的另一端冲刷出一个出水口，再蜿蜒曲折地向前流，直到和更远处的河流汇在一起。

毫无疑问，哑巴的鱼多半被水带走了。而那些没被带走的也可以自由进出了。

这时我看见了哑巴。看见他吓了我一跳。我向另外两个家伙摆摆手，我们全都趴了下来。

哑巴远远地站在水塘的另一边，就在靠近河水冲出去的地方。他就那么站在那里，是我见到过的最悲伤的人。

"我真替老哑巴难过，虽然，"几周后我父亲在晚餐时说道，"别忘了，这个可怜的恶棍是自找的。但你没法不替他难过。"

爸爸接着说乔治·莱库克看见哑巴的老婆和一个大块头的墨西哥人坐在运动爱好者俱乐部里。

"而事情远不止如此……"

母亲严厉地瞪了他一眼，又看了看我。但我继续吃着，就像什么都没听见一样。

爸爸说："真他妈见鬼，贝亚，儿子已经够大了！"

哑巴变了，变了许多。只要可以，他就不和其他人待在一起。自从上次卡尔碰掉他的帽子，哑巴拿着根粗棒钉追赶他以后，就再也没人愿意和他开玩笑了。但最糟糕的是哑巴现在每周平均旷工一到两天，有人在说他要被解雇的事。

"这人动不动就发怒，"爸爸说，"如果再不注意的话他会疯掉的。"

就在我生日前的一个星期天下午，我和爸爸在清理车库。那天很暖和，有点扬沙。可以看见空气中悬浮着的灰尘。母亲来到后门口，说道："戴尔，你的电话。我想是弗恩的。"

我跟着爸爸进屋里洗手。说完话后，他放下电话转向我们。

"是哑巴，"他说，"他用一把锤子干掉了他老婆，然后把自己淹死了。弗恩刚从镇上听到的。"

当我们赶到那里时，车子停得到处都是。通向草场的门开着，我能看见通向水塘的车辙。

纱门半开，被一个箱子顶着，边上站着一个面容消瘦、满脸麻子的男人，他穿着便裤和运动衫，肩膀下方佩着手枪套。他看着我和爸爸从车子里出来。

"我是他的朋友。"我爸对那人说。

那人摇摇头。"管你是谁。别靠近，除非这事和你有关。"

"找到他了吗？"爸爸说。

"他们还在水塘里搜查。"男人说，调整着他枪套里的手枪。

"我们可以过去吗？我和他很熟。"

男人说："你们可以试试看。他们会赶你们走的，别说我没警告过你们。"

我们沿着那天去钓鱼时走过的路线穿过草场。摩托艇在水塘里开动，排出的废气污尘漂浮在水面上。可以看见水是从哪里把地面冲开并带走树木和石块的。两艘摩托艇里坐着穿制服的人，他们来回开，一个人驾驶，另一个人操弄绳子和钩子。

一辆救护车停在碎石河滩上等着，我们曾在那里钓过哑巴的鲈鱼。两个穿着白色衣服的男人懒洋洋地靠在车子后面吸烟。

其中一辆摩托艇熄了火。我们都抬起头来看。艇后部的男人站起来，开始拉绳子。过了一会儿，一只手臂露出了水面。钩子似乎钩住了哑巴的一侧。手臂沉下去又露了出来，还挂着一捆其他东西。

那不是他，我心想。那是老早就在那里的其他东西。

艇前部的男人走到后部，两人一起把那个滴着水的东西从艇的一侧拉了上来。

我看着爸爸。他脸上的表情极其古怪。

"女人，"他说，"这就是娶错女人的下场，杰克。"

但我不觉得父亲真的相信他说的话。我觉得他只是不知道该怪谁和应该说些什么。

我觉得从那以后,父亲所有的一切都每况愈下。就像哑巴一样,他也不再是从前的他了。那只从水里抬起又落下去的手臂,像是在挥别好时光和招呼坏时光的到来。因为自从哑巴在那个深暗的水塘里自杀后,除了坏时光,便再无其他了。

这就是一个朋友死后会发生的事吗?把厄运留给他活着的朋友?

但就像我说的,珍珠港事件和不得不搬到他父亲那里这两件事,也对我父亲没有一丁点好处。

家门口就有这么多的水

我丈夫胃口不错,但看上去有点疲惫不安。他胳膊搁在桌子上,两眼盯着房间那头的什么,嘴里慢慢地嚼着。他看了我一眼,又把目光移开。他用餐巾纸擦擦嘴,耸了耸肩,又吃了起来。虽然他不希望我这么想,但我们之间有了点隔阂。

"你老盯着我干什么?"他问道。"干吗呢?"他说,放下了叉子。

"我盯着你了吗?"我迟钝地摇了摇头,很迟钝。

电话铃响了起来。"别接。"他说。

"可能是你妈,"我说,"迪安——也许和迪安有关。"

"等着瞧吧。"他说。

我拿起话筒听了一会儿。他停了下来。我咬着嘴唇把电话挂了。

"我和你说什么来着?"他说完又吃了起来,然后把餐巾纸丢在盘子里。"他妈的,为什么大家都这么爱管闲事?

221

告诉我我哪儿做错了，我听着！这不公平。她死了，不是吗？除了我还有其他人在场。我们商量过，一起做的决定。我们刚到那儿。我们走了好几个小时。我们不可能掉头往回走，我们离车有五英里远。这是第一天。见鬼，我没觉得哪儿做错了。没有，没觉得。别那么看着我，听见没有？用不着你来评判我。用不着。"

"你自己知道。"我说，摇了摇头。

"我知道什么，克莱尔？告诉我。告诉我我知道什么。我什么都不知道，只知道这个：你最好别掺和到这件事里去。"他给了我一个自以为意味深长的表情。"她死了，死了，死了，听见没有？"过了一会儿他又说。"非常遗憾，我同意。她是个年轻的女孩子，非常遗憾，我很难过，但她死了，克莱尔，死了。现在我们别再提这件事了，求求你，克莱尔，别再提它了。"

"问题就在这儿，"我说，"她是死了。但你难道就没看出来？她需要帮助。"

"我投降。"他说，举起双手。他把椅子推离桌子，拿上烟，带着一罐啤酒去了院子里。他来来回回地走了一会儿，然后在草坪的椅子上坐了下来，又捡起报纸。他的名字就在头版上登着，一起的还有他的朋友，就是做出这个"恐怖发现"的另外几个男人。

我闭上眼，扶着沥水架站着。我不能再在这件事上纠缠了。必须了断它，彻底忘掉它，"生活"下去。我睁开眼睛。尽管知道事情的后果，我的手臂还是忍不住扫过沥水架，盘子和杯子摔得粉碎，散落一地。

他没动。我知道他听见了,他抬起头像是在听,但没有动,也没有转过身来看。我就恨他这一点,不动。他等了一会儿,然后向后靠在椅背上,吸烟。我觉得他那样听着、无动于衷、仰着脸抽烟的样子很可怜。风把他嘴里的烟吹出来,吹成了细细的一缕。我为什么要注意这个?他永远也不会知道我是多么地可怜他,可怜他坐着、听着、让烟从嘴里冒出来……

上个星期日,也就是阵亡将士纪念日周末的前一周,他做好了去山里钓鱼的计划,和戈登·约翰逊、梅尔·多恩、维恩·威廉斯一起。他们常在一起玩扑克、打保龄和钓鱼。每年的春天和初夏,也就是鱼季的前两三个月,趁着全家度假、少年棒球联赛和亲友造访之前,他们都要一起去钓鱼。他们都是些正经的人,顾家、对工作负责。他们的孩子和我们的儿子迪安一块儿上学。星期五下午,四个男人离家去纳奇斯河作为期三天的钓鱼之旅。他们在山里停了车,徒步走了好几英里才到了钓鱼的地方。他们带着铺盖、食物和做饭的家伙,还有纸牌和威士忌。到河边的第一个晚上,他们还没来得及扎好帐篷,梅尔·多恩就发现了这个女孩,她面朝下浮在河面上,赤身裸体,卡在靠近岸边的树枝中间。他招呼其他人,他们都过来看她,商量该怎么办。其中的一个——斯图尔特没说是谁——或许是维恩·威廉斯,他是个随和的大块头,常爱笑——他们中的一个觉得应该马上回到停车的地方。其他人却用脚搅着沙子,说他们想待下去。他们借口说累了,天也晚了,实际上这个女孩"哪儿也去不了"。最后他们都决定待下去。他们扎好帐篷,堆起篝火后就喝上了威士忌。他们喝了很多的威士忌,月亮升上来后他们聊起了这个女孩。有人觉得应该采取些措施以防尸体漂走。不知为什么,他们觉得如果尸体在夜里漂走了会给他们带来麻烦。他们拿着手电筒,跌跌撞撞地来到河边。风大了起来,冷飕飕的,波浪拍打着沙岸。他们中的一人,不知道是谁,可能是斯图尔特,他会那么做的,涉入水中,抓住仍然面朝下的女孩的手指,把她拉到岸边浅水处,然后用一截尼龙绳捆住她的手腕,再把尼龙绳固定在树根上,这期间,其他人用手电筒在女孩身上照来照去。过后,他们回到营地,又喝了很多威士忌,然后都去睡觉了。第二天早晨,星期六,他们烧了早饭,喝了很多咖啡,又喝了一通威士忌,然后分头去钓鱼,两人去了上游,两人去了下游。

晚上,他们烧好鱼和土豆,又喝了不少的咖啡和威士忌,然后去河边刷盘子,那儿离水里躺着的尸体也就几码远。他们回来后接着喝,并拿出纸牌来玩,一直喝到连牌都看不清了。维恩·威廉斯先去睡了,其他人则讲起了下流故事,说些自己粗俗和不检点的往事,其间没人提到那个女孩,直到戈登·约翰逊一时大意,说起钓到的鳟鱼身体多么硬,又说到河水多么冷,大家才又想到了她。他们停止了说话,但还是接着喝酒,直到他们中的一个绊了一跤,开始咒骂起马灯来,大家这才钻进睡袋睡觉。

第二天早晨他们很晚才起来,又喝了很多威士忌,一边喝一边又钓了一小会儿鱼。到了下午一点钟,星期日,他们决定离开,比原计划早了一天。他们收了帐篷,卷起睡袋，把钓到的鱼、鱼竿和锅碗瓢勺收拾好后就往回走。离开前他们没再去看那个女孩。上车后，他们闷声不响地坐在车上，直到来到了一个电话亭前。是斯图尔特给警察局打的电话，其他人则站在烈日下听着。他告诉了电话那边的人他们的名字——他们没什么可隐瞒的，他们不觉得有什么可内疚的——他同意在加油站等着，好给来人提供更详细的路线和个人证词。

那天晚上十一点钟他回到家。我已睡着了，听见厨房里的动静后醒了过来。我见他拿着一罐啤酒靠在冰箱上。他用粗壮的手臂抱着我，一双手在我的背上上下抚摸，我以为这还是两天前离家时的那双手呢。

上床后，他又把手放在我的身上，等着，像是在想着其他什么事，我轻轻转过身，再动了动腿。完事后，他醒着待了好半天，我睡着时他还没睡。后来，我翻了一会儿身，被一阵轻微的被单摩擦声惊醒，天快亮了，鸟儿在歌唱。他仰面躺在床上吸烟，眼睛盯着挂着窗帘的窗户。我半醒半睡地叫了声他的名字，但他没理我，我又睡着了。

早晨，我还没下床他就起来了——我猜是去看看报上有没有什么关于这件事的消息。刚过八点电话铃就响了起来。

"见鬼去。"我听见他对着听筒喊道。过了一分钟电话又响了起来，我连忙走进厨房。"除了我已经告诉警察的，没什么好补充的了。就是这样！"他使劲摔下听筒。

"怎么回事？"我警觉地说

"坐下，"他慢慢说道，手指在胡楂上刮了又刮。"我得告诉你一件事。我们去钓鱼时出了点事。"我们隔着桌子坐着，他告诉了我。

他说话时，我喝着咖啡盯着他看，然后我读着他从桌子对面推过来的报纸。"……身份不明的十八到二十四岁的女孩……尸体在水中浸泡了三到五天……可能的动机是强奸……初步结果表明是勒杀致死……胸部和骨盆处有刀痕和瘀伤……尸体解剖……强奸，有待进一步调查。"

"你得理解，"他说，"别这样看着我。小心点，我跟你说真的。别紧张，克莱尔。"

"昨晚你为什么不告诉我？"我问。

"我只是……没有。你这是什么意思？"他说。

"你知道我是什么意思。"我说。我看着他的手，粗壮的手指，关节处长满毛，在动，在点烟，这些昨晚在我身体上到处摸并进入我体内的手指。

他耸耸肩。"昨天晚上，今天早晨，又有什么差别？已经很晚了，你睡得晕晕乎乎的，我想到了早晨再告诉你也不迟。"他向院子外面看去：一只知更鸟从草坪飞到野餐桌上，在那儿梳理羽毛。

"这不是真的，"我说，"你们没有就那样把她丢在那儿吧？"

他迅速转过身来，说："我该做什么？给我认真听着，我再说最后一遍，什么事情都没有发生，我没有什么可以感到内疚的，也没有负罪感。你听见我说的了吗？

我起身去了迪安的房间。他已经醒来，还穿着睡衣，正在拼拼图。我帮他找出要穿的衣服后回到厨房，把他的早饭摆上桌。电话铃响了两三次,每次接电话,斯图尔特的声音都很粗暴,过后总是恶狠狠地把电话挂掉。他给梅尔·多恩和戈登·约翰逊打了电话,缓慢严肃地和他们说了一会儿,然后,他抽着烟,打开一罐啤酒,在迪安吃饭时问了他一些与学校、朋友有关的事,好像什么事都没有发生一样。

迪安想知道他出去的这几天里都干了什么,斯图尔特从冰柜里拿出几条鱼给他看。

"白天我带他去你妈那儿。"我说。

"好呀。"斯图尔特说,看着正拿着条冻鳟鱼的迪安。"如果你愿意他也愿意的话,我是说,你们没必要离开,要知道,没出什么事。"

"我本来就想去。"我说。

"我可以去那儿游泳吗?"迪安问,他在裤子上擦了擦手。

"我想可以,"我说,"天很热,带上你的游泳裤吧,我相信奶奶会同意的。"

斯图尔特点着一根烟,看着我们。

我和迪安开车穿过镇子去斯图尔特母亲家。她住在一个带游泳池和桑拿浴的公寓里。她叫凯瑟琳·凯恩,和我一样姓凯恩,这似乎是件不可能的事。多年前,斯图尔特告诉过我,她的朋友曾称呼她为坎迪。她高高的个子,长着一头白金色的头发,是个冷淡的女人。她给我的感觉是她总在不断地评判,评判他人。我用压低的嗓音简单地说了一下情况(她还没读报纸),答应傍晚来接迪安。"他带了游泳裤,"我说,"斯图尔特和我要谈点事情。"我模糊地加了句。她从眼镜上方直直地看着我,然后点点头,转身对迪安说:"你怎么样,我的小男子汉?"她弯腰搂住他。我开门离开时她又看了我一眼,她经常这样一言不发地看着我。

回到家里,斯图尔特正在桌上吃着什么,还喝着啤酒……

过了一会儿,我把摔碎的盘子和杯子扫起来后去了外面。斯图尔特仰面躺在草地上,两眼瞪着天空,报纸和啤酒罐都在伸手可及的地方放着。虽然刮着风,但天气暖和,鸟儿在叫。

"斯图尔特,我们开车出去转一圈吧?"我说,"随便去哪儿。"他翻过身来,看着我点点头。"顺便去弄几瓶啤酒,"他说,"我希望你好受点了。尽可能地体谅,我只要求这一点。"他站起来,经过我身边时用手碰了一下我的屁股。"等我一下,我马上就好。"

我俩一声不吭地开车穿过镇子。到达郊外前,他在一个路边集市停下来买啤酒。我注意到进门处有一大叠报纸。在最上一级台阶,一个穿着印花套装的胖妇人递给小女孩一根香草棒糖。过了几分钟,我们越过埃弗森小溪,转进离溪水很近的一个野餐区。溪水经过桥下,流向几百码外的一个水塘。十几个男人和男孩分散在水塘岸边的柳树下钓鱼。

家门口就有这么多的水,他为什么非要跑那么老远去钓鱼?

"你们为什么偏偏要去那里？"我说。

"纳奇斯河？我们总是去那里呀。每年至少去一次。"我们坐在阳光下的一张条凳上，他打开两罐啤酒并递了一罐给我。"我他妈怎么知道会发生这种事？"他摇摇头，耸耸肩，好像这事发生在好多年前，和他一点关系都没有。"好好享受这个下午吧，克莱尔，你看天气多好。"

"他们说自己是无辜的。"

"谁？你在说什么？"

"马多克斯兄弟。他们杀了一个叫阿琳·哈伯莉的女孩，就在我长大的镇子附近，然后割下她的头，把她扔进了克利埃勒姆河。她和我上同一所中学，那时我还是个孩子。"

"你怎么就想到那种鬼事情上去了，"他说，"够了，别再折腾了。你要把我惹火了，想让我现在就发火？克莱尔？"

我看着小溪。我朝着水塘漂去，面朝下，眼睛睁着，瞪着小溪底部的石头和苔藓，直到我被带到湖里，风在推着我走。什么都不会变。我们会走下去，走下去，走下去，走下去。即使现在这样也在往下走，就像什么事情都没发生。我隔着野餐桌看着他，在我炯炯的目光下他的脸耷拉了下来。

"我不知道你犯了什么病，"他说，"我不——"

我想都没想就抽了他一嘴巴。我抬起手，等了不到一秒钟，狠狠地抽在他的脸上。抽的时候我想，这简直是疯了。我们需要的是十指相扣，我们需要的是互相帮助。这真是疯了。

在我再次打他前,他抓住了我的手腕,并举起了他的手。我蜷缩着,等着,看见他眼里有个东西闪了一下,又消失了。他放下手。我漂在水塘里打转,越转越快。

"走,上车,"他说,"我带你回家。"

"不,不。"我使劲挣脱他。

"走,"他说,"该死的。"

"你对我不公平。"后来他在车里说道。车窗外的田野、树木和农舍向身后飞去。"你不公平。对你和我,或者对迪安,我也许要加上他。想想迪安。想想我。除了想你那个该死的自我外,也想想别人吧。"

现在我没有任何话要跟他说。他试图集中精力开车,但还是不停地看着后视镜。他用余光瞄着后排双膝抵住下巴坐着的我。太阳晒在我的手臂和脸的侧面。他一边开车一边打开一罐啤酒,喝着,然后把啤酒罐塞在两腿间,重重地叹了口气。他知道。我可以当面嘲笑他,也可以哭泣。

早晨,斯图尔特以为他在让我多睡一会儿,但我在闹钟响起前早就醒了。我躺在床的另一边,远离他多毛的腿和熟睡中的粗壮手指,想着心事。他先把迪安打发去了学校,然后刮胡子,穿衣服,离家去上班。其间他两次向卧室里看并清了清嗓子,但我一直没睁眼。

我在厨房里发现了一张他留下的纸条,落款处写的是"爱"。我坐在充满阳光的早餐间喝咖啡,咖啡杯在纸条上留下了一圈咖啡渍。电话不再响了,总算是有了点改观。从昨晚起就不再有人打电话。我读着报纸,把它在桌上翻过来覆过去，又拿近了看看上面写了些什么。尸体还是身份不明，没有被认领，显然没人在寻找她。但是，在过去的二十四小时里，人们在检查它，把东西放进去，切开，秤重，测量，再把东西放回去，缝起来，寻找死亡的时间和确切原因。寻找强奸的证据，我确信他们在找强奸的证据。强奸会让事情易于解释。报纸上说安排好以后，尸体将被运往基思殡仪馆；请知情者提供信息等等。

可以确定的有两点：一是大家不再关心别人的事情了；二是没有一样东西会产生任何真正的差别。看看都发生了什么，但斯图尔特和我之间不会有任何变化。我是说，真正的变化。我们会变老，我们俩，这从我们的脸上已经看得出来，比如，我们早晨一起用卫生间，在浴室镜子里见到的。我们身边的一些事情也会变，变得容易或更难了，这件事那件事，但没有一件事会有真正的差别。我信这个。我们已做了决定，我们的生活已上了轨道，停下之前它会一直往前走啊走。但如果这是真的，那又怎样？我是说，如果你相信这个，但你一直掩饰着，直到哪一天某件事情发生了，它本该改变其他的一些东西，然而你没看见有任何变化。怎么办呢？与此同时，你周围人的言谈举止仍然像过去那样，好像你还是昨天的你，昨晚的你，或五分钟前的你，但你其实正经历一场危机，你的心感受到了伤害……

往事已不清晰，岁月像是被蒙上了一层膜。我甚至不确定记忆里的那些事情是否真的发生过。一个小女孩，有母亲和父亲——父亲开着一家小餐厅，母亲在那儿收银兼做女招待——她梦游般地上完小学和中学，然后，一两年以后，进了秘书专科学校。再往后，很久以后——这中间的时间去了哪里？——她在另一个镇子的一家电子元件公司做接待员，认识了其中的一个工程师，他约她出去。最终，在明白了他的意图后，她让他勾引了她。那时她有一种直觉，一种关于勾引的洞察力，但后来不管怎么努力她都无法找回这种直觉。没隔多久他们就决定结婚，但这也已经成为过去，她的过去，正在消消溜走。未来是她无法想象的。每当想到未来，她会微微一笑，像是藏着个秘密。有一回，在一次激烈的争吵中，为了一件她现在已忘掉的事情，在他们结婚后五年左右，他对她说总有一天这段关系（他的原话：这段关系）会在暴力中结束。她记住了这个，把它存放在了某个地方，并不时大声复述它。有时，她会跪在车库后面的沙坑里，与迪安和他的几个朋友玩上一个上午，但每天下午一过四点她的头就开始疼。她用手撑着自己的前额，疼痛使得她头昏眼花。斯图尔特让她去看医生，她去了，因医生的密切关注而暗自满足。她去医生推荐的地方待了一阵。斯图尔特的母亲连忙从俄亥俄州赶过来照料小孩，但是她，克莱尔，只过了几周就回了家，把这一切都搅乱了。他母亲从家里搬了出去，在镇子的另一端租了套公寓，栖息在那儿，像是在等着。一天晚上，他俩临睡前，克莱尔告诉他诊所的一些女病人在议论口交，她觉得他可能喜欢听这个。斯图尔特听到后果然很兴奋，他抚摸着她的胳膊。一切都不会有问题，他说。从现在起一切都会和过去不一样，会更好。他工作有了升迁，工资也涨了不少。他们又买了一辆车,是辆旅行车,她的车。他们将享受眼前的东西。他说这还是他多年来第一次感到了轻松。黑暗中,他不停地抚摸她的胳膊……他照旧定期地去打保龄和玩纸牌,和他的三个朋友去钓鱼。

那天晚上发生了三件事。一件事是迪安说学校的小朋友告诉他,他爸爸在河里发现了一具尸体。他想知道情况。

斯图尔特快速地作了解释,省略了大部分的内容,只说了这些,是的,他和另外三个人确实在钓鱼时发现了一具尸体。

"什么样的尸体?"迪安问道,"是个女孩吗?"

"是的,是个女孩,一个女人。后来我们给警察打了电话。"斯图尔特看着我。

"他说了什么?"迪安问。

"他说他会处理这件事。"

"它看上去像什么?吓人吗?"

"说得够多了,"我说,"迪安,吃完你就可以下桌子了。"

"它看上去是什么样子的?"他坚持着,"我想知道嘛。"

"你听见我说的了,"我说,"你听见我说的没有,迪安?迪安!"我想摇晃他,想把他摇哭为止。

"照你妈说的去做,"斯图尔特平静地告诉他,"就是具尸体,没别的。"

我正在擦桌子,斯图尔特从背后碰了下我的手臂。他的手指滚烫,我吓了一跳,差点把盘子扔掉。

233

"你这是怎么了。"他说着放下手,"克莱尔,怎么了?"

"你吓着我了。"我说。

"这正是我要说的。我应该可以碰碰你而不至于把你吓成这样。"他站在我前面,咧嘴微微一笑,想引起我的注意,然后他用胳膊搂住我的腰,用他的另一只手抓住我空闲的手,把它放到他裤裆那儿。

"别这样,斯图尔特。"我挣脱开,他往后退了退,打了个响指。

"那就见鬼去吧,"他说,"你想这么做没问题。只是给我记住了。"

"记住什么?"我飞快地说道,屏住呼吸看着他。

他耸耸肩。"没什么,没什么。"他说。

第二件事发生在晚上看电视时,当时他坐在皮躺椅里,我抱着毯子和杂志坐在沙发上,房间里除了电视声外很安静,一个声音插进了电视节目,说被害女孩的身份已被确定,详情将在十一点的新闻里播出。

我们互相看了看。过了一会儿他起身说要去调一杯睡前酒,问我要来一杯吗?

"不要。"我说。

"我倒是不在乎一人喝,"他说,"只是觉得该问一声。"

看得出来他是受到了点伤害,我看着别处,感到惭愧的同时还是有点怨恨。

他在厨房里待了很久,新闻刚开始,他端着酒回来了。

播音员先是重复了四个当地的钓鱼者发现一具尸体的故事。电视台然后给出这个女孩的中学毕业照,一个有着深色头发的女孩，圆圆的脸，饱满带笑的嘴唇，还播放了女孩父母走进殡仪馆辨认尸体的录像。悲伤，不知所措，他们拖着沉重的步子，从人行道缓缓走上台阶，一个穿着深色西服的男子等在那里为他们打开门。然后，好像只过了几秒钟，好像他们刚进门就掉头出来了一样，镜头显示同一对夫妇离开大楼，女的眼里含着泪水，用手帕遮住脸，男的只停下来对记者说了句"是她，是苏珊。我现在无法说任何东西。我希望这个凶手或凶手们在再次作案前被抓获。这种残暴……"镜头前的他显得软弱无力。稍后这个男人和女人钻进一辆旧车，车子融入下午的车流中。

播音员接着说这个女孩，苏珊·米勒，在离我们镇子一百二十英里的萨米特镇的电影院做收银员。那天下班后，一辆新款的绿色轿车来到电影院，据目击者说女孩似乎一直在等着，她迎上去并坐进车里，这使警方怀疑驾车者是她的朋友，至少应该是个熟人。警方希望和这辆绿车的驾驶员取得联系。

斯图尔特清了清嗓子，呷着酒，在椅子上躺了下来。

第三件事发生在新闻过后，斯图尔特在那儿伸懒腰、打哈欠和看着我。我起身开始在沙发上为自己铺床。

"你干什么？"他说，一脸困惑的样子。

"我不困。"我说，避开他的眼睛，"我想再待一会儿，读点什么，等困了再说。"

我往沙发上铺单子时他盯着我看。我去拿枕头时他在卧室门口站着，挡住道。

"我再最后问你一遍,"他说,"你觉得你这样做到底能达到什么目的?"

"今晚我需要一人待着,"我说,"我需要点时间想一想。"

他吐出口气:"我觉得你这么做是大错特错。你最好仔细想想你的所作所为。克莱尔?"

我无法作答。我不知道我想说些什么。我转过身,开始掖被单。他又盯着我看了一会儿,我瞧见他抬了抬肩膀。"想怎样就怎样吧。我他妈的一点都不在乎。"他说完转过身,挠着脖子,沿着过道走开了。

早晨我从报纸上看到苏珊·米勒的葬礼将于明天下午两点举行,地点是萨米特的松林教堂。还有,警察已从三个见到她坐上那辆绿色雪佛兰的人那里取得了证词,但他们还是不知道车牌号码。不过,案情有了进展,调查还在继续。我拿着报纸坐了很久,想着什么,后来我给美容院打电话定了预约。

我坐在烘干机下面,腿上放了本杂志,让米莉帮我做指甲。

"我明天要去参加一个葬礼。"在我们议论了会儿一个现在已不在这儿上班的女孩后,我说。

米莉抬头看了一眼我,又回到我的指甲上,说:"听到这个我心里很难过,凯恩太太,真的很难过。"

"是个年轻女孩的葬礼。"我说。

"这最让人难过了。我姐是在我还是个小孩子时去世的，我到现在还没从这件事上缓过来。谁死了？"过了一会儿她说。

"一个女孩，我们之间没那么熟，你知道，但还是。"

"太糟了，我真的很难过。但我们会把你打扮好的，别担心，看上去怎么样？"

"看上去……不错。米莉，你有没有过希望自己是另外一个人，或者谁都不是，什么都不是？"

她看着我。"我从来就没有那么觉得过，没有。没有，如果成了别人，我怕我会不喜欢以前的自己了。"她抓住我的手指，有一会儿像是在想着什么。"不知道，我不知道……把那只手给我，凯恩太太。"

晚上十一点我又在沙发上铺了个床，这次斯图尔特只是看着我，舌头在嘴唇后面动了动，就沿着过道进了卧室。晚上我醒来，听着风中的院门撞击着栅栏。我不想就这么醒着，闭着眼睛躺了很久。最后，我爬起来，抱着枕头走进过道。卧室里灯火通明，斯图尔特张着嘴仰面躺在床上，呼吸沉重。我进了迪安的房间并上了他的床。他在睡梦中动了动，给我让出点地方。我在那儿躺了一会儿，然后抱着他，把脸贴在他的头发上。

"怎么了，妈妈？"他说。

"没什么，宝贝，睡你的。没事，一切都好。"

听到斯图尔特的闹钟后我爬起来，他剃须时我烧上咖啡并准备早饭。

他出现在厨房门口，光着的肩膀上搭着条浴巾，察看着。

"咖啡在这,"我说,"鸡蛋一会儿就好。"

他点点头。

我叫醒迪安,三人一起吃早饭。斯图尔特有一两次看着我,像是要说什么,但每次我都赶忙问迪安要不要加牛奶,再来点面包等等。

"今天我会给你打电话。"斯尔亚特开门时说道。

"我今天不会在家,"我连忙说,"我今天有很多事情要做,实际上,我有可能连晚饭都赶不上。"

"好的。没事。"他把公文包从一只手换到另一只手。"也许今晚我们出去吃?你觉得如何?"他一直看着我。他已经忘掉了那个女孩。"你没事吧?"

我上前替他理直领带,放下手。他想和我吻别,我向后退了一步。"那就祝你愉快。"他最终说道,转身向他的车子走去。

我仔细穿戴。我试了试一顶多年没戴过的帽子,在镜子里照了照。然后我脱掉帽子,化了点淡妆,给迪安留了个条子。

> 宝贝,妈咪下午有事,会晚一点回来。你在家或后院里玩,等我们回来。
>
> 爱

我看着"爱"这个字,在下面划了一道线。在写纸条时我才意识到我不知道"后院"是否该写成"后面的院子",我以前从来没有想过这个。我想了会儿,把"后院"

改成了"后面的院子"。

我停车加油并打听去萨米特的路。巴里，一个四十岁、留着小胡子的机械工从厕所出来，靠在前挡泥板上，另一个叫刘易斯的把油枪插进油箱，不慌不忙地擦起了挡风玻璃。

"萨米特，"巴里说，他看着我，向两边捋了捋他的小胡子。"去萨米特的路都不好走，凯恩太太。单程大概要两到两个半小时。得翻过这些山。对女人来说不太容易。萨米特？萨米特有什么事，凯恩太太？"

"我有点事。"我语焉不详地说道。刘易斯已离开去服务另一位顾客。

"唉，要不是我正忙着，"——他用拇指朝修车棚那儿比划了一下——"我倒愿意开车送你到萨米特走一趟。路况不是那么好，我是说没大问题，只是那些弯道之类的东西。"

"我没事的，但谢谢你。"他靠在挡泥板上，我打开包时能感受到他的目光。

巴里接过信用卡。"别在晚上开，"他说，"路况不是太好，就像我说的。虽然我愿意打赌这车一点问题也没有，我熟悉这辆车，但像爆胎这类的事你永远也说不准。为安全起见我最好检查一下轮胎。"

他用脚踢了一下前面的一个轮胎。"我们把它弄到升降架上，不会太久。"

"不要，不要，可以了。真的，我没时间了。轮胎看上去没问题。"

"只需一分钟，"他说，"安全要紧。"

"我说了不要，不要！它们看上去好好的。我得走了。巴里……"

"凯恩太太？"

"我马上就得走。"

我签了字。他递给我收据、信用卡和一些邮票。我把它们都放进了包里。"别在意，"他说，"回头见。"

等着拐上公路时，我回头看了看，见他正注视着我。我闭上眼睛，再睁开，他挥了挥手。

我在第一个红绿灯处转弯，然后又拐了个弯，开到高速公路入口，看见路标上写着：萨米特 117 英里。现在是上午十点，很暖和。

高速公路环绕着镇子边缘，然后穿过农场，穿过燕麦地、甜菜园和苹果园，不时见到一小群牛在空旷的牧场上吃草。不久，一切都变了，农场越来越少，房子更像是些简陋的窝棚，耸立的树木取代了果园。转眼之间我就进山了，右边很低的地方，纳奇斯河时而闪入眼中。

过了一会儿，我看见后面有一辆绿色的小卡车，它跟在我的后面走了好几英里。我不时地在不该减速时减速，希望他能超过去，又在不该加速的地方加速。我紧握方向盘，把手指都握疼了。在一段平坦无车的路上他终于超车了，但他和我并排开了一会儿，是一个三十出头，剃着平头，身着蓝色工装的男子，我们互相看了看。他挥了挥手，摁了两下喇叭，超了过去。

我减了速，找到一个地方，是路边的一条泥土岔路，我拐下来并熄了火。我能听见树林下方河水的声音,土路消失在前方的树丛里,这时我听见小卡车开了回来。

卡车刚停在我后面我就把车发动起来了。我锁上车门,摇起车窗。汗从我的脸和胳膊上冒了出来,我挂上挡,但无路可走。

"你还好吧?"这个男子向车子走来时说道,"喂,喂,车里的。"他敲了敲窗玻璃,"你没事吧?"他手臂靠在车门上,脸贴近车窗。

我瞪着他说不出话来。

"我超过去后减了点速,"他说,"在后视镜里没见着你,就在路边停下等了一会儿。见你还没上来,我想我最好还是回去看看。你没什么事吧?怎么锁在车里了?"

我摇摇头。

"快点,把车窗摇下来。嗨,你真的没事吧?要知道一个女人独自在乡下四处乱转可不是好玩的。"他摇摇头,看了眼高速公路,又回过头来看我。"快点,把窗子摇下来,怎么样?我们不能这么说话。"

"对不起,我得走了。"

"打开门,好吗?"他说,好像没在听。"起码把窗子摇下来。你会闷死在里面的。"他看着我的胸脯和腿。裙子已卷过我的膝盖。他的目光在我腿上游移,我僵坐着,不敢动。

"我想闷死,"我说,"我正在窒息,你没看出来吗?"

"搞什么鬼?"他说,离开了车门。他转身朝他的卡车走去。然后,我从侧视镜里看见他又转了回来,我闭上了眼睛。

"你要不要我跟在你的后面开到萨米特或怎样?我无所谓。今天上午我有时间。"他说。

我摇头。

他迟疑了一下,然后耸耸肩。"好吧,夫人,那就随你的便吧,"他说,"好吧。"

我等他上了高速公路才开始往外倒。他换了挡慢慢开走了,还一直从后视镜里看着我。我把车停在路边,把头伏在方向盘上。

灵柩已经盖上,上面撒满花瓣。我刚在小教堂后排坐下,管风琴就奏响了。人们陆续进来,找好座位。有一些中年人和老年人,但大多数都二十出头或更年轻些的。这些人在西服领带、运动外套和休闲裤、深色裙子和皮手套里显得不那么自在。一个穿着喇叭裤和黄色短袖衫的男孩在我边上坐下,开始咬自己的嘴唇。教堂侧面的一个门打开了,我向那儿望去,有一阵那个停车场让我想起了一片草地,但车窗随即反射出阳光。家庭成员结成一队走进教堂,进到一个被帘子遮住的地方。他们坐下时传来了椅子的咯吱声。过了一会儿,一个瘦瘦的、身着深色西服的金发男子站起来,让我们低下头。他为活着的我们作了个简短的祷告,结束后,他请求我们为逝去的苏珊·米勒的灵魂默祷。我闭上眼睛,想起她在报纸和电视上的照片。我看见她离开电影院并坐进那辆绿色的雪佛兰。然后我开始想象她沿河而下的旅程,赤裸的身体撞击着岩石,被树枝绊住，身体漂浮、旋转，头发在水中散开。后来手和头发被垂下的树枝勾住了，停了下来，直到四个男人走来，盯着她看。我能看见一个喝醉了的男人（斯图尔特？）抓住她的手腕。这里有人知道这个吗？如果他们知道了又会怎样？我看着周围他人的面孔。这些事物，这些事件，这些面孔之间应该有某种联系，如果我能找到它的话。我的头因极力寻找而疼痛。

他说到苏珊·米勒的天资：欢快美丽，优雅热情。从拉着的帘子后面传出清嗓子声，有人在哭泣。管风琴音乐响了起来。仪式结束了。

我跟着人群从灵柩旁慢慢走过。然后我来到前门的台阶上，走进了下午明亮炎热的阳光里。在我前面跛着腿走下台阶的一个中年妇女走上人行道，四处看了看，眼光落在了我的身上。"唉，他们抓到他了，"她说，"如果这也算是种安慰的话。他们今天早晨逮捕了他。我来之前从收音机里听见的。就是这个镇子里的一个家伙。一个留长发的，也许你已经猜到了。"我们沿着炎热的人行道走了几步。人们在发动车子。我伸出手，扶住一个停车计时器。阳光反射在光亮的引擎盖和挡泥板上。我头晕目眩。"他承认那晚和她发生了关系，但说不是他杀的。"她哼了一声，"他们会给他缓刑，然后放了他。"

"他有可能不是一人作的案，"我说，"他们一定要搞清楚。他可能在替别人打掩护，为一个兄弟或一些朋友。"

"这孩子我从小就认识她，"妇人接着说道，她的嘴唇在颤抖。"她过去常来我那儿，我给她烤小饼干，允许她在电视机前面吃。"她看向别处，开始摇头，泪水沿着她的脸庞流了下来。

斯图尔特坐在桌旁，面前放着杯喝的。他眼睛红红的，我差点以为他在哭。他看着我，一句话不说。我猛然觉得迪安出事了，心一下子悬了起来。

"他在哪儿？"我说，"迪安在哪儿？"

"外面。"他说。

"斯图尔特，我害怕，太害怕了。"我倚着门说。

"你怕什么，克莱尔？告诉我，宝贝，也许我能帮帮你。我愿意提供帮助，你试试看，这是一个丈夫应该做的事。"

"我说不清楚，"我说，"我只是怕。我感到，我感到，感到……"

他喝干了杯子站起来，眼睛没离开我。"我想我知道你需要什么，宝贝，让我来当一次医生吧，好吗？现在你只需放松点。"他伸出手臂搂住我的腰，另一只手开始解我上衣的扣子，然后是我的衬衫。"先来最要紧的，"他说，试图开个玩笑。

"现在不行，求你了。"我说。

"现在不行，求你了。"他说，学着我的口气。"求个屁。"他跨到我身后，一只手臂抱紧我的腰，一只手伸进了我的胸罩。

"放手，放手，放手。"我说着用脚跺他的脚趾头。

接着我被提了起来，然后倒下。我坐在地上抬头看着他，我的脖子伤着了，裙子也滑到膝盖上方。他弯下腰来说："你下地狱去吧，听见没有，婊子？希望在我下次碰你的那玩意儿前它已经烂掉了。"他抽噎了一下，我意识到他控制不住，他也帮不了他自己。当他向客厅走去时，我对他充满了怜悯。

昨晚他没睡在家里。

早晨，来了鲜花，红的和黄的菊花。门铃响起时我正在喝咖啡。

"是凯恩太太吗？"年轻人说，捧着一盒鲜花。

我点点头，拉紧睡袍的领口。

"一个男人打来的电话，他说你知道。"男孩看着我的睡袍，领口处开着，他碰了下帽檐。他叉开腿站着，两脚牢牢地踏在最上层的台阶上。"祝你愉快。"他说。

没多久电话铃响了起来，斯图尔特说："宝贝，你怎样了？我会早点回家，我爱你。你听得见我吗？我爱你，对不起，我会去弥补的。再见了，我得忙去了。"

我把鲜花放进餐厅桌子中央放着的花瓶里，然后把自己的东西搬进空闲的卧室里。

昨晚，十二点左右，斯图尔特撬开我房门的锁。他这么做是想让我知道他可以这样，我猜，因为门撞开后他什么也没干，只是穿着内衣站在那儿，当愤怒从他脸上消失时，他显得诧异又有点傻。他慢慢关上门，过了一会儿我听见他在厨房里面撬开一盒冰块。

今天他打来电话时我还在床上，他告诉我说他让他妈过来和我们住几天。我等了会儿，想了想，没等他把话说完就把电话挂了。但过了一会儿,我给他上班的地方拨电话。当他终于过来接电话时,我说:"没用,斯图尔特。真的,我跟你说,不管怎样都没用。"

"我爱你。"他说。

他还说了些其他的,我边听边慢慢地点头。我感到困倦。稍后我醒了过来,说:"看在老天的分上,斯图尔特,她还只是个孩子。"

平静

我正在理发。我坐在椅子上,三个男人在我对面沿墙并排坐着。等理发的人里面有两个我不认识。但我认出了另外一个,虽然我还不能把他完全对上号。理发师给我理发时我一直看着他。这个男人的嘴里转动着一根牙签,一个健壮的男人,头发短而拳曲。后来我终于把他和那个穿制服戴帽子、在银行大厅里瞪着一双警觉的小眼睛的人挂上了钩。

另外那两个人当中,一个已经相当老了,满头灰白的鬈发。他正在吸烟。另一个人虽然没那么老,但头顶几乎全谢了,两边的鬈发却长过了耳朵。他穿着伐木靴,裤子上全是机油,亮晃晃的。

理发师把一只手放在我头顶上,把我转到一个容易看清楚的方向。然后他对那个警卫说:"打到鹿了吗,查尔斯?"

我喜欢这个理发师。尽管我们还没有熟到用名字来称呼对方。但我来剃头时，他认得我。他知道我过去常去钓鱼。所以我们会聊一会儿钓鱼。我觉得他没打过猎，但他什么话题都能聊。从这点来说，他是个好理发师。

"比尔，这是个很好笑的故事。是件糟糕透顶的事情。"警卫说。他把牙签拿出来，放进烟灰缸。他摇了摇头。"我算是打着了但又没打着。所以对你问题的回答是，是和不是。"

我不喜欢那个人的嗓音。那种嗓音和警卫不相符。不是你期望的那种嗓音。

另外两个人抬起头来。年纪较大的正在翻阅一本杂志，吸着烟，另一个人拿着一张报纸。他们放下正在看的东西，转过身来听警卫说话。

"接着讲，查尔斯，"理发师说，"说给我们听听。"

理发师把我的头又转了一下，接着剪了起来。

"我们去了费可尔山。我家老爷子、我和我儿子。我们在鹿出没的地方狩猎。老爷子守一座山头，我和儿子守另一座山头。这小子昨晚喝多了，这该死的东西。他一副要吐的样子，一整天都在喝水，喝我和他的水。那时已经是下午，而天刚亮我们就出门了。但我们还抱有希望。我们盘算山下的猎人有可能把鹿赶到我们这边来。所以当谷底响起枪声时，我们正坐在一根木头后面，窥视着鹿藏身的地方。"

"那下面有几处果园。"拿报纸的男人说道。他有点坐立不安，跷着一条腿，摇晃了一阵靴子，又换了条腿跷着。

"鹿常在那些果园附近转悠。"

"没错,"警卫说,"它们晚上溜进去,这帮畜生,去吃那些没熟的小苹果。说回来,我们听见枪声时,正干坐在那里。就在这时,一头巨大的老雄鹿从不到一百英尺远的灌木丛中蹿了出来。我儿子是和我同时看见它的,当然,他立刻趴下,胡乱放起枪来。这个木鱼脑袋。那头雄鹿没有受到任何伤害。至少从结果来看,这小子没有打中它。但它已经分不清枪声是从哪里来的,也不知道该往哪儿跑。于是我开了一枪。但在混乱中,我只把它给打晕了。"

"打晕了?"理发师说。

"是的,打晕了,"警卫说,"这一枪打在了它的肚子上。像是被吓坏了。它低下头抖了起来,全身都在颤抖。这小子还在放枪。我呢,我感到自己像是又回到了朝鲜战场。我又开了一枪,但没打中。然后老雄鹿先生跑进了树丛。但此时,天晓得,它已经筋疲力尽。那小子毫无目标地乱放了一通枪,把该死的子弹全打光了。但我狠狠地击中了它。我把一颗子弹射进了它的肚子里。这就是我说的把它打晕了的意思。"

"后来呢?"拿报纸的男人说,他已经把报纸卷了起来,用它敲着膝盖,"后来呢?你们肯定追踪它了吧。它们每次都会找一个很难被发现的地方去死。"

"你们追踪它了?"那个年纪大的问道,虽然这不太像是个问题。

"追了。我和我儿子,我俩追踪它了。但这小子没什么屁用。他在路上又难受起来,拖慢了我们的速度。这个傻瓜。"想着当时的情景，警卫忍不住笑了起来，"喝了酒，鬼混了一夜，然后说自己可以去打鹿。他现在算是知道了，天晓得。不过，我们当然去追踪它了。一阵好追。地上有血，树叶上有血。到处都是血。从来没见过一只雄鹿有这么多的血。我不知道这个倒霉蛋怎么可以不停地跑下去的。"

"有时它们会永远不停地跑下去，"拿报纸的男人说，"它们每次都给自己找个不容易被发现的地方去死。"

"我把这小子臭骂了一顿，他一枪也没打中，他跟我顶嘴时，我狠狠给了他一巴掌。就这儿。"警卫指着他的侧脸，咧嘴笑了起来，"我扇了他好几巴掌，这该死的东西。他还没长大。他需要这个。问题是，天黑了下来，没法再追了，加上这小子落在后面吐个不停。"

"好吧，现在那头鹿该归那些山狼了，"拿报纸的男人说，"还有乌鸦和秃鹰。"

他展开卷起来的报纸，把它抹得平平展展的，然后放在了一边。他又跷起一条腿。他看着我们，摇了摇头。

年长的那人在椅子里转过身，注视着窗外。他点了根烟。

"我也这么认为。"警卫说，"也很可惜。它是个又老又大的畜生。所以回答你的问题，比尔，我既打到又没打到鹿。但不管怎么说，鹿肉还是摆上了桌。因为后来老爷子打到了一头小鹿，已经把它带回营地，吊起来，干净利索地取出了内脏，心肝五脏包在一张蜡纸里，放进冰箱。一头小鹿。只不过是一头小畜生。但把老爷子给乐坏了。"

警卫环顾了一下理发店，像是在回想什么。他拿起牙签，把它插回嘴里。

年长的男人把烟灭了，转向警卫。他吸了口气说道："你现在应该马上去那儿找那头鹿，而不是来这儿剃什么头。"

"你怎么能这么说话，"警卫说，"你这个老狗屎。我在哪儿见过你。"

"我也见过你。"年长的说道。

"伙计们，够了。这是我的理发店。"理发师说。

"我该扇你几耳光才对。"年长的说道。

"你试试看。"警卫说。

"查尔斯。"理发师说。

理发师把梳子和剪刀放在台子上，两只手按住我的肩膀，好像我会从椅子上跳起来，搅到这件事里去似的。"艾尔伯特，我已经给查尔斯和他儿子剃了好几年的头了。我希望这事到此为止。"

理发师来回看着这两个人，他的手一直放在我的肩膀上。

"到外面说去。"拿报纸的男人说，他脸上泛着红光，希望发生点什么。

"够了，"理发师说，"查尔斯，我不想再听见任何和这有关的事情。艾尔伯特，下一个该你了。就现在。"理发师面向那个拿报纸的男人。"我从来没见过你，先生，如果你不插一杠子的话，我会很感谢你的。"

警卫站了起来。他说:"我想我待会儿再来剃头。现在这里的人没什么劲。"

警卫走了出去,使劲把门带上。

年长的坐在那儿吸烟。他看着窗外。他查看着手背上的什么。他站起来并戴上帽子。

"对不起,比尔,"年长的说道,"我可以等几天再来剪。"

"没事,艾尔伯特。"理发师说。

年长的出去后,理发师走到窗前,看着他离去。

"艾尔伯特得了肺气肿,剩下的日子不多了。"理发师在窗前说道,"我们过去常一起去钓鱼。他教了我所有和鲑鱼有关的东西。还有女人。她们曾缠着这个老小子不放。不过,他现在火气不小。但说实话,这次是有人惹了他。"

拿报纸的男人怎么也坐不住。他站起来四处走动,又停下来把所有的东西都查看一番——帽架、比尔和他朋友的照片、来自五金店的附有每月风景的日历。他一页一页地翻着。他甚至站在那儿仔细查看比尔挂在墙上裱起来的理发执照。然后他转过身来说:"我也走了。"就像他说的那样,他走掉了。

"我说,你还让不让我把这个头剃完?"理发师对我说道,好像这一切都是我引起的。

理发师把椅子里的我转到面向镜子。他把手放在我头的两侧。他最后一次为我摆正位置,然后把头低下来,紧挨着我的头。

我们一起看着镜子，他的手仍然扶着我的头。

我看着我自己，他也看着我。但就算他看出了什么，他也并没有说出来。

他用手指捋着我的头发，动作很慢，像是在思考着什么。他用手指捋着我的头发，动作很温柔，像一个恋人。

那是在加州的新月市，靠近俄勒冈州边界。我不久就离开了那里。但如今我回想起那个地方，回想新月市，回想我和妻子怎样在那里尝试过一种新的生活，以及那天早晨我怎样坐在理发师的椅子里，做出离开那里的决定。如今我回想起当我闭上眼睛、让理发师的手指在我发间移动时感到的平静，那些手指传递的温柔，那些已经开始生长的头发。

维他命

我有一份工作,帕蒂却没有。我每晚在医院工作几个小时,这是个无关紧要的工作。我随便干点什么,打八小时的卡,然后就和护士们一起去喝酒。过了一阵,帕蒂想出去工作。她说出于自尊,她需要有个工作。于是,她开始挨家挨户推销复合维他命。

刚开始,她只不过是一个在临近的陌生街区跑来跑去、上门推销东西的女孩。但她很快找到了窍门。她脑子灵光,上学时各方面就很优秀,是个惹人喜爱的人。公司很快就提拔了她。一些干得不好的姑娘归到了她手下,没多久,她有了自己的一班人马,在商场里有了一间小办公室。但是,给她工作的姑娘总在变。有些做上一两天就不做了,有些只做了一两个小时就不做了。但总有干得好的女孩,她们能把维他命卖出去。这些女孩和帕蒂一起干下去,逐渐成了这班人马的核心。但有些女孩连把维他命白送人都送不出去。

干不好的女孩干脆就不干了，直接不来上班了。如果她们有电话，就会把话筒从座机上拿开，有人来敲门也不开。帕蒂为失去这些女孩而痛心，就像这些女孩是些迷途的羔羊。她责怪自己，但后来她还是想开了。这样的事发生得太多了，想不开也得想开。

有时，有的女孩会突然僵在那里，无法去按面前的门铃。或者到了门口，一下子就说不出话来了。要不就是把问候语和进了门才该说的话搞混了。遇到这种情况的女孩就会决定放弃这次拜访，拿着样品盒回到车里，在周围闲逛，直到帕蒂和其他女孩做完她们的工作。大家会开个会，然后一起开车回办公室。她们会说些鼓劲的话，像"越是困难，越要努力"和"只要认真，无事不成"等等。

有时，会有女孩在外出时连同样品盒和其他东西一起消失，她会搭辆车子回镇里，然后逃之夭夭。但总有女孩来顶替她。那年头姑娘们来了走，走了来。帕蒂有个名单。每隔几周她就会在《省钱人》上做个小广告，然后就会有更多的女孩、更多的培训。女孩多得没完没了。

核心小组由帕蒂、唐娜和希拉组成。帕蒂是个美人，唐娜和希拉只能算说得过去。一天晚上，希拉对帕蒂说她爱她超过这世上的一切。帕蒂告诉我那是希拉的原话。当时帕蒂正开车送希拉回家，她们停在希拉家门前。帕蒂对希拉说她也爱她。帕蒂对希拉说她爱她所有的姑娘，但不是希拉所想的那种爱。而后希拉摸了帕蒂的乳房。帕蒂说她拿掉希拉的手，握住它。她说她告诉希拉，她不搞那个的。她说希拉没什么表情，只是点了点头，抓过帕蒂的手，吻了一下，就下了车。

那是在圣诞节前后。当时维他命生意很糟糕，所以我们想开个派对给大家鼓鼓气。在当时这似乎是个不错的主意。希拉第一个醉倒了，她站着就昏了过去，摔倒在地上，一昏就是好几个小时。她刚刚还站在客厅中间，突然就眼睛一闭，两腿一弯，端着杯子倒在了地上。她倒下时，拿着杯子的手砸在了茶几上。除此之外，她并没有弄出其他的响声。酒洒在了地毯上。帕蒂、我和另一个人把她拖到后面的门廊上，把她放在一张小帆布床上，然后尽量不再去想她。

所有人都喝醉了，回了家。帕蒂上了床。我还想继续喝，就端着杯酒坐在桌旁，直到天蒙蒙亮了。这时希拉从后面的门廊回到屋里，她说她头疼得就像有人在用铁丝捅她的脑袋。她说她疼得太厉害了，她害怕她的眼睛从此睁不开了。她确信她的小指头断了，然后给我看，它看上去发紫了。她抱怨我们让她戴着隐形眼镜睡了一整晚。她想知道到底还有没有人在乎她。她把手指凑到眼前看着，摇摇头，又把手指伸到不能再远，看了一会儿，就像是她无法相信昨天晚上发生在她身上的事情是真的。她的脸肿着，头发乱成一团。她用冷水冲着手指，"天哪。哦，天哪。"她边说边在洗碗槽那边哭了一会儿。但她曾很认真地向帕蒂示爱，我对她没有一丝同情。

我正在喝着掺了牛奶的苏格兰威士忌，加了一点点冰。希拉靠在沥水架那儿，透过细缝一样的眼睛看着我。我喝了点酒，什么都没说。她接着告诉我她有多难受，需要去看医生。还说她要去叫醒帕蒂，说她不想干了，要离开这里，去波特兰。然后她说她必须先和帕蒂说声再见。她不停地说着。她要帕蒂开车送她去医院，去看她的手指和眼睛。

"我开车送你。"我说。我不想做这个，但我会去做。

"我要帕蒂送我。"希拉说。

她用没受伤的手抓住受了伤的手的手腕，小手指肿得像袖珍手电筒一样粗。"此外，我们需要谈一谈，我还要告诉她我要去波特兰，我要和她告别。"

我说："看来只能让我替你转告了。她睡着了。"

她火了。"我们是朋友，"她说，"我必须和她谈谈。我要亲自和她谈。"

我摇摇头。"我刚才说过了，她睡着了。"

"我们是朋友，我们都爱着对方，"希拉说，"我一定要和她告别。"

她做出要离开厨房的样子。

我站起来，说："我说了我会开车送你。"

"你喝醉了！而且你一点觉都没有睡。"她又看了看她的手指头，说："真该死，为什么会这样？"

"还没有醉到不能开车送你去医院。"我说。

"我不会坐你的车的！"希拉大喊道。

"随你的便。但不许你叫醒帕蒂。同性恋婊子。"我说。

"杂种。"她说。

她就是这么说的。说完，她走出厨房，出了前门，也没有用一下卫生间，甚至没有洗把脸。我站起来从窗户往外看，见她正沿着一条路向欧几里得大道走去。路上没有其他人，天太早了。

我喝完杯子里的酒，想着再去倒一杯。

我倒了一杯。

从那以后，再也没有人见过希拉，反正我们这些和维他命有关的人都没再见过她。她向欧几里得大道走去，走出了我们的生活。

后来帕蒂说："希拉怎么了？"我说："她去波特兰了。"

我对唐娜有点意思，她是核心小组的另一个成员。在开派对的那个晚上，我们伴着艾灵顿公爵①的音乐跳了一会儿舞。我把她搂得紧紧的，闻着她的头发，带着她在地毯上移动时，我的一只手一直放在她后背的下方。和她跳舞感觉真棒。我是派对上唯一的男人，一共有七个女孩，她们中的六个互为舞伴。只要在客厅里扫视一圈，感觉就会很好。

我正在厨房待着，唐娜端着个空杯子进来。我俩单独待了一会儿。我稍稍搂抱了她一下，她也抱了抱我作为回应，我们搂着站在那里。

稍后她说："别这样。现在不行。"

听到那句"现在不行"后，我松开了手。我觉得这事已经是十拿九稳了。

---

① 艾灵顿公爵（Duke Ellington，1899—1974），美国爵士乐大师。

希拉举着她的手指进来时，我正在桌旁想着刚才的搂抱。

我又想了一会儿唐娜。我喝完酒，把电话筒从电话上取下来，就进了卧室。我脱掉衣服，在帕蒂边上躺下。我躺了一会儿，放松放松，然后进入了帕蒂。但她没有醒。完事后，我闭上了眼睛。

再睁开眼已经是下午了。我一人待在床上。雨水正猛打着窗户。帕蒂的枕头上放着一个蘸了糖的甜甜圈，床头柜上放着一杯喝剩下的水。我的酒还没有醒，脑子糊里糊涂的。我知道是星期天，离圣诞节不远了。我吃了甜甜圈，喝完了水，就又睡着了，直到听到了帕蒂吸尘器的声音。她进卧室问希拉的事，我就是在那时告诉她的，说希拉去波特兰了。

新年过后一周左右，我和帕蒂正在喝酒。她刚下班回到家，天还早，但已经黑下来了，还下着雨。我一两个小时后要去上班。但我们得先喝点威士忌，聊会儿天。帕蒂很累，情绪低落，已经在喝第三杯了。没人买维他命。她只剩下唐娜和帕姆，帕姆刚来不久，是个有偷窃习惯的女孩。我们聊着坏天气和你最多可以逃几张停车罚单之类的话题。然后我们说起了如果搬去亚利桑那州那样的地方，我们的状况能好转多少。

我给我俩又倒了一杯酒，看着窗外。去亚利桑那州不是个坏主意。

帕蒂说："维他命。"她拿起杯子，转着里面的冰块。

259

"看在狗屎的分上！"她说，"我是说，当我还是个小女孩时，我绝对想不到会去做这个。老天爷，我从来没想过长大了要去卖维他命。上门推销卖维他命。真是没想到。一想到这个我就受不了。"

"我也从来没想到过，宝贝。"我说。

"没错，"她说，"你说得倒轻巧。"

"宝贝。"

"别叫我宝贝，"她说，"太难了，兄弟。这样的生活不容易，不管你做什么。"

她像是在考虑什么。她摇了摇头，喝完了她的酒。她说："我连做梦都梦见维他命。我一点休息时间都没有。一刻也放松不下来！你至少可以在下班后什么都不用想。我敢打赌，你从来没有梦到过工作。你不会梦见自己在给地板打蜡，或者任何你在那儿做的事。当你离开那个该死的地方后，你回到家里不会梦见那些吧，不会吧？"她尖叫道。

我说："我记不住我做过的梦。也许我不做梦。我醒来后什么都想不起来。"我耸了耸肩。我从来不管睡着后脑子里发生的事情，我根本就不在乎那个。

"你肯定做梦！"帕蒂说，"即使你不记得了。所有人都做梦。你要是不做梦的话，非疯了不可。我读到过这个，它是个发泄渠道。人在睡觉时都要做梦，不然就要得神经病。但我做梦时，梦见的都是维他命。你明白我说的了吗？"她紧紧地盯着我。

"明白也不明白。"我说。

这不是个简单的问题。

"我梦见自己兜售维他命,"她说,"我没日没夜地卖维他命。天哪,这是什么样的生活。"

她喝完了杯子里的酒。

"帕姆干得怎么样?"我问,"她还偷东西吗?"我想换个话题,但我想不起来还有什么。

帕蒂说:"妈的。"她摇了摇头,像是觉得我什么都不明白。我们听着雨声。

"没人卖得出维他命。"帕蒂说。她拿起她的杯子,但杯子是空的。"没人买维他命。这是我想告诉你的,你听见我说的了吗?"

我起身又给我俩各倒了一杯酒。"唐娜在干什么?"我说。我读着瓶子上的标签,等着。

帕蒂说:"她两天前做了一小笔,就这些,我们所有人这周就做了这一笔。她要是不干了我一点都不会吃惊。我不会责怪她的。"她接着说:"要是换了我,我也会不干的。但她要是不干了,那怎么办?那样的话我又回到了起点,就是这么回事。一无所有。大冬天的,到处有人生病,都病得要死了,没人觉得自己需要维他命。连我自己都病得要死了。"

"哪儿不舒服,宝贝?"我把酒放在桌子上,坐了下来。她自顾自地往下说,就像我什么都没说一样。也许我真的什么都没说。

"我是我自己仅有的客户,"她说,"我觉得吃了这么多维他命,对我的皮肤都有影响。你觉得我的皮肤看上去正常吗？服用维他命过量会有问题吗？我已经到了不能像正常人那样拉屎的地步了。"

"宝贝。"我说。

帕蒂说："你才不在乎我吃不吃维他命呢。这是关键所在。你什么都不在乎。今天下午下雨的时候，车子挡风玻璃的雨刷坏了。我差一点就撞车了，就差了那么一点点。"

我们接着喝酒聊天，直到我该去上班了。帕蒂说如果她没有先睡着的话，就要去浴缸里泡个澡。"我站着都会睡着。"她说。她接着说："维他命，就剩下它了。"她看了看厨房，看了看她的空杯子。她喝醉了，但她还是让我吻了一下她。然后我就去上班了。

下班后我常去一个地方。起先只是去听音乐的，后来我发现在别处都关门后，在那儿还能喝上一杯。这个地方叫"非百老汇"，在一个"黑桃"①街区，是"黑桃"们光顾的地方，由一个叫卡奇的"黑桃"经营。在其他地方都关门后，人们会来这里。他们会点这里的招牌酒——加了威士忌的 RC 可乐，要不他们就带着自己的酒，藏在衣服下面，点一杯 RC 可乐，自己调酒喝。乐手们来这里即兴演奏，在别处喝完还想接着喝的酒鬼们来这儿喝酒听音乐。有时会有人跳舞，但大多数情况下，人们只是坐着喝酒听音乐。

时不时地，会有一个"黑桃"用酒瓶砸开另一个"黑

---

① 黑桃（Spade），这里用扑克牌里的黑桃来称呼黑人，是对黑人的一种侮辱性称呼。

桃"的头。曾经流传过这么一个故事，说有人跟在另一个人的后面进了男厕，当那个人手放在下面小便时，后面的人割开了他的脖子。但我从来没遇到过麻烦。没有卡奇应付不了的事。卡奇是个大块头的"黑桃"，剃着光头，他的光头在荧光灯下发出奇怪的光。他穿着夏威夷衬衫，长长的下摆耷拉在裤子的外面。我觉得他腰上别着什么，起码是根短棍子。如果有人开始做出格的事，卡奇会走过去，把他的大手放在当事人的肩上，说上几句，就没事了。我断断续续地去那儿已有好几个月了。我喜欢他对我说的那些话，像是："你今晚怎么样，朋友？"或是："朋友，有阵子没见着你了。"

"非百老汇"就是我带唐娜约会去的地方。那是我们唯一的一次约会。

我走出医院时刚过午夜。天已经晴了，星星也出来了。和帕蒂一起喝的那点威士忌还在让我头晕，但我还想在回家的路上去伯尼酒吧喝上一杯。唐娜的车就停在我车子旁边的空位上，她正待在车里面。我想起了我们在厨房的搂抱和她说过的"现在不行"。

她摇下车窗，往外面弹烟灰。

"我睡不着，"她说，"我脑子里装着事情，睡不着。"

我说："唐娜。嗨，见到你很高兴，唐娜。"

"我不知道我是怎么了。"她说。

"想去哪儿喝一杯吗？"我说。

"帕蒂是我的朋友。"她说。

"她也是我的朋友。"我说,"走吧。"

"我只是想让你知道。"她说。

"有个地方,是'黑桃'去的地方,"我说,"有音乐。我们可以喝一杯,听点音乐。"

"你开车?"唐娜说。

我说:"挪到那边去。"

她马上就说起了维他命。维他命在下滑,维他命在直线下跌,维他命市场的底都掉没了。

唐娜说:"我真不想这么对待帕蒂。她是我最好的朋友,她在努力让事业好起来。但我也许不得不辞职了。这话就我们两人说说,你发誓!我得吃饭,我得付房租,我需要一双新鞋和一件新大衣。维他命不能给我这些,我觉得维他命不会再像从前那样了。我还什么都没有对帕蒂说。我还在考虑这件事。"

唐娜的手就放在我腿边上。我摸到她的手,捏了捏她的手指。她也捏了捏我的。然后她抽出手来,把车上的点烟器按了下去。点上烟后,她又把手放了回来。"我最不愿意做的就是让帕蒂失望。你明白我说的吗?我们是一个团队。"她递给我她的香烟,"我知道牌子不同,你抽一口,试试看。"

我开进"非百老汇"的停车场。三个"黑桃"靠在一辆挡风玻璃已经碎掉了的旧克莱斯勒①上。他们只是懒洋洋地待在那儿,来回传着一个包在纸袋里的酒瓶。他们打量

---

① 克莱斯勒(Chrysler),美国汽车品牌。

着我们。我下了车，转过去替唐娜开门。我确认关好了车门，挽起唐娜的胳膊，向街那边走去。"黑桃"们只是看着我们。

我说："你没有想着搬去波特兰吧，有没有？"

我们走在人行道上，我搂着她的腰。

"我对波特兰一无所知。我从来没想过要去波特兰。"

"非百老汇"的前半部分和普通的酒吧餐馆一样。几个"黑桃"坐在吧台前，还有几个坐在铺着红油布的桌前，吃着盘子里的东西。我们穿过餐馆，来到后面的一个大房间。这里有一个长吧台，靠墙有一排隔间，再往后，是一个乐手们用的舞台，舞台的前面可以算作是舞池吧。其他的酒吧和夜总会还没关门，所以这里的人还不多。我帮唐娜脱掉外套。我们挑了个隔间，把香烟放在了桌子上。一个叫汉娜的"黑桃"女招待走过来，她和我相互点了点头，又看了看唐娜。我点了两杯 RC 特饮，决定好好享受一番。

酒来了后我付了账，我们每人呷了一口，就开始搂抱起来。我们挤压、轻拍对方，吻对方的脸，温存了一阵。有时，唐娜会停下来，向后缩，把我推开一点，抓住我的手腕。她会盯着我的眼睛看。然后她慢慢闭上眼睛，我们就又吻在了一起。没多久，这里的人多了起来。我们停止了接吻，但我仍然搂着她，她把手指放在我的腿上。几个"黑桃"小号手和一个白人鼓手开始摆弄起他们的家伙。我琢磨和唐娜再喝一杯，听完这一轮。然后我们就离开这里，去她那儿把事给办了。

我刚和汉娜要了两杯酒，一个叫贝尼的"黑桃"走了过来,边上还跟着另一个"黑桃",一个穿着很正式的大块头"黑桃"。这个大块头"黑桃"有双发红的小眼睛,穿着细条纹的三件套西服,玫瑰红的衬衫,还有领带、大衣、浅顶软呢帽——全套的行头。

"哥们儿,怎么样?"贝尼说道。

贝尼伸出手,行了个道上的握手礼[1]。贝尼和我聊过。他知道我喜欢音乐,过去只要我俩都在,他就会过来聊几句。他喜欢谈论约翰尼·霍奇斯[2],常吹他当年怎样给约翰尼做萨克斯伴奏。他会这么说:"当年我和约翰尼在梅森城玩乐队的时候……"

"嗨,贝尼。"我说。

"我想让你见见纳尔逊,"贝尼说,"他刚从越南回来,今天早晨。他来这儿是想听一点好音乐,他还带着双舞鞋以防万一呢。"贝尼看了眼纳尔逊,点了点头。"这是纳尔逊。"

我看着纳尔逊锃亮的皮鞋,又看了看他。他看上去像是要把我给认出来。他打量着我,然后大声笑起来,露出了牙齿。

"这是唐娜,"我说,"唐娜,这是贝尼,这是纳尔逊。纳尔逊,这是唐娜。"

"你好,姑娘。"纳尔逊说。唐娜立刻回答道:"你好啊,纳尔逊。你好,贝尼。"

"我们可以和你们挤一挤,大家坐一起吗?"贝尼说,

---

[1] 原文是"brother handshake",这是黑人见面时的一种繁琐的握手礼。
[2] 约翰尼·霍奇斯(Johnny Hodge,1906—1970),美国著名萨克斯演奏家。

"可以吗？"

我说："当然。"

但其实他们没去其他座位让我觉得很不舒服。

"我们待不了多久，"我说，"喝完这杯就走。"

"我知道，哥们儿，我知道。"贝尼说。纳尔逊坐进隔间靠里的座位后，贝尼在我对面坐下。"有要做的事情，有要去的地方。没问题，先生，贝尼全明白。"贝尼边说边冲我眨了眨眼。

纳尔逊看着对面的唐娜，摘下帽子，用大手转着帽子，像是在帽檐上找什么。他在桌子上给他的帽子腾出一块地方。他看着唐娜，露齿一笑，动了动肩膀。他每隔几分钟就要动一下肩膀，就像是扛着它们让他觉得很累。

"你和他是很好的朋友，我敢打赌。"纳尔逊对唐娜说。

"我们是好朋友。"唐娜说。

汉娜走过来。贝尼要了RC。汉娜走后，纳尔逊从上衣口袋里掏出一瓶一品脱的威士忌。

"好朋友，"纳尔逊说，"很好的朋友。"他拧开威士忌的瓶盖。

"小心点，纳尔逊，"贝尼说，"别让人看见了。纳尔逊刚从越南回来，才下飞机。"

纳尔逊举起瓶子，喝了点威士忌，然后拧上盖子，把酒瓶放在桌上，用他的帽子盖住。"很好的朋友。"他说。

贝尼看着我，翻了翻眼。他也喝醉了。"我得恢复一下了。"他对我说。他尝了尝两个杯子里的RC，然后把杯子放在桌子底下，往里面倒威士忌，接着把酒瓶放进他外套的口袋里。"哥们儿,我的嘴唇已有一个月没碰簧片了。我得赶紧练练了。"

我们在隔间里挤成一团,面前是成堆的酒杯和纳尔逊放在桌上的帽子。"你,"纳尔逊对我说,"你另外有人,是不是?这个漂亮女人,她不是你老婆。我知道的。但你和这个女人是很好的朋友。我说得对吗?"

我喝了点酒,但尝不出威士忌的味道,什么味道都尝不出来。我说:"电视里看到的那些关于越南的狗屁都是真的吗?"

纳尔逊用他的红眼睛盯着我。他说:"我想说的是,你知道你老婆现在在哪儿吗?我敢打赌她和一个男的出去了,就在你特当回事地和你的好朋友坐在这里的时候,她正在拨弄他的奶头,拽他的鸡巴呢。我敢打赌她也给自己找了个好朋友。"

"纳尔逊。"贝尼说。

"纳尔逊个屁。"纳尔逊说。

贝尼说:"纳尔逊,我们走吧。另一个隔间里有个人。我跟你提到过那个人。纳尔逊今天早晨刚下飞机。"

"我敢打赌,我知道你脑子里正在想什么,"纳尔逊说,"我敢打赌你在想:'现在这里有个喝醉了的黑鬼,我该拿他怎么办?也许我得抽他屁股一顿才行!'你在想这些吗?"

我四处看了看,见卡奇站在靠近舞台的地方,乐手们在他身后演奏着。几个跳舞的待在舞池里。我觉得卡奇正看着我,但即使他刚才看了,现在他又把目光移开了。

"是不是该你说话了？"纳尔逊说，"我逗你玩呢。离开越南后我还没和谁开过玩笑。我倒是逗过那些越南佬几次。"他又咧嘴笑了笑，厚嘴唇向后卷着。然后，他只盯着我看，不再笑了。

"给他们看那个耳朵。"贝尼说。他把杯子放到了桌子上。"纳尔逊割了那帮小矮子中一个的耳朵。"贝尼说，"他随身带着呢。给他们看，纳尔逊。"

纳尔逊坐在那里，然后开始掏他的大衣口袋。他从一个口袋里往外掏东西。他掏出一串钥匙和一盒咳嗽药。

唐娜说："我不想看耳朵。恶心。太恶心了。天哪。"她看着我。

"我们得走了。"我说。

纳尔逊还在掏他的口袋。他从西服里面的口袋里掏出一个皮夹，把它放在桌子上。他拍了拍皮夹。"里面有五张大的。听着，"他对唐娜说，"我会给你两张。你懂吗？我给你两张大的，你来给我吹箫，就像他的女人和别的大家伙做的一样。你听见了吗？你知道，就在他把手伸进你裙子的这一刻，他老婆正把嘴放在某个家伙的锤子上面呢。公平得不能再公平了。钱在这儿。"他把钱从皮夹里拉出一角。"妈的，这是给你好朋友的一百，这样他就不会觉得被冷落了。他什么都不需要做。你什么都不需要做。"纳尔逊对我说道，"你只要坐在那儿喝你的酒，听听音乐。多好的音乐。我和这个女人像好朋友一样走出去。然后她一个人回来。要不了太久，她就会回来。"

"纳尔逊，"贝尼说，"怎么能这样说话，纳尔逊。"

纳尔逊笑了起来。"我说完了。"他说。

他找到了他要找的东西。这是一个银质的烟盒。他打开它。我看了眼里面的耳朵。它下面垫着棉花，看上去像是个干了的蘑菇。但那是一只真的耳朵，穿在一个钥匙链上。

"天哪，"唐娜说，"真恶心。"

"有没有点意思？"纳尔逊说。他注视着唐娜。

"别做梦了。滚开。"唐娜说。

"姑娘。"纳尔逊说。

"纳尔逊。"我说。纳尔逊的红眼睛盯着我。他把面前的帽子、皮夹和烟盒推到了一边。

"你想要什么？"纳尔逊说，"想要什么我都给你。"

卡奇的一只手放在我肩膀上，另一只手放在了贝尼的肩膀上。他向桌子靠过来，头在灯光下发着光。"伙计们怎么样？玩得都还开心？"

"一切都好，卡奇，"贝尼说，"一切都没有问题。他们正准备离开这里。我和纳尔逊要去坐着听会儿音乐。"

"那就好，"卡奇说，"我的原则是大家都玩得开心。"

他四下看了看。他看了一眼纳尔逊放在桌上的皮夹，和皮夹边上打开的烟盒，他看见了那只耳朵。

"是真耳朵吗？"卡奇说。

贝尼说："是真的。给他看那个耳朵，纳尔逊。纳尔逊带着这个耳朵，刚从来自越南的飞机上下来。这个耳朵周游了半个世界，才来到今晚这张桌子上。纳尔逊，给他看。"

纳尔逊拿起烟盒递给卡奇。

卡奇查看着耳朵。他拿起链子,晃了晃上面挂着的耳朵。他看着它,让它在链子上来回晃悠。"我听说过干耳朵和干鸡巴这一类的东西。"

"我从一个越南佬头上割下来的,"纳尔逊说,"他即使有它也什么都听不见了。我想给自己留个纪念品。"

卡奇转着链子上的耳朵。

我和唐娜准备离开隔间。

"别走呀,姑娘。"纳尔逊说。

"纳尔逊。"贝尼说。

卡奇看着纳尔逊。我拿着唐娜的外套站在隔间边上。我的腿在打战。

纳尔逊提高了嗓门。他说:"你要是想跟这个狗日的走,想让他的脸上沾满你的汗水的话,你们俩都得先过我这一关。"

我们开始往外走。别人都在看着。

"纳尔逊早晨才从越南飞回来,"我听见贝尼在说,"我们喝了一整天。这是有史以来喝得最久的一天。但我和他,我们没事,卡奇。"

纳尔逊隔着音乐声喊了几声。他喊道:"没用!不管你做什么,都没有用!"他说的这些我听见了。再后来,就什么也听不见了。音乐停了一下,又继续了。我们没有往回看,一直来到了外面的人行道上。

我替她打开车门。我们开车回医院。唐娜坐在她那一边。她用点烟器点着了烟,但没说话。

我想说点什么。我说:"哎,唐娜,别为这个不开心了。真对不起,出了这样的事。"

"我需要那笔钱,"唐娜说,"我一直在想这个。"

我继续开车,没有看她。

"真的,"她说,"我需要那笔钱。"她摇了摇头。"我不知道。"她低下头,哭了起来。

"别哭了。"我说。

"我明天不去上班了,是今天,管他什么时候,闹钟响了我也不去。"她说,"我要离开这里。刚才发生的事情是个兆头。"她把点烟器压下去,等着它弹出来。

我把车停在我的车边上,熄了火。我看了看后视镜,觉得像是看见了那辆旧克莱斯勒跟在我后面开进了停车场,里面坐着纳尔逊。我的手在方向盘上放了一会儿,然后落在了腿上。我不想去碰唐娜。我俩在我家厨房的搂抱,我们在"非百老汇"的接吻,都已经过去了。

我说:"你打算怎么办?"但我并不在乎。哪怕她现在就心脏病发作死掉,我也无所谓。

"也许我可以去波特兰,"她说,"波特兰肯定有什么特别的东西。现在大家都想着波特兰。波特兰成了个吸引人的地方。波特兰这个,波特兰那个。波特兰也不会比别的地方好到哪里去。都一样。"

"唐娜,"我说,"我得走了。"

我准备下车。当我推开门,车顶上的灯亮了。

"天哪，关了灯！"

我匆忙下车。"晚安，唐娜。"我说。

我留下她盯着仪表盘发愣。我发动起我的车子，打开车灯。挂上挡，踩下了油门。

我倒上威士忌，喝了一点，端着杯子进了卫生间。我刷了牙，然后打开了一个抽屉。帕蒂在卧室里喊着什么。她打开卫生间的门。她还穿着衣服。我估计她是穿着衣服睡的。

"几点了？"她尖叫道，"我睡过头了！天哪。哦，我的天哪。你让我睡过头了，你这个该死的！"

她疯了。她穿着衣服站在门口。她也许是在为上班做准备，但这儿没有样品盒，也没有维他命。她只不过是做了个噩梦。她开始摇晃起头来。

今晚我实在是受够了。"回去睡觉吧，宝贝。我在找东西呢。"我说。我打翻了医药柜里的什么东西，它们滚进了洗手池。"阿司匹林在哪儿？"我说。我又打翻了一些东西。我不管了。东西在不停地往下掉。

小心

在多次交谈（他妻子伊内兹管那叫作评估）之后，劳埃德从家里搬了出去，搬到了自己的住处。那是一个三层楼房子的顶层，有两个房间和一个卫生间。房间的屋顶倾斜得厉害，如果要在房间里走动，他得低着头，从窗户往外看时要把腰弯下来，上床下床都要十分小心。一共有两把钥匙。一把让他进到房子里，然后上一段楼梯，穿过房子来到一个平台，然后还要上一层楼，才能到他的房间，再用另一把钥匙把房门打开。

一天下午，他抱着个购物袋回到住处，里面装着三瓶安德烈香槟和午餐肉，他在平台那儿停了一下，看了一眼房东的客厅。他看见那个老妇人仰面躺在地毯上，像是睡着了。他突然觉得也许她已经死了，但电视还开着，所以他希望她只是睡着了。他不知道这到底是怎么回事。就在他把袋子换到另一只胳膊上时，那个妇人咳了一声，把手移到了身边，而后又一动不动地躺在那里。劳埃德接着上他的楼梯，打开房门。那天晚些时候，快到傍晚的时候，他从厨房窗户向外看，见那个老妇人在楼下院子里，戴着一顶草帽，一手叉着腰，正在用小水壶给三色堇浇水。

他厨房里有一个冰箱和炉子的组合体。这个冰箱加炉子的组合体非常小，挤在洗碗槽和墙之间。他必须弯下腰，几乎跪到地上，才能从冰箱里往外取东西。但这没什么，因为除了果汁、午餐肉和香槟外，他本来就没在里面放什么。炉子有两个灶头，他有时会用深平底锅烧点水，冲杯速溶咖啡。有时他根本就不喝咖啡，不是忘了，就是不想喝。一天早晨醒来后，他立刻吃起了面包屑甜甜圈，喝上了香槟。要是在几年前，他会为自己吃这样的早饭而感到好笑，但现在他不觉得这样做有什么不正常。实际上，直到晚上上床后，回想从早晨起床开始一天里做过的事情时，他才想起这件事。一开始，他想不起有什么重要的事，然后他想起来吃了甜甜圈、喝了香槟。当时他觉得这件事稍稍有点出格，可以和朋友吹一吹。后来，他越想越觉得这实在没什么特别的。他用甜甜圈和香槟当早饭了，那又怎样？

他的房间带家具，有一套餐桌椅子、一个小沙发、一把旧安乐椅和一台放在茶几上的电视机。他不用付电费，电视机也不是他的，所以他有时让电视整日整夜地开着。但除非有什么想看的东西，他总把音量调到最低。他没有电话，这没什么，他不想要电话。卧室里有张双人床、一个床头柜、一个衣柜、一间卫生间。

伊内兹来看过他一次，那次是在上午十一点的时候。

他在新地方已经住了两个星期了，他一直在想她会不会来他这里看看。不过他也在想法子解决自己的酗酒问题，所以他很愿意一人待着。他明确表示他当前最需要的是一个人待着。她来的那天，他穿着睡裤待在沙发上，正用拳头击打自己脑袋的右侧。正当他想要再来一下子时，他听见楼下平台那儿传来一点声音。他听出来那是他妻子的声音，听上去像是从远处人群中传来的低语声，但他知道那是伊内兹，不知怎么就觉得她的这次来访十分重要。他又给了自己脑袋一拳，然后站了起来。

那天早晨醒来后，他发现耳朵被耳屎堵住了。他什么都听不清楚，似乎渐渐失去了平衡感，失去了平衡。在刚才的一个小时里，他待在沙发上，徒劳地对付着耳朵，不住地用拳头砸脑袋，一会儿按摩一下软骨组成的耳廓背面，一会儿拉拉耳垂。他用小手指疯狂地掏着耳朵，张开嘴，做出打哈欠的样子。所有能想到的法子都试过了，似乎再没有其他办法了。他听见楼下的低语声停了下来，使劲捶了一下脑袋，喝完了杯子里的香槟。他关掉电视，把杯子拿到洗碗槽那里，从沥水架上拿起开了盖的香槟，进了卫生间，把酒瓶放在了抽水马桶的后面，然后去开门。

"你好，劳埃德。"伊内兹说。她穿着一套鲜艳的春季服装，面无笑容地站在门口。他从来没见过这套服装。她还拎着一个外面绣着向日葵的帆布包。他也从来没见过这个包。

"我以为你没听见我呢，"她说，"我以为你去哪儿了，但楼下的那个女人——她叫什么？马修斯太太——她觉得你在楼上。"

"我听见了,"劳埃德说,"但听不清楚。"他往上提了提睡裤,用手摸了一下头发。"实际上,我现在的状况很糟糕。进来吧。"

"十一点了。"她说。她进到里面,关上了门。她像是没听见他在说什么,也许她确实没有听见。

"我知道现在几点了,"他说,"我起来好一阵子了。我八点就起来了,看了一会儿《今日秀》①。但刚才我都快急疯了,我的耳朵堵起来了。你还记得过去曾发生过一次这样的事吗?那时我们还住在那个靠近中餐外卖店的地方,孩子们曾在那里发现一只拖着链子的牛头犬?那次我不得不去看医生,把耳朵里的东西给冲出来。我知道你记得。你开车送我去的,我们等了很久。嗯,这次和那次一样,我是说,一样糟。只不过今天早晨我无法去看医生了。我根本就没有医生可看了。我眼看就要疯了,伊内兹。我恨不得把自己的头给砍下来或者怎样。"

他在沙发的一头坐下,她坐在另一头,但沙发不大,他们靠得很近,近到他可以用手去碰她的膝盖。但他没有这么做。她扫了一眼房间,然后又把目光定在他身上。他知道自己没刮胡子,头发也立着。但她是他老婆,她对他有什么不了解的。

"你试过什么了?"她说,顺手从包里找出一根烟,"我是说,到目前为止你做了些什么?"

---

① 《今日秀》(*Today Show*)是美国三大广播电视公司之一全国广播公司(NBC)的传统早间节目。

"你说什么?"他把头的左侧转向她,"伊内兹,我发誓,我一点都不夸张。眼看我就要被逼疯了。我说话时,就像我在一个木桶里面,脑袋里面隆隆响。我也听不清楚,你说话时,声音像是从一根铅管子里传过来的。"

"你有棉签或威臣油①吗?"伊内兹说。

"亲爱的,这不是闹着玩的,"他说,"我没有棉签,也没有威臣油,你不是在开玩笑吧?"

"要是有威臣油的话,我可以把它热一热,然后放一点到你耳朵里。我妈那么做过。"她说,"这样也许会把里面的东西弄软一些。"

他摇着头。他的头发涨,像是灌满了水。那感觉就像他去市立游泳池游泳,从池子底部上来后,耳朵里面灌满了水一样。但那时把水弄出来很容易,他只要吸足了气,闭上嘴,捏住鼻子,然后用腮帮子把气压到脑袋里去,耳膜就会向外鼓,几秒钟后,他就能感到水从耳朵里流出来、滴到他的肩膀上的愉悦。然后他就会从池子里一跃而起。

伊内兹抽完烟,把它掐灭。"劳埃德,我们需要谈谈,但我估计只能一样一样地来了。坐到椅子上去,不是这把,厨房的那把椅子!这样会亮堂一点。"

他又捶了自己脑袋一拳,然后走过去,坐在了椅子上。她走过去,站在他身后。她用手指碰了碰他的头发,然后撩开他耳朵边上的头发。他伸手去够她的手,但她缩了回去。

---

① 威臣油(Wesson oil),一种食用植物油。

"你说的是哪只耳朵？"她说。

"右耳，"他说，"右边那个。"

"首先，"她说，"你必须坐正了，别动。我去找个细发卡和一些餐巾纸，我想办法把它伸进去，说不定就可以了。"

想到她会把一根发卡伸进他的耳朵，他感到恐惧，不由嘟囔了几句。

"什么？"她说，"天哪，我也听不见你在说什么。也许这东西还传染。"

"当我还是个孩子的时候，在学校里，"劳埃德说，"我们有个健康老师，她也像是个护士。她对我们说，只要是比胳膊肘细的东西，就不能往耳朵里面塞。"他模糊地记得墙上的挂图，上面画着个巨大的耳朵，还有由半规管、耳道和耳壁组成的复杂系统。

"嗯，你们的护士从来没遇到过这样的麻烦，"伊内兹说，"不管怎么说，我们得找个东西试一试。我们先试这个，如果不行的话，我们再试别的。生活就是这样，不是吗？"

"话里还有什么别的意思？"劳埃德说。

"就是我说的意思。不过随你怎么想，反正这是个自由的国家。"她说，"现在，我去把需要的东西准备好，你就坐在那里。"

她在包里翻了一通，但没找到她要找的东西。最后，她把包里的东西都倒在了沙发上。"没有发卡，"她说，"真该死。"听起来她像是在另一个房间里说话。从某种程度上说,好像是他想象出了她说的话。有那么一段时间,很久以前了,他们曾觉得他们之间存在着心灵感应,能知道对方在想什么,一个刚说了个开头,另一个就能接着把话说完。

她拿起一个指甲刀,摆弄了一会儿,他看见那个东西在她手上张开了,其中的一部分转离了另外一部分。一个指甲锉从指甲刀上伸了出来。在他看来,她像是握着一把小匕首。

"你要把那个伸进我的耳朵里?"他说。

"也许你有更好的办法,"她说,"除了这个,我想不出别的办法了。也许你有支铅笔?你要我用那个吗?也许你在哪儿放着一把改锥。"她一边说,一边笑了起来。"别担心。听着,劳埃德,我不会伤着你的,我说了,我会小心的。你就待在这儿别动,我会在这个的头上裹一点纸,把它做成一个棉签。"

她进了卫生间。她去了有一阵子,他还在椅子上坐着。他开始琢磨该对她说些什么,他想告诉她他现在只喝香槟了,他想告诉她他香槟也喝得越来越少了,现在戒酒只是个时间问题了。但当她回到房间时,他却什么也说不出来,他不知道该从哪里开始。反正,她也没有朝他看。她从倒在沙发垫上的一堆东西里找出一根香烟,用打火机点着,站在面朝街道的窗户那里。她说了点什么,但他没听清楚。她说完后,他没有问她到底说了些什么。不管是什么,他知道自己并不想让她再说一遍。她掐灭了烟,但仍在窗前站着,身子向前倾着,倾斜的屋顶离她的头顶只有几英寸。

"伊内兹。"他说。

她转过身，来到他跟前。他能看见指甲锉尖上的纸巾。

"把头侧过来，保持这个样子，"她说。"对，坐稳了，别动。别动。"她又说了一遍。

"小心，"他说，"看在老天的分上。"

她没有回答。

"求你了，"他说，然后就没再说什么。他害怕了。当他感到指甲锉穿过耳朵的内壁、开始它的探索时，他闭上眼睛，屏住了气息。他确信他的心脏会停止跳动。她又往里进了一点，并开始来回转动锉刀，拨弄着里面的什么东西。他听见耳朵里面发出咔嚓声。

"哎哟！"他说。

"我弄疼你了吗？"她把指甲锉从他耳朵里拿出来，向后退了一步，"你觉得有什么不同了吗，劳埃德？"

他把手放在耳朵上，低下了头。

"还是一样。"他说。

她咬着嘴唇，看着他。

"我要去趟卫生间，"他说，"在我们继续弄之前，我得先去趟卫生间。"

"去吧，"伊内兹说，"我下楼看看你房东有没有威臣油或类似的东西，也许她还有棉签。我不知道刚才为什么没想到，没想起来去问问她。"

"这是个好主意，"他说，"我去卫生间了。"

她站在门口，看着他，然后打开门，出去了。他穿过客厅，进了卧室，打开卫生间的门。他伸手从马桶后面拿起那瓶香槟，喝了一大口。虽然不冰了，但一下子就喝了下去。他又喝了几口。刚开始时，他真以为如果只喝香槟，就可以不戒酒，但很快他就发现自己一天要喝上三四瓶。他知道得尽快解决这个问题。但首先，他要做的是恢复听觉。一样一样地来，就像她说过的那样。他喝完了瓶子里的香槟，把空瓶子放回到马桶后面。然后他放水刷了刷牙，用毛巾擦干脸后，回到了房间。

伊内兹已经回来了，正用一个小锅在炉子上热着什么。她朝他那个方向瞟了一眼，但没有说什么。他的目光越过她的肩膀，向窗外看去。一只小鸟从一棵树上飞到了另一棵树上，梳理着羽毛，但即使它发出了叫声，他也听不见。

她说了句他没听见的话。

"再说一遍。"他说。

她摇了摇头，朝炉子转过身去。但她又转了过来，为了让他听见，她用足够大和足够慢的声音说道："我发现你卫生间里藏着的东西了。"

"我正试着往下减呢。"他说。

她说了些其他的话。"什么？"他说，"你在说什么？"他真的没听见。

"以后再说吧，"她说，"我们有很多需要讨论的事情，劳埃德。钱是一方面，还有其他的。不过我们得先把这只耳朵治好了。"她把一根手指放进锅里，而后把锅从炉子上移开。"晾一会儿，"她说，"现在太烫了。坐下，用这条毛巾围住肩膀。"

他按照她说的做了。他坐在椅子上，用毛巾围住脖子和肩膀。然后，他用拳头打了一下脑袋的侧面。

"妈的。"他说。

她没有抬头，又把手指放进锅里，试了试，然后把锅里的液体倒进了他的塑料杯子。她端起杯子，来到他面前。

"别害怕，"她说，"这只不过是你房东的婴儿润肤油，就这个。我告诉她发生了什么，她觉得这个也许有用。不能保证，但这也许能把里面的东西弄松动了。她说这种事情过去在她丈夫身上也发生过。她说有一次看见一块耳屎从他的耳朵里掉出来，像个大塞子似的，是耳屎在作怪。她说试试这个，她没有棉签。我闹不明白，她怎么会没有棉签？我实在是没想到。"

"好吧，"他说，"可以。我愿意试任何东西。伊内兹，如果让我这样活下去，我情愿死掉。你明白吗？我是说真的，伊内兹。"

"现在把你的头使劲侧向一边，"她说，"不要动。我会把这个倒到你耳朵里，倒满为止，然后我会用擦盘子的布把它堵起来。你只要在那儿坐上个十分钟，然后我们就知道了。如果这还不行的话，我没有别的法子了。我真不知道还能做什么。"

"能行，"他说，"不行的话，我就去找把枪，给自己一枪。我不是开玩笑。反正我想这么做。"

他把头歪到一侧，垂着脑袋。他从这个新的视角去看房间里的东西，但除了所有东西都横在那里之外，并没有什么差别。

"再低点。"她说。他抓住椅子保持平衡，把头又往下

283

低了点。他眼中的所有东西，他生活中的所有东西，似乎都在这个房间的另一头。他能感觉到温暖的液体倒进了他的耳朵。她拿起擦盘子的布堵在那里。过了一会儿，她开始按摩他耳朵的四周。她按着他下颌和头骨之间柔软的部分，又把手指移到他耳朵的上方，用指尖来回揉着。过了一阵，他不知道已在那儿坐了多久，可能有十分钟，可能更久。他还扶着椅子。有时，当她的手指按住他头的侧面时，他能感觉到温热的油在耳道里来回洗刷着。当她那样按的时候，他想象自己听见了脑袋里轻柔的沙沙声。

"坐直了。"伊内兹说。他坐直了，当液体从他耳朵里流出来时，他用手掌挤压他的脑袋。她用毛巾接住流出来的东西，然后擦了擦他耳朵的外面。

伊内兹正在透过鼻孔呼吸，劳埃德听见了她呼气吸气的声音。他听见外面街上一辆车子开过的声音，还有房子后面，厨房窗户下方传来的修剪枝叶的嚓嚓声。

"怎么样？"伊内兹说。她皱着眉头，双手放在胯上等着。

"我能听见你说话了，"他说，"我没事了！我是说，我能听见了。你说话的声音不再像是从水底下传上来的了。现在好了，没事了。天哪，有一阵我以为我就要疯了呢。但我现在觉得没事了。我什么都能听见了。听着，亲爱的，我去做点咖啡。我这儿还有果汁。"

"我得走了，"她说，"我已经要迟到了。但我会回来的。找个时间一起出去吃午饭。我们需要谈谈。"

"我只是不能用头的这一侧枕着睡觉。"他继续道。他跟着她进了客厅。她点着一根烟。"这就是原因。我一整晚都侧在这一边睡的，所以耳朵堵起来了。我觉得只要我不忘记侧到另一边睡，就没有问题了。只要小心一点。你明白我的话吗？只要我能平躺着睡，或侧到左边睡。"

她没有看他。

"当然不能永远这样，我知道。我做不到，我不可能一辈子都这样。但是，近期内，我只能平躺着，或向左侧着睡。"

甚至在说这些话的时候，他就开始担心将要来临的夜晚了。他开始担心准备上床睡觉的时刻和以后可能发生的事情。虽然时间还早，但他已经担心上了。假如半夜里，他不小心转到右边睡，头的重量全压在枕头上，把耳屎又堵在黑暗的耳道里，那该怎么办？假如他那时醒过来，什么都听不见，而天花板离他的脑袋只有几英寸，那又该怎么办？

"我的老天爷，"他说，"天哪，太可怕了。伊内兹，我就像做了个噩梦一样。伊内兹，你要去哪里？"

"我告诉过你。"她一边说着，一边把所有东西放回到包里，做好离开的准备。她看了眼手表说："我要迟到了。"她向房门走去。但她在门口转过身来，对他又说了点什么。他没在听，他不想听。他看着她嘴唇在动，直到她说完了要说的。她随后说了声"再见"，然后打开门，又带上了身后的门。

他进卧室去穿衣服。但他只穿了条裤子，就匆忙地跑出来，跑到了门口。他打开门，站在那里，听着。在下面的平台那里,他听见伊内兹正感谢马修斯太太给她油。他听见老妇人说:"不客气。"而后他听见老妇人把他和她已故的丈夫联系在了一起。他听见她说:"留下你的号码,有事的话我给你打电话。以防万一嘛。"

"但愿用不着它,"伊内兹说,"但我还是给你留下吧。你有什么纸让我写下来吗?"

劳埃德听见马修斯太太打开抽屉翻东西的声音,而后听见老妇人说:"找到了。"

伊内兹给了她他们家里的电话号码。"谢谢。"她说。

"认识你很高兴。"马修斯太太说。

他听着伊内兹下楼梯,打开前门。他听见门关上了。他等着,直到听见她发动起车子,开走了。他关上房门,回到卧室,接着把衣服穿好。

穿上鞋子,系好鞋带后,他躺在床上,把被子一直拉到下巴那里。他的手臂在被子下面身体的两侧放着。他闭上眼睛,假装现在就是晚上了,假装他就要睡着了。然后他抬起双臂,把它们交叉在胸前,想看看这种姿势适不适合他。他一直闭着眼睛,试着。可以,他想。就这样。如果不想让耳朵再堵起来,他只要仰着睡觉就行。他知道自己能做到这个,只要记住别翻错了身,哪怕是睡着了的时候也别忘了。反正,他一晚也只需睡四五个小时。他做得到。世界上有比这糟糕得多的事情。从某种程度上说,这是一种考验,但他经得住这个考验,他知道自己经得住。过了一会儿,他掀开被子,爬了起来。

他还有大半天的时间需要打发。他去厨房,弯腰从小冰箱里拿出一瓶新的香槟。他很小心地拔出塑料瓶塞，但香槟还是欢快地喷了出来。他冲掉塑料杯子里的婴儿润肤油，然后倒满香槟。他端着杯子来到沙发跟前，坐下来。他把杯子放在茶几上，两只脚也跷在了茶几上，就在香槟的边上。他向后靠着，但过了一会儿，他又担心起将要到来的夜晚。不管他做怎样的努力，要是耳屎就是会堵住他的另一只耳朵，那该怎么办？他闭上眼睛，摇了摇头。很快他就站起来，去了卧室。他脱掉衣服，换回睡衣，又回到客厅里。他再次在沙发上坐下，再次跷起脚。他伸手打开电视，调了调音量。他知道，自己没法不去担心上床后可能发生的事情，他只能学着去适应它。在某种程度上，这件事让他想起了甜甜圈和香槟的事。要是你仔细想想，那不是件什么了不起的事情。他喝了点香槟，但味道不太对。他用舌头舔了舔嘴唇，又用袖子擦了擦嘴。他看了眼杯子里的香槟，发现上面有一层油。

他站起来，端着杯子走到洗碗槽边上，把酒倒进了下水道。他拿着那瓶香槟回到客厅，舒服地坐在沙发上。他握着瓶颈喝了起来。他没有拿着酒瓶子喝酒的习惯，但这似乎也没有什么不正常的。他打定了主意，即使他在大下午的就坐在沙发上睡着了，也不比仰面躺在床上睡上几个小时更奇怪。他低下头，瞟了眼窗外。根据阳光的角度和屋子里的阴影，他估计现在是下午三点左右。

我打电话的地方

我和J.P.待在弗兰克·马丁戒酒中心的前门廊上。就像来这儿的其他人一样，J.P.首先是个酒鬼。不过，他还是个扫烟囱的。他第一次来这里，有点恐惧。我以前曾进来过一次。怎么说呢? 我又回来了。J.P.本名叫乔·彭尼，不过他让我叫他J.P.。他大约三十岁，比我年轻，但也年轻不了多少，就那么一点而已。他正在给我讲他怎么就干起了这一行，他边说边想做手势。可他的手老在发抖。我是说，它们无法稳定下来。"以前从来没这样过。"他说，他是指手发抖。我告诉他我同情他。我告诉他手抖会慢慢消失的，肯定会，但这需要时间。

我们来这儿刚两三天，各自的状况还没有好转。J.P.患有这种颤抖的毛病，我肩膀里的一根神经——没准不是神经，但肯定有个什么东西——时常会痉挛一下，有时是在我脖子的一侧。当这发生时，我就会嘴里发干，要费很大的劲才能忍住。我知道有什么将要发生，我想阻止它。我想躲开它，这就是我要做的。只管闭上眼睛让它过去，让它去找下一个人吧。J. P. 可以等一等。

昨天早晨我目睹了一次癫痫发作。一个大伙叫他"小不点"的伙计，其实是一个大胖子、一个来自圣罗莎的电工。他们说他来这儿快两周了，已经过了那道坎了。他一两天后就可以回家，将和妻子在电视机前度过新年夜。"小不点"计划在新年夜喝点热可可，吃点小饼干。昨天早上他下来吃早饭时看上去还好好的。他发出鸭子的叫声，教别人怎样把鸭子吸引过来。"叭。叭。""小不点"嘴里学着放了两枪。"小不点"的头发湿漉漉的，光滑地沿着两侧梳到脑后。他刚刚洗了澡出来，下巴也被剃须刀刮破了，但那又怎样？在弗兰克·马丁几乎所有人的脸上都有割痕，这是常有的事情。"小不点"挤进来，坐在桌子的一头，开始讲述他某次和别人拼酒时发生的事情。桌上的人哈哈大笑，一边摇头一边舀起鸡蛋往嘴里送。"小不点"说上一阵，就会嘻笑一声，再绕着桌子看上一圈，期许着赞赏。同样糟糕疯狂的事情我们通通干过，那还用说，所以我们都哄笑起来。"小不点"的盘子里面有炒鸡蛋、烤松饼和蜂蜜。我在桌边坐着，但不饿。我喝了些面前放着的咖啡。突然，"小不点"不见了。他哗啦一下从椅子上翻了过去。他闭着眼，面朝上躺在地上，脚后跟敲打着油地毡。大家大声喊弗兰克·马丁，而他恰好就在那里。有几个家伙在"小不点"身边蹲下，其中一人把手指伸进"小不点"的嘴里，想抓住他的舌头。弗兰克·马丁喊道："大家都往后站！"我这才注意到我们一伙人都朝"小不点"探着身，都在看着他，无法把眼睛从他身上移开。"让他透透气！"弗兰克·马丁说，然后他跑进办公室，打电话叫救护车。

"小不点"今天又来报到了。说到卷土重来，今天早晨弗兰克·马丁开着旅行车去医院接的他。"小不点"回来得晚了点，没能赶上他的炒鸡蛋，但他还是从餐厅弄了点咖啡，在餐桌边上坐下。厨房里的人为他做了烤面包，但"小不点"没有吃。他只是坐在那儿，看着杯子里。偶尔，他会前后挪动一下面前的杯子。

我很想问问他事情发生前有没有什么征兆。我想知道他有没有感到他那个怦怦作响的玩意儿少走了一拍，或者开始狂跳不止。他的眼皮痉挛了吗？但我不打算问，他看上去也不像是很乐于谈这件事。但我永远不会忘记发生在"小不点"身上的事。老"小不点"直挺挺地躺在地上，蹬着他的脚后跟。所以每当我那个小痉挛一开始，我都吸口气，等着发现自己躺在地上，眼睛往上看，别人把手指伸进我的嘴里。

J. P. 坐在前门廊的椅子里，手一直放在大腿上。我抽着烟，用一个旧煤筐做烟灰缸。我听着 J. P. 在那儿唠叨。现在是上午十一点——离午饭还有一个半小时。我俩都不饿，但还是盼着能进去在桌旁坐着，没准到时候就饿了。

J. P. 到底在说些什么？他说他十二岁时掉进了一口井里，就在他长大的农场附近。这是口旱井，算他走运。"没准是不走运。"他说，看了看周围并摇摇头。他说他爸找到他以后，用一根绳子把他给拉了上来，那已是傍晚了。J. P. 在井底尿了裤子。他在那口井里受尽了恐惧的折磨，大声地喊救命，歇上一阵，再接着喊，被救上来前嗓子就已经喊哑了。但他告诉我说，井底的经历给他留下了无法磨灭的印象。他坐在那里，抬头看着井口。上面很高很高的地方，能看见一圈蓝色的天空。每隔一阵就有一片白云飘过。一群鸟飞了过去，J. P. 觉得它们翅膀的震动引发了一场奇怪的骚动。他还听见其他的东西。他听见井上方的沙沙声，让他觉得会有东西从上面掉下来，落到他头上。他想到了虫子。他听见风吹过井口，那种声音也给他留下了印象。长话短说，在井底坐着，生活中的一切都不一样了。但没有什么落到他头上，没有什么把那一小块蓝色的圆圈合上。然后他父亲就带着那根绳子出现了，没一会儿，J. P. 就回到了他一直生活着的世界里。

"接着讲，J. P.，后来呢？"我说。

十八九岁时，他高中毕业，没找到一件自己愿意干上一辈子的事情。一天下午，他上镇子的那一头找一个朋友。这个朋友住在一个有壁炉的房子里。J. P. 和他的朋友坐在那儿喝啤酒闲聊，他们听了一会儿唱片。这时门铃响了，朋友去开门，门口站着个年纪轻轻、带着清扫工具的扫烟囱的女子。她戴着个高顶礼帽，这让J. P. 吃了一惊。她告诉J. P. 的朋友，她约好了来清扫壁炉。朋友把她让进来，鞠了一躬。年轻女人并没注意J. P.。她在壁炉前的地面上铺了张毯子，在上面放上她的工具。她穿着黑裤子、黑上衣、黑鞋子和黑袜子。当然，她现在已脱掉了帽子。J. P. 说仅仅是看着她就差点让他发疯。在她清扫烟囱的那段时间，J. P. 和他的朋友在喝啤酒、听唱片，但他们一直在观察她，观察她的工作。J. P. 和他朋友时不时互相看上一眼，会心一笑，或是眨眨眼。当这个年轻女子的上半身消失在烟囱里时，他们同时抬了抬眉毛。她长得还不错，J.P.说。

干完活儿，她用毯子把工具包起来。她从J.P.朋友手里接过他父母写给她的支票，然后，她问那个朋友是否愿意吻她一下。"据说这会带来好运气。"她说。这倒是给J.P.带来了好运。朋友翻了翻眼，又做了几个鬼脸，他的脸可能都红了，然后，他在她的脸庞上吻了一下。就在这时，J.P.拿定了主意。他放下啤酒，从沙发上站起身来。年轻女子正要出门时，他走到她跟前。

"我，也来一个？"J.P.对她说道。

她上下打量着他。J.P.说他能感到自己的心在跳。他后来才知道，这个年轻女子名叫罗克茜。

"当然，"罗克茜说，"为什么不呢？我这儿的吻多着呢。"她在他的嘴唇上狠狠地吻了一下，然后转身要走。

就这样，一眨眼的工夫，J.P.跟着她来到了门廊，为她打开门廊的纱门，和她一起走下台阶，来到车道上，那里停着她的小货车。他身不由己地做着这些，世界上没有一件事比这更重要了。他知道他遇到了一个能让他双腿发抖的人，他感到她留在他嘴唇上的吻还在燃烧，等等，等等。J.P.理不出个头绪来，他心里充满了让他晕头转向的激情。

他为她打开车后的门，帮着她把东西放进去。"谢谢。"她对他说。他脱口说出——他希望还能再见到她。她愿意和他一起去看场电影吗？他同时也明白了他这一生该去干什么。他想做她做的事情，他想成为一个扫烟囱的，但他当时没有对她说。

J.P.说她把手放在臀部，上下打量着他。然后，她从卡车的前座上翻出一张名片,交给了他。她说:"今晚十点以后打这个号码。我们可以聊聊。现在我得走了。"她戴上高顶礼帽,又脱了下来。她又看了一眼J.P.,显然她是对眼前的人很满意,因为这次她笑了。他告诉她说她嘴边有一点污迹。她上了车,摁了一下喇叭,就开走了。

"后来呢?"我说,"别停下来啊,J.P.。"

我感兴趣了。不过,哪怕他开始讲从哪一天起他决定开始扔马蹄铁①了,我也会听下去的。

昨晚下了场雨,云堆积在峡谷对面的小山顶上。J.P.看着对面的小山和云层,清了清嗓子。他揪着下巴,接着往下讲。

罗克茜开始和他约会。他慢慢地说服她,让他和她一起去工作,但罗克茜同她的父亲和兄弟合伙,他们并没有多余的活儿好做,他们不需要人手。再说,这个叫J.P.的家伙是谁?J.P.什么?小心点,他们警告她。

她和J.P.一起看了几场电影,跳了几场舞,但他们之间主要的恋爱内容是一起扫烟囱。不知不觉的,他们谈起了婚嫁。过了一阵,他们真的这么做了,他们结了婚。J.P.的岳父把他吸收为全职的合伙人。过了大约一年,罗克茜有了个孩子。她不再是个扫烟囱的了。至少,她不再做这项工作了。没多久,她又添了个孩子。J.P.现在二十五六岁。

---

① 扔马蹄铁是一种简单的户外游戏。在空地的一端钉一个柱子,游戏者站在另一端把马蹄形的开口铁环扔向柱子,以铁环和柱子之间的距离来决定胜负。

他在买房子。他说他很满意自己的生活。"我很满意我现在的状况。"他说,"想要的我都有了。我有我爱的妻子和孩子,我在做着我这一生想做的事情。"但不知怎么的——又有谁知道我们为什么要这样做或那样做呢?——他酒喝得多了起来。很长一段时间里他只喝啤酒,什么啤酒都喝。他说他可以一天喝上二十四小时的啤酒,晚上看电视时也会喝啤酒。当然,偶尔会来点烈的,但那是在他们外出吃饭(这并不经常发生),或是有朋友造访时。后来,他也不知道怎么回事,就从啤酒换到了金汤力①。他会在晚饭后坐在电视机跟前,再喝点金汤力。他手里总是端着一杯金汤力,他说他现在很喜欢这种酒的味道。他开始在下班的路上停下来先喝一点,然后回家接着喝。后来他开始经常不吃晚餐,他要不根本就不在餐桌上出现,或者来是来了,但什么都不吃。他早在酒吧里把肚子填饱了。有时他一进门,就无缘无故地把午餐盒扔过客厅。当罗克茜冲他吼叫时,他掉过头就往外走。他把喝酒的时间提前到了下午很早的时候,那时候他本该在工作的。他告诉我他一大早起来先喝上两杯,在刷牙前先痛饮一番,然后再喝他的咖啡。他去上班时,午餐盒里总放着一保温杯的伏特加。

J. P. 停了下来。他就这样打住了。怎么啦?我在听着呢。起码,听故事能让我放松放松,让我不去想自己的问题。过了一会儿,我说:"见什么鬼了?继续,J. P.。"他正在揪他的下巴,但很快就又说了起来。

---

① 金汤力(Gin and Tonic),是一种常见的鸡尾酒,由金酒和汤力水混合而成。

现在，J.P.和罗克茜之间有了真正的冲突。我是说动手打架。J.P.说有一次她一拳打在他脸上，把他的鼻梁给打断了。"看这儿，"他说，"就在这里。"他给我看横跨在他鼻梁上的一道线。"鼻梁断了。"他回敬了她，把她的肩膀打脱臼了。另外一次他把她的嘴唇给打开裂了。他们在孩子面前大打出手。情况越来越糟糕，但他还在不停地喝酒。他戒不了，没有一样东西能让他把酒戒了，就连罗克茜的父亲和兄弟威胁说要揍扁他也没用。他们让罗克茜带上孩子离开他，但罗克茜说这是她的问题，是她让自己陷进来的，她会处理好这个问题。

现在J.P.变得非常安静。他缩着肩膀窝在椅子里，注视着一辆朝着对面小山开去的车子。

我说："我想知道后来怎样了，J.P.，你快接着往下讲。"

"我也不知道。"他耸耸肩。

"没关系。"我说。我是说他讲出来没事。"继续说，J.P.。"

她解决问题的方法之一，J.P.说，是去找个男朋友。J.P.很想知道她是怎样在做家务和管孩子之余挤出时间来的。

我有点吃惊地看着他。他是个成年人了。"如果你想那么做的话，"我说，"你就找得出时间来，你会创造时间。"

J.P.摇摇头。"估计是这样。"他说。

总之，他发现了这件事——发现罗克茜有了男朋友——他疯了。他设法把罗克茜的婚戒从她的手指上弄下来，然后，用一把切割钳把它切成了好几段。太好了，太舒心了。他们就此喝了好几杯。第二天早晨上班路上，他因为酒后驾车被捕。他的驾照被吊销了。他再也不能开着卡车去上班了。正好,他说。他上周从房顶上摔下来,把拇指摔断了。摔断脖子也只是个时间问题,他说。

他来弗兰克·马丁这儿戒酒,也想考虑一下怎样使自己的生活走上正轨。但和我一样,他不是被人强迫来这儿的。我们没有被人锁起来,我们想离开任何时候都可以离开。但他们建议我们至少待上一周,而用他们的话来说,"强烈建议"我们待上两周或一个月。

我说了,这是我第二次来弗兰克·马丁这里。当我打算写张支票来支付这一周的费用时,弗兰克·马丁说:"节假日不太好熬,也许这次你该考虑多待一段时间?考虑一下两周怎么样。你能待两周吗?不管怎么说,考虑一下吧。你现在不需要做任何决定。"说完他用拇指压着支票,我签上了我的名字。然后,我把我的女朋友送到前门并道了再见。"再见。"她说,一头撞到了门框上,然后她又跌跌撞撞地走到门廊上。现在已是傍晚时分,下着雨。我从门口走到窗子跟前,打开窗帘,看着她开着车走了。她开的是我的车。她喝醉了,但我也喝醉了,帮不上她什么忙。我总算坐到了一个靠近暖气片的大椅子上。有几个看电视的家伙抬起头看看我,然后接着看电视。我就坐在那里,偶尔抬头看一眼屏幕上发生的事情。

下午很晚的时候,前门"嘭"的一声打开了,J. P.被两个大汉扶着走进来,我后来才知道那是他的岳父和舅子。他们架着 J. P. 穿过房间。老家伙帮他填的表,并给了弗兰克·马丁一张支票。这两个家伙扶着J.P.上了楼,我估计他们把他丢在了床上。很快,老家伙和另外那个家伙就下了楼,朝前门走去。他们恨不得一步就离开这里,就像是他们等不及要和这件事一刀两断。我没有责怪他们。见鬼,我才没有呢。我不知道换了我我会怎么做。

一天半之后,我和J.P.在前门廊相遇。我们握了握手,聊了一会儿天气。J.P.有颤抖的毛病。我们坐了下来,把脚跷在栏杆上。我们靠在椅背上,像是正在休息,准备聊一聊我们的捕鸟猎犬。就在这时J.P.讲起了他的故事。

外面有点凉,但还不算太冷。天有点阴。弗兰克·马丁来外面抽完他的雪茄。他穿着件毛衣,扣子一直扣到了领口。弗兰克·马丁矮小粗壮,头很小,长着灰色的鬈发。和他的身子比起来,他的头实在是小了点。弗兰克·马丁叼着雪茄,双臂抱在胸前。他抽着叼在嘴上的雪茄,看着峡谷的对面。他像一个拳击手一样站在那里,对生活的比分一清二楚。

J.P.又静了下来,我是说,他几乎连气都不出。我把烟头扔进煤筐,牢牢看着J.P.,他又往椅子下面出溜了一点。J.P.往上拉了拉衣领。到底怎么回事?我纳闷。弗兰克·马丁松开他抱着的胳膊,吸了一口雪茄,吐了口烟。然后他冲小山抬了抬下巴,说:"杰克·伦敦[①]曾在山的那头拥有一大块地方,就在你们正看着的那座绿色小山的后

[①] 杰克·伦敦(Jack London,1876—1916),美国著名小说家,代表作是《野性的呼唤》。

面。但酒精害死了他。让那成为你们的教训吧。他是个比我们都厉害的人，但也对付不了那玩意儿。"弗兰克·马丁看着剩下的雪茄，它已经熄灭了，他把它扔进了筐子。"你们在这里时想读点东西的话，读一读他的那本《野性的呼唤》吧。你们知道我说的那本书吗？想读的话屋里就有。是关于一个一半像狗一半像狼的动物的。布道到此结束。"他说，往上提了提裤子，又往下拉了拉毛衣。"我进去了，"他说，"午饭见。"

"他在旁边的时候我感觉自己就像个臭虫，"J. P. 说，"他让我觉得自己像个臭虫。"J. P. 摇摇头，然后说道："杰克·伦敦。多棒的一个名字啊！我希望自己也有一个这样的名字，而不是我现在的名字。"

第一次是我老婆送我来这里的。那时我们还待在一起，想把生活理出个头绪来。她把我送来后，在这里待了一两个小时，和弗兰克·马丁私下交谈了一阵，然后就走了。第二天早晨，弗兰克·马丁把我叫进去，说："我们可以帮助你，如果你想要得到帮助并愿意听从我们的话。"但我不知道他是否能够帮助我。一部分的我想要得到帮助，但我还有另外的一部分。

而这次是我女朋友开车送我来的。她开着我的车，载着我们穿过暴风雨。我们一路上喝着香槟，当她拐上车道时我俩都喝醉了。她计划放下我后，就掉头开回家。她还有事情要做，其中的一件就是第二天去上班。她是个秘书，在一家电子器件公司有份还凑合的工作。她还有个十几岁的吵闹的儿子。我想让她在城里找个房间住一晚，再开车回家。我不知道她找没找到地方。自从那天她把我领上前门台阶，和我一起走进弗兰克·马丁的办公室，说了声"猜猜看谁来了"之后，我就再也没有听到过她的消息。

但我并不生我女朋友的气。首先，在我老婆把我赶出门后，她说我可以待在她那儿，她并不知道她给自己找了多大的麻烦。我为她难过。我为她难过的原因是，圣诞节的前一天，她的巴氏涂片①的结果出来了，情况不太妙。她得回去见医生，而且得赶快。这样的消息足以让我俩敞开了喝，所以我们就来了个一醉方休，直到圣诞节我俩的酒都还没醒。因为她没有做饭的意思，我们不得不去饭馆吃饭。我们俩和她十来岁的吵闹儿子打开了一些圣诞礼物后，就去了她公寓附近的一家牛排馆。我不饿，我要了汤和一个热面包卷，就着汤喝了一瓶葡萄酒。她也喝了点葡萄酒。然后我们就喝起了血腥玛丽②。接下来的几天里，除了加了盐的坚果外，我什么都没吃，但喝了不少的波本③。后来我对她说："甜心，我觉得我最好收拾一下，我最好还是回弗兰克·马丁那里吧。"

她试图让她儿子知道她要离开一会儿，他得自己弄吃的。但就在我们出门时，这个吵闹的孩子冲着我们尖叫："你们见鬼去吧！但愿你们永远别回来了。我巴不得你们都

---

① 巴氏涂片（Pap Smear），是一种子宫颈医学诊断方法，用于检查子宫颈癌等疾病。
② 血腥玛丽（Bloody Mary），一种鸡尾酒，主要成分是伏特加和西红柿汁。
③ 波本（Bourbon），一种威士忌酒。

自杀!"想象一下这样的孩子吧!

离开镇子前,我让她在卖酒的店前停一下,我买了香槟。我们又停在另一个地方买了塑料杯子,然后买了一桶炸鸡。我们边喝酒边听音乐,在暴风雨中向弗兰克·马丁进发。她管开车,我管换台和倒酒。我们试图营造一点欢快的气氛,但还是很伤心。炸鸡就在那儿放着,但我俩谁都没去动它。

我估计她安全到家了。如果不是那样的话,我该听到点什么。但她没给我打电话,我也没给她打。也许她现在已经知道那个与她有关的消息了。不过话说回来,也许她还没听到什么。也许那只是一场虚惊。也许那是别人的涂片。但她还开着我的车,我还有东西在她家里。我知道我们还会再见面的。

他们用农场的铃铛来招呼人们用餐。我和J. P.从椅子上站起身来,回到屋里。反正门廊上也已经凉下来了,我们说话时都能看见嘴里呼出来的气。

新年前一天早晨,我给我老婆打了个电话。没人接。这没关系。但即使有关系,我又能做什么?上次通电话是在两周以前,我们冲着对方大喊大叫。我对她说了点难听的。"脑袋进水了!"她说,把电话放回它该待着的地方。

但我现在想和她谈谈。有些事情必须了结。我还有些东西在她屋里放着。

这里的一个家伙经常旅行。他常去欧洲和其他地方,起码他是这么说的。生意,他说。他还说他喝酒很有节制,不知道为什么自己会来弗兰克·马丁。但他却想不起来自己是怎么进来的了。他笑他自己，笑自己记不得怎么来这儿的。"谁都可能会昏迷，"他说，"这并不能说明什么。"他没有醉——他告诉我们，我们都听着。"这可是个不轻的指控，"他说，"这样说话会毁掉一个好人的前途的。"他说他如果只喝掺了水的威士忌，不加冰，他绝不会昏迷的。是放在酒里的冰在作怪。"你在埃及有认识的人吗？"他问我道，"我在那里需要一些熟人。"

弗兰克·马丁提供的新年夜晚餐是牛排和烤土豆。我的食欲回来了。我吃光了我盘子里所有的东西，而且还能再吃一点。我看了一眼"小不点"的盘子，见鬼，他几乎什么都没动。他的牛排就在那儿放着呢。"小不点"不再是过去的"小不点"了。这个可怜的狗娘养的本来计划今晚住在家里的。他原计划穿着浴袍和拖鞋，握着老婆的手坐在电视机前。现在他害怕离开这里。我能够理解。有一次癫痫发作就会有下一次。自从上次出事以后，"小不点"没再讲过任何和他自己有关的笑话。他变得沉默寡言。我问他可不可以吃他那块牛排，他把盘子推给了我。

当弗兰克·马丁进来给我们看蛋糕时，有些人还没睡，正围坐在电视机旁，在看时代广场[①]。他端着蛋糕转了一圈，让每个人都看一眼。我知道这不过是面包房买来的蛋糕，不是他自己做的，但它毕竟是个蛋糕。这是个白色的大蛋

[①] 这里是指时代广场迎接新年的仪式。每年的新年夜都有很多人聚集在纽约的时代广场，众人在倒计时中，看着一个由灯制成的大球在旧年的最后一刻从空中落下来。

糕,上面写着粉色的字:"新年快乐——一步一步地来"。

"我不想吃他妈的什么蛋糕。"那个常去欧洲和其他地方的家伙说。"香槟在哪儿?"他大笑着说。

我们一起进了餐厅。弗兰克·马丁切了蛋糕。我坐在J. P.的边上。他吃了两块,又喝了一罐可乐。我吃了一块,用餐巾纸把另一块包了起来,留着以后吃。

J. P.点了根烟——他的手不抖了——他告诉我他妻子今天早晨要来,在新年的第一天。

"太好了。"我说。我点点头,舔掉手指头上的糖霜。"好消息,J. P.。"

"我会向她介绍一下你。"他说。

"那我就等着了。"我说。

我们道了晚安。我们说了新年快乐。我用一张餐巾纸擦了擦手指。我们握了握手。

我走到电话跟前,放进一个十美分的硬币,给我老婆打了个对方付费的电话,但这次也没有人接。我考虑是否也给我女朋友去个电话,在拨她的号码时,我意识到其实我并不想给她打电话。她也许正在家里看我刚才在看的电视节目。反正,我不想和她说话。我希望她一切都好。但假如她有什么麻烦,我并不想知道。

吃完早饭,我和J. P.端着咖啡来到门廊。天空晴朗,但已冷到需要穿毛衣和外套了。

"她问我要不要带孩子来,"J. P.说,"我告诉她把孩子留在家里。你能想象吗?我的天哪,我不想让我的孩子来这里。"

我们用煤筐做烟灰缸。我们看着山的那头杰克·伦敦曾住过的地方。我们正喝着咖啡,看见一辆车从公路上开下来,沿着车道开了过来。

"是她!"J.P. 说。他把杯子放在椅子边上,站起身来走下台阶。

我看见那个女人停了车,拉上刹车。我看见 J.P. 打开车门。我注视着她从车里出来,看见他们拥抱在一起。我侧过脸去,然后又回过头来。J.P. 搀着她的胳膊,他们一起走上台阶。这个女人曾经打断过一个男人的鼻梁。她有两个孩子和很多麻烦,但她爱这个搀着她胳膊的男人。我从椅子上站了起来。

"这是我朋友。"J.P. 对他妻子说,"嗨,这是罗克茜。"

罗克茜握住我的手。她是个高挑的漂亮女人,戴着个编织帽。她穿着外套、厚毛衣和宽松的裤子。我想起了 J.P. 告诉我的她的男朋友和切割钳的事。我没有看见任何婚戒。我估计它早成了碎片,散落在某个地方了。她的手很大,指关节也很粗。这是个在必要时能够攥紧拳头的女人。

"我听说过你,"我说,"J.P. 告诉过我你们是怎么认识的。J.P. 说和一个烟囱有关。"

"是的,烟囱,"她说,"也许还有很多事情他没有告诉你,我敢打赌他没有告诉你所有的事情。"说完她笑了起来。然后——她等不及了——她用胳膊搂住 J.P.,在他脸庞上吻了一下。他们朝门口走去。"很高兴认识你,"她说,"嗨,他有没有告诉过你他是个最好的清扫工?"

303

"走吧，罗克茜。"J. P. 说。他把手放在了门把手上。

"他说都是从你那儿学来的。"我说。

"唔，那倒是真的。"她说。她又笑了起来，但她似乎在想着别的什么。J. P. 转动着门把手，罗克茜把手放在他手的上面。"乔，难道我们不可以进城吃顿午饭？难道我不能带你去什么地方？"

J. P. 清了清嗓子，他说："还没到一个星期呢。"他把手从门把手上移开，摸了摸下巴。"我觉得他们希望我在这儿再多待一小会儿。我们可以在这里喝点咖啡。"他说。

"那好。"她说。她又打量了我一番。"真高兴乔交了个朋友。见到你很高兴。"她说。

他们开始往里走。我知道这是件蠢事，但我还是做了。"罗克茜。"我说。他们在门口停下来看着我。"我需要点运气，"我说，"不开玩笑，我需要一个吻。"

J. P. 向下看着，尽管门已经打开了，他仍然抓住门把手，他来回转动着门把手。但我一直看着罗克茜，她咧开嘴笑了。"我已经不扫烟囱了，"她说，"已经好几年了。乔没有告诉你吗？不过，当然了，我会吻你的，当然。"

她走过来，攀住我的肩膀——我可是个大块头——把一个吻印在了我的嘴唇上。"怎么样？"她说。

"很好。"我说。

"别乱想。"她说。她仍然扒住我的肩膀，直视着我的眼睛。"祝你好运。"她说，然后松开了我。

"回头见，哥们儿。"J. P. 说。他将门完全打开，他们走了进去。

我在前门台阶上坐下来,点着一根烟。我注视着我手的动作,然后把火柴吹灭。我也开始颤抖了,是从今天早晨开始的。今天早晨我想喝点什么。这令人沮丧,但我什么都没对J. P.说,我尽量把注意力转移到其他东西上。

我在想着扫烟囱的事——从J. P.那儿听来的那些故事——不知怎么就想起了我和我老婆曾经住过的一个房子。那栋房子没有烟囱,所以我不知道是什么让我想到了它。但我记得那栋房子,记得我们刚搬进去没几周的一个早晨,我听见外面有响声。那是星期天的早晨,卧室里还黑乎乎的,但有一束微弱的光从卧室的窗户透进来。我听了听,听见有什么东西在刮房子的外面。我从床上跳下来,想去看个究竟。

"天哪!"我妻子说,她坐在床上,甩开眼前的头发,然后她笑了起来。"是本图里尼先生,"她说,"我忘记告诉你了。他说过今天要来给房子刷漆。会很早,趁天还没热起来。我把这全忘了。"她说着大笑起来,"回被窝里来吧,亲爱的。肯定是他。"

"等一等。"我说。

我推开窗帘。外面,这位穿着白色连体工装的老伙计正站在他的梯子旁边。太阳刚刚从山顶冒出头来。老伙计和我互相打量着。好吧,他是房东——这个穿着连体工装的老伙计。但他的工装太大了,他也需要把胡子刮一刮。他戴着顶棒球帽来遮盖他的秃头。如果他不是个怪异的老家伙,我觉得,那就见鬼了。我不是他,这个事实让我心头涌起一股热浪——我是我自己,我和我老婆待在卧室里面。

他伸出拇指,指了指太阳,又做了个在额头上擦汗的动作。他想让我知道他需要抓紧时间。他突然笑了起来。这时我才发现自己还光着身子。我低头看了看自己,又看了看他并耸耸肩。他还能指望我是什么样的?

我老婆笑了起来。"回来,"她说,"回到被窝里来。就现在,快点,上床来。"

我松开窗帘,但仍在窗前站着。我能看见那个老伙计自顾自地点着头,像是在说:"去吧,孩子,回到床上去吧。我能理解。"他使劲拉了拉他的帽舌,然后就去忙他自己的事了。他提起桶,开始爬梯子。

我向后靠在台阶上,把一条腿跷到另一条腿上。也许今天下午晚些时候我会再给我老婆去个电话,然后我会打电话问问我女朋友的近况,但我不想让她那个聒噪的孩子接电话。如果我打电话过去,我希望他不在家,在外面爱做什么做什么。我试图回想自己有没有读过杰克·伦敦的书。我想不起来了,但我在上高中时读过一个他写的故事,题目叫《生火》。有个待在育空①的家伙冻得要死。想象一下——如果他不能把火生着,就会被冻死。有了火,他可以把袜子和其他东西烤干,还能暖和暖和自己。

他把火点着了,但出了点意外。一大团雪落在了火的上面,火灭掉了。同时,天变得更冷了,黑夜也降临了。

---

① 育空(Yukon),位于加拿大的西北方的一个地区。

我从口袋里掏出点零钱。我会先给老婆打个电话。如果她接的话，我会祝她新年快乐，但仅此而已。我不会去引发什么争端，我不会提高嗓门，即使是她先发难。她会问我从哪儿打来的电话，我将如实告诉她。我不会去表什么新年决心，没法子开这种玩笑。和她说完后，我就会给我的女朋友打个电话。也许我会先给她打，我只希望不是她孩子来接电话。"喂，宝贝，"她一接电话我就这么说，"是我。"

大厨的房子

那年夏天,韦斯在尤里卡北面租了一栋带家具的房子,房东是一个叫大厨的康复了的酒鬼。他打电话给我,让我丢下手头的事情,搬过去和他住。他说他正在戒酒。我太知道他是怎样戒酒的了。但他不会接受我的拒绝。他又打来电话说,埃德娜,你可以从房子前面的窗户看见海,你能闻到空气中盐的味道。我听着他说话。他没有口齿不清。我说,让我考虑一下。我确实考虑了。一个星期后他又打电话来,说,你来吗?我说我还在考虑。他说,我们重新开始吧。我说,如果让我来,你得为我做几件事情。你就说吧,韦斯说。我说,我要你尽量变回到那个我曾经认识的韦斯,那个过去的韦斯,那个我嫁的韦斯。韦斯哭了,我把这当成了他想改变的迹象。所以我说,好吧,我过去。

韦斯已经离开了他的女朋友,也许是她离开了他——我不知道,也不在乎。决定和韦斯住在一起后,我必须去和我的朋友说再见。我朋友说,你在犯一个错误。他说,别这样对我，我俩怎么办？我说，为了韦斯着想，我必须这么做。他正试着戒酒，你该知道那有多难。我知道，我朋友说，但我不想让你走。我说，我就去一个夏天，然后再说。我会回来的，我说。他说，我怎么办？谁又在为我着想？别回来了，他说。

那个夏天我们喝咖啡、汽水和各种果汁，整个夏天我们只喝这些。我发现自己在希望这个夏天不要结束。我知道这是不可能的，但和韦斯在大厨的房子里住了一个月后，我重新戴上了结婚戒指。我已有两年没戴结婚戒指了，自从那晚韦斯喝醉酒，把他的戒指扔进一个桃树园后，我就没再戴过了。

韦斯有点钱，所以我不需要出去工作。后来才知道，大厨几乎是让我们白住这个房子。我们没有电话，只需付电费和煤气费，在塞夫韦买特价商品。一个星期天的下午，韦斯去买洒水器，给我捎回来一点东西，他带回来一大捧雏菊和一顶草帽。星期二晚上我们会去看电影。其他晚上韦斯会去他所谓的"不喝酒"互助会。大厨开着他的车在门口接上他，过后再送他回来。有时我们会去附近的一个淡水潟湖钓鳟鱼。我们在岸边钓，花上一整天钓几条小鱼。够吃了，我会说。当晚我就会炸了它们当晚饭。有时，我会摘下帽子，在鱼竿旁的毯子上睡着。我记住的最后景象是云飘过我头顶，飘向峡谷中央。夜里，韦斯会用胳膊搂着我，问我还是不是他的女孩。

我们的孩子和我们保持着距离。谢丽尔和别人住在俄勒冈州的一个农场。她在那儿养山羊，卖羊奶。她放蜂，收集蜂蜜。她有她自己的生活，我不怪她。她根本不在乎她爸和我会怎样，只要我们不把她扯进来就行。博比在华盛顿州割干草。干草季节后，他计划去苹果园工作。他有了女朋友，正在攒钱。我给他们写信，总会签上"永远爱你"。

一天下午，韦斯正在院子里拔草，大厨开车来到房前。我正在水槽里洗东西，一抬头，就看见大厨那辆大车开了过来。我能看见他的车、通向房子的小路和高速公路，高速公路过去是沙丘和海，云朵悬在水面上。大厨下了车，往上提了提裤子。我知道出事了。韦斯停下手里的活儿，站了起来。他戴着手套和一顶帆布帽子。他摘下帽子，用手背擦了擦脸。大厨走过去，用胳膊搂住韦斯的肩膀。韦斯脱下一只手套。我走到门口，听见大厨对韦斯说他非常抱歉，这个月底就得让我们搬走。韦斯脱掉另一只手套。这是为什么，大厨？大厨说，他女儿琳达，那个以前韦斯还在喝酒时叫她胖琳达的女人，她需要个住处，也就是这个地方。大厨告诉韦斯，琳达的丈夫几周前开着他的钓鱼船出海，至今没有音讯。她是我的亲骨肉呀，大厨对韦斯说。她失去了丈夫，失去了她小宝宝的父亲。我有能力帮忙，我也很庆幸我能够帮助她，大厨说。真对不起，韦斯，但你得去重找房子。说完大厨又拥抱了一下韦斯，提了提裤子，上了他的大车，开走了。

韦斯回到屋里，把帽子和手套丢在地毯上，在大椅子上坐了下来。大厨的椅子,我意识到,地毯也是大厨的。韦斯看上去很苍白。我倒了两杯咖啡,递给他一杯。

没什么,我说,韦斯,别为这个犯愁。我端着我的咖啡在大厨的沙发上坐了下来。

胖琳达将要住在这里,而不是我们,韦斯说。他端着杯子,但没有喝。

韦斯,别激动,我说。

她的男人会出现在凯奇坎①,韦斯说,胖琳达的丈夫扔下他们跑了,谁又能责怪他呢?韦斯说,如果换了他,哪怕是跟着船一起沉下去,也不会和胖琳达还有她的孩子过上一辈子的。然后,韦斯把杯子放在手套边上。到目前为止,这是个充满幸福的房子,他说。

我们会有另一栋房子的,我说。

不会像这个一样了,韦斯说。反正,会不一样。对我们来说,这一直是个不错的房子,这个房子里有很多美好的记忆。现在胖琳达和她的孩子就要住进来了,韦斯说。他端起杯子,尝了尝。

这是大厨的房子,我说,他这么做也是没办法。

这个我知道,韦斯说,但我没必要为此感到高兴。

韦斯常会有这样一种表情。我熟悉这种表情。他会不停地用舌头舔自己的嘴唇,不停地用拇指往皮带里塞衬衫。他从椅子上站起来,走到窗前,站在那儿看着大海和正在堆积的云彩。他用手指轻轻敲着下巴,像是在思考什么。

---

① 凯奇坎(Ketchikan),美国阿拉斯加州的一个港口城市。

他的确在思考着什么。

想开点,韦斯,我说。

她让我想开点,韦斯说。他一直站在那里。

但是过了一会儿,他走过来,挨着我坐在沙发上。他把一条腿跷到另一条腿上,摆弄起衬衣上的扣子来。我拿起他的手,开始诉说。我说起这个夏天,但我发现我像是在说一件往事,也许发生在许多年前。不管怎么说,像是在说一件已经发生了的事情。然后我说起我们的孩子。韦斯说他希望能从头再来一次,这次一定要做对。

他们爱你,我说。

不,他们不爱,他说。

我说,会有那一天,他们会懂事的。

也许吧,韦斯说,但到了那个时候已经无所谓了。

你并不知道,我说。

我还是知道一些的,韦斯看着我说,我知道你来这儿我很开心,我不会忘记这个,韦斯说。

我也很开心,我说。我很高兴你找到这个房子。

韦斯哼了一声,接着就笑了起来,我俩都笑了。这个大厨,韦斯说着摇了摇头,给我们来了个突然袭击,这个婊子养的。但我很高兴你把婚戒戴上了,我很高兴我们共同拥有了这段时光,韦斯说。

这之后我又说了点别的。我说,假设,只是假设,以前的事没有发生。假设这是第一次。只是假设。假设一下也没有什么坏处。假如说那些事都没有发生过。你明白我说的吗?会怎样呢?我说。

韦斯用眼睛盯着我。他说，如果那样的话，我就得假设我们是别的什么人，不是我们自己。我身上已不存在那种假设了。我们生下来就是我们现在的样子。你还不明白我说的吗？

我说我丢下自己的好日子，跑了六百英里过来，可不是为了听他这么说话的。

他说，对不起，但我不能像一个不是我自己的人那样说话。我不是别人。如果我是另外一个人，我他妈肯定不会在这里。如果我是另外一个人，我就不是我了。但我就是我。你还不明白？

韦斯，没关系，我说。我把他的手放在我的脸上。而后，不知怎么的，我想起了他十九岁时的样子，他越过田野，向坐在拖拉机上的父亲跑过去，他父亲用手遮住阳光，看着韦斯向他跑来。我们刚从加州开车过来。我抱着谢丽尔和博比下了车，说，那是爷爷。但那时他们还只是婴儿。

韦斯坐在我身旁敲着他的下巴，像是在考虑下一步该做什么。韦斯的父亲死了，我们的孩子长大了。我看了看韦斯，然后看了看大厨的客厅里放着的大厨的东西，我觉得，我们现在需要做点什么，还得赶紧点。

宝贝，我说，韦斯，听我说。

你想干什么？他说。但他就说了这么一句。他看上去已拿定了主意，由于拿定了主意，他反而显得不着急了。他向后靠在沙发上，双手交叉放在大腿上，闭上了眼睛。他没再说什么。他不需要再说什么了。

我默念着他的名字。这是个很容易发音的名字，很久以来,我已经习惯说出这个名字了。我又叫了一声,这次,我用了很大的声音。韦斯,我说。

他睁开眼。但他没有在看我。他还在原处坐着,看着窗户那边。胖琳达,他说。但我知道他不是在想她。她根本不算什么,只是个名字而已。韦斯站起身来,拉上了窗帘,大海一下子就不见了。我去准备晚饭。冰箱里还剩着点鱼,其他就没有什么了。今晚我们就会把它清掉,我想,这就算是结束了。

发烧

卡莱尔眼下有了点麻烦。实际上，自从六月初他老婆离他而去后，他整个夏天都处在窘境中。但直到不久前，直到他需要去学校和学生见面的前几天，他都不需要一位看孩子的临时看护。他自己一直在扮演着这个角色，他无时无刻不在照料着他们。他们的妈妈，他告诉他们，出远门了。

黛比，他找到的第一个临时看护，是个胖姑娘，十九岁。她告诉卡莱尔她在一个大家庭里长大。孩子们喜欢她，她说。她给了卡莱尔两个证明人的名字，用铅笔写在从笔记本上撕下来的纸上。卡莱尔接过写着名字的纸，把它折叠起来，放进了衬衣口袋。他告诉她，他明天有个会，让她明天一早就开始工作。她说："没问题。"

他知道自己的生活进入了一个全新的阶段。艾琳离开他时，他还在填写学生的成绩单。她说她要去加州开始自己的新生活。她是和卡莱尔在中学里的同事理查德·胡普斯一起离开的。胡普斯是戏剧老师,也教玻璃吹制课。他显然是按时上交了学生的成绩单,然后带上自己的东西,和艾琳一起匆匆离开了小镇。现在,这个漫长而痛苦的夏季马上就要结束了,眼看着就要开学,卡莱尔终于把自己的注意力转移到为孩子们找临时看护这件事上。第一次就不顺利,在急于找到一个——任何一个——看护的迫切心情下,他找到了黛比。

开始,他很感激这个女孩的出现和应聘,他把家和孩子交给这个女孩,好像她是自己的亲戚一样。因此,除了怪自己粗心大意,他没有其他人可以责怪——第一周的某一天,当他提前从学校回来,把车开进车道,看见旁边一辆汽车的后视镜上挂着一对巨大的法兰绒骰子时,他就明白了。他惊讶地发现他的两个孩子和一只大狗待在门前的草坪上,两个孩子身上的衣服脏得要命,那只狗大得可以把他们的手一口咬下来。他儿子基思在打嗝,脸上挂着泪水,女儿萨拉看见他从车上下来后,开始大哭。他们坐在草地上,那只狗在舔他们的手和脸。狗冲着卡莱尔咆哮了一会儿,当他向孩子们走近时,狗向后退了几步。他先抱起基思,再抱起萨拉,一只胳膊下面夹着一个,朝前门走去。房子里留声机放出的音乐声非常响,连窗子上的玻璃都被震得发颤。

客厅里,坐在茶几旁的三个十几岁的男孩子连忙站起身来。茶几上放着啤酒瓶,香烟在烟灰缸里冒着烟,立体声音响里传出罗德·斯图尔特①的吼叫声。沙发上，胖姑娘黛比坐在另一个男孩子旁边。卡莱尔进来时，她张口结舌地看着他。胖姑娘衬衫的扣子开着，正盘腿坐着抽烟。房间里到处都是烟和音乐声。胖姑娘和那个男孩连忙从沙发上爬起来。

"卡莱尔先生，等一下，"黛比说，"我可以解释。"

"别解释，"卡莱尔说，"都给我滚出去，别让我把你们给扔出去。"他夹紧了腋下的孩子。

"你还欠我四天的工钱。"胖姑娘一边扣衬衫扣子一边说。香烟还夹在她的手指上，烟灰随着她扣扣子而撒落。"今天就算了，不用付我今天的工钱。卡莱尔先生，事情不像你看到的这么糟，他们只是顺路过来听这张唱片。"

"我知道，黛比。"他说。他把孩子们放在地毯上，他们紧挨着他的腿，看着客厅里的这群人。黛比看着孩子，慢慢地摇着头，就像是从来没有见过他们。"见鬼，滚！"卡莱尔说，"就现在，都给我出去。"

他上前把门打开，这帮男孩拿上啤酒，摆出不慌不忙的样子，慢吞吞地朝门口走去。罗德·斯图尔特的唱片还在播放，其中的一个男孩说："那是我的唱片。"

"拿走。"他说着朝那个男孩迈了一步，停了下来。

"别碰我，好不好？别碰我。"男孩说。他走到留声机旁，提起唱针的臂，往后一转，不等转盘停稳，就把唱片取了下来。

---

① 罗德·斯图尔特（Rod Stewart，1945— ），英国著名摇滚巨星。

卡莱尔的手抖个不停。"如果那辆车在一分钟之内不离开车道——一分钟——我就叫警察。"他因为愤怒而觉得头晕恶心,他看见,真的看见了,眼前有很多金星在舞动。

"嘿,听着,我们这就走,行了吧?我们在走。"那个男孩说。

他们鱼贯而出。到了外面,胖女孩走得有点摇晃,她跌跌撞撞地走到车前。卡莱尔看见她停了下来,用手捂住了脸。她就那样在车道上站了约一分钟,后来一个男孩从后面推了她一把,喊她的名字,她才把手放下,坐到了汽车后排的座位上。

"爸爸给你们换干净的衣服。"卡莱尔用尽量平缓的声调对孩子们说,"我先给你们洗个澡,换上干净衣服,然后我们去吃比萨,吃比萨怎么样?"

"黛比在哪儿?"萨拉问道。

"她走了。"卡莱尔说。

当天晚上,把孩子哄睡以后,他给卡罗尔打电话。这个女人也在学校工作,他从上个月起和她交往。他告诉了她那个临时看护干的事情。

"我的孩子和那条巨大的狗待在草坪上,"他说,"那条狗大得像匹狼。这个看护和她的一帮无赖男朋友待在屋子里,放罗德·斯图尔特的唱片,把声音开到最大。他们一个个都喝得烂醉,而我的孩子却在外面和一条陌生的狗玩。"他一边说,一边用手指揉着他的太阳穴。

"天哪,"卡罗尔说,"可怜的人儿,真为你难过。"她的声音听上去有点模糊,他在想象她让话筒滑到下巴的样子。她打电话时总喜欢这样,他曾见过她这样,这是个让他感到不太舒服的习惯。他想让她过来吗?她问道。她可以过来,她觉得她最好是过来一趟。她会给自己的看护打电话,然后开车去他家,她愿意这样做。如果他需要一些安慰,可以放心大胆地告诉她,她说。卡罗尔在卡莱尔教美术的中学工作,是校长办公室的秘书之一。她离了婚,有个孩子,一个神经兮兮的十岁男孩,他父亲用自己的汽车牌子"道奇"给他起名。

"不,没什么,"卡莱尔说,"但还是要谢谢你,谢谢,卡罗尔。孩子们都睡了,但我想如果今晚让你来做伴的话,你知道,会让我觉得有点怪怪的。"

她没再坚持。"亲爱的,今天发生的事情真让我难过,我知道你今晚想一个人待着,我尊重这一点,明天学校里见。"

他听得出来,她在等着他说点别的。"还不到一个星期,已经试了两个临时看护了,"他说,"这事已经快把我折磨疯了。"

"亲爱的,别灰心,"她说,"会好起来的,这周末我帮你找找看,一切都会好起来的,你等着。"

"再次谢谢你,需要的时候你总在我身边,"他说,"要知道,你真是万里挑一。"

"晚安,卡莱尔。"她说。

挂上电话后,他有点后悔他刚才说过的话,他希望自己能想出点别的对她说。他这辈子还从来没有像那样说过话。他们的关系还算不上恋爱,至少他不这么认为,但他还是喜欢她。她知道他现在的处境很艰难,所以不向他提什么要求。

艾琳去加州后的第一个月里,卡莱尔把自己的每一分钟都花在了孩子身上。他觉得这是她离家出走所带来的打击造成的,他一刻也不想让孩子离开他的视线。他对和其他女人约会一点兴趣都没有,有段时间里,他觉得自己永远不再会有兴趣了。他感到自己就像是在服丧一样,白天黑夜都和孩子待在一起,给他们做饭——尽管自己一点食欲都没有——洗衣服,熨衣服,开车带他们去郊外采野花、吃蜡纸包着的三明治。他还带他们去超市,让他们挑选自己喜欢的东西。每隔几天,他们就去公园,或者是图书馆,要不就是动物园。他们带着吃剩下的面包,用来喂动物园的鸭子。晚上,哄他们睡觉前,他给他们读书——伊索寓言、安徒生童话和格林童话。

"妈妈什么时候回来?"有时,在童话读到一半时,孩子中的一个会这样问。

"快了,"他说,"会有这么一天的。现在听我接着往下念。"然后,他会把故事念完,亲他们一下,再把灯关掉。

孩子睡着后,他端着个酒杯,在各个房间里走来走去,自言自语:是的,艾琳迟早会回来的。一眨眼的工夫,他又说:"我决不想再看你一眼,我永远不会原谅你,你这个疯婊子。"然而,一分钟不到,他又会说:"回来吧,甜心,我爱你,需要你,孩子们也需要你。"这个夏天的晚上,有时他会在电视机前睡着,醒来时电视还开着,屏幕上全是雪花。这期间,他觉得自己即使不是永远,也会在很长一段时间里不去和女人约会。晚上,他坐在电视机前的沙发上,身边是本没打开的书或杂志,他常会想到艾琳。想她时,他会记起她甜蜜的笑容,记起当他抱怨脖子酸时,她帮他捏脖子的手。每当这时,他就有点想哭。他想,你常听说这样的事发生在别人身上。

"黛比事件"发生前不久,在从震惊和悲伤中恢复过来一点后,他给就业服务中心打了个电话,告诉他们他目前的困境和需求。那边把他的情况写了下来,说他们会给他回电话。现在想做家务和临时看护的人不多,他们说,但他们会帮着找的。在他必须去中学办理注册和见新生的前几天,他又打电话过去,被告知明天一早会有人来他家。

来的是个三十五岁的女人,手臂上有很多汗毛,穿着双不合脚的鞋子。她和他握了握手,在听他说话的过程中,与孩子有关的问题(甚至连他们的名字)她一个都没问。他把她带到后院,孩子们正在那儿玩耍,她盯着他们足足看了一分钟,一句话也没说。当她最终露出笑容时,卡莱尔才发现她缺了一颗牙齿。萨拉放下蜡笔,走过来,站在他身旁。她拉着卡莱尔的手,盯着那个女人看。基思也盯着她看了一会儿,然后接着画他的画。卡莱尔向那个女人表示感谢,说会和她联系。

那天下午,他从超市门前公告牌上钉着的一张卡片上记下了一个电话号码,有人提供临时看护孩子服务,如有需要还可以提供证明人。卡莱尔拨了那个号码,找到了黛比,那个胖姑娘。

这个夏天,艾琳给孩子们寄过一些卡片和信件,还有几张她自己的照片,以及几幅她离开后画的钢笔画。她也给卡莱尔写了几封长而杂乱的信,请求他对这件事(这件事?卡莱尔心想)的理解。但她告诉他,她很幸福。幸福,卡莱尔心想,好像幸福就是生活的全部似的。她对他说,如果他真的爱她,就像他自己说的那样,也像她一直以为的那样(别忘了,她也爱他),他就会理解和接受这件事。她写道:"真正的结合是分不开的。"卡莱尔不知道她是在说他们之间的关系,还是在说她现在在加州的生活。他讨厌"结合"这个词,这个词和他俩又有什么关系?她觉得他俩是个股份公司?他觉得艾琳这样说话肯定是昏了头了。他把那部分又读了一遍,然后把信揉成一团。

但没过几个小时,他又从垃圾箱里把信捡回来,把它放在壁橱架子上的一个盒子里,那里面还有她寄过来的其他信件和卡片。在其中的一个信封里,有一张她穿着游泳衣、戴着一个又大又松的帽子的照片。还有一张铅笔画,画中的女子穿着薄纱睡衣,站在河边,她双手捂住眼睛,肩膀耷拉着。这一定是,卡莱尔假定,艾琳在表现她对现状的痛心。在大学里,她学的是艺术专业,尽管同意和他结婚,她说她还是想用自己的艺术天分做点什么。卡莱尔说他也不希望她浪费天分,她得对得起她自己,她得对得起他们俩。那时他们彼此相爱,他知道他们曾相爱过。他不能想象自己像爱她那样再去爱任何一个人,他也感到自己曾被爱过。结果,在和他结婚八年后,艾琳离开了。她要去，如她在信里所说的那样，"追随自己的梦想"。

和卡罗尔通完话，他去看孩子，他们睡了。然后他去了厨房，给自己倒了杯酒。他想给艾琳打个电话，告诉她临时看护的事，但想想还是算了。他当然有她的电话号码和地址，但到目前为止，他只打过一次电话，还没给她写过信。部分是因为他对目前状况的困惑，部分是因为愤怒和屈辱。夏天刚开始的时候，有一次，在喝了几杯酒后，他冒着被羞辱的风险，打了个电话过去。是理查德·胡普斯接的电话。理查德说："嗨，卡莱尔。"就像他还是卡莱尔的朋友一样。后来，他好像想起了什么，说："等一下，可以吗？"

艾琳接过电话，说："卡莱尔，你怎么样？孩子们都好？告诉我你怎么样。"他告诉她孩子们很好，但没等他往下说，她就打断了他，说："我知道他们很好，你怎么样？"然后，她就开始说这是她这么长时间来，第一次觉得自己的头脑是清醒的。她接着就想和他谈谈他的头脑以及他的因果命运。她说她已经替他算过因果了，马上就会时来运转。卡莱尔听着，他简直有点不相信自己的耳朵，然后他说："我得挂了，艾琳。"他挂了电话。大约过了一分钟，电话铃又响了起来，他没有接。等铃声停止后，他把听筒从机座上拿了下来，直到上床睡觉前，才把它放了回去。

现在，他很想给艾琳打个电话，但又有点害怕。他仍然想念她，想对她说说心里话，他渴望听见她的声音——甜美、平和，而不是像过去几个月那样的躁狂。但如果打过去，接电话的有可能是理查德·胡普斯，卡莱尔知道自己不想再听到他的声音。他和理查德做了三年同事，也应该算得上朋友了。至少，他们一起在教工食堂吃饭，一起谈论田纳西·威廉斯①的作品和安塞尔·亚当斯②的摄影。不过，即使是艾琳来接电话，她也可能会滔滔不绝地谈起他的因果。

他端着杯酒，坐在那里，正回味着曾经与别人结婚、肌肤相亲的美妙感觉。电话铃响了，他拿起听筒，听到一串拨号音，没等她喊出他的名字，他就知道一定是艾琳。

"我正想你呢。"卡莱尔说，说完马上就后悔了。

"你看，我就知道你一直想着我。唔，我也在想你，这就是为什么我给你打电话。"他吸了口气，她是昏了头了，他起码清楚这一点。"听着，"她接着说，"我打电话最主要的原因，是我知道你那儿目前情况不太妙。别问我是怎么知道的，但我的确知道。真抱歉，卡莱尔。是这样的，你需要个好点的管家兼孩子看护，对吧？嗯，她其实就在你家附近！噢，你也许已经找到一个了，如果是这样的话，那就更好，本来就该这样。但是，万一你在这方面有点麻烦的话，有个曾经为理查德的母亲工作过的女人。我告诉理查德你可能会遇到这个问题后，他马上就行动了起来。你想知道他都干了些什么吗？你在听吗？他给他母亲打了

---

① 田纳西·威廉斯（Tennessee Williams，1911—1983），美国著名剧作家，作品包括《欲望号街车》《热铁皮屋顶上的猫》等。
② 安塞尔·亚当斯（Ansel Adams，1902—1984），美国著名摄影家和环境保护论者。

电话，他母亲曾请这个女人帮她管家。这个女人叫韦伯斯特太太。理查德的姨妈和堂姐搬进去住之前，就是韦伯斯特太太在照顾理查德的母亲。理查德从他母亲那儿找来了她的号码，他今天给韦伯斯特太太打了电话，是理查德打的。韦伯斯特太太今晚会给你来电话，也可能是明天早上，不管怎样，如果你需要的话，她会提供服务。尽管你现在的情况可能很好，我希望是这样，但没准哪一天你会需要她，有些事是很难预料的，你知道我的意思吗？即使不是现在，将来也可能需要，对不对？孩子们怎么样？他们都在干什么？"

"孩子们都很好，艾琳，他们在睡觉。"他说。也许他该对她说，孩子们每晚都是哭着入睡的。他在犹豫是否应该告诉她事情的真相——在最近几周里，他们一次也没问到过她。他决定什么都不说。

"我刚才给你打过电话，但老是占线，我对理查德说，你可能正和你的女朋友通话呢。"艾琳笑着说道，"想些积极的东西，你听上去有点沮丧。"

"我还有事，艾琳。"他准备挂电话，把听筒从耳边拿开，但她还在说。

"告诉基思和萨拉，我爱他们，告诉他们我会给他们寄更多的照片，告诉他们这个。我不想让他们忘记，他们的妈妈是个艺术家，可能还不是最好的，这不要紧。但是，你知道，是个艺术家。我不想让他们忘掉这个。"

卡莱尔说："我会告诉他们。"

"理查德向你问好。"

卡莱尔什么都没说，他对自己说道——你好。这家伙说这个到底是什么意思？他接着说："谢谢你的电话，谢谢你们联系了那个女人。"

"韦伯斯特太太！"

"是的。我该挂电话了，不想浪费你的电话费。"

艾琳笑了起来："不就是钱嘛。钱除了作为交换的必要媒介外，没什么了不起的，有比钱重要得多的东西。不过，你早就知道这些了。"

他把话筒举在自己面前，看着这个不停冒出来她的声音的装置。

"卡莱尔，一切都会变好的，我知道会的。你可能觉得我的神经不太正常，"她说，"但是，记住我说过的。"

记住什么？卡莱尔觉得很惊奇，他想他肯定是听漏了她说的什么。他把听筒拿近，说："艾琳，谢谢你来电话。"

"我们必须保持联络，"艾琳说，"我们必须保持所有的通讯渠道畅通。我想最困难的阶段已经过去了，对我俩都一样，我也经受了痛苦。但我俩都会得到我们这一生应该得到的东西，我俩都会。从长远考虑，我们都会变得更坚强的。"

"晚安。"他说，他放下话筒，然后盯着它看，又等了一会儿，铃声没有再响。但一小时后，电话铃又响了起来，他拿起话筒。

"卡莱尔先生。"是一个老妇人的声音，"你不认识我，我是吉姆·韦伯斯特太太，我该和你联络一下。"

"韦伯斯特太太，是的，"他说，他想起了艾琳提到的这个女人,"韦伯斯特太太,你明天早上能来我家吗?早一点,七点行吗?"

"没问题。"老妇人说,"七点整。给我你的地址。"

"我希望我能信任你。"卡莱尔说。

"你可以相信我。"她说。

"你不知道这对我来说是多么重要。"卡莱尔说。

"你就放心吧。"老妇人说道。

第二天早上,闹钟响起来的时候,他不想睁开眼睛从梦境里出来。梦里有一间村舍,那地方还有个瀑布。路上走着个他不认识的人,手里还提着个什么,像是个装野餐的篮子。这个梦没让他感到不安,相反,他有种幸福的感觉。

最终,他转过身来,按了一下闹钟,让它停下来。他在床上又躺了会儿才爬起来,穿上拖鞋,进厨房煮上咖啡。

他刮了脸,换好衣服,然后,他拿着一杯咖啡和一根烟,在餐桌旁坐了下来。孩子们还没起床,但他计划再过五分钟,就把装麦片的盒子放在桌子上,摆好碗和勺子,再去把他们叫起来吃早饭。他根本不信昨晚来电话的老妇人会像她答应的那样一早就来。他决定等到七点过五分,就给学校去个电话,请一天假,然后,使出浑身解数去找个可靠的人。他喝了口咖啡。

就在这时,他听见街上传来的一阵隆隆声。他放下杯子,站起身向窗外看去。一辆小卡车开到了他房前的路边,卡车的驾驶室随着引擎的空转而抖动。卡莱尔打开前门,挥了挥手。一个老妇人向他挥了挥手,然后从车里出来。卡莱尔看见司机弯下腰,钻到仪表盘下面,卡车发出一阵喘息声,又抖了一下,才熄了火。

"卡莱尔先生?"老妇人带着个很大的包向卡莱尔走来。

"韦伯斯特太太,"他说,"请进。那是你丈夫吗?请他也进来,我刚煮了咖啡。"

"不要紧,"她说,"他带了他的保温杯。"

卡莱尔耸了耸肩。他帮她扶着门,她进到了屋里,他们握了握手。韦伯斯特太太微笑了一下,卡莱尔点了点头,他们进了厨房。"你今天需要我留下来吗?那么……"她问道。

"让我把孩子们叫起来,"他说,"我想在我去学校前,让他们和你见一面。"

"那太好啦。"她说。她四下看了看,把包放在沥水架上。

"为什么我不把孩子们带过来呢?"他说,"我一会儿就来。"

没多久,他领着孩子们进来,给她作了介绍。他们还穿着睡衣,萨拉在揉眼睛,基思已经完全醒了。"这是基思,"卡莱尔说,"这位,是我的萨拉。"他拉着萨拉的手,转向韦伯斯特太太,"他们需要有人照顾,你瞧,我们需要个靠得住的人。我想这是我们的问题。"

韦伯斯特太太来到孩子们跟前,她帮基思扣好睡衣最上面的一个扣子,拨开萨拉眼前的一缕头发。他们允许她这么做了。"孩子们,别担心,"她对他们说,"卡莱尔先生,没问题,我们会相处得好的。给我们一两天的时间,让我们彼此熟悉一下,就没问题了。但要是我现在就留下来的话,你能否给韦伯斯特先生发个'一切就绪'的信号?在窗前给他挥挥手就行了。"说完,她就又把注意力放回到孩子们身上了。

卡莱尔走到窗前,拉开窗帘。坐在驾驶室里的老人正看着这边,他把保温杯举到了嘴边。卡莱尔冲他挥了挥手,他用那只闲着的手朝卡莱尔挥了一下。卡莱尔见他摇下车窗,把杯子里喝剩下的倒了。然后,他又钻到仪表盘的下面(卡莱尔想象他在把电线碰在一起),没一会儿,卡车发动了,车开始抖动。老人挂上挡,从路边开走了。

卡莱尔从窗户前转过身来。"韦伯斯特太太,"他说,"非常高兴你能来。"

"我也一样,卡莱尔先生,"她说,"你现在可以去干你自己的事了,尽管放心,我们不会有问题的,是不是,孩子们?"

孩子们都在点头,基思一只手拉着她的衣服,另一只手的拇指放在嘴巴里。

"谢谢你,"卡莱尔说,"我觉得,我真觉得比过去好了许多。"他摇摇头,咧开嘴笑了。他怀着喜悦的心情与他的每个孩子吻别。他告诉韦伯斯特太太他会在什么时间下班回家,他穿上外套,又说了声再见,才离开家门。这是几个月来,他第一次有了如释重负的感觉。在去学校的路上,他一边开车,一边听着收音机里的音乐。

在第一节艺术史课上,他不慌不忙地放着拜占庭时期绘画的幻灯片。他耐心解释着主题和细节上的细微差别,指出作品的情感力量和精妙之处。但他花了太多时间来谈论这些匿名画家身处的社会背景,有些学生开始用脚在地上擦来擦去,或者弄出些咳嗽声。课程只讲完了计划的三分之一,下课铃响起来时,他还在讲着。

第二节是水彩课,他感到一种罕见的平静和洞察力。"像这样,像这样,"他说着,引导着学生们的手,"轻轻地,像吹过纸面的一丝微风一样,点一下就可以了。这样,知道了吗?"他这样说着,感觉自己即将重拾自我。"其实最关键的是暗示。"他说道,轻轻握着苏·科尔文的手指,引导着她的画笔,"你必须不断地改进,直到画出你想画的东西,明白了吗?"

在教工食堂排队买午饭时,他看见卡罗尔就在他前面不远的地方,刚付完钱。他迫不及待地等着他的账单出来。当他追上她时,卡罗尔已经穿过了半个餐厅。他托住她的手肘,把她引到靠窗的一张空桌前。

"天哪,卡莱尔!"他们坐下后,她说道。她端起冰茶,脸涨得通红。"你没看到施托尔太太看我们的眼神吗?你怎么啦?所有人都会知道的。"她啜了口冰茶,把杯子放了下来。

"让施托尔太太见鬼去吧,"卡莱尔说,"嘿,听我说,亲爱的,和昨天相比,我简直就像是换了个人似的。老天爷!"

"怎么了?"她问道,"卡莱尔,告诉我。"她把装水果的杯子放到托盘的一边，又往意大利面上撒了点奶酪粉，但没有吃。她在等着他接着往下说。"告诉我怎么了？"

他告诉她有关韦伯斯特太太的一切，甚至和她提了韦伯斯特先生，连老人用电线短路的方法来发动卡车这件事也说了。卡莱尔边说边吃着木薯粉，又吃了蒜香面包。他喝干了卡罗尔的冰茶后，才发现自己在干什么。

"卡莱尔，你疯了。"卡罗尔说，并冲他盘子里动都没动过的意大利面点了点头。

他摇了摇头："我的天哪，卡罗尔，天哪，我觉得太好啦，你知道吗？我一个夏天都没有这么好的感觉。"他压低了声音说："你今晚过来吧？"

他把手从桌子底下伸了过去，放在她的膝盖上，她的脸再次涨得通红。她抬起眼来四下看了看，没有人在注意他们。她快速地点了点头，然后摸了摸他从桌子底下伸过来的手。

下午回家后，他发现家里很整洁，孩子们的衣服干干净净。厨房里，基思和萨拉正站在椅子上帮韦伯斯特太太做姜饼曲奇，萨拉的头发用一个发卡固定在脑后，不再耷拉在眼前。

"爸爸。"孩子们看见他后，高兴地大叫。

"基思、萨拉，"他说，"韦伯斯特太太，我……"她没让他把话说完。

"我们今天过得很愉快，卡莱尔先生。"韦伯斯特太太快速地说道。她在围裙上擦了擦手，这条旧围裙是艾琳的，上面画着蓝色的风车。"多漂亮的孩子呀,真是好宝贝,一对好宝贝。"

"我真不知道该说什么好。"卡莱尔站在沥水架旁,看着萨拉压面团。他闻到一股香味,他脱了外套,松掉领带,在餐桌旁坐下。

"今天是互相熟悉的日子,"韦伯斯特太太说,"明天我们有其他计划,我想我们可以散步去公园,我们要好好利用一下这个好天气。"

"真是个好主意,"卡莱尔说,"太好了,对你也有好处,韦伯斯特太太。"

"让我把这些曲奇放进烤箱里。做完这个,韦伯斯特先生就该来接我了。你说过四点钟?我让他四点过来。"

卡莱尔点了点头,心里暖洋洋的。

"今天有你一个电话,"她把和面的碗端到洗碗槽边时说,"卡莱尔太太打来的。"

"卡莱尔太太。"他说了声,等着韦伯斯特太太的下文。

"是的,我告诉她我是谁,但她好像对我在这儿一点也不感到意外。她和两个孩子都说了几句话。"

卡莱尔瞥了基思和萨拉一眼,他们正在把做好的曲奇排在另一个烤盘上,一点都不关心其他的事情。

韦伯斯特太太接着说道:"她留了个口信,我想想,我写下来了,但我想我还记得是什么。她说:'告诉他,'——也就是说,告诉你——'失去的,还会回来。'我想就是这些了,她说你知道这是什么意思。"

卡莱尔凝视着她,他听见了外面韦伯斯特先生卡车的声音。

"韦伯斯特先生来了。"她说,解下了围裙。

卡莱尔点了点头。

"早上七点?"她问道。

"好的,"他说,"再次谢谢你。"

晚上,他给两个孩子洗了澡,换上睡衣,然后给他们念书。听完他们的晚祷后,他替他们掖好被子,再把灯关了。快九点的时候,他给自己倒了杯酒,看了会儿电视,就听见卡罗尔的车子开进了车道。

大约十点左右,他俩正在床上躺着,电话铃响了起来。他咒骂了几句,并没有起来接,铃声不停地响着。

"可能是个要紧的电话,"卡罗尔边说边坐了起来,"有可能是我请的看护,她有这个号码。"

"是我老婆。"卡莱尔说,"我知道是她,她昏了头了,她疯了,我不接。"

"我马上也该走了,"卡罗尔说,"今晚很愉快,亲爱的。"她摸了一下他的脸。

转眼就是秋季学期的期中了,韦伯斯特太太已在他这儿工作了六个星期。在这段时间里,卡莱尔的生活发生了一系列的变化。举例来说,他逐步接受了这个事实:艾琳离开了他,并且,根据他的推测,没打算再回到他身边。他停止了改变这个状况的幻想。只是在夜深人静、卡罗尔又不在身边的时候,他才会希望自己能终止对艾琳残存的爱，有时，他还会用"为什么这一切会发生"这个问题来折磨自己。但在大多数时间里，他和孩子们都很快乐。在韦伯斯特太太的照料下，他们生活得很愉快。近来，她总是把饭菜做好，放在烤箱里面保温，等着他从学校下班回来。他进门后就能闻到从厨房飘来的香味，看见基思和萨拉在帮着摆桌子。有时，他会问韦伯斯特太太是否愿意周六来加班。她会同意，只要不让她在中午之前来就可以，她说，周六上午她和韦伯斯特先生有自己的事情要做。在这样的日子里，卡罗尔会把道奇带来，和卡莱尔的孩子一起留给韦伯斯特太太照料。卡罗尔和卡莱尔则开车去乡间的饭馆吃顿晚饭。他觉得生活又重新开始了。虽然艾琳这六个星期没再给他打过电话，他发现自己想到她时，已经不再愤怒，也不会痛苦得想流眼泪。

在学校里，学生们已学完了中世纪，马上就要开始进入哥特时期。文艺复兴还早，至少要等到圣诞节假期后才会开讲。就在这时候，卡莱尔病了。就一个晚上的事，他的胸部发紧，开始头痛，全身的关节都很僵硬。走动时，他觉得头发昏。头痛也越来越严重。星期天早上醒来后，他就觉得不对劲，他想给韦伯斯特太太打个电话，请她带孩子们去别处。孩子们对他很好，给他端来果汁和苏打水。但他无法照顾他们。生病的第二天早上，他唯一能做的就是打电话请病假。他告诉接电话的人他的名字、所属学校、院系和病情，然后推荐梅尔·费希尔做他的代课老师。费希尔是画抽象画的，他每周工作三到四天，每天工作十六个小时，但他从来不卖画，甚至不给别人看他自己画的画。

他是卡莱尔的朋友。"找梅尔·费希尔。"卡莱尔告诉电话另一端的女人,"费希尔。"声音轻得像耳语一样。

他艰难地回到床上,钻进被窝,睡了过去。睡梦中,他听见外面小卡车引擎的声音,然后是引擎关闭时发出的回火声。过了一会儿,他听见卧室门外韦伯斯特太太的声音。

"卡莱尔先生?"

"嗯,韦伯斯特太太。"他觉得自己的声音听上去很陌生。他仍然闭着眼睛,"我今天病了,已经给学校打了电话,我今天得待在床上了。"他说。

"我知道了,别担心,"她说,"我会帮着照料的。"

他闭着眼睛,处在半醒半睡中,他似乎听见前门开了一下,又关上了。他注意听了听,厨房里,有个男人用很低的声音说了句什么,接着传来椅子被从桌旁拉开的声音。没多久,他又听见孩子们的声音。过了一段时间——他不确定到底有多久——他听见韦伯斯特太太在门外问道:

"卡莱尔先生,要给医生打电话吗?"

"不需要,没事,"他说,"我觉得就是个重感冒,我全身发热,我想我是盖多了,屋里太热。也许,你可以把火炉关小点。"说完,他又睡了过去。

又过了会儿,他听见孩子们在客厅里和韦伯斯特太太说话。他们这是刚回来还是要出去?卡莱尔问自己,难道一天已经过去了?

他又睡了过去。他意识到房门被打开了,韦伯斯特太太出现在他床前。她把手放在他的前额上。

"你烧得厉害,"她说,"你在发高烧。"

"不要紧,"他说,"我只是需要再睡一会儿,你也许可以把火炉关小一点。请你帮我拿几片阿司匹林,谢谢你,我头疼得厉害。"

韦伯斯特太太离开了房间,但房门还开着,卡莱尔可以听见电视的声音。"小声点,吉姆。"他听见她在说,电视的声音立刻小了下来。卡莱尔又睡了过去。

但他肯定睡了不到一分钟,因为韦伯斯特太太又回到了他的房间,她端了个托盘,在床边坐了下来。他抬起身子,想坐起来。她在他的背后垫了个枕头。

"把这吃了。"她递给他几片药片,"再喝一点这个。"她端着杯果汁,"我还弄了点燕麦粥,吃了对你有好处。"

他服了阿司匹林,喝完果汁,点了点头。他再次闭上了眼睛,还想接着睡。

"卡莱尔先生。"她说。

他睁开眼。"我醒着呢,"他说,"对不起。"他坐起来一点,"我热得不行,没别的。几点了?到没到八点半?"

"九点半过一点。"她说。

"九点半。"他说。

"我现在喂你吃点燕麦粥,你把嘴张开,六口,就这么多,这是第一口,张嘴。"她说,"吃完这个你就会感觉好多了,我会让你接着睡的。吃完这个,你想睡多久就睡多久。"

他吃了她用勺子舀给他的燕麦粥,又要了点果汁。喝完果汁,他再次躺了下来。就在他要睡着时,他感到她给他加盖了一床毯子。

他再次醒来时,已经是下午了,他是根据透过窗户的暗淡光线判断的。他拉开窗帘,外面是阴天,冬天的太阳被云遮住了。他缓慢地从床上爬起来,找到自己的拖鞋,穿上睡袍,进了卫生间。他从镜子里看了看自己,洗了把脸,又吃了几片阿司匹林,用毛巾擦了擦脸,走进客厅。

韦伯斯特太太在餐桌上铺了些报纸,她和孩子们正在捏小泥人。他们已经做了些脖子长长的、眼睛鼓起来的动物,像长颈鹿,又有点像恐龙。他经过餐桌时,韦伯斯特太太抬头看了看他。

"你觉得怎样了?"他往沙发上坐时她问道。他坐的地方可以看见餐厅,以及围坐在餐桌旁的韦伯斯特太太和孩子们。

"好点了,谢谢。稍微好了点,"他说,"我的头还疼,身上发热。"他把手背放在自己的额头上,"不过是好点了,是的,好点了。谢谢你早上来帮忙。"

"想喝点什么吗?"韦伯斯特太太问道,"再喝点果汁,或者喝点茶?我不觉得咖啡有什么不好,但我想喝茶要好一点,最好是喝果汁。"

"不,不需要,谢谢,"他说,"我就在这儿坐一会儿,老在床上待着不舒服,我只是觉得有点虚弱。韦伯斯特太太?"

她看着他,等着下文。

"今天早上是韦伯斯特先生吗?我没别的意思,只是有点抱歉,没能和他打个招呼。"

"是他,"她说,"他也很想见见你,是我让他来的。时间选得不好,正赶上你生病。我本想告诉你我们的计划,我和韦伯斯特先生的计划,但今天早上不凑巧。"

"告诉我什么?"他警觉地问道,恐惧攫住了他的心。

她摇摇头,说:"没什么,以后再说。"

"告诉他什么?"萨拉问,"告诉他什么?"

"什么,什么?"基思也跟在后面起哄。孩子们停下了正在做的事情。

"等着,你们俩。"韦伯斯特太太一边说话,一边站了起来。

"韦伯斯特太太,韦伯斯特太太。"基思哭了起来。

"好了,小男子汉,"韦伯斯特太太说,"我有事要和你爸爸说,你爸爸今天生病,你不要大惊小怪的。接着玩你的泥巴,你一不留神,你姐姐马上就要超过你了。"

她正要走进客厅,电话铃声响了起来。他伸手从茶几上拿起话筒。

像以前一样,他听见电话里传来微弱的歌声,他知道是艾琳。"是我,"他说,"怎么了?"

"卡莱尔,"他妻子说,"我知道,别问我是怎么知道的,我知道你那儿有点麻烦。你病了,是吗?理查德也在生病,看来有什么东西在作怪。他吃什么吐什么,已经有一周没能参加自己写的话剧的排练了,我只好跑去帮忙,和他的助理一起来给话剧设计场景。但我打电话来不是为了告诉你这些,告诉我你那边情况怎样了。"

"没什么好说的,"卡莱尔说,"我生病了,就这些,得了流感，不过已经好多了。"

"你一直在写你的日志吗？"她问道。这话让他吃了一惊。几年前，他曾告诉过她他一直在写日志。不是日记，他强调说，是日志——好像这能说明什么问题。但他从来没给她看过，他已有一年多没写了，几乎已把这件事给忘记了。

"因为，"她说，"你该把这段时间的事写到你的日志里，你在感受什么，在想些什么。知道吧，在你生病的这段时间里，你脑子里在转些什么。记住，疾病是与你健康有关的信息，它在告诉你一些东西，把它记下来，你知道我的意思吗？当你康复后，你可以回过头来看看，那些信息到底要说什么。你可以在事后再来读它，科莱特[①]就是那样做的，"艾琳说，"她有一次发烧就那样做过。"

"谁？"卡莱尔问道，"你在说什么？"

"科莱特，"艾琳回答道，"法国作家，你知道我说的是谁。我们家有一本她的书，好像是叫《琪琪》。我以前没读过那本书，但自从我来这儿后，就一直在读她写的东西，是理查德介绍给我的。她写了本小册子，讲她发烧时的感受，讲她在发烧时都想了些什么。有时，她的体温高达一百零二度[②]，有时低一点，有时有可能超过了一百零二度，但一百零二度是她记录下来的最高体温。她发着那么高的烧，还在坚持写，不管什么感受，她都写下来，这就是我想说的。努力写出自己这一刻的感受，也许，你会有意外

[①] 科莱特（Sidonie-Gabrielle Collette，1873—1954），法国女作家。
[②] 华氏温度，约等于摄氏三十九度。

的收获。"艾琳说。令卡莱尔费解的是,他觉得她笑了一声。"起码,过后你会留下一个你生病时的实况记录。以后说到这件事时,你还有个东西可以展示一下。眼下,你除了不舒服外,什么都没有,你要把它转化成有用的东西。"

他闭上眼睛,用手指压着太阳穴。但她还在电话那端,等着他说些什么。他又能够说什么呢?很显然,她神经根本就不正常。

"天哪,"他说,"艾琳,我不知道该说什么,我真的不知道。我还有事,谢谢你来电话。"

"没关系,"她说,"我们必须能够互相沟通。替我亲亲孩子们,告诉他们我爱他们。理查德向你问好,尽管他还躺着不能动。"

"再见。"卡莱尔说完就把电话挂了。他用手捂住脸,不知怎么,这让他想起了那个胖姑娘,当她向车子走去时,她做过同样的动作。他把手往下移了移,看了一眼韦伯斯特太太,她也正看着他。

"但愿不是什么坏消息。"她说。老妇人已经搬过一把椅子,坐在沙发旁边。

卡莱尔摇了摇头。

"好,"韦伯斯特太太说,"那就好。现在,卡莱尔先生,这可能不是谈这件事的最佳时间。"她向餐厅瞟了一眼,餐桌上,孩子们正埋头玩弄着泥巴。"但是,因为这件事必须尽早谈,它与你和孩子们都有关,你正好起来了,我就告诉你吧。我和吉姆,我们准备——事情是这样的,我们需要的比我们现在已有的要多一点,你知道我的意思吗？我真是很难开口。"她边说边摇头。卡莱尔慢慢地点着头，他知道她将要告诉他，她得离开这里了。他用衣袖擦了擦脸。"吉姆的前妻给他生的孩子，鲍勃，这个男人今年四十岁，昨天他来电话，请我们去俄勒冈州，帮他照料他的养貂场。吉姆干些与养貂有关的事，我管买东西、做饭、打扫房间和其他需要做的事情。这是我俩的一个机会，管吃管住，还有点收入。这样一来，吉姆和我就不会为我们的将来发愁了。你知道我的意思。现在，吉姆什么事都没得干。"她接着说，"上星期他就已经六十二岁了，他已经有一阵子没事干了。他今天早上来是想亲自告诉你这件事的，因为我原打算今天跟你提辞职，你看，我们觉得——我觉得——吉姆在这里的话，会对我告诉你这件事有点帮助。"她等着卡莱尔说点什么。但他没有说话，她又接着说道："我会把这周做完，如果需要的话，下周可以再来一两天。然后，我们就不得不离开了，你就得祝我们好运了。我是说，你能想象吗？就靠我们那辆嘎吱作响的破车，一直开到俄勒冈州？我会想念这些孩子的，他们真是太可爱了。"

过了一阵，见他没有说话的意思，她从椅子上站起身来，坐到他身边，碰了碰他睡袍的袖子："卡莱尔先生？"

"我理解，"他说，"我想让你知道，你给我和孩子们的生活带来了很大的变化。"他的头疼得厉害，不得不半眯着眼。"这个头疼，"他说，"它真要我的命。"

韦伯斯特太太伸出手，用手背贴了贴他的前额。"你还有点发烧。"她告诉他，"我再拿点阿司匹林来，把温度降下来，我还在管事，"她说，"我现在还是大夫。"

"我妻子说我应该把发烧时的感受记下来，"卡莱尔说，"她觉得描述发烧时的具体感受是个好主意，这样，我就可以回过头来看看，看能学到点什么。"他笑了笑，眼泪却流了出来。他用手掌抹掉眼泪。

"我去给你拿点阿司匹林和果汁，再去看看孩子，"韦伯斯特太太说，"泥巴他们已经玩腻了。"

卡莱尔担心她把他一人留下，他想和她说话。他清了清嗓子："韦伯斯特太太，有些事我想让你知道。很久以来，我妻子和我彼此相爱，我们对对方的爱，超过了对世界上任何东西、任何人的爱，包括对这两个孩子的爱。我们以为，唔，我们确信我们会白头到老。我们确信我们要去做，一起去做所有想做的事情。"他摇着头。看来，最让他伤心的是，从现在起，不管做什么，他或她都只能独自去做了。

"好了，没什么。"韦伯斯特太太说，轻轻拍了拍他的手。他往前倾了倾身子，又讲了起来。过了一会儿，孩子们进了客厅。韦伯斯特太太看见了他们，她把一根手指放在嘴唇上。卡莱尔看了他们一眼，继续往下说。让他们也听听，他想，这和他们也有关系。孩子们似乎懂得他们应该保持安静，甚至应该假装对他的话感兴趣，所以他们在韦伯斯特太太腿边坐了下来，然后又趴在地毯上，哧哧地笑了起来。韦伯斯特太太很严肃地看了他们一眼，他们才停了下来。

卡莱尔不停地说着。开始，他的头还在疼。他觉得有点尴尬：穿着一身睡衣，坐在沙发上，边上坐着个耐心听他诉说的老妇人。但没多久，他的头不再疼了，他也不再感到尴尬了，甚至忘了他该有什么感觉。他从故事的中间开始讲，从孩子们出生之后讲。然后他又回到故事的开头，回到艾琳十八岁，他十九岁的时候，一个男孩和一个女孩相爱，爱得发疯。

他停了下来，擦擦前额，用舌头舔了舔嘴唇。

"继续讲，"韦伯斯特太太说，"我明白你说的，你尽管往下说。卡莱尔先生，有些时候，说一说对你有好处。有些时候，一些事情非得说出来才行。此外，我想听这个故事，而且过后你会感觉好多了。这样的事我也经历过一次，就像你刚才讲的那样。爱情，这就是爱情。"

孩子们在地毯上睡着了，基思的拇指还放在嘴里。韦伯斯特先生来到门前、敲门进来接韦伯斯特太太时，卡莱尔还在讲他的故事。

"坐下，吉姆，"韦伯斯特太太说，"别着急。你继续往下讲，卡莱尔先生。"

卡莱尔向老人点点头，老人也向他点了点头，然后搬了把餐厅的椅子到客厅里，放在沙发边上，叹了口气，坐了下来。他摘下帽子，疲倦地把一条腿跷在另一条腿上。当卡莱尔开始讲话时，他把腿放了下来。孩子们醒了过来，他们坐起来，开始东张西望。但这时卡莱尔已说完了他想说的东西，他停了下来。

"好，这对你有好处。"见他说完了，韦伯斯特太太说，"你是个上好材料造就的人，她也一样——卡莱尔太太也一样。记住,等这件事完了之后,你们俩都会没事的。"她站起来,解下围裙。韦伯斯特先生也站了起来,把帽子戴上。

在门口,卡莱尔和韦伯斯特两口子都握了握手。

"回见。"吉姆·韦伯斯特说,他用手碰了一下帽檐。

"祝你好运。"卡莱尔说。

韦伯斯特太太说她明天早上会再来见他,一大早就来,像过去一样。

就像作了个重大决定一样,卡莱尔说:"就这样吧!"

这对老夫妻小心地沿着门前的过道走着,上了他们的小卡车。吉姆·韦伯斯特钻到仪表盘下方,韦伯斯特太太看着卡莱尔,挥了挥手。就在这时,就在他站在窗前的这一时刻,他终于有了一种结束了的感觉,那些与艾琳和以前生活有关的事情。他向她挥过手了吗?肯定挥过,他确信他这样做过,然而他现在一点也想不起来了。但他知道一切都结束了,他觉得终于可以放她走了。他确信他们在一起时,生活就像他刚才说的那样进行过。但这已是过去,就连让这件事"过去"——虽然看上去那么难,他一直为此苦苦挣扎——也会成为他生命的一部分,像他留在身后的其他事情一样。

小卡车摇摇晃晃地开动了,他再次抬起手臂。他看见老两口在离开时朝他匆匆倾了一下身。然后他放下手臂,转身去找他的孩子们。

羽毛

我的这个工友巴德，请我和弗兰去他那儿吃晚饭。我不认识他老婆，他也不认识弗兰，这倒是让我俩扯平了。但巴德和我是朋友。我知道巴德家有个婴儿，巴德请我们去吃饭时，这个婴儿应该已有八个月大了。这八个月是怎么过去的？见鬼，时间都跑到哪里去了？我还记得那天巴德带着一盒雪茄来上班，在餐厅里把雪茄分给大家，荷兰大师牌，是杂货店里卖的那种。每根雪茄上都有一个红标签，包装纸上面写着"是个男孩"。我不抽雪茄，但还是拿了一根。"多来几根。"巴德说，他晃了晃盒子，"我也不喜欢雪茄，是她的主意。"他是指他老婆奥拉。

我从来没见过巴德的老婆，但有一次，我从电话里听到过她的声音。那是个周六的下午，我没事干，就给巴德打电话，看他想干点什么。"喂。"是一个女的接的电话。我当时脑子里一片空白，想不起她的名字来了。巴德的老婆——巴德曾多次提起过她的名字，但我当时都是左耳进来,右耳就出去了。"喂!"这个女人又说了一声,我能听见电视的声音。而后,这女人说:"你是谁?"我听见一个婴儿开始哭叫。"巴德!"女人在喊。"干什么?"我听见巴德在说话。我还是想不起她的名字,就把电话挂了。在工厂见到巴德时,我完全没提给他打电话这件事,但我还是设法让他说出了他老婆的名字。"奥拉。"他说。我默念了一遍,奥拉。

"没什么大不了的,"巴德说,当时,我们在餐厅里喝咖啡,"就我们四个,你和你的那位,加上我和奥拉,没什么特别的。你们七点左右过来,她六点钟喂孩子,喂完就哄他睡觉,过后我们就可以吃饭了。我们住的地方不难找,但还是拿着这张地图吧。"他递给我一张纸,上面画着横七竖八的街道,还用箭头标示着东南西北,一个大大的叉标记着他家。我说:"就等着那一天了。"但弗兰对此并不是那么感兴趣。

那天晚上看电视的时候,我问她去巴德家是否要带点东西。

"带什么?"弗兰说,"他说让带了?我怎么知道带什么?我一点主意也没有。"她沉着个脸,冲我耸了耸肩。她常听我提起巴德,但不认识他,而且并不是很想认识他。"我们可以带瓶酒去,"她说,"我无所谓,要不就带点酒过去?"她摇了摇头,长发在她的肩头晃动,像是在说,我们已拥有彼此,为什么还要和别人交往呢?"坐过来。"我说。她往我这儿移了移,这样我就可以抱着她了。弗兰身材高大,有一头金色长发垂在背后。我抓起一缕她的头发,闻了闻，把手埋在里面。她让我抱着。我把脸贴在她的头发上，又使劲抱了抱她。

有时，头发遮住她的脸，她不得不把头发撩到肩后，这让她很恼火。"这鬼头发，"她说，"除了碍事，屁用也没有。"弗兰在一家奶制品厂工作，上班时，她必须把头发盘起来。她每晚都要洗头发，然后，边梳头边看电视。她时不时威胁说要把长发剪掉，但我知道她不会那么做。她知道我太喜欢这头长发了，已经到了迷恋的程度。我告诉过她，我是因为喜欢这头长发才爱上她的。我还对她说，如果她把头发剪掉，我可能就不再爱她了。有时，我叫她"小瑞典人"，别人真会误以为她是个瑞典人。我们在一起的那些夜晚，在她梳头的那段时间里，我们常大声说出我们想要但现在还没有的东西。我们希望有辆新车，这是我们很想拥有的东西之一。我们希望能到加拿大去度两周假，但我们从来没有想到要孩子。我们之所以没有孩子是因为不想要。也许将来吧，我们对对方说。但在当时，我们还想再等等，有可能我们会一直这么等下去。晚上，我们有时出去看电影，有时就待在家里看电视。弗兰偶尔会烤点吃的，我们总会一口气吃完它。

"也许他们不喝酒。"我说。

"那也带点去，"弗兰说，"他们不喝我们喝。"

"红的还是白的？"我说。

"我们带些甜点去，"她说，根本没听我说了什么，"其实带什么我都无所谓。这事你唱主角，别小题大做就行，要是那样的话，我就不去了。我可以做一个树莓咖啡圈，或者做点小蛋糕。"

"他们会准备甜点的，"我说，"没有人会请吃晚餐而不备甜点的。"

"他们也许会准备些我们不喜欢的东西，像米布丁或者果冻什么的。"她说，"我对这个女人一点也不了解，我们怎么知道她会准备些什么？如果她让我们吃果冻怎么办？"弗兰摇了摇头。我耸耸肩，她说得没错。"他给你的那几根雪茄，"她说，"带上它。晚饭后你们可以到客厅里抽抽雪茄，喝点波特酒，反正就是电影里那些人喝的玩意儿。"

"好啦，我们把自己带去就行啦。"我说。

弗兰说："我们带一块我做的面包。"

巴德和奥拉住在离镇子大约二十英里的地方。我们在这个镇子住了三年了，但是，天晓得，弗兰和我从来没开车去郊外转转。在弯弯曲曲的小路上开开车是件很愉快的事情。正值傍晚，天气温暖宜人，路上能看见草地、栅栏和不慌不忙走向牛棚的奶牛。红翅乌鸫站在栅栏上，鸽子围着干草堆打转。那里有花园之类的地方，野花盛开，远离路边的地方有一些小房子。我说："真希望我们能在这儿有块地。"但这只是个空想，又一个实现不了的愿望而已。弗兰没吭声，她正忙着看巴德的地图。我们来到地图上他标着的一个十字路口，按照地图说的向右转，再向前开了正好三又十分之三英里。我看到了路左边的玉米地，一个信箱和一条长长的、沙石铺成的车道。车道的尽头，在几棵树的后面，有个带着前门廊的房子，房子上立着个烟囱。

现在是夏天,当然没有烟从那儿冒出来。尽管这样,我觉得这是一幅不错的景象,并告诉了弗兰。

"不就是个破村子。"她说。

我拐上车道,路两边种满了玉米,它们长得比车还高。我能听见轮胎轧过沙砾发出的声音。接近房子后,我们看见花园里种着一种绿色的东西,它们和棒球差不多大小,吊在藤蔓上。

"这是什么?"我问。

"我怎么知道?"她说,"也许是什么瓜,我不清楚。"

"哎,弗兰,"我说,"别那么激动。"

她什么也没说,咬了一下嘴唇。我们快到房子跟前时,她关掉了收音机。

前院立着个儿童秋千,门廊上散落着些玩具。我把车开到房子跟前停下来。就在这时,传来一声恐怖的号叫声。没错,这家是有个婴儿,但这声号叫对婴儿来说实在是太响了点。

"什么声音?"弗兰说。

就在这时,一只兀鹫一般大小的东西从一棵树上重重地飞落下来,正好落在车前。它抖了抖身子,把长长的脖子转向汽车,抬起头,打量着我们。

"见鬼了。"我说。我两手握着方向盘,一动不动地坐在那儿,盯着那玩意儿看。

"不是在做梦吧?"弗兰说,"我从来没见过一个真家伙。"

我俩都知道这是只孔雀,但谁都没吱声,只是呆呆地看着它。它抬起头来,又发出一声刺耳的怪叫,把身体抖得蓬松开来,看上去比刚才大了一倍。

"见鬼。"我又说了声。我们呆坐在车子前排座位上。

这只鸟往前走了几步,转过头来,站稳脚。那双发亮的、充满野性的眼睛一直盯着我们。它的尾巴抬了起来,像一把收起又展开来的大扇子,上面闪烁着彩虹上的每一种颜色。

"我的天哪。"弗兰轻声说道,把一只手放在我的膝盖上。

"见鬼。"我说。除了这句话,我不知道还能说什么。

这只鸟再次发出一阵怪叫:"啊嗷,啊嗷!"要是在夜深人静的时候第一次听见,我肯定会以为是个要死的人,或者是某种凶猛的野兽在吼叫。

房屋的前门打开了,巴德走到门廊上。他正扣着衬衫扣子,头发湿漉漉的,像是刚洗完澡。

"闭上你的嘴,乔伊!"他对着孔雀说道,又冲它拍了拍手,那家伙往后退了几步。"够了。对,闭嘴!给我闭嘴,你这个浑蛋!"他边下台阶,边往裤子里塞衬衫的下摆。他穿着平时上班穿的衣服,蓝色牛仔裤和粗布衬衫。我穿着休闲裤和短袖运动衫,外加一双高级的乐福鞋[①]。看到巴德的穿着,我对自己穿得这么正式感到不太自在。

"你们能来真是太好啦,"巴德走到车子跟前时说,"进

---

① 乐福鞋(loafer),一种无鞋带的矮帮休闲皮鞋。

来吧。"

"嗨,巴德。"我说。

弗兰和我从车子里出来。孔雀在一旁站着,那颗令人恶心的头点来点去的。我们很小心地和它保持着距离。

"这里好找吗?"巴德对我说。他没朝弗兰那边看,等着我来作介绍。

"地图标得很清楚。"我说,"嗨,巴德,这是弗兰。弗兰,这是巴德。她可是听说过你,巴德。"

他笑了笑,他们握了握手。弗兰比巴德高,巴德只好抬着头看她。

"他总说起你。"弗兰把手收回去时说,"巴德长,巴德短的。你差不多是他唯一会谈论的人,我好像都已经认识你了。"她用一只眼睛瞄着孔雀,它已经走到离门廊不远的地方。

"这位是我的朋友,"巴德说,"当然该谈论我了。"巴德说完笑了一下,用拳头轻轻捶了一下我的胳膊。

弗兰手上还拿着面包,她不知道该怎么办,就把它递给巴德。"我们带了点东西过来。"

巴德接过面包,反反复复地看着它,就像这是他有生以来见到过的第一块面包。"你们真是太客气了。"他把面包举到面前,闻了闻。

"面包是弗兰烤的。"我说。

巴德点点头,然后说:"进屋吧,见见家里这位贤妻良母。"

他肯定是在说奥拉。奥拉是这里唯一的母亲。巴德说过，他妈已经去世，而他爸在他很小的时候就离家出走了。

孔雀一下子蹿到了我们前面。巴德开门时，它又跳上门廊，想往家里钻。

"噢！"孔雀碰着弗兰的腿时，她叫出声来。

"乔伊，真该死。"巴德说。他用指头在它头上敲了一下。孔雀退回到门廊上，抖动了一下身子，尾巴上硕大的羽毛随着抖动发出嘎嘎声。巴德做出要踢它的样子，它又往后退了退。巴德替我们打开门。"她让这该死的东西进家里。要不了多久，它就会坐在该死的桌子旁吃饭，躺在该死的床上睡觉了。"

弗兰在门前停了一下，回头看了看玉米地，说："你们住的地方真不错。"巴德还把着门。"是不是呀，杰克？"

"那还用说。"我说。我有点吃惊她会这么说。

"这种地方并不都像人们夸得那么好，"巴德说，他一边把着门，一边冲孔雀做了个威胁性的动作。"会让你没完没了，一刻都闲不下来。"他接着说，"伙计们，进来吧。"

我说："嗨，巴德，那边种的是什么玩意儿？"

"西红柿。"巴德说。

"遇上农夫了。"弗兰说，摇了摇头。

巴德笑了笑。我们进到屋里。客厅里，一个头发盘在头顶、矮小丰满的女人在等着我们。她的手摆弄着围裙，脸庞通红通红的。我开始还以为她是喘不过气来，或正为什么生气呢。她只瞟了我一眼，就去看弗兰。她只是盯着弗兰看，没有不友好的意思，脸上仍旧泛着红光。

巴德说："奥拉，这是弗兰，这是我朋友杰克，你应该很了解他了。伙计们,这是奥拉。"他把面包递给了奥拉。

"这是什么?"她说,"哦,自家烤的面包。嗯,谢谢。随便坐,跟在家里一样。巴德,问问他们想喝点什么。我得看着炉子上的东西。"奥拉说完后拿着面包,转身进了厨房。

"坐坐坐。"巴德说。弗兰和我一屁股坐在沙发上。我掏出烟来。"烟灰缸在这儿。"巴德说着从电视上方拿起一个很重的东西。"用这个。"他说,然后把那个东西放在我面前的茶几上。那是个做成天鹅模样的玻璃烟灰缸。我点着烟,把火柴丢进天鹅背上的开口里,看着一缕青烟从天鹅身子里冒了出来。

彩电开着,我们看了一会儿。屏幕上,赛车在跑道上飞奔。播音员的声音很沉重,但他像是在克制自己的兴奋。"我们还在等着官方的证实。"播音员说。

"你们想看这个吗?"巴德说,他还站在那儿。

我说我无所谓。我确实是无所谓。弗兰耸耸肩,像是在说,看这个还是看别的对她来说没差别,反正今天已经赔进去了。

"大概还剩二十圈了,"巴德说,"很接近。刚才很多赛车撞成一堆,有六辆车给撞坏了,好几个车手受了伤,还没说伤得到底有多重。"

"开着吧,"我说,"就看这个。"

"也许有辆车会在我们眼前爆炸,"弗兰说,"或者有辆车会冲到看台上,压扁那个卖廉价热狗的家伙。"她用手捻着一缕头发,眼睛盯着电视。

巴德瞧了一眼弗兰,看她是不是在开玩笑。"刚才的撞车很有点那个,不知怎么就撞一起了。车、车的部件和人,到处都是。好了,你们喝点什么?有麦芽酒,还有瓶'老乌鸦'①。"

"你喝什么?"我对巴德说。

"麦芽酒,"巴德说,"冰的,很不错。"

"那我也来一点。"我说。

"给我来点'老乌鸦',掺点水,"弗兰说,"倒在高脚杯里,加点冰。谢啦,巴德。"

"愿意效劳。"巴德说。进厨房前,他又瞟了一眼电视。

弗兰用手肘捅了我一下,并朝电视那边点了点头。"看那上面,"她低声说道,"看见没有?"我朝她指的方向看了一眼。那儿有个细长的红色花瓶,里面插了几枝院子里采来的雏菊。花瓶边上有一块台布,上面放着一副熟石膏做成的牙齿模型。它歪七扭八、参差不齐的程度,可以说再找不出第二副。那上面既没有嘴唇,也没有下巴,只有些旧的石膏牙齿,埋在那个类似牙床的又厚又黄的东西里面。

就在这时,奥拉走了进来,她已经脱掉了围裙,手里拿着一罐混合干果和一瓶根汁汽水。她把罐子放在茶几上,紧挨着那个天鹅,说:"自己动手吧,巴德在为你们准备喝的。"奥拉说话时,脸又红了。她在一把旧藤摇椅上坐下并

---

① 老乌鸦(Old Crow),一种威士忌酒。

摇了起来，一边看电视，一边喝着汽水。巴德端着个木托盘进来，上面有弗兰的加了水的威士忌和我的麦芽酒，还有一瓶为他自己准备的麦芽酒。

"你要个杯子吗？"他问我道。

我摇了摇头。他轻轻拍了下我的膝盖，然后转向弗兰。

她从巴德手里接过酒杯，说了声"谢谢"，眼光又被那副牙齿吸引了过去。巴德看出了她在看什么。赛车在跑道上发出刺耳的声音。我拿起麦芽酒，把注意力转向电视。这副牙齿与我无关。"这是奥拉的牙齿在戴矫正牙箍前的模样，"巴德对弗兰说，"我已经习惯了，我猜它们看上去很可笑。我怎么也不明白她为什么要留着那个。"他瞧了一眼奥拉，然后冲我眨了眨眼。他在他的懒人椅[①]上坐下，把一条腿跷到另一条腿上，一边喝麦芽酒，一边看着奥拉。

奥拉的脸又红了，她拿着那瓶根汁汽水，先喝了一口，然后说道："它是用来提醒我自己欠巴德的到底有多少的。"

"你说什么？"弗兰说。她正在干果罐里挑着腰果。弗兰停下来，看着奥拉。"对不起，没听见你刚才说的。"弗兰看着这个女人，等着她接下来的话。

奥拉的脸又红了。"我有很多要感激他的事情，"她说，"这只是其中的一件。我留着它是为了提醒自己我欠巴德多少。"她喝了口汽水，放下瓶子，说："你有副很漂亮的牙齿，弗兰。我一下子就注意到了。但我的牙齿，从小就长得不整齐。"她用手指甲敲了敲她的几颗门牙，说："我父

[①] 一种很舒适的沙发，其靠背可以放平，下面有可升降的垫脚。

母花不起矫正牙的钱,我的牙长得歪七扭八的。我的第一任丈夫不在乎我长得什么样,他根本就不在乎!除了他的下一杯酒在哪里,他对什么都不在乎。他在这个世界上只有一个朋友,就是他的酒瓶。"她摇了摇头:"后来巴德出现了,他把我从泥潭里救了出来。我们在一起后,巴德说的第一句话就是:'让我们把这副牙整整。'那副模子就是在我们刚认识不久,在我第二次去见牙医装牙箍前做的。"

奥拉的脸一直红着。她看着电视,喝着汽水,似乎再没有什么好说的了。

"那个整牙的医生肯定是个高手。"弗兰说。她回头看了眼电视顶上放着的、只有在恐怖电影里才见得着的牙齿。

"他真了不起,"奥拉说,她从椅子上侧过身来,"看见了吗?"她张开嘴,再次让我们看她的牙齿,一点也不害羞。

巴德走到电视跟前,拿起那副牙齿。他走到奥拉身旁,把它平放在奥拉的脸旁。"过去和现在。"巴德说。

奥拉从巴德手中拿过模子。"你知道吗?那位整牙医生想把它留下来。"她说话时,模子一直放在腿上,"我说没门儿。我让他明白这是我的牙齿。他只好照了几张照片,他告诉我他会把照片登在一个杂志上。"

巴德说:"不难想象那是个什么样的杂志,肯定没什么订户。"他一说完,我们都笑了起来。

"牙箍拿掉后,我笑的时候还是用手捂住嘴,就像这样,"她说,"我现在有时还这样,习惯了。一天,巴德说:'奥拉,你不用再那样了,那么漂亮的牙齿,不必把它们藏起来,你现在有一副非常好看的牙齿。'"奥拉看着巴德,巴德冲她眨眨眼。她开口笑了笑,随后垂下眼来。

弗兰在喝她的酒,我喝了几口麦芽酒。我不知道该说点什么,弗兰也一样,但我知道弗兰过后会有很多话要说。

我说:"奥拉,我往你这儿打过一次电话,是你接的。但我把电话挂了,我不知道我为什么要那么做。"说完,我开始呷我的麦芽酒。我不知道我为什么要提那件事。

"我不记得有这么回事了,"奥拉说,"什么时候的事?"

"有一阵子了。"

"不记得了。"她摇了摇头说。她用手指触摸着放在腿上的石膏牙齿,看了一眼赛车画面,又在摇椅上摇起来。

弗兰转过头来看我。她咬着下嘴唇,什么也没有说。

巴德说:"嗯,还有什么新鲜事可说?"

"再吃点坚果,"奥拉说,"晚饭一会儿就好。"

屋子后面的房间里传来了哭声。

"别是他。"奥拉对巴德做了个鬼脸,说。

"小家伙。"巴德说。他靠在椅背上,我们开着静音看完了剩下的三四圈赛车。

我们不时地听见一两声从后面房间里传来的婴儿焦躁的哭声。

"不知怎么了。"奥拉说,她从椅子上站起身来,"眼看着就可以吃饭了,我只要把肉汁准备一下就行了。不过,我最好还是先去看看他。你们干吗不先去餐桌那儿坐着?我一会儿就好。"

"我想看看小宝宝。"弗兰说。

奥拉手里还拿着那副牙模。她走过去,把它放回电视机的顶上。"现在看可能会刺激他,"她说,"他有点认生。让我试着把他哄睡了,等他睡着了,你们可以过来瞅一眼。"说完,她沿着过道向一个房间走去。她打开门,蹑手蹑脚地走进去,关上了身后的门。婴儿停止了哭闹。

巴德关了电视,我们进了餐厅,在餐桌旁坐下。我和巴德聊起了厂里的事情。弗兰听着,还不时地问个问题,但我看得出来她很无聊,或许刚才奥拉没让她看孩子惹恼了她。她巡视着奥拉的厨房,把一缕头发缠在手指上,翻看着奥拉的东西。

奥拉回到了厨房,说:"给他换了尿布,让他玩橡皮鸭子。也许他会让我们安心吃一会儿,不过也说不准。"她打开一个锅盖,把锅从炉子上移开,往一个碗里倒了些红色的汁,再把碗放在桌子上。她打开其他的锅盖,看看是不是都熟了。桌上有烤好的火腿、红薯、土豆泥、利马豆、玉米棒子和蔬菜沙拉。弗兰的面包被放在一个显眼的地方,紧挨着火腿。

"忘拿餐巾纸了,"奥拉说,"你们先开始吧,喝点什么?巴德每餐都离不开牛奶。"

"牛奶就可以。"我说。

"我来点水,"弗兰说,"让我自己来倒吧,你已经忙了半天了,不能再麻烦你了。"她做出要从椅子上站起来的样子。

奥拉说:"请别起来,你是客人,坐着吧,让我来。"她的脸又红了起来。

我们把手放在腿上,坐在那儿等着。我还在想那副石膏牙齿。奥拉拿来了餐巾纸,我和巴德的牛奶,以及弗兰要的冰水。弗兰说:"谢谢。"

"不用客气。"奥拉说。然后,她坐了下来。巴德清了清嗓子,低下头,说了几句感恩的话。他的声音非常小,我几乎听不见他在说什么,但我知道大概的意思,他在为即将被我们消灭掉的食物而感谢上苍。

"阿门。"奥拉在他结束后说。

巴德递给我放着火腿的盘子,又给他自己加了点土豆泥。我们就埋头吃了起来。我们不怎么说话,除了巴德和我会说上几句"这火腿真好吃"或者"这是我吃过的最好吃的甜玉米"。

"这面包很不一般。"奥拉说。

"请再给我来点沙拉,奥拉。"弗兰说,比刚才略微柔和了一点。

"多来点这个。"巴德把盛着火腿的盘子或盛着红色肉汁的碗递给我时都会说。

时不时地,我们会听见婴儿弄出的响动。奥拉会转过头去听一听,响声不大,她也就放心了,然后回过头来接着吃她的饭。

"宝宝今晚不太对头。"奥拉对巴德说。

"我还是想瞧瞧他,"弗兰说,"我姐有个小宝宝,但她和宝宝住在丹佛。我哪天才能去丹佛?我有个从没见过的外甥女。"弗兰停下来想了会儿,又接着吃起来。

奥拉叉了点火腿放进嘴里。"希望他早点睡着。"她说。

巴德说:"每样都剩下这么多,大家再来点火腿和红薯。"

"我一点也吃不下了。"弗兰说,她把叉子放在盘子上,"太好吃了,但我实在是吃不下了。"

"留点空间,"巴德说,"奥拉做了大黄派①。"

弗兰说:"我想我可以来一小块。等大家吃完再说。"

"我也一样。"我说。我是为了礼貌才这么说的。我从十三岁起就不喜欢大黄派,那时我就着草莓冰激凌吃大黄派,结果生病了。

我们吃完了自己盘子里的东西,然后又听见那该死的孔雀的声音。这家伙现在跑到房顶上去了。我们能听见它就在我们头顶的瓦上走来走去,弄出些踢踢踏踏的声音。

巴德摇摇头。"乔伊要不了多久就会倒下了,他折腾累了后就会去睡觉。"巴德说,"他睡在一棵树上。"

孔雀再次发出一声号叫:"啊嗷"。谁都没吭声。又有什么可说的呢?

然后奥拉说:"巴德,他想进来。"

"唔,他不可以进来,"巴德说,"我们有客人,如果你还没忘记的话。这些人不想和一只该死的老鸟待在一个屋子里。那只脏脏的鸟和你那副旧牙齿!别人会怎么想?"他摇了摇头,笑了。我们都笑了,弗兰也跟着笑了起来。

---

① 一种加有食用大黄的糕点。

"他一点都不脏,巴德,"奥拉说,"你这是怎么啦?你喜欢乔伊。你从什么时候开始觉得他脏了?"

"从他在地毯上拉屎时开始的,"巴德说,"原谅我的脏话。"他对弗兰说:"但我得告诉你,有时,我真想把那个老鸟的脖子给扭断。他都不值得我去杀,是吧,奥拉?有时,深更半夜的,他的叫声会把我吵醒。他一毛钱都不值,对不对,奥拉?"

奥拉对巴德的胡说八道摇了摇头,她拨弄着盘子里的几粒豆子。

"你们怎么会想起来去养一只孔雀?"弗兰很想知道。

奥拉从盘子上抬起头来,她说:"我还是个小姑娘时,在一本杂志上看到一张孔雀的照片。从那时起,我就一直希望自己有一只孔雀。我觉得它是天底下最美的东西。我把那张照片剪下来,贴在床头。这是我保存最久的照片。后来,巴德和我住到这儿来了,我觉得这是个机会,就对他说:'巴德,我想要只孔雀。'巴德觉得我的想法很可笑。"

"我只好去打听了一下,"巴德说,"我听说邻县有个老人养这玩意儿。他叫它们'天堂鸟'。为了这'天堂鸟',我们花了一百美元。"他说着用手拍了一下前额,"老天爷啊,我娶了个高品位的女人。"他冲奥拉咧嘴一笑。

"巴德,"奥拉说,"你知道不是这样。别的不说,乔伊可以看家。"她对弗兰说:"有了乔伊,我们就不需要看家狗了。他什么声音都听得见。"

"如果不景气的话,这很有可能,我就把乔伊放进一口大锅里,"巴德说,"连皮带毛一起煮。"

"巴德！这一点也不好笑。"奥拉说，但她还是和我们一起笑了起来，让我们再次欣赏到她的牙齿。

婴儿又哭起来了，这次哭得很厉害。奥拉放下餐巾，站了起来。

巴德说："不是这个，就是那个。奥拉，把他抱出来吧。"

"我这就去。"奥拉说完转身去抱婴儿。

孔雀又开始哀号，我感到背上的汗毛竖了起来。我看了眼弗兰，她把餐巾纸拿起又放下。我往厨房窗户那边看了看。外面全黑了，窗户开着，外面装着纱窗。我好像听到孔雀在前廊发出的响动声。

弗兰把眼睛转向过道，她在等着奥拉和婴儿。

过了一会儿，奥拉抱着他走了出来。我看了一眼婴儿，不由吸了一口凉气。奥拉抱着婴儿在桌旁坐下。她的手撑在他的胳肢窝下，好让他站在她的大腿上面对我们。她看着我和弗兰，脸没有红。她在等着我们的评价。

"呃。"弗兰说。

"什么？"奥拉很快地说。

"没什么，"弗兰说，"我好像看见窗口有个东西，好像是只蝙蝠。"

"这里没蝙蝠。"奥拉说。

"也许是只飞蛾。"弗兰说，"是有个东西。嗯，"她说，"真是个不一般的小宝宝。"

巴德看着婴儿，而后，他看了看弗兰。他把椅子向后翘着，点点头。他又点点头，说："没什么，别担心。我们知道他目前还赢不了选美比赛，他不是克拉克·盖博[①]。但给他点时间，运气好的话，这个嘛，他会长成他老爹这个样子的。"

婴儿站在奥拉的腿上，转着脑袋看着我们。奥拉扶住婴儿的腰，这样一来，他就可以用他的小肥腿站着前后摇晃。毫无疑问，这是我见到过的最丑的婴儿，丑得我都不知道说什么是好，我一句话也说不出来。我不是指他有病或是有残疾什么的，不是那样的，就是长得丑。这个婴儿长着个又大又红的脸，泡泡眼，大脑门，加上肥厚的嘴唇。根本见不着脖子，下巴下面有三四层肥肉，一直挂到耳朵那儿，耳朵在光头上支棱着，手腕上挂满肥肉，手臂和手指头也是胖乎乎的。说他丑都像是在夸奖他。

这个丑婴儿发出怪叫声，在他妈妈的腿上又蹦又跳的。然后，他停了下来，身体向前倾，用他的胖手来够奥拉的盘子。

我是见过婴儿的。我没成年时，我的两个姐姐共有六个小孩。我小时候常和婴儿在一起，我也在商店之类的地方见到过婴儿。但这个婴儿实在是太绝了。弗兰也在盯着他看，我猜她也是什么话都说不出来。

"他是个壮小子，是不是？"我说。

巴德说："老天保佑，他很快就会去踢橄榄球。他可是

[①] 克拉克·盖博（Clark Gable，1901—1960），美国二十世纪二三十年代著名男影星。

个一顿饭也不落的主儿。"

像是为了确定这一点,奥拉用叉子挖了点红薯,把它送到婴儿的嘴边。"他是我的乖宝宝,是不是?"她对这个胖东西说,对我们一点不理会。

婴儿身体前倾,张口来接红薯。奥拉把红薯往他嘴里送时,他伸手去抓奥拉的叉子。他一边嚼一边在奥拉的腿上蹦着。他的眼睛鼓鼓的,像是被硬塞进去的。

弗兰说:"他真是个不寻常的小宝宝,奥拉。"

婴儿的脸皱了起来,他又闹上了。

"让乔伊进来吧。"奥拉对巴德说。

巴德把椅子的前腿放回到地板上。"我想至少要问问这两位,看看他们是否介意吧。"巴德说。

奥拉看了眼弗兰,又看着我。她的脸又红了。婴儿在她腿上又蹦又跳,扭来扭去地想下来。

"都是朋友,"我说,"想干什么干什么。"

巴德说:"奥拉,你想过没有?也许他们不想和一个像乔伊这样的老笨鸟待在一起。"

"你们介意吗?"奥拉对我们说,"能让乔伊进来吗?我觉得那只鸟今晚不大对劲。宝宝也一样。他习惯了睡觉前和乔伊玩一会儿。今晚这两个都不安生。"

"不用问我们,"弗兰说,"我不介意它进屋来。我从来没离这么近地看过孔雀,不过我不介意。"她看着我,我猜她是想让我说点什么。

"嗨,没事,"我说,"让它进来。"我端起杯子把牛奶喝完。

巴德从椅子上站起身来，他走到前门，把门打开，顺手打开了院子里的灯。

"宝宝叫什么？"弗兰想知道。

"哈罗德。"奥拉说，她又喂了哈罗德一点红薯，"他真的很聪明，精得跟鬼似的，你对他说什么他都知道。是不是呀，哈罗德？弗兰，等你有了孩子后，你就知道了。"

弗兰呆呆地看着她，我听见前门开了一下又关上了。

"他是有点聪明，"巴德回到厨房时说道，"像极了奥拉的老爸。那可是个聪明透顶的老家伙。"

我看了看巴德的身后，能看见孔雀待在客厅里，头转来转去的，像一个转动的手镜。它抖了抖身子，声音听起来就像有人在另一个房间里洗牌。

它向前走了一步，又走了一步。

"我能抱一抱宝宝吗？"弗兰说，口气像是在请求奥拉帮忙。

奥拉隔着桌子把孩子递给她。

弗兰想把婴儿放在自己的腿上，但婴儿开始扭来扭去，并发出怪叫声。

"哈罗德。"弗兰说。

奥拉看着弗兰和婴儿，说："哈罗德的外公十六岁时，决定把百科全书从头到尾读一遍。他做到了。读完时，他刚好二十岁，就在他认识我妈前不久。"

"他现在在哪儿？"我问道，"在做什么？"我很想知道一个当年立下这样一个目标的人，现在究竟怎样了。

"他死了。"奥拉说。她目不转睛地看着弗兰,弗兰正把婴儿面朝上地平放在她的腿上。她咯吱着他众多肥下巴中的一个,并开始和他咿咿呀呀地说了起来。

"他在森林里做工,"巴德说,"伐木工人放倒的一棵树把他砸死了。"

"我妈从保险公司得了点钱,"奥拉说,"但她早就把它用光了。巴德每月都给她寄点钱过去。"

"没多少,"巴德说,"我们自己也不富裕,但谁让她是奥拉的妈呢。"

这时,孔雀的胆子大起来了,它开始慢慢走动,蹒跚地向厨房走去。它昂着头,但有个角度,红色的眼睛盯着我们。它的冠,也就是那几根翘着的毛,在它头上方几英寸的地方立着,羽毛从尾部张开。它在离桌子不远的地方站定,打量着我们。

"看来这天堂鸟不是白叫的。"巴德说。

弗兰没抬头,她的注意力全集中在孩子身上,她和他玩起了拍手游戏。小东西很开心,我是说,至少他不再哭闹。她把婴儿抱了起来,对着他的耳朵咕哝了点什么。

"好了,"她说,"别告诉别人我说的。"

孩子瞪着泡泡眼看她,他伸手抓了一大把弗兰的金发。孔雀往桌前走了几步。我们都呆坐着,谁都不开口。婴儿哈罗德看见了孔雀,他松开弗兰的头发,在她腿上站起来,用他的胖手指指了指它,一边蹦上蹦下,一边怪喊怪叫。

孔雀绕过桌子,飞快地朝婴儿跑过来。它用它的长脖子来缠婴儿的腿,把它的喙伸进了婴儿的睡衣里,它的呆脑袋前后晃动着。婴儿蹬着他的小腿，笑个不停，扭着身子，从弗兰的膝盖滑到了地上。孔雀还在不停地顶婴儿，像是在玩游戏。婴儿使劲向前挣，弗兰把他拉回来，让他靠在自己腿上。

"我真的不敢相信。"她说。

"这孔雀脑子有毛病，这就是问题所在，"巴德说，"这该死的东西不知道自己是只鸟，这是它最主要的问题。"

奥拉笑了，又一次露出了她的牙齿。她看着巴德。巴德点了点头，把椅子向外推了推。

这真是个奇丑无比的婴儿。但是，我觉得巴德和奥拉并不太在意。即使在意的话，他们也许会这样想：好吧，就算他很丑，那也是我们的孩子。并且，这只是一个阶段，很快就会有另一个阶段。有这个阶段，也会有下一个阶段。从长远看，在经历了所有这些阶段后，一切都会好起来的。他们很可能就是这样想的。

巴德把婴儿举过头顶，不停地摇晃他，直到他大声尖叫起来。孔雀在一边看着，身上的羽毛竖了起来。

弗兰又摇了摇头，把衣服上婴儿坐过的地方抹平。奥拉拿起叉子，吃着盘子里剩下的几颗豆子。

巴德把婴儿移到身后，说："还有派和咖啡。"

在巴德和奥拉家度过的那晚很不寻常，我当时就感觉到了。那个晚上，我对我生活中的一切都感到满意，恨不得马上就能和弗兰单独待着，告诉她我的感受。那晚我许了个愿。我坐在桌旁，闭上眼一分钟，使劲地想。我的愿望是永远不会忘记这个夜晚。这个愿望竟然实现了，但这是个给我带来厄运的愿望。当然，在当时，我不可能知道这一点。

"杰克，想什么呢？"巴德对我说。

"随便想想。"我说，冲他笑了笑。

"一笔钱。"奥拉说。

我又笑了笑，摇了摇头。

从巴德和奥拉家回来的那个晚上，我们钻进被子后，弗兰说："宝贝，用你的种子来填满我！"她这么一说，我全身从头到脚都听到了，于是边喊边释放了出来。

后来，我们的生活发生了诸多的变化，添了孩子，还有其他等等。弗兰会把在巴德家的那一晚，看成是这些变化的起因。但她错了。变化是后来的——它来临时，就像是发生在其他人身上的事情，而不像可能会发生在我们身上的事情。

"你该死的朋友和他家的丑八怪婴儿。"晚上看电视时，弗兰会无缘无故地说上一句。"还有那只臭鸟。"她会说，"老天，谁会养那样的东西！"她现在常说些这样的话，尽管从那次以后，她再也没见过巴德和奥拉。

弗兰不再去奶制品厂上班，而且她早就把她的长发剪掉了。她也开始靠着我过日子了。我们不谈这些，有什么好谈的？

我还是每天和巴德在工厂碰面，我们一起上班，一起打开午餐饭盒。我要是问他的话，他会对我讲讲奥拉和哈罗德。乔伊已不是话题了。有一天晚上，它飞到树上后就死掉了，再也没下来。也许是太老了吧，巴德说。后来，猫头鹰占了那棵树。巴德说完耸耸肩。他一边吃着三明治，一边对我说哈罗德会成为一个后卫球员。"你真该瞧瞧这孩子。"巴德说。我点点头。我们仍然是朋友，这一点都没有变。但我和他说话不再像从前那样毫无顾忌了。我知道他察觉到了，他不希望这样。我也不希望这样。

难得有一两次，他会问到我家的情况。如果他问的话，我会告诉他大家都好。"大家都很好。"我说，合上饭盒，取出香烟。巴德点点头，呷一口咖啡。其实，我孩子的性格有点问题。但我不谈这个，就连同孩子他妈也不谈，尤其是同她不谈这个。现在，我俩之间的话越来越少了，大多时间里，都是闷坐着看电视。但我忘不了那一晚。我记得那只孔雀怎样抬起灰色的脚，在桌旁一点一点地挪动。后来我的朋友和他的妻子在门廊上和我们道别。奥拉送给弗兰几根孔雀羽毛做纪念。我记得我们大家握手拥抱，说着告别的话。上车后，弗兰靠着我坐着，手一直放在我的腿上。我们就这样从我朋友家开回了家。

大教堂

这个盲人,我太太的一位老朋友,正在来我家过夜的路上。他的老婆已经去世,他去康涅狄格州看望他亡妻的亲戚时,从他岳父母那儿给我太太打来电话。一切都安排好了。他乘火车来这儿,需要五个小时,我太太会去车站接他。十年前,我太太在西雅图为他工作过一个夏天,后来就没再见过面,但她和盲人始终保持着联系。他们录好录音带,互相寄来寄去。我对他的来访没多大兴趣,我跟他素不相识,他是盲人这件事也让我感到不自在。我对盲人的概念全来自电影,电影里盲人走起路来总是慢吞吞地,而且他们从来都不笑。有时,他们要由一条导盲犬领着走。在家里招待一个盲人并不是一件令人向往的事情。

那年夏天,在西雅图的她需要份工作。当时她身无分文,准备夏天一过就和她结婚的那个男人还在军官培训学校读书,他也是身无分文。不过,她很爱那个家伙,他也爱她,事情就是这样。她在报上读到一则广告:招聘——

给盲人读书，还有个电话号码。她打了电话，去了那里，当场就被录用了。她为这个盲人工作了整整一个夏天，给他念些案例研究、报告之类的东西，帮他整理他在县社会服务部的那间小办公室。他们成了好朋友——我太太和这个盲人。我怎么知道的？是她告诉我的，她还告诉了我一些其他的事情。在她工作的最后一天，盲人问她是否可以摸摸她的脸。她同意了。她告诉我说他用手指把她的脸摸了个遍，她的鼻子，甚至她的脖子！她永远忘不了这件事，甚至想要写一首诗来描述它。她总是想着写诗，每年都要写上一两首，通常是在发生了对她来说很重要的事情以后。

我们刚开始约会那会儿，她给我看过那首诗。在诗里，她回忆了他的手指和它们在她脸上移动的方式。在诗里，她讲了她当时的感受，讲了盲人触摸到她鼻子和嘴唇时，她脑子里闪过的念头。我记得我当时并不觉得这首诗有多好。当然，我没有跟她直说。也许我对诗歌一窍不通。我承认如果我想找点东西读读，首先想到的肯定不会是诗。

这么说吧，她最先爱上的那个男人——那个未来的军官——是她小时候的恋人。所以没什么，我是说在那个夏天结束时，在让那个盲人摸了脸蛋，和他告完别，嫁给了她小时候的恋人（他已经是个正式军官了）后，她就搬离了西雅图。不过他们之间仍然保持着联系，她和那个盲人。大约在一年后，她先联系了他。有天晚上，她从阿拉巴马州的一个空军基地打电话给他。她想聊聊。他们就聊上了。他让她寄盘录音带给他，谈谈她的生活。她照着做了。她把录音带寄过去，在录音带里，她跟盲人讲了她丈夫和他们的军营生活。

她对盲人说，她爱她丈夫，但不喜欢他们住的地方，不喜欢他成了军事工业的一部分。她告诉盲人，她写了一首诗，把他也写进去了。她还告诉他，她正在写一首关于做一个空军军官妻子是什么滋味的诗。诗还没有写完，她还在写。盲人也录了一盘磁带，寄给了她。她又录了一盘磁带。就这样持续了好几年。我妻子的那个军官丈夫经常变换驻地，她从美国穆迪空军基地、麦圭尔基地、麦康奈尔基地，最后从萨克拉门托附近的特拉维斯基地给他寄磁带。在那里的一天晚上，她突然感到孤寂，觉得这种搬来搬去的生活让她不断与她亲密的人失去联系。她觉得自己一步也走不下去了。她走进房间，吞下了药柜里所有的药片和胶囊，用一瓶杜松子酒把它们冲了下去。然后，她躺进装满热水的浴盆，昏了过去。

但她没有死，只是病了一场，她吐得一塌糊涂。她的军官——为什么非要给他一个名字？他是她童年时代的恋人，他还想要什么？——从外面回来，发现了她，叫来了救护车。她立刻把所有这些都录在一盘磁带上，寄给了那个盲人。这些年来，她把大大小小的事情都录在磁带上，然后飞快地寄给他。除了每年写一首诗，我想这就是她最主要的消遣了。在一盘磁带里，她对盲人说，她决定跟她的军官分居一段时间。在另一盘磁带里，她告诉他她离婚了。当然，她也告诉了盲人我开始和她约会。她什么事都对他说，至少在我看来是这样的。有一次她问我，是否愿意听听盲人刚寄来的磁带。这是一年前的事了。她说磁带提到了我。我说好啊，可以听听。我取来了酒，我俩在客厅坐了下来，做好了听磁带的准备。她把磁带放进录音机，调了调旋钮,然后按下一个键。磁带发出吱吱的声音,然后有个人扯着大嗓门开始讲话。她调低了音量。在一段无关紧要的闲话之后,我听到这个陌生人在提我的名字,这个我根本就不认识的盲人!接着就是这句话:"从你讲的有关他的全部情况来看,我只能得出这样的结论——"但这时我们被打断了,好像有人敲门,还是有什么事情,我们再也没有回头来听这盘磁带。也许这样更好,想听的我都听到了。

现在,就是这个盲人要来我家过夜。

"我也许可以带他去打保龄球。"我对老婆说。她正站在沥水架前切土豆。她放下手中的刀子,转过身来。

"你要是爱我的话,"她说,"你就会为我做这件事。要是你不爱我,那就算了。但你要是有个朋友,不管是什么样的朋友,这个朋友来做客,我会让他感到舒适的。"她用餐巾擦了擦手。

"我可没有什么盲人朋友。"我说。

"你什么朋友都没有,"她说,"就是这样。再说,"她接着说,"他的妻子刚刚去世!该死的,你连这个都不懂吗?这个男人失去了妻子!"

我没有搭理她。她给我讲过盲人的老婆的一些情况。她的名字叫比尤拉。比尤拉!这是一个有色人种的女人的名字。

"他老婆是个黑人吗?"我问道。

"你疯啦!"我老婆说道,"你到底是在发疯还是怎么了?"她捡起一块土豆。我看见这块土豆被摔在地板上,然后滚到了炉子的下面。"你犯什么病了？"她说，"你喝多了吗？"

"我只不过随便问问。"我说。

就在那时，我老婆给我补充了更多的细节，这大大超出了我所关心的。我倒了杯酒，坐在餐桌旁听着。故事的碎片终于连起来了。

比尤拉是在我老婆离开后的那个夏天去为盲人工作的。她很快就和盲人在教堂举行了婚礼。这场婚礼规模很小——谁会想去参加那样的婚礼？——就他们两个人，外加牧师和牧师太太。但这是个正式的教堂婚礼，这是比尤拉想要的，盲人说。可是，就在那时，比尤拉肯定已经得了乳腺癌。他们就这样形影不离地生活了八年——"形影不离"，我老婆用的词——比尤拉的健康开始迅速恶化。她是在西雅图的一家医院里去世的，盲人就坐在她的床边，握着她的手。他俩结了婚，一起生活，一起工作，一起睡觉——当然有性生活——最后盲人还得给她送葬。他做了这些事情，却从来没看见过那个该死的女人长什么样。这让我无法理解。听到这些，我有点为盲人难过。而后，我突然发现自己在想那个女人的一辈子过得是多么惨。想想看吧，一个女人，从来不知道自己在爱人眼里是什么样的。一个女人就这样日复一日地生活着，从来听不到她心爱的人哪怕是最最微小的恭维。一个女人，痛苦也好，欢乐也好，她丈夫永远看不到她的表情。化妆不化妆——对他来说又有什么差别？她愿意的话，可以给一只眼睛抹上绿色的眼影，在鼻孔里插根别针，黄色裤子配紫色鞋子，爱怎么穿就怎么穿。然后，悄无声息地死去，盲人的手放在她的手上，盲眼泪如雨下——我在动用我的想象力——她最后的念头大概是：她已在去坟墓的快车上了，而他连她的模样都还不知道。她给罗伯特留下了一小笔保险金和半块二十比索的墨西哥硬币。硬币的另一半放进了她的棺材。真可怜。

时间一到，我老婆就到车站接他去了。除了等待之外，我没事可干——这当然也得怪他——听见汽车开进车道时，我正一边喝酒一边看电视。我拿着酒杯从沙发上站起来，去窗前看看。

我看见我老婆停车时面带笑容。我看见她从车里出来并关上车门，脸上还挂着微笑。奇了怪了。她绕到车子的另一边，盲人正准备下车。这个盲人，想象一下吧，他竟然留着个大胡子！盲人留胡子！太过分了，我对自己说。盲人把手伸到后座，拉出了一只手提箱。我老婆挽起他的胳膊，关上车门，一路上说着话，领着他走过车道，走上前门廊的台阶。我关掉电视，喝光杯子里的酒，冲了冲杯子，擦干手，然后来到了门口。

我老婆说："给你介绍一下罗伯特。罗伯特，这是我丈夫。他的事情我都跟你说过。"她容光焕发，拉着盲人外套的袖子。

盲人放下手提箱，伸过手来。

我握住它。他使劲握着我的手，握了一会儿才松开。

"我觉得我们好像早就认识了一样。"他声音洪亮地说道。

"我也是。"我说，不知道还该说些什么。我接着说：

"欢迎光临，我常听说你。"我们动了起来，一小伙人从门廊向客厅走去。我老婆挽着他的胳膊引导着他，盲人的另一只手拎着手提箱。我老婆嘴里唠叨着："向左，罗伯特。对了。当心，那儿有一把椅子。到了。就坐在这儿。这是沙发，我们两周前刚买的。"

我谈起了那张旧沙发。我喜欢那张旧沙发，不过我没说什么。接下来我想说别的，闲聊嘛，说起了乘火车沿哈德逊河观看风景。说要是去纽约，你应该坐在火车的右手边，从纽约回来时，要坐在左手边。

"坐车还顺利吧？"我说，"顺便问一下，你坐在了哪一边？"

"哪一边，这是个什么问题！"我老婆说，"坐在哪一边又有什么关系？"

"我只是随便问一下。"我说。

"右边，"盲人说，"我差不多有四十年没坐火车了，上次坐的时候我还是个小孩子，跟大人一起坐的。那是很久以前的事了，我差不多都忘记了当时的心情。现在我的胡子已经上霜了。"他说："反正有人是这么跟我说的。我看上去神气吗，亲爱的？"他问我老婆。

"你看上去很神气，罗伯特。"她接着说，"罗伯特，见到你真是太高兴了。"

我老婆终于把目光从盲人身上移开来看我，我有种感觉，她不喜欢她看到的。我耸耸肩。

我从未碰到过，也不认识任何一个失明的人。这个盲人快五十了，长得壮实，秃顶，塌肩，像是担着很重的东西。他穿着棕色休闲裤，棕色鞋子和浅棕色衬衫，打着一条领带，一件运动外套，收拾得蛮利落。还有就是那把大胡子。但他没有手杖，也没戴墨镜。我总以为墨镜是盲人必戴的东西。说真的，我倒希望他戴一副。乍一看，他的眼睛跟常人也没什么两样。不过，你要是仔细瞧，就能看出一些差别来。首先是眼白太多，眼珠在眼眶里似乎不由自主地转动着，真恐怖。我盯着他的脸，看见他左眼的眼珠在朝他的鼻梁那儿转，而另外一个眼珠却在尽力保持不动。但那只是尽力而已，因为它在不由自主地乱转着。

我说："给你来杯酒。你喜欢什么？我们什么都有一点。喝酒是我们的一种消遣。"

"老弟，我是个苏格兰人。"对这么个大嗓门来说，他说话还真够快的。

"没错，"我说，"老弟！当然是了，我早看出来了。"

他用手指摸了一下放在沙发旁边的那只手提箱。他在探测他的方位，这一点我能理解。

"我会把它搬到你房里去。"我老婆说。

"不用了，没事的。"盲人大声说道，"等我上楼时把它带上去。"

"威士忌里掺点水？"我说。

"一点点。"他说。

"我就知道。"我说。

他说："一两滴就够了。那个爱尔兰演员，巴里·菲茨杰拉德？我像那个家伙一样。菲茨杰拉德说过，我喝水的时候，我只喝水；我喝威士忌的时候，只喝威士忌。"我老婆笑了。盲人把手放在他胡子的下面，他把胡子托起来，又让它落了下去。

我调好酒，三大杯威士忌，每杯只掺了一点水。然后，我们舒舒服服地坐着，聊起了罗伯特的旅行。首先是从西海岸到康涅狄格州的长途飞行，我们聊了那个。然后是从康涅狄格州坐火车来我们这儿。聊到那段旅程时，我们又喝了一杯。

我记得在哪儿读到过盲人不抽烟，据推测，原因是他们看不见自己吐出来的烟。我想，对于盲人，我也就只知道这么一点点。但这个盲人把烟吸到一点不剩，紧接着又点上了一根。他把烟灰缸填得满满的，我老婆去把烟灰缸倒干净。

在桌旁坐下吃晚餐时，我们又喝了一杯。我老婆在罗伯特的盘子里堆满了牛肉块、土豆片和青豆。我帮他用黄油抹了两片面包。我说："这是你的黄油面包。"我又喝了两口酒，说："现在让我们来祷告。"盲人低下了头。我老婆目瞪口呆地看着我。"愿电话铃不要响，愿饭菜不会变凉。"我说。

我们埋头吃上了，我们把端上桌的食物一扫而空，就像是吃了今天就没有明天一样。我们一声不吭，我们只管吃。狼吞虎咽。风卷残云。吃得一丝不苟。盲人总能准确地找到他要吃的饭菜，他几乎知道盘子里所有东西的位置。我用佩服的目光看着他用刀叉切肉。他切下两片肉，用叉子送进嘴里，又全力以赴地去对付土豆片，接下来是青豆，再撕下一大块抹了黄油的面包吃了，这之后是满满一大杯牛奶。偶尔，他似乎也不介意直接用手去抓。

我们吃完了所有的东西，包括半块草莓派。有一阵子，我们发愣似的坐在那儿，脸上挂着汗珠。最终，我们站起身来，离开了那些脏盘子。我们头也不回地径直走进客厅，在各自的位置坐了下来。罗伯特和我太太坐在沙发上，我坐在大椅子上。在他俩谈论十年来各自生活中发生的重要事情的时候，我们又喝了两三杯酒。大部分时间里，我只是听着，偶尔也插上一两句。我不想让他觉得我不在房间里，也不愿意让她认为我觉得自己受了冷落。他们谈了这十年中发生在他们身上的事情——他们身上！我徒劳地盼望着能从我老婆那张甜蜜的小嘴里听到我的名字，像"后来，我亲爱的丈夫进入了我的生活"之类的话，可是我一点也没有听到。更多的是罗伯特。罗伯特似乎什么都干过一点，一个瞎了眼的万事通。前不久，他和他老婆在给安利做分销。我估计他们以此为生，起码看上去是这样。盲人也是业余无线电收发爱好者。他粗声大气地谈着他跟其他爱好者之间的通话，他们有的住在关岛，有的住在菲律宾，有的住在阿拉斯加，甚至连塔希提岛上也有。他说他要是去那些地方旅游，会有很多当地的朋友的。他不时地把他那张盲人的脸转向我，托着胡子，问我一些问题。我在现在这个职位上干了几年了？（三年。）我喜欢自己的工作吗？（不喜欢。）还准备继续干下去吗？（有什么可以选择的吗？）最后，我觉得他快要没说的了，就起身把电视机打开。

我老婆恼怒地看着我,眼看着她就要发作了。她把目光转向盲人说:"罗伯特,你有电视机吗?"

盲人说:"亲爱的,我有两台电视,一台是彩色的,另一台是黑白的,是件老古董。很滑稽,如果我打开电视——我总爱让电视开着——我总是去开那台彩色的。很滑稽,是不是?"

我不知道该说些什么。对此我无话可说。没什么看法。我看着新闻节目,想听清楚播报员在说些什么。

"这是一台彩电,"盲人说,"别问我怎么知道的,反正我能够分辨出来。"

"我们不久前新换的。"我说。

盲人又尝了一口酒。他托起他的胡子来,闻了闻,又放下去。他在沙发上把身子往前倾了倾,把咖啡桌上的烟灰缸摆正,然后把打火机凑到烟上。他把身子靠回沙发,两腿在脚踝处交叠起来。

我老婆捂住嘴,打了个哈欠。她伸了个懒腰。她说:"我想我该上楼去换上我的睡袍了。我该换件别的衣服穿上。罗伯特,别太拘束了。"

"我很舒服。"盲人说。

"我希望你在这里觉得很舒服。"她说。

"我很舒服。"盲人说。

她离开后,我和他听了天气预报,又听了体育快讯。她已经离开了很久,我不确定她还会不会再回来。我想她可能已经上床了。我希望她能下楼来,我可不愿意单独跟一个盲人待着。我问他要不要再来杯酒,他说好啊。我又问他想不想跟我抽点大麻。我说我刚卷了一根。其实我没有,不过我准备待一会儿就卷。

"那我和你一起尝尝。"他说。

"太他妈的棒了,"我说,"好东西。"

我倒上酒,和他一起坐在沙发上。然后,我卷了两根鼓鼓的大麻烟。我点燃了一根,递给了他,让他用手指夹住。他拿住它,吸了起来。

"尽量多屏住一会儿。"我说。我看出来他对这个连最起码的常识都没有。

我老婆身穿粉红色的睡衣和拖鞋从楼上下来。

"什么味道?"她说。

"我们想起来抽点大麻。"我说。

我老婆狠狠地瞪了我一眼,然后她看着盲人说:"罗伯特,我不知道你还抽这个。"

他说:"我现在抽了,亲爱的。凡事总得有个开头。不过我还没有什么感觉。"

"这玩意儿挺香的,"我说,"这个还比较温和,是你能够对付的。不会把你的头搞昏。"

"不把头搞昏的可不多,老弟。"他说着大笑起来。

我老婆坐到了沙发上,就坐在我和盲人中间。我把烟递给她。她接过去吸了一口,递还给我。"会怎样?"她说。稍后她又说:"我不该抽这个,我本来就睁不开眼了。都是那顿饭的事,我真不该吃那么多。"

"是草莓派,"盲人说,"是草莓派搞的鬼。"他说完放声大笑起来,然后摇了摇头。

"还剩一些草莓派。"我说。

"你还想再来一点吗,罗伯特?"我老婆说。

"待会儿再说吧。"他说。

我们都把注意力集中在电视上。我老婆又打了个哈欠。她说:"你什么时候想去睡觉,我就去铺床,罗伯特。我知道你累了一天了,想睡觉就说一声。"她拉了拉他的胳膊。"罗伯特?"

他回过神来,说:"我很愉快。这比磁带好多了,是不是?"

我说:"该你了。"我把那根烟塞进他的手指间。他吸了一口,屏住烟,然后再吐出来,老练得像他从九岁起就一直在抽这玩意儿。

"老弟,谢谢了,"他说,"我想我已经差不多了。我觉得我开始感到它的劲头了。"他把还在燃烧着的烟头递给我老婆。

"我也是,"她说,"我也打住了。"她接过烟头,递给了我。"我就在你俩中间坐一会儿,闭目养神。别让我碍你们的事,好吗?不管是谁。要是打扰你们了,就说一声。否则,我就闭着眼睛坐在这儿,直到你们去睡觉为止。"她说,"罗伯特,你准备睡的时候,你的床马上就能铺好,就在楼上,我们房间的隔壁。你要是准备睡觉,我们就领你去。要是我睡着了的话,你们叫醒我。"说完她就闭上了眼睛,睡着了。

新闻播完了,我站起身来换了个频道,坐回到沙发上。

我真希望我老婆没有就这么筋疲力尽地睡着了。她的头仰靠在沙发背上，嘴张着。她的身子侧了过来，睡袍从腿上滑开，露出了丰满的大腿。我伸手把她的睡袍拉上，这时我瞟了盲人一眼。何必呢！我把睡袍又给掀开了。

"想吃草莓派就说一声。"我说。

"好。"他说。

我说："你累了吗？要我领你到床上去吗？你要去歇着了吗？"

"还没有，"他说，"还不困，老弟，如果你不介意的话，我想和你待一会儿，等你想睡觉时我再去睡。我们还没有机会好好聊聊吗。知道我的意思吗？我觉得今晚都让我和她给占去了。"他捧起胡子，又松开来。他拿起香烟和打火机。

"好啊，"我说，接着我又说，"我很高兴能有你做伴。"

我想我是高兴的。我每天晚上都要抽大麻，一直熬到快睡着了才去睡觉。我和我老婆几乎没有同时上过床。等到我真的去睡觉了，我又总是做梦。有时，我会从梦中惊醒，心脏狂跳不止。

电视里播放着关于教堂和中世纪的节目，这不是那种你通常会看的节目。我想要看一些其他的东西，我换了几个频道，也没有找到什么好看的。我说着对不起，换回到原来的频道。

"老弟，没关系，"盲人说，"我无所谓。你看什么都行。我总能学到一点什么，学无止境嘛。今晚学点东西对我没什么坏处。我带着副耳朵呢。"他说。

我们默默地待了一会儿,他身体向前倾,头冲着我,右耳对着电视的方向。看上去怪不舒服的。他的眼皮不时地垂下来,又猛地睁开。他不时捋一下胡须,像是在琢磨从电视上听到的东西。

电视屏幕上,一群穿着骷髅服和扮成魔鬼的人正在折磨一群穿着修士服的人。扮成魔鬼的人戴着面罩、犄角和长长的尾巴。这个表演是整个仪式中的一部分,那个解说的英国人说,在西班牙每年都要举行一次这样的活动。我试着向盲人解释电视上播放的东西。

"骷髅?"他说,"我知道骷髅是什么东西。"他一边说,一边点点头。

电视里出现了一座大教堂,接着是关于另一座大教堂的长长的慢镜头。最后,画面切换到巴黎那座有名的大教堂,这座教堂有着飞扶壁和直耸云霄的尖顶。镜头拉开了,展现出耸立在地平线上的大教堂的全貌。

担任解说的英国人有时会闭上嘴,任由镜头围绕着大教堂转动,或者让镜头在乡间漫游,人们跟着牛群走在田野里。我一直没有说话,后来,我觉得必须说点什么了。我说:"他们现在在展示这座大教堂的外部。滴水嘴兽。雕成怪兽样子的小雕像。现在,我估计是在意大利。没错,是意大利。这座教堂的墙上有画。"

"老弟,是壁画吗?"他呷着酒问道。

我伸手去拿酒杯,但杯子空了。我尽量记住能记住的东西。"你问我这些是不是壁画?"我说,"问得好。不过我不知道。"

镜头转到里斯本郊外的一座大教堂上。与法国和意大利的大教堂相比，葡萄牙的没什么大的差别，不过还是有一点，主要是在内部。这时，我忽然想起了一个问题，我说："我想到一个问题，你知道大教堂是什么吗？它们看上去像什么？你懂我的意思吗？如果有人对你说大教堂，你明白他在说什么吗？你知道它和，比如说，一个浸礼会教堂的差别吗？"

他慢悠悠地吐着烟雾。"我知道盖一座大教堂需要成百上千的人，要花五十甚至一百年的时间，"他说，"当然喽，这是我刚从解说员那儿听来的。我知道，有可能一家几代人都在修同一座大教堂，这也是那个人说的。那些人为此干了一辈子，却等不到竣工的那一天。在这点上，老兄，他们和我们没什么两样，是吧？"他大笑起来。不一会儿，他的眼皮又垂了下来，脑袋不住地往下磕，像是在打瞌睡。也许他正在幻想自己身处葡萄牙。电视上出现了另外一座大教堂，这一座在德国。英国人还在那儿喋喋不休。"大教堂。"盲人说，他坐直了身子，脑袋来回晃动，"你要是想知道的话，老弟，我就知道这么多，我刚才说过的那些，也就是我从他那儿听来的那些。不过你也许可以给我描述描述？我很希望你能这么做。我真的这么想。说实话，我知道的东西实在太少。"

我使劲盯着电视上的大教堂。我该从哪儿开始描述它呢？假如这攸关性命，假如一个疯子威胁我非这么做不可的话。

我又盯着大教堂看了一会儿，直到画面切换到了乡村。没用。我转过身来对盲人说："首先，它们都很高大。"我环顾着房间，想找点线索。"它们一直往上升，往上，往上，一直升向天空。它们太大了，其中的几座，必须要用支撑物，这么说吧，用支撑物来把它们支撑住。这些支撑物叫作扶壁。不知道为什么，它们总让我想起高架桥来。但你可能也不知道高架桥是什么吧？有的大教堂的正面雕刻着魔鬼之类的东西，有的雕刻着公爵和贵妇。别问我这是为什么。"我说。

他不停地点头，整个身体的上部似乎都在来回摆动。

"我讲得不好，是吗？"我说。

他停止了点头，坐在沙发边上，身体向前倾。听我说话的时候，他不停地用手捋着胡须。我看得出来，我没讲清楚，不过他还是等着我接着往下讲。他点点头，像是在鼓励我。我绞尽脑汁，想着还有什么好说的。"它们真的很大，"我说，"非常非常地大。它们是用石头建造的，有时也用大理石。从前，人们盖教堂是为了接近上帝。在过去，上帝是人们生活中一个很重要的部分。你从盖教堂这件事就能看出来。真对不起，我能为你讲的就这些了。我实在不擅长这个。"

"没什么，老弟，"盲人说，"嗨，听着。我希望你不介意我问你。我能问你问题吗？让我问你一个简单问题，只需回答'是'或者'不是'。我只不过有点好奇，不是想冒犯你。你是这里的主人。我想问问你信不信教？你不介意我这么问吧？"

我摇摇头,可是他看不见。对一个盲人来说,点头和眨眼没什么两样。"我想我不信,什么教都不信。有时候这是很难的。你明白我的意思吗?"

"当然明白。"他说。

"那就好。"我说。

那个英国人还在没完没了地唠叨。我老婆在睡梦中叹了口气,她深吸了一口气,继续睡她的觉。

"你一定要原谅我,"我说,"我无法告诉你大教堂到底是什么样子的。我做这种事情真的不在行。我实在没办法做得更好了。"

盲人一动不动地坐着,听我说话时低着头。

我说:"说实话,大教堂对我来说没有任何特殊的意义,一点也没有。大教堂嘛,它们就是午夜电视节目里播放的东西,仅此而已。"

就在这时,盲人清了清嗓子,可能带出了点什么。他从后面口袋里掏出一块手帕。然后他说:"我明白了,老弟。没什么,这是常有的事。别再想它了。"他接着说:"嗨,听我说。你能帮我一个忙吗?我有了个主意。你能找几张厚一点的纸来吗?还要一支钢笔。我们来做一件事。我们一起来画一个。去弄一支笔和一些厚纸来。去吧,老弟,去找些东西来。"

于是,我上了楼。我觉得我的腿像是跑完步后一样,一点劲都没有。我在我老婆的房间里四下寻找,发现她桌子上的小篮子里有几支圆珠笔。然后我想,到哪儿去找他说的那种纸呢?

在楼下厨房里，我找到了一只购物袋，里面还留有一些洋葱皮。我倒空纸袋，抖了抖。我拿着纸袋进了客厅，在靠近他腿的地方坐了下来。我挪开一些东西，把纸袋上的皱褶抹平，再把它摊开在咖啡桌上。

盲人离开了沙发，挨着我坐在地毯上。

他用手指在纸上到处摸着，上下摸着纸的两面。纸的边缘，对，甚至纸的边缘也摸了。他还摸了摸纸的四个角。

"好，"他说，"好，我们来画吧。"

他摸到我的手，那只拿着笔的手。他用他的手包住我的手。"开始吧，老弟，画，"他说，"画吧，你会明白的。我会跟着你的。没问题。就按我说的开始。你会明白的。画吧。"盲人说。

我画了起来。我先画了个像房子一样的方框，它可能就是我住的房子。然后我给它加了个屋顶，在屋顶的两边，我画上尖顶。真是疯了。

"太精彩了，"他说，"太棒了。你画得真不错。从来没想到这辈子会做这样的事情，是不是，老弟？嗨，人生本来就很奇怪，我们都知道这个。继续啊，别停下来。"

我画上拱形的窗户。我画上飞扶壁。我加上大门。我停不下来了。电视里的节目已经演完了。我放下笔，握紧手指又松开。盲人摸着纸面，感受着。他用指尖滑过纸面，滑过我画的东西，他点了点头。

"画得不错。"盲人说。

我又拿起笔，他找到我的手。我接着往下画。我不是什么艺术家，但这不妨碍我接着往下画。

我老婆睁开眼睛，愣愣地看着我们。她从沙发上坐起身来，睡袍敞着。她说："你们在干什么？告诉我，我想知道。"

我没有回答她。

盲人说："我们在画一座大教堂。我和他正在画。""使劲往下压，"他对我说，"就这样。很好。"他说："对了。你找到感觉了，老弟。我感觉到了。你原来以为自己不行，但你行，不是吗？你现在画得很顺手嘛。你明白我说的吗？我们马上就要弄出点什么来了。那只老胳膊还行吧？"他说："现在往里面加几个人。没人还叫什么大教堂？"

我老婆说："怎么回事？罗伯特，你在干什么？怎么回事？"

"没什么。"他对她说。"现在你闭上眼睛。"盲人对我说。

我照着做了，像他说的那样闭上了眼。

"闭上了吗？"他说，"别骗我。"

"闭上了。"我说。

"就这么闭着，"他说，"现在别停下来。画。"

我们继续往下画。当我的手在纸上移动时，他的手指就搭在我的手指上。我这一生从来没有过这样的经历。

稍后他说："我觉得可以了。我觉得你画好了。"他说："看一下。你觉得怎么样？"

但我还闭着眼睛。我想就这么再待一会儿。我觉得我应该这样做。

"怎么样？"他说，"你在看吗？"

389

我还闭着眼睛。我在自己的家里,这个我知道,但我又觉得自己不在任何东西里面。

"真是不一般。"我说。

有益的小事

星期六下午,她开车去了购物中心的那家面包店。看完活页夹上贴着的蛋糕照片后,她订了巧克力的,这是孩子最爱吃的蛋糕。她挑选的蛋糕上面装饰有一艘宇宙飞船和发射台,上面点缀着一些白色星星,蛋糕的另一端是由红色糖霜做成的行星。他的名字,斯科蒂,会用绿色的字母写在行星的下方。粗脖子的面包师是个年纪较大的男人。当她告诉他说孩子下星期一就八岁了时,他一声也没吭。面包师穿着一件像是工作服的白色围裙,带子从胳膊下面穿过去,再从后面绕到前面来,在他的大肚子下面系牢。听她说话时,他在围裙上擦了擦手。他低头看着照片,任由她说着,没有催她。他刚上班,要在这儿待一整晚,烤面包,他有的是时间。

她告诉了面包师她的名字,安·韦斯,还有她的电话号码。蛋糕星期一一早就会做好,新出炉的,离孩子下午的生日派对有足够的时间。面包师看上去有点闷闷不乐。他们之间没有一点欢快的气氛，只有最简单的言语交流，以及一些必要的信息交换。他让她感到不自在，她因此不太高兴。当他拿着铅笔在柜台那儿弯下腰时，她琢磨起他粗鄙的相貌，怀疑他这辈子除了烤面包是不是还干过什么。她自己是个母亲，三十三岁，在她看来，似乎所有人，特别是像面包师这么年长的人——足以做她的父亲了——肯定有孩子，而且经历过享受蛋糕和生日派对的特殊时光。她觉得，他们之间肯定存在着这个共同点。但他对她很生硬——不是粗鲁，只是生硬。她放弃了和他交朋友的愿望。她朝面包店的后面看了看，看见一张又长又笨重的木头桌子，桌子的一端堆着烤派用的铝盘，桌子旁边放着一个金属容器，里面装满了空架子。还有一个巨大的烤箱和一台正在播放西部乡村音乐的收音机。

面包师把有关信息工整地写在一张特殊的预订卡上，合上了活页本。他看着她说道："星期一早上。"她谢了他，开车回家了。

星期一早晨，过生日的男孩和另一个男孩步行去上学。他们来回传着一袋薯片，过生日的男孩想打听出他朋友下午会给他一件什么样的生日礼物。在十字路口，过生日的男孩没向两边看就走下了人行道，他立刻被一辆车撞倒了。他侧身摔倒在地上，头落在了排水沟里，腿伸在路上。他的眼睛闭着，腿却在前后移动，像是想要爬上什么东西。他的朋友丢掉薯片，大哭起来。车开出去一百多英尺后，在路中央停了下来。坐在驾驶座上的男人回头看着，他等着,直到男孩晃晃悠悠地站起来。男孩有点站不稳,他看上去有点晕,但还行。开车的挂上挡,开走了。

过生日的男孩没有哭,但他也没有说什么。他朋友问他被车撞了后有什么感觉,他没有回答。他走着回了家,他的朋友就接着去上学了。过生日的男孩回到家里,向他母亲讲述事情的经过——她挨着他坐在沙发上,握着他的手,把手放在她的大腿上,说:"斯科蒂,亲爱的,你真的觉得没事吗,宝贝?"她想要去给医生打个电话——他突然仰面躺倒在沙发上,闭上了眼睛,身体一下子就软了下来。见无法叫醒他,她急忙来到电话前,给正在上班的丈夫打电话。霍华德要她保持冷静,保持冷静,然后他给孩子叫了救护车,自己直接去了医院。

当然,生日派对取消了。孩子住进了医院,被诊断为轻微脑震荡和休克。他开始呕吐,肺里积了水,当天下午就得把积水抽出来。他现在看上去像是在沉睡——但不是昏迷,弗朗西斯医生看见家长眼里流露出来的恐慌后,他强调说,不是昏迷。晚上十一点,男孩在经历了若干次X光和化验后,像是正在舒适地休息,醒过来似乎只是个时间问题,霍华德便离开了医院。从下午起,他和安就一直在医院里陪着孩子,他想回趟家,洗个澡,换身衣服。"我过一小时就回来。"他说。她点点头。"没关系,"她说,"我会待在这里的。"他吻了一下她的前额,他们的手相互碰了一下。她坐在床边的椅子上,看着孩子。她在等着他苏醒过来,恢复正常。那时她才能安心休息。

霍华德开车回家。他在昏暗潮湿的路上开得飞快,直到察觉到了才慢了下来。到目前为止,他的生活都是一帆风顺和令人满意的——上大学,结婚,为获得商科高等学位又上了一年大学,成为投资公司初级合伙人和做父亲。他很幸福,迄今为止,也很幸运——他知道这一点。他的父母都还健在,兄弟姐妹也各有所成,大学时代的朋友都在社会上找到了各自的位置。直到现在他都没有受到过任何真正意义上的伤害,他也知道一旦人不走运或是遭遇某种变故,会有一种力量给人以重创或把人击倒。他拐上自家的车道,停了车。他的左腿开始颤抖。他在车里坐了一会儿,试图理性地面对现状。斯科蒂被车撞了,住进了医院,但他会好的。霍华德闭上眼睛,用手抹了把脸。他下车向前门走去。屋里的狗在叫。在他开门摸索灯的开关时,电话铃不停地响着。他不该离开医院,真的不该。"真该死!"他说。他拿起话筒,说:"我刚进门!"

"这儿有一个还没有取走的蛋糕。"电话那端的一个声音说道。

"你说什么?"霍华德问道。

"蛋糕,"那声音说道,"一个十六美元的蛋糕。"

霍华德把听筒贴近耳朵,想弄明白这是怎么回事。"我不知道蛋糕的事,"他说,"老天爷,你在说什么呢?"

"少跟我来这一套。"声音说道。

霍华德挂断电话。他走进厨房,倒了点威士忌。他给医院打了电话。孩子的情况和之前一样,他还在睡觉,没有什么变化。在给浴缸放水的当口,霍华德往脸上抹了肥皂泡沫,刮了胡子。他正闭着眼睛、四肢伸展地躺在浴缸里，电话铃又响了起来。他从浴缸里爬出来，抓过一条浴巾，快速穿过房间，嘴里说着"真蠢，真蠢"，责怪自己离开了医院。但当他拿起话筒，大喊一声"喂"时，电话的那一端并没有声音。稍后，打来电话的人把电话挂断了。

午夜刚过他就回到了医院。安还坐在床边的椅子上。她抬头看了一眼霍华德，又回过头来看着孩子。孩子的眼睛仍然闭着，头上还缠着绷带。他的呼吸很轻、很有规律。床上方的一个装置上吊着一瓶葡萄糖，一根管子连着瓶子和孩子的胳膊。

"他怎样了？"霍华德说，"这都是干什么的？"他指着葡萄糖和管子。

"弗朗西斯医生的指示。"她说，"他需要营养。他需要保持体力。他为什么还不醒过来，霍华德？我不明白，如果他没事的话，为什么还不醒？"

霍华德把手放在她的脑后，用手指抚摩着她的头发："他不会有事的。他一会儿就会醒过来。弗朗西斯医生知道这是怎么回事。"

过了一会儿他说："也许你该回家休息一下。我在这儿待着。不要去理睬那个不停打电话来的讨厌家伙，听见就挂断电话。"

"谁打来电话？"她问道。

"不知道是谁，一个没事乱给别人打电话的家伙。你回去吧。"

她摇摇头。"不，"她说，"我没事。"

"真的,"他说,"回家休息一下,早晨来换我。不会有什么事的。弗朗西斯医生怎么说的?他说了斯科蒂不会有事。我们不用太担心。他现在只是在睡觉,没什么。"

一个护士推开门。她来到病床跟前,冲他们点了点头。她从被子下面拉出他的手臂,把手指搭在他手腕上,找到脉搏后,看着她的表。过了一小会儿,她把他的手臂放回到被窝里,走到床脚处,在一个和床连着的夹板笔记本上写了点什么。

"他怎么样了?"安说。霍华德的手像块石头一样压在她肩上,她感到了从他手指传来的压力。

"他很稳定。"护士说。接着她又说:"医生很快就会过来。医生已经来上班了,他现在正在查房。"

"我说她也许可以回家休息一下。"霍华德说,"等医生来过以后。"

"可以,"护士说,"要是你们想,你们都可以回家休息一下。"护士是个长着金发的斯堪的纳维亚女人,她的话里带着一丝口音。

"我们看看大夫怎么说吧,"安说,"我想和大夫谈一谈。我觉得他不该就这么一直睡着,我觉得这不大对头。"她把手放在眼睛那里,头微微向前倾着。霍华德捏紧了她的肩头,稍后,他的手移到了她脖子上,用手指按摩那里的肌肉。

"弗朗西斯医生一会儿就到。"护士说,她随即离开了房间。

霍华德盯着儿子看了一会儿,他的小胸脯安静地在被子下面一起一落。从安给他办公室打电话那个可怕的时刻起，他第一次感受到一种真正的恐惧在他肢体上蔓延。他开始晃动自己的脑袋。斯科蒂没事，他只不过是没有睡在家里他自己的床上，而是头上缠着绷带，胳膊上插着管子，睡在医院的病床上。现在斯科蒂需要这些帮助。

弗朗西斯医生走进来，尽管几小时前他们刚见过面，他还是和霍华德握了握手。安从椅子上站了起来："大夫？"

"安。"他边说边点头，"让我们先来看看他怎样了。"医生说。他来到病床边上，测了测男孩的脉搏。他翻开男孩的一只眼皮，然后是另一只。霍华德和安站在医生旁边看着。医生掀开被子，用听诊器听了听男孩的心脏和肺部，用手指在孩子肚子上到处压了压。做完这些后，他来到床脚处，研究起表格来。他记下时间，往表格里填写了点什么，然后看着霍华德和安。

"大夫，他怎么样了？"霍华德说，"到底是怎么回事？"

"他为什么还不醒过来？"安说。

医生是一个英俊的男子，有着宽宽的肩膀和晒成棕褐色的面孔。他穿着一身蓝色的三件套西服，打着条纹领带，戴着象牙色的衬衫袖口链扣，灰色的头发梳到头的两边，看上去像是刚听完了一场音乐会。"他没事，"医生说，"没什么好紧张的，有点小问题，我想，但不会有什么大事。尽管这样，我希望他会醒过来。他很快就会醒过来。"医生又看了一眼男孩。"再过一两个小时，等几个化验结果出来后，就会更清楚了。除了颅骨裂纹骨折外，相信我，没有其他问题。但颅骨确实破裂了。"

"哦，天哪。"安说。

"还有一点脑震荡，我之前说过的。当然，你们知道他正处在休克中，"医生说，"有时你在休克病例中能见到这种情况，就像这样一直睡着。"

"但他没有什么危险吧？"霍华德说，"你说过他没有昏迷。你不会称这个为昏迷吧，会吗，大夫？"霍华德看着医生，等待着医生的回答。

"不会，我不想称这个为昏迷。"医生说道，又把男孩从头到脚打量了一遍，"他只是处在深度睡眠中。这是人体自身的恢复机制。他没有任何危险，我敢肯定，没危险。等他醒过来，化验结果也出来后，我们就更清楚了。"

"是昏迷，"安说，"某种程度上的。"

"还不是昏迷，不完全是，"医生说，"我不想称它为昏迷，至少现在还不是。他处于休克状态。休克病例里，这种反应是很普遍的，这是身体受到创伤时的一种临时反应。昏迷，嗯，昏迷则是一种深层次的、长久的无意识，可能会持续好几天，甚至好几个星期。斯科蒂的情况不属于这个范围，起码我们看不是这样的。我确信到了早晨他的情况就会好转。我敢打这个赌，不会太久了。等他醒过来后我们就会知道得更多。当然，你们随便做点什么都可以，待在这里或回家休息一下。如果愿意的话，你们随时都可以离开医院一小会儿。这不容易，我知道。"医生又盯着男孩仔细看了一会儿，然后向安转过身来，说："尽量别太着急了,年轻的妈妈。相信我,我们在尽最大的努力。现在的问题是需要点时间。"他对她点了点头,又和霍华德握了握手,然后离开了病房。

安把手放在孩子的前额,说着:"至少他不在发烧。"但紧接着她说:"我的天哪,他摸上去这么凉,霍华德?这正常吗?你摸摸他的头。"

霍华德摸了摸孩子的太阳穴,他的呼吸慢了下来。"我觉得他现在这个样子应该是正常的,"他说,"他处在休克中,大夫是这么说的,记得吗?大夫刚才还在这儿。如果斯科蒂有什么事的话他会说的。"

安在那儿又站了一会儿,用牙齿咬着嘴唇。她回到椅子前,坐了下来。

霍华德坐在她身旁的椅子上。他们看着对方。他想说点什么好让她放心,但他自己也很害怕。他拿起她的手,放在自己的腿上,有她的手在那儿让他好受了一点。他拿起她的手,捏了捏,然后握着它。他们就这么坐着,无声地看着孩子。他时不时地捏一下她的手。最终,她抽出手来。

"我一直在祷告。"她说。

他点点头。

她对他说:"我以为我已经忘记怎么祷告了,不过还是想起来了。只要闭上眼睛,说:'上帝啊,请帮帮我们,帮帮斯科蒂吧。'后面就容易了。话都是现成的了。也许你也该祷告一下。"

"我祷告过了,"他说,"我今天下午祷告了——我是说昨天下午——在接到你电话后,在开车来医院的路上。我一直都在祷告。"

"那就好。"她说。她第一次感到他们在共渡这个难关。她有点吃惊地意识到,在这之前,就好像这件事只发生在她和斯科蒂身上,尽管霍华德就在身边,她很需要他,但在心理层面她并没有让他介入进来。现在她为自己是他的妻子而感到欣慰。

刚才来过的那个护士走进来,又测了测男孩的脉搏,检查了一下吊在病床上方的瓶子的流量。

一个小时后,进来了另一位医生。他说他姓帕森斯,是放射科的。他留着浓密的小胡子,穿着乐福鞋、西部牛仔衬衫和牛仔裤。

"我们要再带他下楼去拍几张片子,"他告诉他们,"还需要拍几张片子,另外需要做一个扫描。"

"什么?"安说,"扫描?"她站在病床和这个新来的医生之间。"我以为你们已经拍了足够多的 X 光片了。"

"恐怕还要再拍几张,"他说,"没什么好紧张的。我们只是还需要一些片子,我们想给他做一个脑部扫描。"

"我的天哪。"安说道。

"在这种情况下,这是个很正常的步骤,"新来的医生说,"我们需要弄清楚他为什么还没有苏醒。这是个正常的医疗步骤,没什么好紧张的。我们一会儿就带他下楼。"

过了一会儿,两个勤杂工推着轮床进来。这是两个长着黑头发、深肤色的男人,穿着白色的制服,在拔掉男孩身上的管子并把他从床上抬到轮床上时,他们用外国话交谈了几句。而后他们把他推出了病房。霍华德和安上了同一部电梯。安一直盯着男孩看。电梯开始下降时她闭上了眼睛。勤杂工一言不发地站在轮床的两边，只有一次，其中的一个用他们的语言向另一个说了句什么，那个人慢慢地点了点头，作为回答。

那天早晨晚些时候，阳光刚刚照亮 X 光室外面候诊室的窗户，他们把男孩推了出来，送他回病房。霍华德与安再次和孩子乘上了电梯，而那两个人则再次站在了轮床的两侧。

他们等了整整一天，但男孩还是没有苏醒。偶尔，他们中的一个会离开一下病房，去楼下的餐厅喝杯咖啡，然后，像是突然想起了什么，有了负罪感，连忙起身赶回病房。弗朗西斯医生下午又来了一趟，又对男孩做了检查，对他们说他的状况有所改善，随时都可能醒过来。护士们，不是昨晚来过的那位，不时走进走出。一个化验室的年轻女人敲门进来。她穿着白裤子和白衬衫，端着一个小托盘，她把托盘放在床边的柜子上，一句话不说，就开始从男孩的胳膊上抽血。她在男孩胳膊上找准地方并把针头扎进去时，霍华德闭上了眼睛。

"我不明白。"安对那个女人说。

"医生的指示，"年轻女人说，"我只是在执行命令。他们说抽，我就抽。他到底怎么了？"她说，"他长得真可爱。"

"他被车撞了，"霍华德说，"肇事逃逸。"

年轻女子摇了摇头,又看了眼男孩。她端起托盘离开了病房。

"他为什么还不醒过来?"安说,"霍华德?我要他们回答我。"

霍华德没说什么。他再次在椅子上坐下来,把一条腿跷在另一条腿上,搓了搓脸。他看着儿子,然后闭上眼睛,靠在椅子上睡着了。

安走到窗前,看着窗外的停车场。已经是晚上了,进出停车场的车都开着灯。她站在窗前,双手紧抓着窗沿,她打心底知道他们遇上麻烦了,很严重。她害怕了,牙齿在打战,直到她咬紧牙关才停了下来。她看见一辆大车停在医院门口,一个人,一个穿着长外套的女人上了车。她希望自己是那个女人,有人,随便是谁,会开车把她带离这里,带到另外一个地方,而她下车时,斯科蒂会在那儿等着她,喊着妈妈扑向她的怀抱。

过了一会儿,霍华德醒了过来。他再次看了看孩子,然后从椅子上站起来,伸了个懒腰,走到窗前,站在了她的身旁。他俩看着外面的停车场。虽然他们都不作声,但似乎都感受到了对方的内心,好像共同的担忧使他们自然而然地变得透明了。

房门打开了,弗朗西斯医生走了进来。他挨了一套西服和领带,灰色的头发向两边梳着,看上去像是刚刚刮过胡子。他径直走到床前检查男孩。"他现在本应该醒过来了,没有理由这样啊,"他说,"但我可以告诉你们,我们都确信他没有任何危险。等他醒来后,我们大家都会觉得好受一点。没有理由啊,完全没有理由让他到现在还不醒过来。快了。噢,他醒来后头会疼得厉害,这是免不了的。但他所有的体征都很好,正常得不能再正常了。"

"那就是说这是昏迷了?"安说。

医生搓着他光滑的脸庞。"在他醒来之前,我们暂且可以这么说。你们一定累坏了。这不容易。我知道这是件痛苦的事情。你们可以到外面待一会儿,"他说,"这对你们有好处。如果你们不放心,你们出去时我可以让一个护士待在这里。去吃点东西吧。"

"我什么都吃不下去。"安说。

"当然,你们想怎么做都行,"医生说,"总之,我想对你们说,所有的体征都很好,化验结果都是阴性,没发现任何异常,只要他苏醒过来,就过了这道坎了。"

"谢谢你,大夫。"霍华德说。他又和医生握了握手。医生拍了拍霍华德的肩膀,离开了。

"我觉得我们俩得有一个人回家看一下,"霍华德说,"比如该去喂一下懒虫。"

"给邻居打个电话,"安说,"给摩根家打电话。你请他们喂一下狗,谁都会帮这个忙的。"

"好吧。"霍华德说。过了一会儿,他说:"亲爱的,你为什么不自己去?你为什么不回家看一下,然后回来?这对你有好处。我会在这里陪着他。说真的,我们得保持充沛的体力。即使他苏醒了,我们还需要在这里待上一段时间。"

"你怎么不去呢?"她说,"喂一下懒虫,也喂一下

403

自己。"

"我已经回去过了,"他说,"我去了整整一小时又十五分钟。你回家待上一小时,梳洗一下,再回来。"

她考虑了一下,但她实在太累了。她闭上眼睛,又想了一下。过了一会儿,她说:"也许我应该回家待一会儿。也许我不坐在这里看着他,他反而会醒过来,一切回归正常。你觉得呢?可能我离开后他就会醒过来。我回去洗个澡,换身干净衣服,喂一下懒虫,然后就回来。"

"我会在这里待着的,"他说,"你回去吧,亲爱的。我会照顾好这里的事情。"他的眼睛看上去很小,里面布满了血丝,像是喝了很多酒似的。他的衣服皱巴巴的,胡子又长了出来。她摸了摸他的脸,然后把手缩了回来。她知道他想独自一人待一会儿,不想和别人说话,也不想让别人分担自己内心的焦虑。她拿起放在床头柜上的手包,他帮她穿上了外套。

"我不会离开很久的。"她说。

"回去后好好休息一下,"他说,"吃点东西。洗个澡。洗完澡后坐着歇一会儿。这对你有好处,你会明白的。然后再回来。"他又说:"我们都别太着急了,你听到弗朗西斯医生说的了。"

她穿着外套在那儿站了一会儿,试图回忆医生的原话,寻找每一丝细微的差别,每一点言外之意。她试图回想当他弯腰检查孩子时,表情有没有发生一点变化。她甚至记得他翻开孩子眼皮、听孩子呼吸时面部表情的变化。

她走到门口,转身回头看了看。她先看了看孩子,然后看着他父亲。霍华德点了点头。她走出房间,随手带上了身后的房门。

她经过护士站,走到走廊的尽头,寻找电梯。走廊尽头,她向右拐进一间不大的候诊室,里面有一家子黑人,都坐在藤椅上。一个中年男子穿着卡其布的衬衫和裤子,反戴着一顶棒球帽。一个大块头女人穿着家常衣服和拖鞋瘫坐在椅子上。一个穿着牛仔裤、头发梳成十来根小辫子的十几岁女孩躺在一张椅子上吸烟,两条腿在脚踝处交叠着。安走进来时,一家人都把目光转向了她。小桌子上面堆满了汉堡的包装纸和泡沫塑料杯子。

"富兰克林,"大块头女人惊声说道,"是不是关于富兰克林?"她睁大了眼睛。"告诉我,女士,"女人说道,"是不是关于富兰克林?"她试图从椅子上站起身来,但那个男子按住了她的胳膊。

"别急,别急,"他说,"伊夫琳。"

"对不起,"安说,"我在找电梯。我儿子住在医院里,我现在找不到电梯。"

"电梯在那边,向左转。"那个男人用手指指了指。

女孩一边抽烟一边盯着安看。她的眼睛眯成了一条缝,厚嘴唇缓缓张开,往外吐着烟。那个黑人女人的目光从安那儿移开了,头垂到了肩膀上,她不再对安有什么兴趣了。

"我儿子被车撞了,"安对那个男人说,她似乎想做点解释,"他有脑震荡和一点颅骨破裂,但他会好起来的。他现在处于休克状态,但也可能是某种程度的昏迷。我们最担心的就是这个,就是这个昏迷。我要出去一下,我丈夫在陪着他。也许在我离开后他就会醒过来。"

"太不幸了。"那个男人在椅子里动了动身子,说道。他摇了摇头。他低头看着桌子,然后又抬头看着安。她还站在那里。他说:"我们的富兰克林,他正在手术台上呢。有人用刀扎了他,想杀死他。当时他正好待在一个别人打架的地方,在一个派对上。他们说他只不过是站在那儿看,根本没招惹谁。可是这年头谁管你这个。他现在正在动手术。我们只能祷告和期盼,我们现在能做的就只有这些了。"他说话时一直看着她。

安又看了一眼女孩,见她仍在观察自己,她又看了一眼那个年纪较大的女人,她一直低着头,但现在已经闭上了眼睛。安看见她的嘴唇在无声地动着,说着什么。她有种冲动,想问她到底在说些什么。她想和这些与她一样处于等待中的人们再聊点什么。她害怕,他们也害怕,在这点上他们是相同的。她还想就这个事故再多说几句,告诉他们更多有关斯科蒂的事,告诉他们那个事故发生在他生日那天,星期一,他还不省人事,等等。但她不知道从哪里开口。她站在那儿看着他们,没再说什么。

她按照那个男人所指的方向,来到走廊的一头,找到了电梯。她在关着的电梯门前站了一会儿,仍然不确定自己离开医院究竟对不对。然后她伸出手指,按下了电梯的按钮。

她拐上车道,熄掉了引擎。她闭上眼睛,头在方向盘上靠了一会儿。她听着引擎冷却时发出的嘀嗒声,然后下了车。她能听见狗在屋里叫唤。她来到前门，门没有锁。她进到屋里，打开灯，用水壶烧上沏茶用的水。她打开狗粮，在后门廊上喂懒虫。狗吃食时发出饥饿的咂嘴声。它不停地跑进厨房，查看她会不会离开。她端着茶，刚在沙发上坐下，电话铃就响了起来。

"是我！"她接起电话时说道，"喂！"

"韦斯太太。"一个男人的声音说道。现在是早晨五点，她觉得她听见了背景里机器设备发出的声音。

"是我，是我！怎么了？"她说，"我是韦斯太太，是我。请说，怎么了？"她听着背景里的那些声音。"是斯科蒂的事吗？看在老天的分上？"

"斯科蒂，"男人的声音说道，"是斯科蒂，这事和斯科蒂有关。你已经把斯科蒂忘掉了吧？"那个男人说完就挂断了电话。

她给医院打电话，要求转到三楼。她向接电话的护士询问她儿子的情况。然后她要求和她丈夫说话。这是个，她说，紧急情况。

她等着，用手指缠着电话线。她闭上眼，觉得胃里不舒服。她必须强迫自己吃点东西。懒虫从后门廊走过来，躺在她脚边。它摇着尾巴舔了舔她的手指，她拽了拽它的耳朵。霍华德接上了电话。

"有人刚打电话来。"她说，她绞着电话线，"他说和斯科蒂有关。"她哭了起来。

"斯科蒂没事，"霍华德告诉她，"我是说，他还在睡觉，没有变化。你走后护士来过两次，护士或者医生。他没事。"

"一个男人打电话来,说和斯科蒂有关。"她告诉他说。

"亲爱的,你好好休息一下。肯定是刚才给我打电话的那个家伙。忘掉这件事。你休息好了后就回来。我们去吃点早饭什么的。"

"早饭,"她说,"我什么都不想吃。"

"你知道我的意思,"他说,"果汁或者什么。我不知道。我什么都不知道,安。天哪。我也一点都不饿。安,我现在在服务台这里站着呢,说话不方便。弗朗西斯医生早上八点还会来,他那时会告诉我们一些事,一些更确定的东西。有个护士是这么对我说的,她只知道这些。安?亲爱的,也许那时我们就能知道更多了。八点钟。你八点前赶过来。这段时间里我都会在这里,斯科蒂没事,他还和以前一样。"他补充道。

"电话铃响起来的时候,"她说,"我正在喝茶。他说是和斯科蒂有关。当时背景里有些噪音。你接电话时背景里有噪音吗,霍华德?"

"我不记得了,"他说,"也许是那个开车的,也许他是个精神病患者,不知怎么就知道了斯科蒂的事。不过我和斯科蒂待在一起呢。你按原计划休息一会儿,洗个澡,七点左右赶过来,等大夫来了我们一起跟他谈谈。亲爱的,一切都会好的。我在这里,这里到处都是医生和护士。他们说他的情况很稳定。"

"我都快吓死了。"她说。

她放上水,脱了衣服,进到浴缸里。她没花时间洗头,很快洗完擦干。她穿上干净的内裤、羊毛休闲裤和毛线衫。她回到客厅里,狗抬头看着她,尾巴使劲抽打了一下地板。她出来上车时,天已经亮了。

她开进医院的停车场,在靠近正门的地方找到一个停车位。她觉得自己对孩子的遭遇负有一种难以言说的责任。她把思绪转到了那个黑人家庭上。她想起了富兰克林这个名字,那张堆满汉堡包装纸的桌子,还有那个一边抽烟、一边盯着她看的十几岁女孩。走进医院大门时,她对着脑海中女孩的幻象说:"不要生孩子。看在老天的分上,不要生。"

她和两个刚来值班的护士一起乘电梯到三楼。已经是星期三早晨,差几分不到七点。电梯门在三楼打开时,广播里正在找麦迪逊医生。她跟在护士的后面出了电梯,护士们向另一个方向走去,继续着由于她进入电梯而中止的对话。她沿着走廊来到之前黑人一家等待消息的小房间。他们已经离开了,但椅子凌乱得就像有人在一秒钟前刚刚离开。桌子上面仍旧堆放着杯子和包装纸,烟灰缸里装满了烟蒂。

她在护士站停住脚。一个护士在柜台后面站着,正在梳头和打哈欠。

"昨晚有个黑人男孩在这里做手术,"安说,"他的名字叫富兰克林。他家人等在候诊室里。我想知道他的情况怎么样了。"

一个坐在柜台后面的护士从面前的表格上抬起头来。

电话铃响了,她拿起话筒,视线却一直没有离开安。

"他去世了。"柜台后面的护士说。护士手里拿着梳子,盯着她看。"你是这家人的朋友还是什么?"

"我是昨晚遇到这家人的,"安说,"我自己的儿子也住在医院里。我估计他处于休克中。我们还不确定是什么问题。我只是想知道富兰克林怎样了,就这些。谢谢你。"她沿着走廊向前走。一个和墙的颜色一样的电梯门滑开了,一个看上去很憔悴的秃顶男人,穿着白裤子和白色帆布鞋,从电梯里拉出一辆沉重的推车。她昨天并没有注意到这个门。男人把车推到走廊里,在离电梯最近的病房前停了下来,查看了一下夹板笔记本,然后伸手从推车下方抽出一个托盘。他轻轻敲了一下门,走进了病房。经过推车时,安能闻到加热了的食物发出的难闻的味道。她加快了步伐,没有去看周围的护士就推开了孩子病房的门。

霍华德背着手站在窗前。她进门时他转过身来。

"他怎么样了?"她说。她来到床前,把手包丢在床头柜旁边的地上。她觉得自己已经离开了很久。她摸了摸孩子的脸:"霍华德?"

"弗朗西斯医生刚刚离开。"霍华德说。她仔细地看了看他,觉得他的肩膀稍稍有点窝了起来。

"我以为他八点才来呢。"她很快地说道。

"还有一个大夫和他一起来的,一个神经科专家。"

"神经科专家?"她说。

霍华德点点头。他的肩膀窝了起来,她看得出来。"他们说什么了,霍华德?看在老天的分上,他们都说了些什么?情况怎样?"

"他们说要带他下楼去做更多的检查,安。他们认为要动手术,亲爱的。亲爱的,他们要动手术。他们不明白他为什么还不苏醒过来。他们现在只知道,这不仅仅是休克和脑震荡的问题了。是在他的颅骨里面,那道骨裂,他们认为和那个有点关系。所以他们要动手术。我给你打了电话,但我估计那时你已经离开家了。"

"哦,天哪。"她说,"哦,求求你,霍华德,求求你。"她说着抓住他的胳膊。

"看!"霍华德说,"斯科蒂!看,安!"他把她转向病床。

男孩刚才睁开了眼睛,又闭上了。现在他又睁开了。眼睛直直地向前看了一会儿,然后缓慢地转动着,直到视线落在霍华德和安的身上,然后又移开了。

"斯科蒂。"他妈妈说,来到了床前。

"嗨,斯科蒂,"他父亲说,"嗨,儿子。"

他们倚靠在床边。霍华德拿起孩子的手,轻轻地拍打和捏着。安俯身在他的额头上吻了又吻。她把手放在他脸庞的两侧。"斯科蒂,宝贝,是妈妈爸爸啊,"她说,"斯科蒂?"

男孩看着他们,但没有任何认出他们的迹象。他张开嘴,眼睛紧闭,他不停地号叫,直到肺里没气了,才停了下来。这时他的脸看上去非常松弛柔软。他张开嘴唇,最后一口气经由喉咙,从他紧咬着的牙齿间缓缓呼了出来。

医生称这为隐性脑梗塞，说这个情况出现的概率只有百万分之一。如果他们发现得早并立刻动手术的话，他们也许能救活他。但这种可能性微乎其微。更何况，他们又能去找什么？X光片和化验结果上面什么都没有。

弗朗西斯医生很震惊。"我无法告诉你们我有多么难过。太抱歉了，我真不知道说什么好。"他在领他们去医生休息室时说道。一个医生坐在一把椅子上，腿搭在另一把椅子的椅背上，在看早间电视节目。他穿着绿色的产房服，松松的绿裤子，绿衬衫，一顶绿色的帽子盖住他的头发。他看了一眼霍华德和安，又看了一眼弗朗西斯医生。他站起来，关掉电视，走出了房间。弗朗西斯医生把安引到沙发跟前，在她旁边坐了下来，用一种低沉、充满慰藉的声音说了起来。其间，他还向安靠拢过来，拥抱了她。她能感受到他靠在她肩头的胸脯均匀地起伏。她睁着眼，任由他抱着。霍华德去了卫生间，但他没有把门带上。痛哭了一场后，他放水洗了脸，然后走出来，在一个放着电话的小桌子旁坐了下来。他看着电话，像是在考虑要先做什么。他打了几个电话。过了一会儿，弗朗西斯医生用了一下电话。

"现在我还能为你们做点什么吗？"他问他们。

霍华德摇了摇头。安盯着弗朗西斯医生看着，似乎不明白他在说什么。

医生把他们送到医院的大门口。人们在进进出出。现在是上午十一点。安意识到自己的脚步是那样地缓慢，几乎是在勉强着往前挪。她觉得弗朗西斯医生在他们应该留下来的时候让他们离开,而留下来才是他们应该做的事情。她凝视着停车场,然后回头看了看医院的正面。她摇起头来。"不行,不行,"她说,"我不能把他留在这里,不行。"她听见自己说出来的话,觉得这太不公平,为什么自己说出来的话,像是电视里那些面对暴力和突然死亡而感到震惊的人说的。她想说出属于自己的话来。"不行。"她说,不知怎么,那个黑人女人把头懒洋洋地靠在肩上的一幕浮现在她眼前。"不行。"她又说了一声。

"今天晚些时候我还会跟你联系,"医生对霍华德说,"还有些事要办,有些事情需要弄清楚,清楚到令我们信服。有些事情需要解释。"

"验尸?"霍华德说。

弗朗西斯医生点点头。

"我明白了。"霍华德说。他接着说:"哦,天哪,不,我不明白,医生。我不能,我不能。我实在不能。"

弗朗西斯医生用胳膊搂住霍华德的肩膀。"对不起。天哪,我真的很遗憾。"他松开霍华德的肩膀,伸出一只手。霍华德看着那只手,最后还是握住了它。弗朗西斯医生又拥抱了一下安,他似乎充满了让她难以理解的善意。她把头靠在他的肩头,但始终睁着眼睛。她一直看着医院。当他们开出停车场时,她还掉头看着医院。

回到家里,她坐在沙发上,双手插在外套口袋里。霍华德关上了孩子房间的门。他先打开咖啡机,然后找到一个空盒子。他本想把孩子散落在客厅地板上的东西捡起来,可他却在她身旁的沙发上坐了下来，把盒子推到了一边，身子向前倾，胳膊放在膝盖之间。他哭了起来。她把他的头拉到她的腿上，轻轻拍着他的肩膀。"他走了。"她说。她不停地拍着他的肩膀。从他抽泣的间歇，她能听见厨房里咖啡机发出的嘶嘶声。"好了，好了，"她温柔地说，"霍华德，他走了。他走了，我们现在不得不习惯这个，习惯孤独。"

过了一会儿，霍华德站了起来，他抱着盒子没有目的地在房间里四处走着，没有把任何东西放进盒子，而是把东西收拾到沙发一端的地板上。她仍然坐在那里，手放在外套兜里。霍华德放下手中的盒子，端来了咖啡。后来，安给亲戚们打电话。每当打通一个电话，安都会不受控制地说一些话，哭上一阵，然后用有节制的声音，平静地解释发生了的事情，告诉他们后面的安排。霍华德拿着盒子去外面的车库，见到了孩子放在那儿的自行车。他丢下盒子，在自行车旁边的人行道上坐下来。他笨拙地抱起脚踏车，车子贴着他的胸口，他抱着车子，橡胶脚蹬子抵着他的胸脯。他转了一下车轮子。

安和她妹妹通完话后挂上了电话。就在她找另一个号码时，电话铃响了起来。铃声刚一响起她就拿起了话筒。

"喂，"她说，她听见背景里有点什么，一种嗡嗡的声音。"喂！"她说，"看在老天的分上，你是谁？你想干什么？"

"你的斯科蒂，我为你准备好了他的东西，"那个男人的声音说，"你是不是把他给忘记了？"

"你这个邪恶的杂种!"她对着话筒大喊,"你这个邪恶的婊子养的,你怎么能做这样的事情?"

"斯科蒂,"那个男人说,"你已经忘记斯科蒂了吗?"然后他挂断了电话。

霍华德听见喊叫声后赶回来,见她趴在桌子上哭泣。他拿起话筒,听着里面的拨号音。

过了很久,午夜前,他们处理完很多事情后,电话铃又响了起来。

"你来接,"她说,"霍华德,是他。我知道。"他们正坐在餐桌旁,面前放着咖啡。霍华德的咖啡旁边还放着一小杯威士忌。他在铃声响到第三下时拿起了话筒。

"喂,"他说,"你是谁?喂!喂!"电话挂断了。"不管是谁,"霍华德说,"他挂掉了。"

"是他,"她说,"这个浑蛋。我真想杀了他。"她说:"我真想给他一枪,看着他在那儿抽搐。"

"安,我的天哪。"他说。

"你听见什么了吗?"她说,"在背景里?噪声?机器的轰鸣声?"

"没有,真的。没有这样的声音,"他说,"时间太短了。我觉得有收音机播放的音乐声。对,有收音机在播放,我只能听出这么多。天晓得这是怎么回事。"

她摇摇头。"如果我能,我能抓住他的话。"她突然想起来了。她知道他是谁了。斯科蒂,蛋糕,电话号码。她推开椅子站起来。"开车送我去购物中心,"她说,"霍华德。"

"你说什么?"

"购物中心。我知道是谁打的电话。我知道他是谁。是面包师,这个婊子养的面包师,霍华德。我曾让他给斯科蒂做一个生日蛋糕。是他在打电话。他有我们的号码,不停地在给我们打电话,因为蛋糕的事骚扰我们。那个面包师,那个浑蛋。"

他们开车来到购物中心。天空晴朗,星星都出来了。天很冷,他们车里开着暖气。他们在面包店前停了车。所有的店铺都关门了,但在远处电影院前面的停车场上还停着几辆车。面包店的窗户黑漆漆的,但透过玻璃窗向里看,他们看见了后面房间里的灯光,还看见一个穿着围裙的大块头男人,在均匀的白色灯光下不时走进走出。透过玻璃窗,她能看见橱窗和一些带椅子的小桌子。她推了推门,敲敲窗玻璃。但即使面包师听见了,他也没有任何反应。他没朝他们这边看。

他们开车绕到面包店的后面,停了车。他们下了车。有一个亮着灯的窗户,但太高了,看不见里面。靠近后门的一个牌子上面写着"面包店,特别定制"。她能隐隐约约听见里面收音机的声音,有什么东西在吱吱作响——烤箱门被拉开时发出的声音?她敲了敲门,然后等着,又更大声地敲了敲。收音机的音量调小了,传来一声刮擦声,那是什么东西的清晰响动,像是抽屉被打开又关上。

有人打开门锁,开了门。面包师站在灯光里,眯着眼看着他们。"我们已经关门了,"他说,"都这个时候了,你们想要什么?已经是半夜了,你们是喝醉了还是怎么了?"

她踏进从开着的门漫出的灯光里。他眨了眨厚重的眼皮,认出了她。"是你。"他说。

"是我,"她说,"斯科蒂的母亲。这是斯科蒂的父亲。我们要进来。"

面包师说:"我正忙着呢。我还有事。"

她还是进了门。霍华德跟着她走了进来。面包师往后退了退。"这里闻起来像是个面包房。这里闻起来不像个面包房吗,霍华德?"

"你们想干什么?"面包师说,"也许你们想要你们的蛋糕?是了,你们决定要你们的蛋糕了。你们订过一个蛋糕,对不对?"

"作为一个面包师你真的是很聪明,"她说,"霍华德,这就是那个一直给我们打电话的人。"她握紧了拳头。她愤怒地盯着他。怒火在她心里燃烧,愤怒让她觉得自己很高大,比这两个男人都高大。

"等一下,"面包师说,"你们想来取你那个放了三天的蛋糕吗?是为这件事吗?我不想和你吵架,太太。它在那儿放着呢,快馊掉了。我只收你原价的一半。算了,你要吗?你可以拿走。反正对我没有用了,现在对谁都没有用了。我花了时间和金钱来做这个蛋糕。如果你想要的话,可以,如果不想要,也没事。我真得回去干活儿了。"他看着他们,舌头在牙齿后面动着。

"去做更多的蛋糕。"她说。她知道自己已经控制住了自己体内不断增长的愤怒。她很平静。

"太太,为了谋生我一天在这里工作十六个小时。"面包师说,他在围裙上擦了擦手,"为了挣够钱,我白天黑夜地工作。"安脸上闪过的一丝神情让面包师后退了一步,他说:"别找麻烦。"他伸出右手从柜台上拿起一根擀面杖,用它轻轻敲着左手手掌。"你们要不要这个蛋糕?我要接着干活儿了。面包师都在晚上工作。"他又说了一遍。他的眼睛很小,看上去很凶,安觉得它们几乎完全陷进了他脸上的横肉里,他的粗脖子上长满了肥肉。

"我知道面包师在晚上工作,"安说,"他们还在晚上打电话。你这个杂种。"

面包师继续用擀面杖敲着手掌。他瞟了一眼霍华德。"小心点,小心点。"他对霍华德说道。

"我儿子死了,"她用一种冰冷、决绝的声音说道,"他星期一早晨被一辆车撞了。我们一直守着他,直到他死了。但是,当然,你不可能知道这些,不是吗?面包师不可能什么都知道,是不是,面包师先生?但他死了。他死了,你这个杂种!"就像从她身体里涌出一样,愤怒渐渐散去,取而代之的是,一种眩晕作呕的感觉。她靠着洒满面粉的木头桌子,用手捂住脸,哭了起来,她的肩膀前后颤动。"这不公平,"她说,"这⋯⋯不公平。"

霍华德把手放在她的后腰那里,看着面包师。"你真可耻,"霍华德对他说,"可耻。"

面包师把擀面杖放回到柜台上。他脱下围裙,把它扔到柜台上。他看着他们,然后慢慢地摇了摇头。他从放着纸张、收据、计算器和电话簿的牌桌下方抽出一把椅子。"请坐,"他说,"我去给你搬把椅子。"他对霍华德说:"请坐下吧。"面包师去了店的前面,端来两把小铸铁椅。"请坐下吧,你们俩。"

安擦了擦眼睛,她看着面包师。"我想过杀了你,"她说,"我想过要你死。"

面包师为他们在桌子上腾出一块地方,他把计算器和纸张收据推到一边,把电话簿"啪"的一声扔到地板上。霍华德和安坐了下来,把椅子往桌子跟前拉了拉。面包师也坐了下来。

"让我说说我是多么抱歉吧。"面包师说,他把胳膊肘支在桌子上,"天晓得我是多么抱歉。听我说。我只不过是个烤面包的,我不想声称自己是别的什么。也许曾经,也许在多年以前,我是另一种人。我已经忘掉了,不是很确定。但即使我曾经是,现在也不再是了。我现在只是个烤面包的。这并不能为我的所作所为开脱,我知道。但我真的非常抱歉。我为你们的儿子感到难过,为我在这件事里扮演的角色感到抱歉。"面包师说。他摊开双手,掌心向上。"我自己没有孩子,我只能想象你们的感受。我现在能说的只有对不起。原谅我,如果可以的话,"面包师说,"我不是个邪恶的人,我觉得我不是。并不邪恶,不像你电话里说的那样。你们得明白,说到底,我已经不知道该怎么办了,似乎是这样的。我请求你们,"这个男人说,"让我来问问你们,你们能打心底原谅我吗?"

面包店里面很热。霍华德从桌旁站起来,脱掉了外套。

他也帮安脱掉她的外套。面包师看了他们一会儿，点点头，从桌旁站起来。他走到烤箱那里，关掉一些开关。他找出杯子，从电动咖啡机里倒出咖啡，又往桌子上放了一盒奶油和一碗糖。

"你们也许需要吃点什么，"面包师说，"我希望你们吃一点我的热面包卷。你们得吃东西，接着生活下去。这种时候，吃是一件有益的小事。"

他给他们端来了刚出炉的肉桂面包卷，热乎乎的，糖浆还在往下淌，他把黄油和抹黄油的刀放在桌子上，然后他也在桌旁坐了下来。他等着，等他们从盘子里拿起面包卷吃。"吃点东西有好处。"他边说，边看着他们，"还有很多。吃完它。想吃多少吃多少。全世界的面包卷都在这儿了。"

他们吃着面包卷，喝着咖啡。安突然有了饥饿感，面包卷又热又甜。她一口气吃了三个，面包师看了很高兴。而后，他开始说话了。他们仔细地听着。虽然他们既疲惫又痛苦，他们还是听着面包师说的话。他们点着头，听面包师说起孤独，说起他人到中年感到的怀疑和无能为力。他告诉他们这么多年来没有孩子的滋味。日复一日，烤箱满了又空，空了又满，永无止境。为他人的派对、庆典所做的食品。厚厚的糖浆。插进蛋糕的新婚夫妇小人像。几百个，不对，到现在为止该有上千个了。还有生日聚会，想想那些点燃的蜡烛吧。他有一门必不可缺的手艺。他是个面包师。他庆幸自己不是个花匠。喂饱人要更好些。任何时候，面包都比花要好闻一些。

"闻一闻这个。"面包师说着掰开一个黑面包,"这是一个没发好面的面包,但口感丰富。"他们闻了闻,他让他们尝尝。面包吃起来有糖浆和粗粮的味道。他们听他说话,尽力吃着。他们咽着黑面包。坐在日光灯盘的灯光下,感觉就像是白天一样。他们一直聊到了清晨,高处的窗户投下灰白的晨光,他们还没有离开的打算。

箱子

我母亲早已收拾停当,马上就要搬走了。但是星期日下午,就在最后一刻,她来了个电话,让我们过去吃饭。"我的冷冻箱在化冻,"她告诉我说,"我必须把这只鸡炸了,不然就坏了。"她说我们最好带上自己的盘子和刀叉,她的厨房用具大多已装了箱。"过来和我吃最后一顿饭吧,"她说,"你和吉尔一起来。"

挂了电话,我在窗前又站了一会儿,希望能想出个办法,但想不出来。我只好对吉尔说:"我们去我妈那边吃个告别餐吧。"

吉尔坐在桌边,面前是一本打开的西尔斯商品目录,她正在从里面挑选窗帘,但也一直在听。她做了个苦脸。"我们非得去?"她说。她把那一页折了个角,合上目录,叹了口气,说:"老天爷,就这一个月里,我们已经过去吃了两三次了,她真的打算走吗?"

吉尔从来都是想到什么说什么。她今年三十五岁,短头发,以给狗做美容为生。做这项她喜欢的工作之前,她是个家庭主妇。后来,厄运降临了。她的第一任丈夫绑架了她的两个孩子,把他们带去了澳大利亚。她的第二任丈夫,在一次喝醉酒后,打破了她的耳膜,然后开着他们的车,穿过桥栏杆,翻到艾尔瓦河里。他没买人寿险,更别说财产险了,吉尔不得不借钱来安葬他。而且,有比这更绝的吗?她收到了一张账单,让她付修桥的费用。别忘了,她还得付自己的医药费。现在,她已从这些事里恢复过来了,并可以把它们当作故事来说了。但她对我母亲失去了耐心,我也早没了耐心,但我能有什么选择。

"她后天就走了,"我说,"嗨,吉尔,别勉强自己,你想不想和我一起去?"我跟她说她去不去都不要紧,我可以说她的偏头疼发作了,反正我又不是没说过谎。

"我去。"她说。说完她站起身,进了洗手间,那是她不高兴时爱待着的地方。

我们从去年八月开始待在一起,和我母亲决定从加州搬过来的时间差不多。吉尔本想把这变成一件好事,但我母亲来得实在不是时候,那时我俩正努力使生活走上正轨。吉尔说这让她想起了她第一任丈夫的母亲。"她黏住你不放。"吉尔说,"你明白我的意思吗?我觉得我就要被闷死了。"

凭良心说,我妈把吉尔看成了一个"闯入者"。就算退一步说,也不过是我老婆离开后、进入到我生活中的众多女孩里的一个,是一个(对她而言)会分去一部分感情、关心和一些有可能属于她的钱的人。那我母亲是不是个值得尊重的人呢？绝对不是。我记得，我怎么会忘记，当年我们还没结婚呢，她就叫我老婆婊子。十五年后，我老婆跟别人跑了，她还是叫她婊子。

吉尔和我妈在一起时，两人表面上还过得去。她们见面和告别时都要拥抱一番，还谈论去哪儿买便宜货，但吉尔很害怕和我妈单独待在一起。她声称我妈把她的那点怜悯心都耗尽了，说我妈对所有的人和事都有敌意，应该去找个发泄渠道，像她的同龄人那样。做做编织，去老人中心玩玩纸牌，或者去教堂。总之，做点什么，这样的话，也让我俩过几天清净的日子。但我妈有她自己的解决方法，她宣布她要搬回加州去。让这个镇上的一切都见鬼去吧，这哪是人住的地方！就是别人白送给她几栋房子，她也绝不会在这儿住下去。

做出搬家决定后没两天，她就把所有的东西都装了箱。这是今年一月或二月的事，反正是冬天。现在已经是六月底了，这些箱子已在她的房子里放了好几个月。从一个房间走到另一个房间，你不得不绕过它们，或从它们上面跨过去。没有人的母亲能这么住着。

过了大约十分钟，吉尔从洗手间出来。我在看邻居给车换机油的当口，喝了瓶姜味汽水，又找到一截大麻烟屁股，正准备把它抽了。吉尔不朝我看，径直走进厨房，把一些盘子和餐具放进一个纸袋里。当她经过客厅往回走时，我站了起来，我俩拥抱在一起。吉尔说："没关系。"什么没关系，我有点诧异，就我而言，没有一件事是没关系的。但她抱着我，在我肩上轻轻地拍着。我能闻到她身上清洁剂的味道，她下班回来身上总带着这股味道，到处都是，连我们躺在床上时也闻得到。最后她又拍了我一下，我们就出门了，开上车去镇子另一边的我母亲家。

我喜欢我住的地方。刚搬来时并不是这样，晚上什么都没的干，很孤单。后来遇到了吉尔，没几个星期，她就把她的东西搬来我这儿，和我住在一起了。我们并没有长远的目标，只是觉得生活在一起很愉快。我们都对对方说这次自己总算是走运了。但我母亲过得不太顺心，她写信告诉我她要搬到我这儿来。我回信说这不是个好主意，这里冬天的气候很糟糕，离镇子几英里的地方正在修监狱。我还告诉她说，夏天游人把这儿挤得水泄不通。但她就像根本没收到我的信一样，说搬就搬过来了。然而，她在镇子上住了还不到一个月，就告诉我她恨这个地方，让我觉得她搬过来和不喜欢这个地方都是我的错。她三天两头给我打电话，告诉我这地方如何糟糕，吉尔称之为"增加负罪感"。她告诉我公交车服务很差，驾驶员一点也不友好。至于老人活动中心的那些人——她不想和他们一起玩纸牌。"他们可以去下地狱了，"她说，"带上他们的纸牌游戏。"超市里的工作人员粗暴无礼，加油站的人对她和她的车都不在乎。对租房子给她的那个人，拉里·哈德洛克，她早有了自己的成见。她称他为拉里国王。"不就是有几间破房子、几个臭钱，就觉得自己了不得了，我真希望我从来就没见到过他。"

她搬来时正值八月，热得要命。一到九月，就开始下雨，连着几周，几乎天天都在下。十月，天气转冷，十一月和十二月又开始下雪。但早在这之前，她就开始抱怨这个地方和这里的人，以至于我不想再多听一句了，我最终把我的这个想法告诉了她。她哭了，我抱了抱她，觉得事情过去了。但没过几天，她又老调重弹。圣诞节前，她打电话过来，看我什么时候把给她的礼物送过去。她没有摆圣诞树，根本就没打算摆，她说。而后，她又说了些其他的事，说如果天气再不好转的话，她就去死。

"别说疯话。"我说。

"我说的是真的，宝贝。除非是从我的棺材里，我不想再多看这儿一眼。我恨这个该死的地方，我不知道我为什么要搬到这儿来，我真希望我能一死了之。"她说。

我记得我握着听筒，看着外面一个高高挂在电线杆上的人。他正在修理电线，雪花在他的头顶上打转。在我看他的当口，他的身体正向外倾斜着，全靠一根安全带拉着他。如果他掉下来会怎样，我在想。我不知道我接下来会说什么，我必须说点什么，但我脑子里尽是些不值钱的感情和一些任何做儿子的都不该有的想法。"你是我母亲，"我最后说，"我怎样才能帮你？"

"宝贝，你什么也帮不上了，"她说，"能帮忙的时机已经过去了，一切都太晚了。我想喜欢这个地方来着的，我想着我们一起去野餐，开车出去兜风，但什么都没有发生。你总是那么忙，不上班的时候总和吉尔待着。从来不在家，即使在家也不接电话。这么说吧，我根本见不着你。"

"这不是真的。"我说。她说的确实不是事实，但她就像没听见我说的一样，不停地往下说。也许她真的没听见。

"还有，"她说，"这天气也要我的命，见了鬼地冷。为什么你不告诉我这里是北极？如果你说了的话，我绝不会搬来的。我想搬回加州去，宝贝。在那儿我可以出门走走，这儿我哪儿也去不了。加州那边有人，有关心我的朋友，这儿谁都不管别人的死活。唉，我只求老天爷保佑我，让我坚持到六月，如果我能活到六月的话，我就永远离开这个地方，这是我住过的最糟糕的地方。"

我能说什么呢？我不知道该说什么，连聊聊天气都不行，天气是她的心病。我们道了再见，把电话挂了。

别人在夏天度假，我妈却在那时候搬家。这是从多年前我爸丢了工作后开始的。我爸被解雇后，他们把房子卖了（好像这是件应该做的事情），去了个他们觉得有点希望的地方。但那里的情况也好不到哪里去，他们就又搬走了。他们不停地搬东搬西，住在租来的房子、公寓、房车里，甚至还住过汽车旅馆。他们不停地搬，每搬一次，东西就少一点。有几次他们正好经过我居住的小镇，就搬来跟我和我妻子一起住一阵，然后继续搬家。从某种程度上来说，他们就像是迁徙的动物，只是他们的行动并没有固定的路线。多年来，他们就这样搬来搬去。有时，为了那片"更绿的草地"，他们甚至搬到外州去。但大多数情况下，他们在北加州转悠。后来，我父亲过世了，我想我母亲会在一个地方多待一会儿了。但她没有，仍在搬个不停。有一次我建议她去看看精神科医生，甚至说我可以帮她付钱。但她根本不理我，打点好她的东西，就搬走了。我也是实在没办法了，不然也不会提精神科医生。

她总在不停地打包和拆包。有时，她一年里要搬两三次。她总在说就要离开的地方的坏话，对将要去的地方则充满希望。她的邮件弄得一团糟，救济金支票寄丢了，她得花上好几个小时写信，来纠正这些错误。有时，她搬出一幢公寓，住进仅几个街区远的另一幢公寓，一个月后，又搬回原来那幢公寓，只是换了个楼层或朝向而已。这就是为什么她要搬过来时，我特意帮她租了套房子，并确定她会喜欢屋里的家具和摆设。"搬来搬去使她保持活力。"吉尔说，"这让她有事可做，我猜她肯定从中享受了某种奇怪的乐趣。"但不管享受与否，吉尔觉得我妈肯定是精神不正常。我也是这么想的，但你怎样告诉你自己的母亲？遇到这样的情况你又该怎么办？精神失常并不能阻止她计划和实施下一次搬家。

我们停车时，她正在后门等着我们。她今年七十岁，头发已经灰白，戴着一副莱茵石框架的眼镜，一辈子没生过一天病。她先拥抱了吉尔，再拥抱我。她眼睛发亮，像喝了酒一样，但她并不喝酒。好几年前，我爸戒酒后，她也跟着把酒戒了。我们结束了拥抱，进了屋，大约是下午五点左右。我闻到她厨房飘出来的香味，才想起来我早饭后什么都还没吃，肚子开始咕咕叫了。

"我饿得不行了。"我说。

"味道真香。"吉尔说。

"希望它好吃，"我母亲说，"但愿这鸡已经熟了。"她打开锅盖，用叉子捅了捅鸡胸脯。"如果有什么东西我不能忍受的话，那就是半生不熟的鸡。我觉得熟了。你们为什么不坐下？随便坐。我到现在还用不明白这个炉子，灶头热起来太快。我不喜欢电炉子，从来就没喜欢过。把这些废物从椅子上拿开，吉尔，我住在这儿就像个被诅咒的吉普赛人，希望不会太久了。"她见我在到处找烟灰缸。"在你身后，"她说，"在窗台上面，宝贝。你坐下前能不能先给我们倒点百事可乐？只好用这些纸杯子了，我应该让你们带些杯子过来。可乐凉吗？我没有冰了，这个冰箱一点都不制冷，一钱不值，我的冰激凌都成汤了，这是我用过的最糟糕的冰箱。"

她把鸡叉到一个盘子里，把盛鸡的盘子、豆子、凉拌卷心菜和白面包一起放上桌子，又检查了一下是否忘记了什么，盐和胡椒。"坐吧。"她说。

我们把椅子拉近桌子，吉尔把盘子从纸袋里拿出来，分给大家。"搬回去后你住哪儿？"她说，"有地方了吗？"

我母亲把鸡递给吉尔，说："我给原来的房东写了封信，她回信说有个在一层的地方，非常好。离公交车站近，附近有很多商店，还有一个银行和一个超市，是个再好不过的地方。我不知道当初我为什么离开那儿。"说完，她给自己加了点凉拌卷心菜。

"那你当初为什么要离开呢？"吉尔说，"如果那儿那么好。"她拿起鸡腿，看了看，咬了一口。

"我告诉你为什么。我隔壁住着个酒鬼，是个老女人。她从早喝到晚，墙壁太薄了，连她嚼冰块的声音我都听得见。她必须借助助步器才能走动,但这并没让她停下来。从早到晚都能听见那个助步器在地板上刮出的咔嚓咔嚓的声音,还有她关冰箱门发出的声音。"想起她不得不忍受的东西,她摇了摇头。"我不得不搬走,一天到晚都是刺啦刺啦的声音,真受不了,实在不能那样住着。这次我和管理员说了,我不想和酒鬼做邻居,不想要二层的。二层看出去是停车场,其他什么也没有。"她等着吉尔再说些什么,吉尔没有。我妈转过头来看我。

我像只饿狼一样埋头吃饭,一句话不说,也没什么好说的。我不停地嚼着,看着靠着冰箱堆起的箱子,给自己添了点凉拌卷心菜。

没一会儿我就吃完了,我把椅子往后退了退。拉里·哈德洛克开车来到屋子的后面,把车停在了我车子的旁边,从他的小卡车上搬下来一台割草机。我通过桌子前方的窗户看着他,他没朝这边看。

"他想干什么?"我妈停了下来说。

"看上去好像是来帮你割草。"我说。

"根本就不需要割,"她说,"他上周刚割过,有什么好割的?"

"是为了新房客,"吉尔说,"不管会是个什么样的人。"

我母亲没再说什么,接着吃她的饭。

拉里·哈德洛克发动起他的割草机,开始割草。我和他有点熟,当初我告诉他我母亲要租房时,他把租金减了二十五美元。他是个鳏夫,大块头,六十来岁,是个有点幽默感,但却不太开朗的人。他胳膊上布满了白毛,白头发也从他的帽檐下面露了出来。他的样子就像杂志插图上的农夫，但他不是。他是个退了休的建筑工人，有点存款。开始那段时间里，我还幻想着他和我妈在一起吃吃饭，成为朋友。

"这就是国王，"我母亲说，"拉里国王。不是所有的人都像他那样有钱、住在大房子里、收别人高额租金的。好吧，我希望离开后，再也不用见到他那张吝啬的老脸。""把鸡都吃掉。"她对我说。我摇了摇头，点了根烟。拉里推着割草机从窗前经过。

"过不了多久，你就再也不用看见他了。"吉尔说。

"我很高兴，吉尔。但我知道他不会把押金退还给我的。"

"你怎么知道的？"我说。

"我就是知道，"她说，"我和这类人打过交道，他们千方百计地占你的便宜。"

吉尔说："不久以后，你就再也不需要和他打任何交道了。"

"我太高兴了。"

"但其他人和他也差不了多少。"吉尔说。

"我现在不想去想那个，吉尔。"我母亲说。

吉尔清理桌子时，她去煮咖啡，我把杯子冲干净。倒上咖啡后，我们端着杯子，绕过贴着"小摆饰"标签的箱子，进了客厅。

拉里·哈德洛克在房子的一侧割草，前面街道上往来的车辆开得都很慢，太阳已落到树梢下面。我能听见割草机发出的震动声，几只乌鸦飞离电线，落在前院刚割过的草坪上。

"我会想你的,宝贝。"我母亲说,她接着又说,"我也会想你,吉尔。我会想你们俩。"

吉尔点了点头,呷了口咖啡,说:"祝你一路顺风,找到你满意的住处。"

"等我收拾停当后,这是我最后一次搬家了,老天保佑,希望你们过来看我。"我母亲说。她看着我,希望得到肯定的答复。

"我们会的。"我说。其实我知道这是不可能的。我在那儿生活得一团糟,我不会回去的。

"你要是能够在这儿待得更愉快就好了,"吉尔说,"要是能再多待一会儿就好了,你知道吗?你儿子为你都操心死了。"

"吉尔。"我说。

她轻轻地摇了摇头,并没有停下来。"他为此常睡不着觉,有时半夜里会醒过来,说:'我替我妈担心,睡不着。'你看,"她边说边看我,"这一直憋在我心里,现在总算说出来了。"

"你觉得我该怎么想?"我母亲说。她接着说道:"其他和我一样年纪的女人可以活得很愉快,我为什么不能像她们那样?我只想有间房子,住在一个能让自己高兴的镇子里,难道这有罪?我希望不是这样,我希望我没向生活要求太多。"她把杯子放在椅子旁边的地板上,等着吉尔告诉她她没有要得太多,但吉尔什么都没说。没一会儿,我妈就开始勾勒那些让她愉快的方案。

过了一会儿，吉尔开始低着头看自己的杯子，又加了点咖啡。我看得出来她已不在听了，但我妈仍在说个不停。乌鸦在前院的草地上走动。我听见割草机的声音突然加大，"轰"的一声就停了下来，显然是刀片被一大团草卡住了。很快，几次尝试后，拉里又把割草机重新发动起来，乌鸦纷纷飞回到电线上。吉尔在剔她的一个指甲盖，我母亲说旧家具收购商明早会来，收购那些她不准备托运和随身带走的东西：桌椅、电视机、沙发和床。但他告诉她说不想要那张牌桌，我妈准备把它扔了，除非我们想要。

"我们要。"我说。吉尔看了我一眼，想说些什么，又改了主意。

我明天下午将把这些箱子运到长途汽车站，再把它们托运到加州。我妈最后一晚将会住在我们那儿，第二天一早，也就是从现在算起的两天之后，她就上路了。

她还在那儿说个不停，一遍遍地唠叨着将要开始的旅程。她准备一直开到下午四点，然后找个汽车旅馆过夜，她估计天黑前能赶到尤金。尤金是个很不错的小镇，她来我这儿时曾在那儿住过一夜。第二天一早离开旅馆，如果上帝关照她的话，下午就能到加州。上帝会关照她的，她知道。不然的话，你怎么解释她到现在还活在世上？他早为她规划好了。她近来总在祷告，也在为我祷告。

"为什么你要替他祷告？"吉尔想知道。

"因为我想这么做，因为他是我儿子，"我母亲说，"这有什么好奇怪的？难道我们不再需要祷告了？也许有人不需要了，我不知道，我还能知道什么？"她用手把额前从发卡上散下来的头发理了理。

割草机噼啪了几声就停了下来，没多久，就见拉里绕到屋子的后面，把水管子拖出来。他接好水管子，又回到屋后去开水龙头，洒水器转了起来。

我母亲开始历数自她搬来后拉里所做的对不起她的事情，但是现在我也不听了。我在想她怎么又要上路的事，没人能跟她讲道理，也没人能阻止她做任何事情。我能做什么？我又不能把她捆起来，或把她托付给别人，也许我最后不得不这么做。我真替她着急，她成了我的一块心病，她是我仅有的亲人。她不喜欢这里，想离开，这让我很难过，但我不可能回加州去。想到这儿，我突然领悟到，她走后，我可能真的再也见不着她了。

我看着我妈，她停了下来。吉尔抬起头，她们都看着我。

"怎么了，宝贝？"我妈说。

"怎么回事？"吉尔说。

我坐在椅子上，用手捂住脸，身体向前倾着。我就这样坐了好一会儿，并为自己这么做感到难堪，但我控制不住自己。这个给我生命的女人和那个我认识不到一年的女人，同时惊呼并向我围拢过来，我把头埋在手里，像个傻子一样坐在那儿。我闭着眼，听着洒水器喷出的水柱抽打青草发出的声音。

"怎么回事？出什么事了？"她们问道。

"没什么。"我说。过了一会儿，真的好多了。我抬起头来，睁开眼，取了根烟。

"明白我说的了吧?"吉尔说,"你把他给逼疯了,因为替你担心,他自己都不正常了。"她在我椅子的一边,我妈在另一边,她们随时可以把我撕成两半。

"我巴不得马上就去死,省得碍别人的事,"我母亲平静地说道,"哈拿①,请你帮帮我吧,我实在是受不了了。"

"再来点咖啡,怎样?也许看上会儿新闻,"我说,"我和吉尔就该回家了。"

两天后的一大早,我去给我妈送行,这也许是我最后一次为她送行了。我没叫醒吉尔,就算她上班迟到一点也没什么大不了,给狗洗澡和剪毛不是件要紧的事。我妈挽着我的手臂,我陪她走到车前,为她打开车门。她穿着白色的休闲裤,宽松的白衬衫和一双白拖鞋,头发向后挽着,扎着条头巾,也是白色的。那将会是晴朗的一天,天空透亮,已经泛出蓝色。

车的前排座位上放着地图和盛着咖啡的保温杯,我妈看着这些东西,好像已忘记了她刚把它们拿出来。她转过身,朝着我说:"让我再抱你一次,让我搂搂你的脖子。我知道,我会很久都见不着你的。"她用一只胳膊搂着我的脖子,把我往身边拉了拉,就哭了起来。但她几乎马上就停了下来,后退了一步,用手掌压住眼睛。"我说了我不会这样,我不会。让我再看你最后一眼,我会想你的,宝贝,"她说,"我只能咬牙挺过这一段,那么多难以承受的事我都

---

① 哈拿(Hannah)是《圣经·旧约》的《撒母耳记》中的一个人物。人们常用"哈拿的祷告"来代指虔诚的祷告。

经历过了,我想我会渡过这个难关的。"她上了车,把车子发动起来,让引擎空转着,她把车窗摇下来。

"我会想你的。"我说。我确实会。不管怎么说,她是我妈,我怎么会不想她呢?但是,老天原谅我,我同时有点高兴,她终于要走了。

"再见了,"她说,"告诉吉尔,谢谢昨天的晚饭,告诉她我向她说再见。"

"我会的。"我说。我站在那儿,想再说点什么,但不知说什么好。我们就这么互相看着,都想笑一笑,好让对方放心。突然,她眼睛亮了一下,我觉得她是想到了她的旅程和今天得开多远。她把眼睛从我身上移开,看看前方的路。然后她把车窗摇起来,挂上挡,就开到了十字路口,她不得不停下来等红灯。我等她过了红绿灯、向高速公路开去后,就回到屋里,接着喝咖啡。刚开始,心里觉得有点难受。过了一会儿,这股难受劲就过去了,我开始想些其他的事情。

几天后,母亲从她的新住处打来电话,她正忙着修理,每到一个新地方,她总是这样。她告诉我说,回到阳光充沛的加州后,感觉很好,我肯定会为此而高兴的。但她又说她住的地方空气里有点奇怪的东西,可能是花粉,让她老是打喷嚏。交通和过去比也拥挤多了,她不记得她住的地方有这么多车辆往来。自然,那里的人开车还是那么疯狂。"加州司机,"她说,"你还能期望什么?"气候异常地炎热,她觉得她公寓的空调运转不正常。我让她去找公寓的管理员。"需要她的时候你从来见不着她。"我母亲说。她希望她搬回加州不是个错误。她停顿了一下,等着我的回应。

我靠窗站着,话筒压在耳朵上,看着远处镇上的灯光和近处亮着灯的房子。吉尔在桌旁坐着,随手翻着那本目录,竖着耳朵在听。

"你没挂吧?"我母亲问道,"我希望你说点什么。"

不知道怎么,我突然想起了我爸用过的爱称,那往往是在他没喝醉、想对我妈说两句好听的话的时候用的。那是很久以前的事了,那时我还是个孩子,但每次听到这个,我就感觉好了点,不再那么害怕,对将来也更有信心。"亲爱的。"他会说,有时,为了显示亲密,他叫她"亲爱的"。"亲爱的,"他会说,"如果你去商店的话,能帮我带盒烟回来吗?"或"亲爱的,你感冒好点了吗?""亲爱的,见到我的咖啡杯了吗?"

我还没想好接下来怎么说,这个词就从我嘴里滑了出来。"亲爱的。"我又重复了一遍,我叫她"亲爱的"。"亲爱的,不要怕。"我说。我告诉我母亲我爱她,我会给她写信。而后,我道了再见,把电话挂了。

我站在窗前,半天都没动,看着邻居家亮着灯的房子。一辆车从路上拐下来,开上了车道。门廊的灯亮了,房子的门也打开了,一个人走了出来,站在门廊上等着。

吉尔翻着商品目录,她停了下来。"这就是我们想要的,"她说,"这比我想象的更接近,你来看看,可以吗?"但我没去看,我对窗帘一点兴趣也没有。"外面有什么,宝贝？"她说,"说给我听听。"

有什么好说的?对面的人拥抱了一会儿,然后,他们就一起进屋了。他们忘记了关灯,后来想起来了,就把灯关掉了。

不管谁睡了这张床

电话是半夜打来的,凌晨三点,把我们吓了个半死。

"快接,快点接!"我妻子尖叫道,"老天爷,会是谁呀?快接电话!"

我摸不着电灯开关,但还是冲到放电话的房间,在第四声铃声后拿起了听筒。

"巴德吗?"一个女人说,听上去像是喝多了。

"天哪,你拨错号了。"我说,把电话挂了。

我打开灯,进了卫生间,就在这时,铃声又响了起来。

"接电话!"卧室里传出我妻子的尖叫声。"看在老天爷的分上,杰克,他们到底想要干什么?我真的受不了了。"

我冲出洗手间,一把拿起听筒。

"巴德?"这个女人说道,"你在干吗呢,巴德?"

我说:"听着,你拨错号了,别再往这儿打了。"

"我得跟巴德说话。"她说。

我挂上电话，等到铃声再次响起时，拿起听筒，把它放在座机的旁边。我能听见那个女人的声音："巴德，请跟我说话。"我把听筒侧放在桌子上，关了灯，随手带上了房门。

回到卧室，我发现台灯已经打开，我妻子艾丽斯靠着床头板坐着，双膝蜷在被窝里。她背后垫着个枕头，几乎把我这边的床全占了，铺盖一直盖到她的肩膀处，床脚处的被单和毯子也被拉了出来。如果还想接着睡的话（我是这么想的来着），我们得把床重新铺一下了。

"这他妈都是怎么回事？"艾丽斯说，"电话线应该是拔掉的呀。我想是忘记了。一个晚上没拔，就这样。真不敢相信。"

艾丽斯和我住到一起后，我的前妻或孩子中的一个，常在我们睡觉后打来电话，想来骚扰我们。甚至在我和艾丽斯结婚后，他们还这么做。所以我们总在上床前把电话线拔掉。我们每天晚上拔电话线，拔了差不多一年，这已成了个习惯。这次大意了，结果就这样了。

"有个女的在找巴德。"我说。我穿着睡衣站在那儿，想上床，但没法上。"她喝醉了。往边上挪一点，亲爱的。我把听筒从座机上拿开了。"

"她打不进来了吗？"

"对，"我说，"你能不能往那边移一点，再给我点盖的？"

她拿起身后的枕头，把它放在床的一边，背靠床头板，挪了挪身子，又往后躺了躺。她看上去一点都不困，可以说是完全醒了。我上了床，拉过点铺盖，但是感觉不太对劲。我只有毯子，一点被单都没有，脚也从毯子下面露了出来。我侧过身来，面对着她，把腿蜷起来，总算把脚给盖住了。我们应该把床重新铺一下，我该这样建议一下。但我又想，如果现在就把灯关了，我们还有可能接着睡一会儿。

"亲爱的，可以把你那边的灯关了吗？"我尽量好声好气地说。

"先抽根烟，"她说，"然后接着睡。把烟和烟灰缸拿过来。你怎么动都不动？我们抽根烟。"

"还是睡吧，"我说，"看看都几点了。"钟就在床边上放着，谁都看得见它在说：三点半啦。

"别这样，"艾丽斯说，"经过这一通折腾，我得抽根烟才行。"

我下床去拿烟和烟灰缸。我不得不走进放电话的房间，但没碰电话，甚至连看都不想看它一眼。自然，我还是看了，听筒还在桌子上侧躺着呢。

我爬上床，把烟灰缸放在我俩中间的被子上，点了根烟，递给她，又给自己点了一根。

她在回忆电话响起时正在做的梦。"快想起来了，但记得不是很清楚。是和那个，那个，噢，想不起来和什么有关了，不确定，想不起来了。"她最后说道，"那该死的女人和她的电话。哼，'巴德'，真想给她一拳。"她把烟摁灭，立刻又点着一根，喷着烟，盯着衣柜和窗帘发愣。她的头发散着，披在肩上。她弹了下烟灰，把目光转向床脚，还在想刚才的梦。

实际上,对她梦见了什么,我一点兴趣也没有,只想快点睡觉。我抽完烟,把烟摁灭了,等着她抽完。我一动不动地躺着,一句话不说。

艾丽斯睡觉时常做些很激烈的梦,这点很像我的前妻。她夜里在床上乱折腾,早上醒来时浑身是汗,睡衣全粘在身上。而且,和我前妻一样,她喜欢跟我讲梦的细节,并推测它可能代表什么或预示什么。我前妻常在睡梦里一边大哭,一边把被子蹬掉,就像有人在对她动手动脚一样。有一次,在一个异常激烈的梦里,她一拳打在我的耳朵上。尽管睡得很死,我还是一巴掌打了回去,正打在她的额头上。而后,我俩就大叫起来,不停地大喊大叫了好一阵,并不是因为我们弄疼了对方,而是两人都被吓着了。直到我打开灯,才知道是怎么回事。过后,我们常拿这件事说笑——在梦里大打出手。后来,比这严重得多的事接二连三地发生,我们渐渐想不起那个晚上了,甚至在嘲笑对方时,也没再提起过这件事。

一次半夜醒来,我听见艾丽斯在梦里磨牙。这种怪声就在我耳边,一下子把我给弄醒了。我轻轻摇了摇她,她停了下来。第二天早上,她告诉我她昨晚做了个噩梦,就不再往下说了。我没追问她到底梦见了什么。其实我不是很想知道,梦里的事情有那么糟糕?都不愿意再提一下?当我告诉她她睡觉磨牙时,她皱了皱眉头,说得想点办法。第二天晚上,她带回来一个叫作"夜间防护"的玩意儿(睡觉时,她得把它安在嘴里)。她不得不采取点措施。她说，不能老这么磨下去，不然的话，要不了多久，牙就磨没了。她坚持戴了一个星期左右，就不再戴了。她说戴着不舒服，而且，很不美观。谁会去吻一个嘴里安着那玩意儿的女人，她说。显然，她有她的道理。

还有一次，她一边打我的脸，一边叫我厄尔，把我给弄醒了。我抓住她的手，捏了捏她的手指。"怎么啦？"我说，"亲爱的，你怎么啦？"她不说话，只是回握住我的手，叹了口气，又躺着不动了。第二天早上，当我问她昨晚梦见什么了，她声称什么梦都没做。

"那么谁是厄尔呢？"我说，"你在梦中提到的厄尔到底是谁？"她的脸红了，说她从来就不认识一个叫厄尔的。

台灯还亮着，我不知道还有什么可想的了，只能想到电话还没挂。我得去把它挂上，再把电话线拔了。然后，我们就该想睡觉这件事了。

"我去把电话弄一下，"我说，"然后就睡觉。"

艾丽斯弹了下烟灰，说："这次一定要把电话线拔掉。"

我再次爬起来，去那个房间，开门，再开灯。听筒还在桌子上侧躺着。我拿起来，放在耳朵上，觉得应该听见拨号音，但里面什么声音都没有。我一时冲动，说了声："喂。"

"哦，巴德，真的是你。"那个女人说。

我挂了电话，不等铃声再响，弯腰把电话线从墙上拔了出来。这可是个新鲜事，这个女人和她的巴德，简直太神秘了。我不知道该怎样对艾丽斯汇报这个新进展，但这肯定会引发更多的讨论和进一步的猜测。我决定现在什么都不讲，等吃早饭的时候再说。

回到卧室，我看见她又点了根烟。我还注意到已经是早上四点了。我开始着急了。现在是四点，马上就会是五点，然后是六点，然后是六点半，然后就该起床去上班了。我躺了下来，闭上眼，决定先慢慢地数到六十，再提关灯的事。

"想起来了，"艾丽斯说，"我全想起来了。杰克，想不想听？"

我停止数数，睁开眼，坐了起来。卧室里到处是烟，我也点了一根。为什么不呢？让睡觉见鬼去吧。

她说："我梦见有人在开派对。"

"那时候我在哪儿？"通常，不知为什么，我从来不在她的梦中出现。这让我有点不愉快，但我不想表现出来。我的脚又从被子下面露了出来，我把脚缩回去，用手臂支撑起身子，对着烟灰缸弹了弹烟灰。"又是一个不包括我的梦？那样的话，也没什么。"我深吸了口烟，屏了一会儿，吐了出去。

"亲爱的，梦里没有你，"艾丽斯说，"真对不起，你不在这个梦里，哪儿也见不着你。我当时很想你，真的很想你，这点我很确定。这就像我知道你就在附近，但却不在我需要你的地方。你知道我有时会一下就变得焦躁起来吧？就像我俩去了个人多的地方，被冲散了，我找不到你了那样。有点像那样，当时你在那儿，我想，但我找不到你。"

"接着讲你的梦。"我说。

她理了理盖在腰间和腿上的被,又取了根烟。我为她点着火。然后,她开始描述这个只提供啤酒的派对。"我根本不喜欢啤酒。"她说。但她还是喝了不少。正当她要离开时(准备回家,据她说),一只小狗咬住她的衣角,让她留下来。

她笑了起来,我也跟着笑了笑,尽管我看了一眼表,指针已经快指向四点半了。

在她的梦里,有人在演奏音乐——可能是钢琴,也可能是手风琴,天晓得。做梦有时就是这样,她说。不管是什么吧。她模模糊糊地记得她的前夫在梦里露了个面。他可能就是那个管酒的招待。人们都从一个桶里往外倒啤酒喝,用的是塑料杯子。她觉得她可能还和她的前夫跳了个舞。

"你为什么和我说这些?"

她说:"宝贝,这只是个梦而已。"

"你这样做我很不高兴。你本该在我身边躺着,却在那儿做与奇怪的狗、派对和前夫有关的梦。我很反感你和他跳舞这件事。你这是什么意思?如果我告诉你我梦见我和卡罗尔跳了一夜的舞,你会怎么想?会高兴吗?"

"这不过是个梦而已,是不是?"她说,"别和我过不去。我什么也不说了。我知道不该说,这本来就不是个好主意。"她缓缓地把手指放在嘴唇上,这是她在想问题时的习惯动作。她额头上出现了细小的皱纹,脸上露出了沉思的表情。"很抱歉你不在梦里,但假如我不如实告诉你,那不是在对你说谎吗?"

我点了点头,又轻抚了一下她的胳膊,表示没什么。我并不是真的很在意,我想我不会那样的。"宝贝,后来呢?把它讲完,"我说,"完了我们也许还能睡上一会儿。"估计我是想知道后来怎样了。我只听到她和杰瑞跳舞,如果还有其他什么,我需要知道。

她拍了拍身后的枕头,说:"就记得这些了,再也想不起什么了。该死的电话就是那个时候响起来的。"

"巴德。"我说。我看见灯光下面飘着的烟,整个房间里都弥漫着烟。"也许,我们应该打开一扇窗子。"我说。

"这主意不错,"她说,"把烟放出去,它对身体不好。"

"那还用说,肯定不好。"我说。

我再次爬起来,走到窗前,把窗子往上提了几英寸。我能感觉到进来的冷空气,听见远处正在爬坡的卡车的换挡声,它正行驶在一条通向外州的公路上。

"我想要不了多久,我们就是美国仅有的烟鬼了。"她说,"说正经的,我们该考虑考虑戒烟了。"她说着,把手上的烟弄灭了,伸手去拿烟灰缸边上的烟盒。

"现在正是吸烟的季节。"我说。

我回到床上。床铺已经乱得不成样子了,而且,已经是早上五点了。我知道今天是无法再睡了,但是不睡又能怎样?难道书上有这么一条规定?难道不睡就一定会倒霉?

她捻着一撮头发,把它捋到耳朵后面,看着我说:"最近,我额头上的这根血管不大对劲,跳得时快时慢。你知道我在说什么吗？不知道你有没有过这种经历。我不想去想它，说不定哪天我就会中风什么的。不都是那样的吗？头上的一根血管一下子就爆开了？这可能就是我的命运。我妈、我外婆，还有我的一个姨妈，都是中风死的，我家有中风史。就像心脏病，或是太胖什么的，中风是遗传的。"她说："反正迟早是会出事的，对不对？所以完全可能是中风，那也许就是我的死法。现在感觉到的很像是早期症状。每次开始跳得都很轻，像是在提醒我，而后，它就开始嘣嘣地跳，嘣、嘣、嘣。每次都吓我个半死。趁着还不晚，我们得把这该死的烟给戒了。"她看着手上剩下的半截烟，狠狠地把它摁灭了，并试图用手把烟雾扇开。

我仰面躺着，冲着天花板发愣，觉得只有在凌晨五点，才会冒出这样的话题来，又觉得我也得说上几句。"我很容易就气喘吁吁的，"我说，"刚才跑去接电话，我气都快接不上来了。"

"那有可能是因为焦虑，"艾丽斯说，"谁受得了这个，这个时候给你打电话。我真想把那个女人扯个稀烂。"

我从床上坐起来，背靠着床头板，把枕头垫在背后，像艾丽斯那样，把自己弄得舒服一点。"告诉你一件我没提过的事，"我说，"我的心脏偶尔会悸动，就像发疯一样。"她专注地看着我，等着我的下文。"有时，我觉得它就要从我的胸膛里跳出来，不知道究竟是什么引起的。"

"为什么不告诉我？"她说。她握住我的手，捏了捏。"你从来没提过这件事。听着，亲爱的，如果你有什么不幸的话，我真不知道该怎么办。我会垮掉的。经常会这样吗？太吓人了。"她还握着我的手，但手指已移到我的手腕上，来搭我的脉。她就这样一直握着我的手腕。

"不告诉你是不想吓着你，"我说，"有时就会这样，上周就有一次。而且，发作的时候我没做什么特别的，我可能正坐在椅子上看报，或在开车，或正推着个车在超市购物，和我当时用不用力气没有关系。它说来就来——嘣，嘣，嘣，就这样。我很奇怪，声音那么响，别人怎么听不见，我自己听得很清楚。不管怎样，实话对你说，我真有点害怕了。"我说："所以说，我如果不死于肺气肿或肺癌，或是你说的中风的话，很可能会死于心脏病。"

我伸手去拿烟，给了她一根。今晚的觉是别想再睡了。今晚我们到底睡觉了没有？一时间我都有点不确定了。

"谁能知道自己会怎么死？"艾丽斯说，"如果活得足够长的话，怎么死都有可能。可能会是肾衰竭，或类似的疾病。我的一个同事，她爸刚死于肾衰竭。如果你有幸活得足够长的话，就可能得这种病。肾脏坏掉后，身体里全是尿酸，死前，整个身体的颜色都变了。"

"太好了，听上去太美妙了，"我说，"我想我们该换个话题了，是怎么聊到这儿来的？"

她没回答，身体离开枕头，向前倾着，抱着腿。她闭上眼，把头靠在膝盖上，开始慢慢地前后摇晃，好像在听音乐。但这里根本没有音乐，起码我没听见。

"你知道我现在想要什么吗？"她说。她停止了摇晃，睁开眼，侧过脸来朝我。她笑了一下，让我知道她没事。

"亲爱的，你想要什么？"我的腿放在她的脚腕上。

她说："我想来点咖啡，没错。来杯浓浓的黑咖啡。我们醒都醒了，不是吗？谁还会再回去睡觉？我们喝点咖啡吧。"

"我们咖啡喝得太多了，"我说，"咖啡对身体也不好。我不是说一点咖啡都不喝，只是说我们喝得太多了，这只是我的观察。"我加了一句："其实，我可以自己来一点。"

"太好啦。"她说。

但我俩都没动地方。

她甩了甩头发，又点了根烟。烟雾在房间里萦绕着，其中一部分飘向开着的窗户。小雨落在窗外的院子里。烟雾报警器响了起来，我伸手把它关掉。而后，我将枕头放到头下，躺了下来，冲着天花板发了会儿呆。"我们想过每天早晨有个女孩把咖啡端到床前，这么好的主意怎么就没被实现呢？"我说。

"真希望有人给我们端杯咖啡来，"她说，"管他是男孩还是女孩，我现在真的想喝得不行。"

她把烟灰缸放到床头柜上，我以为她要起床了。总得有人起来把咖啡煮上，再把冻果汁放进搅拌器里，不是我，就得是她。但她非但没起来，反而往床中间挪了挪。床铺早就是乱七八糟的了。她从被子上拣起个什么，又随便在上面擦了擦手，然后抬起头。"你在报上看到那则新闻了吗？一个家伙端着把枪，闯进特护病房，让护士们把他父亲呼吸机的管子给拔掉。你读到过没有？"艾丽斯说。

"在新闻上看到过类似的事，"我说，"但主要是在谈论

449

某个护士,她把六个还是八个人接在呼吸机上的管子给拔了。到目前为止,没人知道她究竟拔了多少根。她从拔她妈的开始,然后一发不可收拾,我猜就像发了疯一样。她说她觉得自己是在帮助别人。她说她希望别人也这么对她,如果他们真的关心她的话。"

艾丽斯移到了床脚那边。她面对我坐着,腿还放在被里。她把腿插在我的两腿中间,说:"新闻里说的那个四肢瘫痪的女人,她不想活了,想把自己饿死,还记得吗?她在告她的医生和医院,因为他们用强迫进食的方法来维持她的生命。你信吗?简直是疯了。他们一天把她捆起来三次,拿一根管子捅到她的喉咙里,用这种方法来喂她早饭、午饭和晚饭。他们给她接上呼吸机,因为她的肺已不能自己工作了。报纸上说,她请求他们把管子给拔了,或者让她把自己饿死。她恳求他们让她去死,但他们不理睬。她说她开始只想死得有点尊严,现在,她气疯了,要去告所有的人。你说这奇怪不奇怪?是不是写小说的好素材?""我有时头疼,"她又说,"也许和这根血管有关,也许无关。我不想让你担心,所以头疼时没告诉你。"

"你胡说些什么?"我说,"看着我,艾丽斯。我是你丈夫,如果你还没忘记的话,我有权利知道。如果你哪儿不舒服,我应该知道。"

"但你又能做什么!只会干着急。"她用腿碰了一下我的腿,然后又碰了一下,"对不对?你会让我吃点阿司匹林。我太了解你了。"

我看了眼窗户,天已经透亮。我能感觉到从窗户吹进来的潮湿的微风。雨已经停了，但看上去随时会下大雨。我又看着她。"实话对你说，艾丽斯，我的肋部常常会剧痛。"刚说完，我就后悔了。她肯定会担心，要和我谈这件事。我们现在应该考虑的是冲澡和吃早饭。

"哪一边？"她说。

"右边。"

"那有可能是你的阑尾，"她说，"那样问题就不大了。"

我耸了耸肩。"天晓得。我不知道。我只知道它时不时就来那么一下子，也就一两分钟的事，我感到那里一阵剧痛，非常疼。开始，我还以为是肌肉给拉伤了呢。顺便问一下，胆囊在哪一边？左边还是右边？有可能是我的胆囊，也许是胆结石，天晓得。"

"其实那不是块石头，"她说，"一颗胆结石其实只是一个小微粒，或类似的东西，和铅笔尖差不多大小。不对，等一下，我可能把它和肾结石弄混了，我其实对这些一窍不通。"她摇了摇头。

"胆结石和肾结石又有什么差别？"我说，"天哪，我们连它们在身体的哪一边都不知道。你不知道，我不知道，我俩加起来，还是个不知道。但我在哪儿读到过，肾结石是可以排出去的，如果是肾结石，一般情况下是死不了人的。疼是肯定的。不知道胆结石是怎么回事。"

"我喜欢你那句'一般情况下'。"她说。

"我知道，"我说，"听着，我们得起来了，已经很晚了，都快七点了。"

"知道了，"她说，"好吧。"但她还坐在那儿。她接着说:"我外婆有关节炎,后来严重到无法自己走动,甚至连手指都弯不了。她不得不整天戴着手套坐在椅子上。最后,她甚至连一杯可可都端不住。她的关节炎就那么严重。后来,她又得了中风。我外公在我外婆去世后不久,就住进了养老院。不那样的话,就得有人整天陪着他,没人有这个时间,也没有钱去请全天看护。所以,他只好去了养老院。在那儿,他的身体状况恶化得很快。他在那儿待了一段时间后,一次,我妈去那儿看他,回来后对我们说了那里的情况。我一辈子也忘不了她当时说的。"她看着我,好像我也永远不会忘记似的。我确实不会。"她说:'我爸都认不出我来了,他甚至不知道我是谁。我爸已经成了植物人。'这就是我妈说的。"

她用手捂住脸,身体向前倾,哭了起来。我挪到床脚,和她并排坐着,拿起她的一只手放在我的腿上,再用手臂搂着她。我俩呆坐着,看着床头板和床头柜,还有那座钟以及它边上放着的几本杂志和一本小说。我们坐在床的这一端,这是我们平时睡觉时放脚的地方。看起来就好像,不管谁睡了这张床,离开时一定很匆忙。我知道将来只要一看见这张床,就会想起它现在的样子。我们在思考一些东西,但我无法确切地说出它们到底是什么。

"我不想让这样的事发生在我的身上,"她说,"或者你的身上。"她用毯子的一角擦了擦脸,深深地吸了口气,听上去像哭一样。"对不起,我控制不住自己。"她说。

"不会的,不会发生的,"我说,"别为这个操心了,好不好?我们身体好好的,会一直好下去。不管怎么说,离那个时候还早得很。嗨，我爱你，我们彼此相爱，不是吗？这才是最重要的事，这才是最要紧的。别担心，宝贝。"

"我要你向我保证。"她说着，把手抽了回去，又把我的手从她的肩头拿开。"我要你答应在必要时，把我的管子拔了。我是说如果真的到了那一步的话。你听见我说的了吗？我不是在开玩笑，杰克。如果有必要，我要你拔掉我的管子。你能答应我吗？"

我没有立刻回答。我该说些什么呢？又没有书上写好的现成答案可用。我需要想一下。我知道如果告诉她我会按她说的去做，也没什么，这只不过是说说而已，是吧？说说是很容易的。但其实不止这些，她需要的是一个诚实的答复。对此，我还没有太大的把握，我不应该仓促行事。不管说什么，都不能不考虑后果和她的感受。

我还在考虑这个问题，她又说道："你呢？"

"怎么？"

"到了那一刻，你想让人把你的管子拔掉吗？当然，但愿这样的事永远不会发生。"她说，"我得知道你的想法，要你亲口对我说，如果发生了不测，你要我做什么。"她盯着我，等着我的回答。她需要把这个答案存档，准备以后用。当然，我可以对她说，宝贝，如果你觉得这是为我好的话，就拔吧。这么说说也是很容易的，但我得再想想。我还没来得及表态是否要为她做那件事呢，现在又得考虑我自己的情况。我不想草率处理。这简直是疯了，我俩都疯了。我意识到，我现在所说的，将来是有可能要兑现的。我们现在谈的东西很重要,这是个生死攸关的大问题。

她一动不动地等着我的回答。看得出来,不给她一个答案,我们今天什么也别想干了。我又想了一会儿,说出了我想说的:"别拔我的。我不想让别人拔我的管子。只要可能的话,就让我和机器连着。有谁会不同意?你会反对吗?我这么做冒犯谁吗?只要大家看着我不恶心,没有痛苦到哀号,就别拔。让我就那么拖下去,好不好?拖到最后一秒钟。请我的朋友来和我道别。不要草率行事。"

"严肃点,"她说,"我们在讨论一个很严肃的问题。"

"我很严肃,别拔我的管子。就这么简单。"

她点了点头。"那好,我答应你不拔。"她抱着我,紧紧地,足有一分多钟。而后,她松开我,看了眼钟,说:"老天爷,我们得快点动起来了。"

我们起床,穿衣服,和平时相比也没什么不同,只是节奏快了点。我们喝咖啡和果汁,吃英式小松糕,谈论天气。是个阴天,风很大。我们不再说拔管子的事了,也不提疾病、医院和与此有关的东西。我吻了吻她,让她在前门廊上打着伞,等接她上班的车。然后我赶紧钻进我的车,很快地发动,向她挥了挥手,开走了。

白天上班时,我控制不住自己,总在想今天早晨的谈话内容,原因之一是缺乏睡眠而导致的疲劳。我觉得自己很脆弱,止不住地胡思乱想。有一阵,大家都不在,我趴在办公桌上,想睡上个两分钟。但刚一合上眼,我又开始想那些问题。我脑子里出现了一张医院的病床，没别的，就一张病床，放在一个房间里。而后，我看见床被一个氧气帐罩着，床边有一些屏幕和巨大的监控器，就像电影里的那种。我睁开眼，在椅子上坐直，点了根烟，一边抽烟一边喝了点咖啡，看了眼时间后，又接着工作。

五点钟的时候，我实在是困得不行了，只好开车回家。外面在下雨，我不得不很小心地开车，非常地小心。路上还有一起交通事故，有人在红绿灯附近把前面的车给撞了，但我觉得应该没有人受伤。车还在路中间停着，人们在雨中围成一团，交谈着。尽管这样，路还没有被彻底堵上，警察已放好了提示用的闪光灯。

见到妻子后，我说："天哪，这一天下来我是累垮了。你怎么样？"我们吻了对方。我脱下外套，挂起来，接过艾丽斯递过来的饮料。也许是因为这事一直困扰我，也许，从某种程度上来说，是为了有个新的开始，我说："好吧，如果这是你希望的，我会帮你把管子拔掉的。如果你想让我这么做，我会去做的。如果你觉得我现在就答应你能让你高兴点，我这就对你说，我会为你做这件事。在我认为有必要时，我会亲自或让别人把你的管子拔了。但我说过的有关拔我管子的话仍然有效。现在，我再也不想去想这个问题了，提都不想再提它了。就这个问题，我觉得该谈的都已经谈过了，能考虑到的都已经考虑到了。我已经累坏了。"

艾丽斯笑了。"很好，"她说，"至少现在我弄清楚了之前不明白的事。也许我神经不太正常，但现在我觉得好多了，如果你想知道的话。我也不想再去想这件事了。但我很高兴我们谈过了。我也不会再提它了，我保证。"

她拿开我的饮料，放在桌子上的电话旁边，然后搂着我，头靠在我的肩膀上。是这样，我刚才对她讲的那些话，和这一天来我想到的一些东西，让我觉得像是跨越了一条看不见的线，到达了一个从未想过要去的地方。这是个很奇怪的地方，我不知道自己是怎么到这儿的。在这里，一个无害的梦和一些清晨半醒半睡的谈话，竟让我考虑起死亡和毁灭来了。

电话铃响了起来。我们松开对方，我拿起听筒。"喂。"我说。

"喂。"一个女人回答道。

就是早上打电话的那个女人，但现在她的酒已经醒了，至少，我是这么觉得的。她听上去不再是醉醺醺的了。她声音不高，很理智，请我帮她和巴德·罗伯特取得联系。她向我道歉，她不想给我添麻烦，但这件事很紧急。她为有可能给我造成的麻烦向我道歉。

在她说话时，我胡乱摸索着我的烟，取了一根，放在嘴里，用打火机点着。然后，该我说话了。这是我对她说的话："巴德·罗伯特不住在这里。这不是他的号码，这个号码永远不会是他的，我决不会去认识你说的这么个人。请别往这儿打电话。别打了，好不好？听见我说的了吗？你如果再这样，小心我扭断你的脖子。"

"这个可恶的女人。"艾丽斯说。

我的手抖个不停，我想我的声音起作用了。正当我想告诉这个女人，让她明白这到底是怎么回事时，我妻子迅速地跑过来，她弯下腰，就这么一下，电话就断掉了，我什么也听不到了。

亲密

我在我前妻居住的小镇子停留了一下,反正要去西部办点事。我们已有四年没见面了,但时不时地,当我的东西出版了,或报纸杂志上登出和我有关的东西——人物评述或是采访——我总把它们寄给她。除了觉得她有可能对这些感兴趣外,我不知道自己是怎么想的。不管怎么说,她从未回过信。

早上九点,我事先没打电话,说真的我不知道将会遇到什么。

但她让我进了家门。她似乎并不惊讶。我们没有握手,更别说亲吻了。她把我领进客厅,我刚坐下她就端来了咖啡,然后她就倒出了心里话。她说我让她痛苦,让她觉得自己被孤立、被羞辱。

一点不错,我觉得自己到家了。

她说,你很早就开始不忠了。你干起那些亏心事从来都是心安理得的。不,她说,不是这么回事。至少,开始时不是这样。那时你不一样,我想那时我也不一样。一切都不一样,她说。不对,是你到了三十五岁,或是三十六岁以后,差不多就在那个时候吧,在你三十五六岁的时候,你是从那个时候开始的。可真的是开了头了。你背叛了我。你做得很漂亮。肯定有点自鸣得意吧。

她说,有时我会尖叫。

她说她希望我在提到过去时,忘掉那些艰难的时光、糟糕的时光。多花点精力在好时光上面,她说。难道就没有一点好时光?她希望我别再老提那个话题了,她对此已经厌烦了,不想再听了。这都成了你的个人爱好了,她说。做了的已经做了,覆水难收。一个悲剧,是的。上帝知道这是个悲剧,比悲剧还要悲惨。但为什么总提它呢?你翻那些旧账从来就没觉得累过?

她说,对过去的事你就放手吧,看在老天的分上。那些旧事伤人。你心里除了那些总该还有些别的吧。

她说,你知道吗?我觉得你有病。我觉得你像臭虫一样疯狂。嗨,你不会相信别人说你的那些吧,会吗?根本别去信他们。听着,我也可以给他们说几件事。如果他们想听故事的话,让他们来找我谈谈。

她说,你在听我说吗?

我在听,我说。洗耳恭听。

她说,我真的是受够了,王八蛋!谁让你今天来这儿的?我他妈的没说让你来。你就这么来了,就这么晃进来了。你到底想从我这儿得到什么?血?你想要更多的血吗?我以为你已经喝饱了呢。

她说，就当我已经死了。我现在想一人安安静静地待着。我唯想要的就是一个人安静地待着，不再被别人惦记着。嗨，我四十五岁了，接下来就是五十五、六十五。你放过我吧，行吗？

她说，你为什么不把黑板擦干净，看看之后你还有什么？你为什么不从一张白纸开始呢？看看自己到底能走多远。

她说得连她自己都笑了起来。我也跟着笑了，不过是一种神经质的笑。

她说，你知道吗？我有过一次机会，但我放过了。我就这么放过了它。我不觉得我告诉过你。现在你看着我，看着！趁你在这儿你给我看好了。你抛弃了我，你这个婊子养的。

她说，那时我多年轻，是个更好的人。也许你也是。一个更好的人，我是说。你肯定是。你那时比现在更好，不然我肯定不会和你有任何关系的。

她说，我曾经那么爱你，爱得都发了狂。我爱过你，超过爱世界上所有的东西。想象一下。现在看来是多么可笑。你想象得出来吗？我们从前是那么亲密，我现在都无法相信。我现在觉得那是最奇怪的事情，就是记忆中曾和某个人如此亲密。想到那种亲密我都要吐了。我无法想象自己再和其他人那么亲密了，我到现在都还没有过。

她说，坦白地说，我是想说，从现在起我不再想掺和到这里面。你以为你是谁？你以为你是上帝还是谁？你连给上帝舔靴子的资格都没有，给谁舔的资格都没有。先生，你一直在和有病的人为伍。但我又能知道什么？我甚至不再知道我还知道什么。我知道我不喜欢你把什么都和盘托出。这点我知道。你知道我说的是什么，是吧？我说的对吗？

对，我说，对得不能再对了。

她说，你什么都会说对，不是吗？你很容易就让步了。你总是这样做。你没有任何原则，一点也没有。只要能避免争吵随便怎样都行。但这不重要了。

她说，还记得我对你拔刀的那次吗？

她像是在随便说说，像是在说一件无关紧要的事。

不太清楚了，我说，那一定是我罪有应得，但我记不清了。接着说，别停下来，告诉我是怎么回事。

她说，我现在有点明白了。我想我知道你为什么来这儿了。是的，哪怕你自己不知道，我也知道你为什么要来这儿。但你是个老狐狸，你知道自己为什么来这儿，你是来这儿钓鱼的，来猎取素材的。我猜得八九不离十吧？我说得对吗？

告诉我那把刀的事，我说。

她说，如果你想知道的话，我真后悔我没有用那把刀。真的，我真的很后悔。我想了又想，后悔没有用它。我有这个机会，但我犹豫了。一犹豫就错过机会了，就像别人说的。但我真该用它，管他三七二十一呢。我至少该在你胳膊上划上一刀，至少该那样。

嗯，你没有，我说，我以为你会用它来划我，但你没有。我把它从你那儿夺走了。

她说，你总是走运。你抢走了它，然后你扇了我。但我还是后悔，哪怕稍微用一下那把刀呢，哪怕就那么一下也会让你记住我的。

我记住的很多，我说。说完就后悔了。

她说，阿门，兄弟。如果你还没注意到的话，这才是争论的核心，这是问题所在。就像我刚说的，我觉得你只记住了那些不好的事情，你只记住了那些低级的、丢脸的事情。这就是为什么我一说到刀你就来了兴趣。

她说，我想知道你有没有过任何一丁点后悔，不管那玩意儿现在还重不重要。不怎么重要，我估计。但如今你应该是这方面的专家了。

后悔，我说。说实话，我对它没什么兴趣。后悔是个我不常用的词，我想我几乎没有这种情感。我承认我对事物的看法比较阴暗，起码有时是这样的。但后悔？我不会。

她说，你真是个婊子养的，你自己知道吗？一个无情、冷血的婊子养的。有人告诉过你这个吗？

你告诉过我，我说，很多次。

她说，我总是说实话，哪怕它伤人。你永远不会逮到我说假话。

她说，我早就看清楚了，但还是晚了点。我是有机会的，但我让它从指缝里溜掉了。我有一阵甚至想着你会回来。我为什么要那么想？我肯定是昏了头了。我现在情愿把眼睛哭瞎了，也不会让你得到那种满足。

她说，你知道吗？如果你现在被火烧着了，如果就在这一刻你全身着了火，我连一瓢水都不会往你身上泼的。

说完她笑了起来,然后她的脸又沉了下来。

她说,你他妈为什么来这儿?你想再听点什么吗?我可以就这样不停地讲上好几天。我知道你为什么跑来,但我想听听你怎么说。

我没有回答,我就那么坐在那里,她继续往下说。

她说,自从你离开以后,打那时起,什么都不重要了。孩子、上帝,没一样重要了。就像是被什么东西击中了一样,我的生活停止了。我的生活本来一直在往前走,往前走,然后它停了下来。不是慢慢地停下来,而是猛一下子就停了下来。我想,如果我对他来说一文不值的话,那么,我对自己和别人来说也一文不值。我从来没有感觉这么糟糕过。我觉得我的心都要碎了。我在说什么呢?它已经碎了。它当然碎了。它碎了,就这样。它现在还是碎的,如果你想知道的话。这下子你全知道了。我的鸡蛋全放进了一个篮子,①她说。筐子,篓子,我所有的臭鸡蛋都放进了一个篮子。②

她说,你已经找到别人了,是不是?没花太多的时间。你现在很幸福。起码他们是这么说你的:"他现在可幸福了。"嗨,你寄来的东西我都读了!你以为我没读?听着,我知道你心里是怎么想的,先生,我从来都知道。我过去知道,现在也知道。我看透了你的心思,你给我记好了。

---

① 英语里常用的一个比喻,意思是说把所有的希望都寄托在一件事或一个人身上。
② 化用一段儿歌。原歌词为:"A tisket, a tasket. A green and yellow basket." 其中的"tisket"和"tasket"是"basket"的谐音,根据中文的习惯译成"筐子"和"篓子",表示是和"篮子"一类的东西。

你内心深处是片丛林，黑森林，是个垃圾桶，如果你想知道的话。如果他们还想问什么事，让他们来找我好了。我知道你是什么货色。只要让他们来这儿，我会让他们听个够的。我是当事人。我伺候过你，伙计。你在你所谓的作品里展示我、嘲笑我，让张三李四来可怜我、评判我。问问我是否在意。问问这有没有让我难堪，开始吧，问啊。

不，我说，我不会问的。我不想讨论那个。

你当然不想！她说，而且，你也知道为什么不！

她说，亲爱的，不是想冒犯你，有时我觉得我可以给你一枪，然后看着你在那儿抽搐。

她说，你都不敢看着我的眼睛，敢吗？

她说，我和你说话时你都不敢看着我的眼睛。这是她的原话。

那么，好吧，我就看着她的眼睛。

她说，这就对了。好吧，现在我们总算有点进展了，也许吧，有进步。从和你说话的人的眼睛里，你能看出许多东西。所有的人都知道这个。但你还知道别的吗？这个世界上没有一个人会告诉你这个的，但我会告诉你。我有这个权利，我挣得了这个权利，宝贝。你把你自己当成另外一个人了。这是问题的实质。但我又知道什么？他们过一百年都会这样说。他们会说，她算老几？

她说，不管怎么说，你他妈的肯定是把我当成别人了。嗨，我连名字都不一样了，不是我生下来时的名字，不是我和你住在一起时的名字，甚至不是我两年前的名字了。这是怎么回事？这他妈的究竟是怎么回事？听我说，我现在想独自一人待着。求你了。这又不犯法。

她说,你就没有其他该去的地方了?没有飞机要赶?难道这一刻你不该待在一个离这里很远的地方?

没有,我说。我又说了一遍:没有。没别的地方,没有非去不可的地方。

随后我做了一件事。我伸过手,用拇指和食指捏住她上衣的袖子。就这样。我就这样碰了一下,随即就把手收了回来。她没有退缩,也没有动。

我接下来又做了另一件事。我跪了下来,一个像我这样的大块头跪下来,我捧起她的裙摆。我在地板上干什么?我希望我能说出来。但我知道这是我应该待的地方,我拉着她的裙摆跪在那里。

她一动不动地待了一会儿,然后她说,嗨,好了好了,傻瓜。你有时候真蠢。站起来。我让你站起来。听着,没什么了。我现在已经缓过来了。我是花了点时间才缓过来的。你以为怎样?你以为这事还没完?你一走进来,突然整个该死的过去就又回来了。我需要发泄一下,但是你知我知,现在一切都已经结束了。

她说,很长一段时间里,亲爱的,我感到悲痛欲绝。悲痛欲绝,把那个词记在你的小笔记本上。我告诉你,这是英语里最悲伤的一个词,这是我切肤的体会。不管怎样,我最终挺了过来。一个智者曾经说过,时间是个绅士。或者是个受尽磨难的老妇人,不是这个就是那个。

她说,我现在有了自己的生活,和你的相比是种不同的生活,但我想我们没有必要去比。这是我的生活,这很重要，在我变老的过程中必须认清这一点。总之，别太难受了。我是说，有一点难受没什么，也许吧。那不会伤着你，也就只能有这点期待了，即使你无法让自己后悔。

她说，你现在必须起来，离开这里。我丈夫马上就要回来吃午饭了。我怎么和他解释这样的事情？

简直是疯了，我仍然拉着她的裙摆跪在地上。我不想松手。我像只狗一样，我像是钉在了地板上，好像一点也动弹不了。

她说，站起来。怎么了？你还想从我这儿得到点什么。你想要什么？想让我原谅你？这就是你来这儿的目的？就是这样，是吧？这就是你大老远跑来的原因。刀的事也从某种程度上刺激了你。我以为你已经忘掉了呢。但你需要我来提醒你。好吧，如果你走的话我会再说点。

她说，我原谅你。

她说，你现在满意了吧？好点了吧？高兴了？他现在高兴了，她说。

但我还跪在地上。

她说，你听见我说的了吗？你现在必须离开。嗨，傻瓜。亲爱的，我说了我原谅你，我甚至提醒了你刀的事情，我现在想不出来我还能做什么。你的目的全达到了，宝贝。快点，你必须离开这里。起来。这就对了。你的块头还是这么大，不是吗？这是你的帽子，别忘了你的帽子。你过去从来不戴帽子，我这辈子从来没见你戴过帽子。

她说，听我说，看着我，仔细听着我要说的。

她靠近了点。她离我的脸只有三英寸左右。我们很长一段时间没这么靠近了。我小口呼吸着,免得她听见,我等着。我觉得我的心跳慢下来很多,我觉得是这样。

她说,你尽管写,就好像你不得不写一样,别想其他的了。和过去一样。你这么做已经很久了,想必不会太难的。

她说,好了,我说完了。你自由了,是吧?至少你觉得是这样了。终于自由了。那是开玩笑,但别笑。不管怎样,你感觉好点了,不是吗?

她和我一起走过过道。

她说,如果我丈夫这时走进来,我无法想象该怎样向他解释。但有谁还在乎这个,是不是?说到底,谁还会把这当回事。此外,能发生的事情都已经发生了。对了,他叫弗雷德,是个正派人,工作努力。他很在乎我。

她陪着我来到前门,这期间前门一直是开着的。光线、新鲜空气和街上的声音通过那扇门涌进了屋里,而我们却没有注意到。我向外看了看,天哪,早晨的天空上挂着白色的月亮。我从未见过这么奇异的景象,但我害怕去谈论这个,我害怕。我不知道会发生什么,我甚至有可能会掉下眼泪来,我也许对自己说的话连一个字也不明白。

她说,你也许还会回来,也许不会了。这些都会慢慢消失的,要知道。很快你又会感到难受,也许这可以写成个好故事,但如果真的写成了,我不想知道写了什么。

我道了再见。她没再说什么。她看着自己的手,然后把手放进了口袋里。她摇了摇头,回到了屋里,这次她关上了门。

我沿着人行道往前走。几个孩子在街道的一头扔橄榄球，但他们不是我的孩子，也不是她的孩子。到处都是树叶，甚至连水沟里都是。无论往哪儿看，都是一堆一堆的树叶。我走过时它们从树枝上落下来，每走一步我都要把鞋子踩进树叶里。该有人在这儿花点功夫，该有人拿把耙子来，把这儿清理一下了。

牛肚汤

我睡不着，确信妻子薇姬睡着后，我爬了起来，透过卧室的窗户，向街对面奥利弗和阿曼达的房子张望。奥利弗已经走了三天了，但他的妻子阿曼达醒着。她也睡不着。现在是凌晨四点，外面一点动静都没有——没有风、没有车，连月亮也没有——只有奥利弗和阿曼达住处的灯还亮着，窗前堆满了树叶。

几天前，我实在坐不住了，就去把院子里的叶子——薇姬和我的院子。我把叶子收集到袋子里，扎上袋口后放在路边上。我当时有股冲动，想走到街的对面，把那里的叶子也耙一耙，但我没这么做。对面成了现在这个样子是我的错。

奥利弗走后我只睡了几个小时。薇姬见我在家里没头绪地乱转，看上去焦虑不安，就决定把事情联系起来。她现在已经在她那一侧躺下了，蜷缩在床垫上，占了十英寸左右的地方，她上床后就固定好自己的位子，怕睡着后不小心滚到我这边来。她躺下后还没动过，抽泣了一会儿，睡着了。她已经筋疲力尽了，我也一样。

我几乎吃掉了薇姬所有的药片，但还是睡不着，有点躁动不安。也许如果我一直往那边看，就能瞥见阿曼达在她家里走动，或者发现她正在窗帘后面偷看，想了解这边的情况。

如果我真的看见她了呢？那又怎样？又能做些什么？

薇姬说我疯了，昨晚她还说了些更难听的，但谁能责怪她呢？我告诉了她——我不得不这么做——但我没告诉她是阿曼达。当阿曼达的名字被提起时，我矢口否认。薇姬怀疑过，但我不会说出名字。我不会说是谁，尽管她不停地逼我，并在我头上打了几下。

"是谁又有什么关系？"我说，"你从来没见过这个女人。"我说谎道："你不认识她。"她就是在那个时候开始打我的。

我感到异常兴奋。我的画家朋友阿尔弗雷多说到他的朋友在药劲快过去时常用这个词，异常兴奋。我是有点这样。

这简直是疯狂。我知道，但我没法不去想阿曼达。事情已经糟到这种程度，我甚至发现我在想我的第一任妻子莫莉。我爱过莫莉，我曾经以为，我爱她会胜过爱自己的生命。

我不停地想象阿曼达穿着那件粉色睡衣的样子，我很喜欢她穿的那件，还有那双粉色的拖鞋。我确信她此刻正坐在黄铜台灯下的那张大皮椅里。她在抽烟，一根接一根地抽。她的身边有两个烟灰缸，都满了。椅子左边紧靠台灯的茶几上堆着杂志——那些正派人读的杂志。我们是正派人，从某种程度上说，我们都是。就在这一刻，在我想象中，阿曼达正在翻阅一本杂志，不时停下来看一眼插图或者漫画。

两天前的下午，阿曼达对我说："我再也读不进去书了。谁有这个时间？"这是奥利弗离开后的第一天，我俩在城市工业区的一个小咖啡馆里。"谁还能集中精力？"她搅着咖啡说，"谁还读书？你读吗？"（我摇摇头。）"肯定有人读，要我说的话。你看商店橱窗里摆着的这些书，还有那些读书俱乐部。有人在读，"她说，"会是谁？我一个读书的人都不认识。"

这就是她说的话，没头没尾的，就是说，我们不是在谈书，我们是在谈我们的生活，这和书没有一点关系。

"你告诉奥利弗时他说了什么？"

我突然感到我们所说的这些话，以及这种紧张、警惕的表情，属于那些平时我一打开马上就关掉的午后电视节目里的人物。

阿曼达垂下目光，摇了摇头，像是不忍去回想。

"你没说是跟谁，对吧？"

她又摇了摇头。

"你肯定吗？"我等着，直到她从咖啡上抬起她的目光。

"我没提谁的名字，如果你是问这个的话。"

"他说没说他要去哪儿？要走多久？"我说，同时希望我听不见自己说的话。我谈论的是我的邻居,奥利弗·波特,他被赶出家门这件事,我也有份。

"他没说去哪里,可能在一家旅馆吧。他说我应该做好安排然后离开——离开,他说,腔调就像是在念《圣经》——离开他的家,离开他的生活,在一周之内。我想他那时就会回来。所以我们必须尽快就这件要紧的事情做个决定,宝贝,你和我必须马上拿定主意。"

现在轮到她来看着我了,我知道她在寻找我要终身承诺的迹象。"一个星期。"我说。我看着我的咖啡,它已经冷了。一会儿的工夫,就发生了这么多的事情,我们正在试着去接受。我没想到什么长久的事,即使有的话,我们早该在我们从调情发展到相爱,再发展到下午幽会的那几个月里就想到了。不管怎么说,我们正处在一个严峻的时刻,极为严峻。我们从来没想到过——再过一百年也想不到——我们会在一个下午,躲在一个咖啡馆里,来为这样的事情做决定。

我抬起眼睛,阿曼达开始搅她的咖啡。她不停地搅着。我触到她的手,勺子从她手上掉了下来。她捡起来,又开始搅。在这个亮着日光灯的破旧咖啡馆里,我们和坐在桌旁喝咖啡的随便一位客人没什么区别,几乎没什么区别。我握住阿曼达的手,似乎有了点不一样的感觉。

我下楼时薇姬还在她那一侧躺着,我打算热点牛奶喝。我原先睡不着时就喝威士忌,但我戒掉了,现在只喝热牛奶。喝威士忌的那些日子里,半夜我会被难以忍受的干渴弄醒，但那时，我总是提前做好准备：比如，在冰箱里放一瓶水。醒来时我会严重脱水，从头到脚被汗湿透，我会晃到厨房，我知道在冰箱里肯定能找到一瓶冰水。我会把它一口气喝掉，喝个痛快，整整一夸脱的水。有时我会用个杯子，但不经常这样。突然我会再次酩酊大醉，在厨房里走麻花步，我至今也闹不清楚这个——前一分钟还清醒着，下一分钟就又醉了。

用莫莉的话说，喝酒是我命运的一部分，这么说吧，她对命运相当地重视。

由于缺乏睡眠，我感到狂躁。我几乎情愿用任何东西来换一觉，像老实人那样睡一个好觉。

我们为什么非要睡觉？为什么在某些紧急情况下睡得少，而在另外一些紧急情况下反而睡得多呢？比如，我父亲中风那次。他从昏迷中醒来——在病床上躺了七天七夜后——平静地对房间里的人说了声"嗨"，然后用目光找到我。"嗨，儿子。"他说。五分钟后，他死了。就这样——死了。在那段非常时期里，我从来没有脱了衣服上床睡觉。有时，我可能会在等候室的椅子上打个盹，但我从来没有上床睡过。

再就是大约一年前，我发现薇姬有了外遇。知道后我没去和她对峙，而是上床去睡觉。我好几天都没起来，也许有一个星期吧，我也记不清了。我是说，我会起身去厕所，或者去厨房做个三明治，我甚至会穿着睡衣去客厅，下午的时候，会试着读会儿报纸。但是我坐在那儿就睡着了，过一会儿会醒过来，睁开眼，回到卧室接着睡。我怎么睡都睡不够。

事情过去了,我们挺了过来。薇姬放弃了她的男朋友,或许是他放弃了她,我从来也没弄清楚,只知道薇姬离开了我一会儿,然后回来了。但我有种感觉,这次我们挺不过去。这次不一样,奥利弗给阿曼达下了最后通牒。

但是,或许奥利弗此刻也没睡,他正在给阿曼达写信,恳求和解,这难道就不可能?甚至就在这一刻,他正飞快地写着,试图说服她,她对他和女儿贝丝所做的是愚蠢的、灾难性的,对一家三口来说都是个悲剧。

别做梦了。我了解奥利弗,他冷酷,不宽恕别人。他会一棍子把槌球打到下一条街上去——他已经这么做了。他才不会去写这种信。他给她下了最后通牒,不是吗?——没什么好说的了。一星期。现在是第四天,还是第三天?奥利弗有可能睡不着,但他如果醒着的话,他会坐在旅馆客房的椅子里,手里端着加了冰的伏特加,脚跷在床上,电视小声地开着。除了鞋子,他穿戴整齐。他没穿鞋——这是他作出的唯一让步,最多再松开个领带。

奥利弗冷酷无情。

我热好牛奶,用勺子刮掉上面的奶皮后,把牛奶倒进杯子。我关掉厨房的灯,端着杯子进了客厅,在沙发上坐下,从这儿我可以看见街对面亮着灯的窗户。但我烦躁不安,根本坐不住,我把腿跷在另一条腿上,然后又换过来。我感觉全身在冒火,想去打碎一扇窗户,或者去把所有的家具都重新布置一遍。

睡不着觉时,你脑中会闪过多少事情啊!先是在想莫莉,有一阵我甚至都记不起她的模样了,看在老天的分上,我们在一起那么多年,还是孩子时就断断续续地待在一起了。莫莉说过她会永远爱我,现在剩下的唯一记忆是她坐在餐桌旁哭泣,肩膀向前耸着,手捂住脸。永远,她说,但事情的结果并不像她说的那样。最后她说,没关系,她不在乎我和她以后是不是生活在一起,我们的爱情存在于一个"更高的层次"上。这就是她在我和薇姬搬到一块儿住以后在电话里对薇姬说的。莫莉打电话来,和薇姬通上了话,她说:"你有你和他的关系,但我永远有我的。他的命运和我的是连在一起的。"

我的第一任妻子莫莉,说起话来就像那样。"我们的命运是连在一起的。"她原先不那么说话的。只是到了后来,在经历了很多事情以后,她才开始用像"宇宙"啦、"赋权"啦这样的一些词。但我们的命运并没有连在一起——即使曾经连过,至少现在没有连着。我甚至不知道她现在在哪儿,不是很确定。

我想我能指出那个确切的时间,那个真正的转折点:莫莉的希望彻底破灭的时间。那是在我开始和薇姬幽会以后,莫莉发现了。一天,莫莉教书的中学有人给我打电话,说:"快点,你妻子在学校门口翻跟头,你最好来一趟。"我把她领回家后,我开始听见"更高的能量"和"顺应潮流"这一类的话。我们的命运被"修改"了。假如说过去还有点犹豫的话,我当时是飞快地离开了她——离开了这个我从小就了解的女人,多年的好友、知己,我最亲密的人。我抛弃了她。理由之一是我被吓着了,吓坏了。

这个和我一起开始生活的女孩,这个甜蜜的人儿,这个温柔的灵魂,结果竟去算命的、看手相的和看水晶球的人那里寻求答案,试图弄明白该怎样继续生活下去。她辞了工作,取出自己的退休金,从那以后,做任何决定前都要先参考一下《易经》。她开始穿奇怪的衣服,那些有很多紫色和橘黄色的皱皱巴巴的衣服。她甚至和一帮整天围坐在那儿——我不是在开玩笑——试图腾空的人掺和在一起。

莫莉和我一起长大时,她是我的一部分,当然,我也是她的一部分。我们相爱,命中注定在一起。那时我信这个,但我现在不知道该相信什么。我不是在抱怨,只是在陈述一个事实。我一无所有,但还得这样活下去。没有什么是命中注定的了。往后的事,随便你觉着怎样就怎样了。会冲动,会犯错,就跟其他人一样。

阿曼达?我倒是希望能够相信她,老天保佑她,但她遇到我时也正在寻找一个人。人们在不安分时都是这样:他们开始做某件事情,相信这会一劳永逸地改变现状。

我想到前院喊几嗓子。"这一切都不值得!"我想让大家听到这个。

"命中注定。"莫莉说。据我所知她现在还在谈论这个。

除了厨房的那盏灯,对面所有的灯都熄灭了。我可以试着给阿曼达打个电话。我可以这样做,看看到底会把我怎么样!如果薇姬听见拨号声或说话声后下楼来,那怎么办?如果她拿起楼上的话筒听,那又怎么办?而且,总存在着贝丝来接电话的可能。这个时候我可不想和小孩子说话。实际上，我不想和任何人说话。如果可能的话，我想和莫莉说几句，但这再也不可能了——她已不再是莫莉，而是另外一个人了。但我能说什么？我不也成了另外一个人了。

我希望我能像这里的随便哪一位邻居——这些普通、正常、没什么成就的人一样，回到卧室，躺下，睡觉。今天会是个重要的日子，我想有所准备。我希望自己能睡上一觉，醒来，发现生活中的一切都变了。不一定非得是那些大事，像和阿曼达的事，或者和莫莉的过去，还有那些我力所能及的事。

就说我母亲的事情吧。我曾经每月给她寄钱，但后来我开始把钱集中起来，一年两次寄给她。我在她的生日和圣诞节给她寄钱。我想：这样就不用担心忘记她的生日，忘记她的圣诞礼物了。再不用去担心什么，大功告成。很长一段时间，一切都像钟表一样准确无误。

去年她跟我要（是在两次寄钱之间，三月或者是四月）一个收音机。一个收音机，她说，会让她的生活大不一样。

她想要的是个小小的带闹钟的收音机。她可以把它放在厨房里，可以在晚上做饭的时候听一会儿，还可以用来看时间，这样她就知道什么时候该把东西从烤箱里取出来，或者还有多久她最喜欢的电视节目就要开始了。

一个小小的闹钟收音机。

她先暗示我。她说："我真想有个收音机，但我买不起，我想只能等到我生日那天了。我的那个小收音机摔坏了，我缺个收音机。"我缺个收音机。这是她在我们通电话时说的，她写信时也提到了这个。

最后我说了什么？我在电话里对她说我买不起收音机。在给她的一封信里也这么说了，好让她彻底明白。我在信里写道，我买不起收音机。我说，我无法比现在做得更多。这就是我当时说过的话。

但事实不是这样！我完全可以多做一点，我只是说我不能。我买得起一个收音机，这又能花多少钱？三十五美元？加了税也不到四十美元。我可以买了收音机寄给她。如果我自己嫌麻烦的话，可以让商店里的人寄。或者，我可以给她寄张四十美元的支票，并附张纸条说：妈，这钱是给你买收音机用的。

不管怎样我都花得起这个钱。四十美元——开玩笑，我怎么可能花不起这点钱。但我没去做，没去花这个钱。这似乎是个原则问题，起码当时我是这么对自己说的——这是个原则问题。

哈。

后来怎样了？她死了。她死了。她从杂货店往家走，回她的公寓，抱着装她买的东西的袋子，然后她栽倒在别人家的灌木丛里，死了。

我飞过去办理后事。她还在验尸处放着，他们把她的钱包和买的东西放在办公桌的后面。我没心思去翻他们递给我的钱包，她从杂货店买回的东西包括一罐纤维素、两个葡萄柚、一盒奶酪、一夸脱的脱脂牛奶、几个土豆和洋葱，和一袋已经开始变色的肉馅。

天哪！看见这些东西后我哭得停都停不下来，我觉得自己会一直哭下去。坐在办公桌后面的那个女人有点不知所措，她给我端了杯水。他们给了我一个袋子来装母亲买的东西，另一个袋子装她的私人物品——钱包和假牙。随后，我把假牙放进外套口袋，开着租来的车，去把它交给殡仪馆的人。

阿曼达家厨房的灯还亮着。明亮的灯光洒落在那些树叶上。也许和我一样，她也害怕了。也许她把这盏灯当作夜灯留着。也许她还没睡，正在厨房的灯下给我写信。阿曼达在给我写信，当新的一天开始时，她会设法把信交到我手里。

想到这我才意识到，从我们认识后，我还从来没收到过她的一封信。我们发生关系的这段时间里，不论是六个月还是八个月，我连一张她写的纸片都没见到过。我甚至不知道她会不会写字。

我想她是会的。她当然会。她谈到过读书，不是吗？当然这没什么关系。唔，也许有一点，我想。不管怎样我都是爱她的，是吧？

但我也从来没给她写过什么。我们总是在电话里或者当着面说话。

莫莉，她喜欢写信。甚至我们已不生活在一起了，她还给我写信。薇姬会把她的信从信箱取出来，一声不响地丢在餐桌上。后来，来信逐渐少了下来，越来越少，也越来越怪。每次读到她的信，我都要起一身鸡皮疙瘩。信里到处都是"预感"和"兆头"这样的话。偶尔她会说有个声音在告诉她该做什么或去哪儿。有一次她告诉我说不管发生了什么,我俩仍然"在同一个频段"上。她总能准确地知道我的感受,她说。她时不时地"接收到我的信号"。读着这些信,我脖子后面的汗毛都立了起来。她还有了个代替命运的新词:业报。"我在跟随我的业报,"她写道,"你的业报转错了方向。"

我想去睡觉,但这又有什么用?马上大家都要起来了。薇姬的闹钟一会儿就会响起来。我希望我能上楼,睡到妻子身边,对她说对不起,这是个错误,让我们忘掉这些吧。然后睡觉,醒来时她躺在我的怀里。但我已丧失了这个权利,我已被拒之门外,回不去了!即使我那么去做,正如我希望的那样,上楼,悄悄睡到薇姬身边,她也可能会醒来并对我说,你这个狗杂种。你敢碰我一下,婊子养的。

她这是说的什么话?我根本就不会去碰她一下。不会那样,我不会。

在我离开莫莉之后,在我抛弃她约两个月后,莫莉真的犯了病。那个一直潜伏着的崩溃来了。她姐姐确保她得到了她所需要的照顾。我在说什么?他们把她送进了精神病院。他们不得不这么做,他们说。他们把我的妻子给送走了,但那时我已和薇姬住在一起,正在戒威士忌。我不能为莫莉做任何事情。我是说她在那儿,我在这儿,即使我愿意,我也无法把她从那儿弄出来。但事实上,我并不想这么做。她在那儿,他们说,是因为她需要在那儿。没人提命运的事，事情已超出了那个范畴。

　　我甚至没去看望她——一次也没去过！那时我觉得自己在那儿见到她会受不了。但是，老天爷，我是个什么玩意儿？一个不能共患难的朋友？我们经历了那么多。但我又能对她说些什么？我对所有这一切很抱歉，宝贝。我想我可以那么说。我打算写信来着的，但没写，一个字都没写。其实，你仔细想一想，我在信里面又能说什么？他们对你怎么样？宝贝。我抱歉你现在待在这么个地方，但别放弃。还记得那些好时光吗？还记得我们在一起的幸福时光吗？嗨，很抱歉他们这样对你，抱歉事情的结果竟是这样。对不起，现在说什么都是废话。对不起，莫莉。

　　我没有写。我想我在试图忘掉她，假装她从来没有存在过，谁是莫莉？

　　我离开了自己的妻子，得到了他人的妻子薇姬。现在我觉得没准我把薇姬也弄丢了。但薇姬不会去为精神失常的人准备的夏令营，她可不是个好对付的。她离开前夫乔·克拉夫特时，连眼皮都没眨一下，我想她不会为此而少睡一觉的。

　　薇姬·克拉夫特·休斯。阿曼达·波特。这就是命运带我来的地方？来这个街区的这条街上，搅乱这些女人的生活？

　　在我没注意的时候，阿曼达家厨房的灯灭掉了。刚才还在的那个房间，现在像其他房间一样不见了。只有前廊的灯还亮着，阿曼达肯定忘掉关了，我猜。嗨，阿曼达。

有一次，在莫莉去了那个地方以后，我自己头脑也不太正常——让我们面对现实吧，我也疯了。一天晚上，我们一伙人在朋友阿尔弗雷多家里喝酒听唱片。那时我对什么都不在乎了。所有可能发生的，我觉得，都已经发生了。我感觉失去了平衡，没了目标。不说了，反正我当时在阿尔弗雷多那儿待着。他画的热带鸟和动物挂满了四壁，还有些画靠着东西（比如说桌腿或砖头和木板搭成的书架）立着，还有些画堆在后门廊上。厨房成了他的工作室，我在餐桌旁坐着，面前放了杯酒。对着巷子的窗户的一侧支着个画架，桌子的一头放着些挤扁了的颜料管、一块调色板和几支画笔。阿尔弗雷多正在几英尺外的柜台那儿为自己倒酒。我喜欢这个小房间的简陋和实用。客厅里音响的音量被调高了，声音充满了整个屋子，连厨房窗户的玻璃都在窗框里抖动。突然，我开始发抖，先是手在颤抖，接着胳膊和肩膀也颤抖起来，我的牙齿开始咯咯作响，杯子都拿不住了。

"怎么了，哥们儿？"当他转身看见我的样子时，阿尔弗雷多说，"嘿，怎么回事？你这是怎么了？"

我无法对他讲。我能说什么？我觉得我身上的某种疾病正在发作。我努力抬起肩膀，又放了下来。

阿尔弗雷多走过来，拉了把椅子在我身边坐下。他把他那双画家的大手放在我的肩膀上。我还在颤抖，他能感觉得到。

"哥们儿，你哪儿不舒服？对这一切我真的很难过，哥们儿。我知道你现在真的很难。"然后他说他要为我做牛肚汤。他说这对我的病有好处。"对你神经有帮助,哥们儿,"他说,"能让你马上镇静下来。"他有做牛肚汤的所有原材料,他说,他本来就想做一点。

"你给我听着,听我对你说,我现在就是你的家人。"阿尔弗雷多说。

那是凌晨两点,我们都喝醉了,满屋都是喝醉酒的人,立体声的音量开到了最大。阿尔弗雷多走到冰箱跟前,打开冰箱取出了点什么。他关上冰箱的门,看了看他的冷冻箱,找到一包东西。然后,他在碗橱里找了找,从洗碗槽下方的柜子里拿出一口大平底锅。他一切就绪了。

牛肚。他先放进牛肚和一加仑的水,然后切了点洋葱加到已经烧开了的水里,又把西班牙香肠放到锅里,然后,他往开水里放了点胡椒,又撒了点辣椒粉,然后是橄榄油。他打开一大罐番茄酱,全倒了进去,加了几瓣蒜,几片白面包,盐和柠檬汁。他打开另外一个罐头——是玉米糊——也倒进锅里。他把所有的都放了进去,然后把火拧小,盖上锅盖。

我看着他。阿尔弗雷多站在炉子前面做牛肚汤、和别人说话时,我坐在那儿发抖。我不知道他在说什么。他时不时摇摇头,吹吹口哨。不时有人进厨房来取啤酒,但阿尔弗雷多始终认真地料理着他的牛肚汤。他就像在自己的老家莫雷利亚,在新年的第一天为家人做牛肚汤。

大家待在厨房里,开玩笑,取笑他半夜三更的做什么牛肚汤,阿尔弗雷多没有回应。不久他们就离开了,只剩下了我俩。最后,阿尔弗雷多拿着勺子站在炉子旁,在他的注视下，我从桌旁慢慢站起身，走出厨房，进了卫生间，然后打开卫生间的另一扇门，去了客房，躺在那儿的一张床上睡着了。醒来时已是下午，牛肚汤早没了，锅泡在洗碗槽里，肯定是那帮人把它给吃掉了。他们吃了之后一定平静下来了。所有的人都走了，房子里很安静。

后来我最多又见到过阿尔弗雷多一两次。那晚以后，生活使我俩走上了不同的道路。那天晚上在场的其他人——天晓得他们去了哪里？我可能到死都喝不上牛肚汤了，但又有谁能知道？

难道这就是命运？一个中年男人和他邻居的老婆发生关系，然后和一个愤怒的最后通牒扯在了一起？这是什么样的命运啊？一周，奥利弗说过，现在只剩三四天了。

外面有辆亮着灯的车开过。天已泛青，我听见一些鸟开始啼鸣。我决定自己不能再等下去了，不能就这么坐着，什么也不做——没有什么可选择的了，我不能一直等下去。我等了又等，但结果呢？薇姬的闹钟马上就会响，贝丝会起床穿衣去上学，阿曼达也会醒来。所有邻居都将醒来。

在后门廊上，我找到一件旧牛仔裤和一件运动衫，我换下了睡衣，然后穿上白色的帆布鞋，一双"酒鬼"鞋①——要是阿尔弗雷多在的话，肯定会这么称呼它们。阿尔弗雷多，你现在在哪里？

我到了外面，去车库找到草耙子和装草的袋子。我拿

---

① 一种在杂货店、酒类专卖店角落售卖的鞋。——编者注

着耙子，绕到屋前准备开始时，我意识到在这件事上我已没有了选择。天已经亮了，亮到足以让我去做我该做的事情。我什么也没再想，就开始耙落叶。我把我们院子的每一英寸都耙到了。做好这件事也很重要。我把耙子插进草皮，使劲地往回拉。草的感受肯定像你被人使劲揪了一下头发那样。不时有车从路上驶过并慢下来，但我连头都不抬。我知道车里的人会怎么想，但他们大错特错，他们连一半都不知道。他们怎么可能知道？我高兴地耙着树叶。

我耙完我们的院子，把袋子放在路边上，然后我开始耙隔壁邻居巴克斯特家的院子。过了几分钟，巴克斯特太太来到门廊上，还穿着她的睡袍。我没和她打招呼。我没感到难堪，也不想显得不友好。我只想接着干我正在干的活儿。

起先她什么都没说，过了一会儿她说："早上好，休斯先生。今早怎么样？"

我停下手上的活儿，用胳膊擦了下前额。"我一会儿就完，"我说，"希望你不会介意。"

"我们不介意，"巴克斯特太太说，"只管干你的。"我看见巴克斯特先生在她身后的门洞那儿站着。他已穿戴好准备去上班，休闲裤、夹克衫和领带，但他没走到门廊上来。巴斯克特太太转身看着巴克斯特先生，他耸耸肩。

没关系，反正这儿已经干完了。还有其他的院子，更重要的院子在等着。我跪下来，抓住耙柄的下端，扯出耙子上面的最后几片叶子，放进袋子，把袋口扎起来。我无法控制自己，待在那里，手里拿着耙子跪在草地上。我抬起头来，看见巴克斯特夫妇俩从门廊的台阶走下来，穿过潮湿好闻的草地向我缓缓走来。他们在几英尺远处停住脚，仔细地打量着我。

"要我说……"我听见巴克斯特太太说。她还穿着睡袍和拖鞋。外面很寒冷，她捏住睡袍的领口。"你为我们做了件大好事，真的，你做了件好事。"

我什么都没说。甚至连"别客气"都没说。

他们在我前面又站了一会儿，我们谁都没再说什么。我们之间好像达成了某种默契。很快，他们转身回家了。头顶上，在那些老枫树的树枝上——这些树叶就来自那里——鸟开始互相打招呼。至少我觉得它们是在相互打招呼。

突然车门砰地响了一声，巴克斯特先生已坐在车道上的车里，车窗摇了下来。巴克斯特太太在前门廊那儿冲他说了些什么，巴克斯特先生慢慢地点了点头，并朝我这儿转过脸来。见我拿着耙子跪在那儿，他的表情起了变化。他皱了皱眉头。往好里说，巴克斯特先生只是个正派的普通人——一个你不会错把他当成任何特殊人物的家伙。但他是特殊的。对我来说，他是。起码他睡了个完整的好觉，在去上班前拥抱了他的妻子。甚至在离开之前，已有人期待他几个小时后回家。诚然，和那些伟大的事件相比，他的回家只算得上是个小事件——但仍然是一个事件。

巴克斯特把车子发动起来，踩了一下油门。然后他毫不费力地把车倒出车道，刹车，换挡。开上街道时，他慢了下来，迅速朝我这儿看了一眼。他把一只手从方向盘上抬起来。这可能是致意，或者是个撵我走的手势。不管怎么说，这是一个手势。然后，他转过脸朝城里的方向望去。我站起来，也抬起手——确切地说，不是在挥手，但与挥手很接近。还有些车子也开了过去。其中一个司机一定以为他认识我，因为他友好地轻轻摁了一下喇叭。我向两边望了望，穿过了街道。

大象

我知道给我弟弟这笔钱是个错误,我不需要再有任何人欠我什么了,但当他打电话来说他付不出房子的分期付款时,我又能做什么呢?我从来没在他的房子里住过——他住在一千英里外的加利福尼亚州,我连看都没有看过他的房子——但我不想让他失去它。他在电话里边哭边说,他正在失去他挣来的一切。他说他会还我的,二月,他说,也许会更早,但不管怎样,不会迟于三月。他说他退税的钱已经在路上了,而且,他说,他有一小笔投资二月就到期了。关于这笔投资他守口如瓶,所以我没有追问细节。

"相信我,"他说,"我不会坑你的。"

去年七月他丢掉了工作,因为他工作的公司——一个做玻璃纤维绝缘材料的工厂决定解雇两百个员工。从那时起他就靠失业救济金度日,现在他的救济金没了,存款也花光了。他也不再有医疗保险,工作没了,保险也就没了。他妻子比他大十岁,患有糖尿病,需要治疗。他只好卖掉一辆车，是她的车，一辆旧的旅行车。而且，一周前他把电视也送进了当铺。他告诉我他搬着电视机在当铺街走了好几个来回，从一家走到另一家，想当个好价钱，结果把背都扭伤了。最终有人给了他一百美元，买走了这台很大的索尼电视机。他跟我大讲这台电视机，讲他怎么把背给扭伤的，好像这样就可以打动我，除非我的心比石头还硬。

"我已经彻底趴下了，"他说，"只有你能拉我一把。"

"多少钱？"我说。

"五百。当然，再多我也用得掉，谁不能呢？"他说，"但我想现实一点。五百美元我还还得起。再多的话，跟你说实话，我就吃不准了。哥，我不想开这个口，但你是我最后的依靠了。我和伊尔玛·琼很快就要流落街头了。我不会让你失望的。"这就是他所说的。这些都是他的原话。

我们又谈了点别的，大多与我们的母亲和她的问题有关，但长话短说，我寄了钱给他。我不得不这样。我觉得我必须这么做，其实不管我觉不觉得，结果都一样。我在寄支票时给他附了封信，说他应该把钱还给我们的母亲，她就住在他那个镇子里，她既穷困又贪婪。过去的三年里，不管刮风下雨，我都按月给她寄支票。但我想如果他把欠我的钱付给她，这就可以让我脱离困境，喘上口气。这样的话，我就可以有几个月不用为那笔钱发愁了。而且，这是实话，我觉得他可能更愿意把钱付给她，因为他们就住在同一个镇子里，经常见面。我所做的这一切只是想保护一下自己。因为尽管他有还我钱的良好意愿，但意外总是存在的，它会妨碍良好意愿的实现。就像人们常说的那样，眼不见，心不烦。但他不会坑他自己的母亲。没人会那样做。

我花了好几个小时写信，试图让大家明白要做什么、可以期待什么。我甚至往我母亲那儿打了好几个电话，试图给她解释清楚，但她对整个交易持怀疑态度。我在电话里对此作了一番解释，但她还是很怀疑。我告诉她三月一号和四月一号的那笔本来该我出的钱将由比利出，他欠我钱。她会得到她的钱的，不用为此担心。唯一不同的是这两个月的钱不再由我来付，而是由比利来付。他会付这笔通常由我寄给她的钱，而不必先把钱寄给我，再由我转寄给她，他会直接付给她。无论怎样，她都没必要担心。她会得到她的钱，但在这两个月里，钱将从他那儿来，来自他欠我的钱。我的天哪，我不知道花了多少钱来打电话。真希望我每写一封信就能挣五十美分，告诉他我告诉了她什么，再告诉她可以期待从他那儿得到什么——诸如此类的东西。

但我母亲不相信比利。"如果他拿不出来怎么办？"她在电话里对我说。"那怎么办？他的境况很糟糕，我很同情他，"她说，"但是，儿子，我想知道的是，如果他没钱给我呢？如果他付不出呢？那怎么办？"

"那样的话我会付给你，"我说，"就像从前一样，如果他不付，我付。但他会付的，别担心，他说了会付就会付的。"

"我并不想担心，"她说，"但我还是担心。我担心我的儿子们，其次我担心我自己。我从没想到过我的一个儿子成了现在这个样子。我真高兴你爸没有活着看到这些。"

三个月里，我弟给了她五十美元，这钱是他欠我的，应该由他付给她，或许他给了她七十五美元。有两种矛盾的说法——他的和她的，他本该付给她的五百美元，其实，只付了五十美元或者七十五美元，看你愿意相信谁的故事。我只好把剩余的给她补齐了，和过去一样，我不得不往外掏钱。我弟弟完蛋了。这是我妈打电话来要她的那份钱，我给我弟弟打电话问是怎么回事时他对我说的——他完蛋了。

我妈说："我让邮递员去他卡车里查查，看看你的信是不是掉在座位后面了，然后我去问周围的邻居是否错拿了我的信。为这事我急得都要发疯了，宝贝。"她接着说："一个母亲该怎么想这件事？"在这件事里谁会去关心她的利益？她想知道这个，她想知道什么时候她能收到她的钱。

我这才给比利打了电话，看看这只是单纯的拖延还是彻底的崩溃。但据比利说，他没戏了，彻底玩完了。他正在卖房子，他只是后悔没早点开始卖，并希望能尽早脱手。房子里已没有能卖的东西了，除了用来吃饭的桌椅外，其他的东西都被他卖光了。"我希望可以去卖血，"他说，"但又有谁会买？就我这运气，我可能患有不治之症。"自然，投资这档子事没有成。当我在电话里问到这个，他只说没能兑现。退税的钱也没到手，联邦税务局把退款给扣下了。"屋漏偏逢连夜雨，"他说，"对不起，哥，我也不愿意这样的事发生。"

"我理解。"我说。我确实能够理解，但这并没有让我好过些。不管怎么说，我没从他那儿拿到我的钱，我母亲也没有，我只好继续按月给她寄钱。

我很痛心，真的，谁不会呢？我为他难过，希望麻烦没找上他的门，但我自己也自顾不暇了。但至少，从今以后，不管发生了什么，他再也不会找我要钱了，因为他还欠着我钱。没人会那样对你的，起码我是这么觉得的，但这只能说明我是多么无知。

我卖力地工作，每天一早就起来去上班，一整天都在努力工作。回到家我就一屁股坐进那个大椅子，动都不想动，好一会儿我才把鞋带松开。然后我就那么坐在那儿，连起身打开电视的力气都没有。

我为我弟弟的遭遇感到难过，但我也有我自己的困难。除了母亲外，还有另外几个人在用我的薪水。我有一个前妻，我要按月给她寄钱，我必须这么做。我本不想这么做，但法庭说我必须这么做。我还有一个女儿，带着两个孩子住在贝灵汉，我每月都得给她寄点什么。她的孩子要吃饭，不是吗？她和一个连工作都不想找的猪猡住在一起，一个你给他一份工作他也保不住的家伙。有一两次他确实找到一份工作，但他要不睡过了头，要不就在去上班的路上车坏了，要不他干脆就不去了，就这样，连句解释都没有。

很久以前，有一次，当我还像一个男人一样想问题时，我威胁说要杀了那个家伙。但这不重要了。此外，那个时候我酒喝得很凶。不管怎样，这狗日的至今还在到处闲逛。

我女儿会写些这样的信给我，说他们怎样靠吃燕麦粥度日，她和她的孩子们。（我估计他也在挨饿，但她知道最好别在给我的信里提他的名字。）她说只要我稍稍帮她一把，到了夏天她的情况就会好转，她确信到了夏天她就能缓过来。实在不行的话，但她确信肯定行，她有好几个备用方案——她总可以在鱼罐头工厂找份工作，那里离她住处不远。她将穿戴着橡胶套鞋、橡胶衣服和橡胶手套，把三文鱼往罐头里装。或者，她可以在路边的摊子上，向那些坐在车里、在边境线排队等着进入加拿大的人兜售根汁汽水。大夏天坐在车里的人一定会口渴，对不对？他们会嚷嚷着要喝冷饮。不管是这份工作还是那份工作，无论决定去做哪份工作，到了夏天就好了。她只需要撑过这一段时间，所以这就是需要我的时候。

我女儿说她知道必须改变自己的生活，她想像别人一样自立，她再也不愿意把自己看成一个受害者。"我不是一个受害者，"有天晚上她在电话里对我说，"我只是个年轻女人，有两个孩子和一个跟我住在一起的婊子养的懒鬼，和其他女人没什么两样，我不怕吃苦，只要给我一个机会，这是我对这个世界唯一的要求。"她说没钱对她自己倒是无所谓，但在转机来临、机会前来敲门之前，她最担心的还是孩子。孩子们总在问她姥爷什么时候来看他们，她说。就在这一刻，他们正在画那个汽车旅馆里的秋千和游泳池，一年前我去看他们时在那儿住过。夏天是关键所在，她说。如果能坚持到夏天，麻烦就没有了，她的状况就会改观，她知道会的。我的一点点帮助会让她熬过这一段。"没你我真不知道该怎么办，爸。"这就是她说的。我的心差点碎了，我当然得帮她，我为自己多少能帮上她而感到高兴。我有工作，不是吗？和她以及我家里所有人相比，我算是事业有成了，和其他人相比，我走在康庄大道上。

我寄去了她要的钱，她每次开口我都寄钱去。后来我对她说，如果我在每月的第一天给她寄一笔钱，不会很多，但毕竟是钱，事情就会简单得多。这是她靠得住的钱，不是别人的，而是她的钱——她和她孩子的，至少我是这么希望的。我真希望有个办法，让那个跟她住在一起的狗日的吃不到用我的钱买的东西，哪怕是一个橙子或一片面包，但我做不到。我只好把钱寄给她，不去想他是否很快就会大吃特吃我买的鸡蛋和点心。

我的母亲、我的女儿和我的前妻，不算我弟弟，已有三个人在用我的薪水了，但我儿子也需要钱。高中毕业后，他收拾好自己的东西，离开他妈的家，去了东部的一所大学。那么多的地方，他偏偏选中新罕布什尔州的一所大学。有谁听说过新罕布什尔州？但他是这个家庭里（父母两方全算上）第一个还愿意去上大学的，所以大家都觉得这是个好主意，起先我也是这么以为的，我怎么会知道这最终会让我焦头烂额。他从银行东借西借地维持生活。他不愿意在上学的同时再做一份工作，这是他说的。那当然，我想这是可以理解的。从某种程度上说，我甚至有点同情他。谁喜欢工作？我就不喜欢。但当他把眼前能借的都借了，包括足够去德国上大三的钱，我不得不开始给他寄钱，很多的钱。最终，当我说我不能再寄了，他回信说如果那样的话——如果我没理解错的话——他就去贩毒或者去抢银行，做任何他不得不做的事来挣钱为生。他不被击毙或送进监狱，我就该庆幸了。

我回信说我改了主意，我可以给他寄点钱。我还能做什么？我不想在手上沾上他的血。我不愿意老去想我的孩子被抓去坐牢了，或遭遇其他更糟糕的事。我的良心已经够沉重的了。

这已经四个人了，对吧？还没算上我弟，他还不是个常客。我眼看就要疯了。我不分白天黑夜地发愁，睡也睡不着。我每月付出去的几乎和我挣来的一样多。你不需要是个天才或懂经济学才明白，这种状况不可能持续下去。我只好借了笔贷款来维持自己的生活，这成了我另一份按月的付款。

我开始削减开支。比如，我只好停止外出用餐。因为我一人生活，在外面吃饭是我生活里的一件乐事，但这已成为过去。想看电影时，我也得提醒提醒自己。我买不起衣服，不能去看牙医。车子眼看就要散架了。我需要双新鞋子，但还是忘了它吧。

过上一阵我会觉得受够了，我就给所有的人写信，威胁说我要改名换姓，告诉他们我将辞去工作，告诉他们我计划搬到澳大利亚去。是这样，我说去澳大利亚是认真的，尽管我对澳大利亚一无所知。我只知道它在地球的另一端，而这正是我想待的地方。

但真的去想这件事时，没有一个人相信我会搬去澳大利亚。他们拿捏了我，他们也知道这一点。他们知道我很绝望，他们为此很难过并告诉了我。但他们断定，到了月初,当我不得不坐下来写支票时,心中所有的火气自然都会烟消云散。

在收到一封我说要搬到澳大利亚的信后,我母亲来信说她不再想成为我的累赘了。等她腿上的肿一消,她就去找工作。她今年七十五岁,但她也许可以再回去做女招待,她说。我给她回信,叫她别说傻话了,我说我很高兴能帮助她。我确实是,我很高兴能帮她。我所需要的是中个大奖。

我女儿知道去澳大利亚只是我告诉大家我受够了的一种方式,她知道我需要喘口气,需要些鼓励。所以她写信说她要把孩子让别人看看,季节一到自己就去装罐头。她年轻,有力气,她说。她觉得她可以一周工作七天,每天上十二到十四小时的班,没问题。她要做的就是告诉自己她能行,让脑子兴奋起来,身体自然就会响应。她需要做的是找到一个合适的看护。这是件大事。了解到工作时间会有多长,以及孩子们开始时会有多亢奋,(这是由于他们每天可以吃那么多的冰棍、同笑乐可可糖和 M&M's 豆之类的东西,孩子们就是喜欢吃这样的东西,不是吗?)就知道他们需要一个非常特殊的看护了。尽管如此,她觉得只要不停地找下去,就一定能找到合适的人。但她需要买工作用的靴子和衣服,而这是我可以帮忙的地方。

我儿子来信为他给我添的麻烦而感到抱歉,觉得如果他把他自己的事一次性地了结了,对他对我都更好。就说一件事,他发现他对可卡因过敏。它让他流泪,也影响到他的呼吸,这意味着做毒品交易时他无法亲自品尝,所以他经销毒品的事业还没起步就已经夭折了。不活了，他说，最好在太阳穴那儿来一枪，当场死掉。或者去上吊，这样就可以免去借枪的麻烦，也可以把买子弹的钱省下来。这些是他在信里说的，如果你能相信的话。他在信里附了一张他去年夏天在德国留学时的照片，他站在一棵大树的下面，粗大的树枝就在他头上几英尺处悬着，照片里的他面无笑容。

我前妻在我要去澳大利亚这件事上没说什么。她没有说的必要。她知道每个月的第一天她会拿到钱的，哪怕不得不来自遥远的悉尼。如果没拿到，她只需要拿起电话，打给她的律师。

以上是我弟弟在五月初的某个星期天下午打电话来时我的处境。那天我开着窗户，宜人的微风穿过屋子，收音机响着，屋后山坡上开满了野花，但我一在电话里听见他的声音就开始冒汗。自从我们就那五百美元发生争执后，我一直没有他的音讯，所以我不相信他会试图打动我，好从我这儿得到更多的钱。尽管这样，我还是开始冒汗了。他问我的情况怎样了，我就滔滔不绝地说起薪水单和所有其他的东西。我说了燕麦粥、可卡因、鱼罐头工厂、自杀、抢银行，以及我怎样无法去看电影和下馆子。我说我的鞋子上面有个洞。我说了自己无止境地给前妻寄钱。当然，这些他都知道，我说的一切他都知道。照旧，他说听到这些让他很难过。我不停地往下说，反正话费是他的。他说话的时候我在想，比利，你怎么来付这次通话的钱？最后我明白了是我将为这次通话付费。用了不到一分钟,谁付电话费的事就定了下来。

我看着窗外,天空是蓝色的,有几片白色的云彩,几只鸟站在电话线上。我用袖子擦了擦脸。我不知道还能说什么。我突然停了下来,呆望着窗外的群山,等着。这时我弟弟说:"我不想求你,但——"他说到这里时,我的心往下一沉。紧接着他就提出了请求。

这次是一千美元。一千美元!他的状况比上次打电话来时更糟了。他给了我一些细节:要账的就在门口——大门口!他说他们用拳头砸门时,窗户哗哗地响,房子在晃动。砰、砰、砰,他说。没有地方可藏。他的房子眼看就要被掀掉了。"帮帮我,哥。"他说。

我到哪儿去弄这一千美元?我使劲握住话筒,离开了窗户,说:"但是你上次借的钱还没还我。这怎么说?"

"我没有吗?"他说,做出很惊讶的样子,"我还以为我还了。不过,我想还来着。我努力来着,老天爷,帮帮我吧。"

"你本该把那笔钱还给妈的,"我说,"但你没还。我不得不按月给她钱,和过去一样。这事没完没了,比利。你听着,我每往前走一步,就后退两步。我会沉下去的。你们都会沉下去,你们拉着我和你们一起往下沉。"

"我还了一部分给她,"他说,"我确实还了她一点。准确说,我还了她一点。"

"她说你给了她五十美元,就这些。"

"不对,"他说,"我给了她七十五美元,她忘掉了另外的二十五美元。有天下午我在她那儿，我给了她两张十美元的和一张五美元的。我给她的是现金，她忘记了。她的记忆力在衰退。听着，我保证这次说话算话，我对天发誓。加上过去欠的和这次要借的，我寄张支票给你。我们交换支票，把我的支票放两个月再兑现，这是我唯一的请求。两个月后我就熬出来了，那时你就会拿到你的钱。七月一号，我保证，不会晚，这次我可以发誓。我们正在卖伊尔玛·琼从她叔叔那儿继承来的一小块地。已经和卖掉一样了，交易已经结束，只需要解决几个次要的细节，然后签字就可以了。此外，我准备好去做这份工作了，已经是板上钉钉的事了。我每天要开车往返五十英里，但这没什么——见鬼，这根本就不是个问题，如果需要的话我可以开一百五十英里。我是说两个月后我银行里就有钱了。你将会拿到你的钱，所有的钱，七月一号前，你可以放宽心。"

"比利，我爱你，"我说，"但我有自己的负担，近来我的负担非常重，如果你不知道的话。"

"这正是我这次不会让你失望的原因，"他说，"有我这句话。你可以百分之百地相信我。我保证我的支票两个月后就可以兑现，不会迟。我只需要两个月的时间，哥，我不知道我还能去找谁。你是我最后的希望了。"

当然，我寄给了他。我在银行里居然还有点信用，这让我自己都吃了一惊，我借了点钱并寄给了他。我们用信件交换了支票。我用一枚图钉把他的支票钉在厨房墙上，紧靠着日历和那张我儿子站在树下的照片。然后我就开始等了。

我一直等着。我弟弟来信请求我别在约好的那天兑现支票,他说请再等一段时间,出了点问题。录用他的工作在最后一秒钟出了问题,这是其中之一。属于他妻子的那块地根本就没卖,在最后一秒钟,她改了主意,这块地已经在她家传了好几代了。他能做什么?是她的地,她不听劝,他说。

我女儿差不多也在这个时候打来电话,说有人闯进她的房车,把她洗劫一空。房子里面所有东西都被拿走了。这是她上的第一个晚班,当她从罐头工厂下班回到家时,家里连条家具腿都没剩下。一张能让她坐下来的椅子也没有,床也被偷走了。他们得像吉普赛人那样睡在地上了,她说。

"这事发生时那个叫什么来着的人在哪儿?"我说。

她说他一早就外出找工作去了。她估计他待在朋友那儿。实际上,那事发生时她并不知道他到底在哪儿,甚至现在在哪儿也不知道,要说的话。"我希望他在河底下待着。"她说。洗劫发生时孩子们正和看护待在一起。不说别的了,如果她能从我这儿借些买二手家具的钱,她会还我的,她说,当她拿到第一张支票后。如果她能在周末前从我这儿得到点钱——也许我可以电汇给她——她就可以去买一些生活必需品。"有人入侵了我的空间,"她说,"我感到像是被人强奸了一样。"

我儿子从新罕布什尔州给我的信里说,返回欧洲对他来说至关重要。他的生死存亡取决于此,他说。他夏季学期一结束就毕业了,但毕业后他不想在美国多待哪怕一天。这是个物欲横流的社会,他真是忍受不下去了。在美国,人们不提到钱就无法进行正常的对话,他对此深恶痛绝。他不是个雅皮士,也不想成为一个雅皮士,这不对他的口味。他会从我身边消失,他说,他想向我借到足够的钱,买一张去德国的机票,这是最后一次了。

我没从前妻那儿听见任何东西。我不需要。我俩都知道该怎么做。

我母亲在信里写道,她没钱去染发,连双护腿长袜都穿不起。她原以为今年可以存点钱以备不测,但实际情况并不是这样,她命中注定不会有这笔钱。"你怎么样?"她想知道,"其他人都怎样?我希望你没事。"

我寄出更多的支票,然后屏住气等着。

在我等待的期间里,有天晚上我做了个梦,其实是两个梦,都出现在同一个晚上。在第一个梦里,我父亲又活了过来,他让我骑在他的肩膀上。我还是个小孩子,五六岁的样子。上来,他说,他抓住我的手,把我悠上了他的肩膀。我高高地离开了地面,但我并不害怕。他抓住了我。我们互相抓住了对方。然后他沿着人行道往前走。我把手从他的肩膀上拿起来,抱住他的前额。别把我的头发弄乱了,他说。你可以放手了,他说,我抓着你呢,你不会摔下去的。听了他的话,我才意识到他的手把我的脚腕抓得有多紧。我放开了手。我不再紧张,把手臂向两边伸展开,像在保持平衡一样一直那么伸着。我爸扛着骑在他脖子上的我继续往前走。我假装他是一头大象。我不知道我们要去哪儿，也许我们是去商店，或者是去公园，这样他就可以推我荡秋千。

我醒了过来，下床去了趟卫生间。天开始发白，离该起床的时间只剩下一小时，我考虑是否要烧上咖啡并穿好衣服。后来我决定回到床上去，可我没打算再睡下去，只是想在那儿躺一会儿，把手放在脖子后面，看着天亮起来，既然我已很久没想父亲了，或许可以想一会儿他。不管是醒着还是在睡梦里，他都不再是我生活的一部分了。总之，我回到了床上。但还不到一分钟我就又睡着了，睡着后我进入到另一个梦里。我的前妻在里面，但是在梦里她不是我的前妻，而是我的妻子。我的孩子们也在梦里，他们都很小，在吃薯片。梦里我觉得我闻到了薯片的味道，也听得见吃薯片的声音。我们在离水很近的地方，坐在一块毯子上。梦里的景象祥和美满。突然，我发现身边多出一些人，一些我不认识的人。接下来发生的事是我踢掉了我儿子的车窗并威胁杀了他，像很久以前我干过的一次，当我的鞋子穿过破碎的玻璃时，他正在车子里面。就在这时我睁开了眼睛，醒了过来。闹钟响了起来，我伸手按了一下开关，又躺了几分钟，我的心还在狂跳。在第二个梦里，有人给了我威士忌，我喝了。是喝威士忌这件事吓坏了我，这是所能发生的事情里面最糟糕的，真是掉到了谷底。和这相比，其他的都算不上什么。我又躺了一分钟，试图平静一下自己，然后就起床了。

我烧好咖啡，坐在窗前的餐桌旁。我前后移动着手中的杯子，在桌上画着小圈圈，又认真地想起去澳大利亚的事。突然，我想象出了家人在我威胁他们我要搬到澳大利亚时的反应。他们刚开始肯定很震惊，甚至有点害怕。后来，因为他们太了解我了，他们很可能开始大笑起来。现在，想着他们的笑声，我也忍不住笑了起来。哈，哈，哈。我在桌旁发出的声音就是这样的——哈，哈，哈，好像我在哪儿读到过应该怎样笑似的。

去澳大利亚我又能做什么？实际上，就像我不会去廷巴克图①、月球和北极一样，我不会去澳大利亚。见鬼，我根本就不想去澳大利亚。但当我想明白这个后，想明白我不会去那儿或任何其他地方以后，我一下子觉得好多了。我点着一根烟，又倒了些咖啡。掺咖啡的牛奶没有了，但我不在乎。喝一天不掺牛奶的咖啡没什么，这不会要了我的命。我很快地装好午餐，给保温杯加满咖啡，再把保温杯放进午餐盒里，然后我就出门了。

这是个晴朗的早晨。太阳躺在镇子背后的山坳里，一群鸟儿从峡谷的一侧飞向另一侧。我懒得去锁门。我记得发生在女儿身上的事，但觉得我没有什么值得偷的东西。屋子里没有一件我赖以生存的东西。我有台电视机，但我厌烦看电视。他们进来把它拿走的话，算是帮了我的大忙了。

我感到一切都很好，决定走着去上班。路没那么远，

---

① 廷巴克图（Timbuktu），非洲国家马里的一个城市，是当年强盛的马里帝国与欧洲、北非乃至中东的唯一联结点，也是撒哈拉商路的终点。它以高大的清真寺闻名。在英语里，廷巴克图常用来表示"遥远的地方"。

我有足够的时间。我可以省下点汽油钱，但这不是主要的原因。不管怎么说，现在是夏天，要不了多久，夏天就会过去。夏天，我不禁想到，是大家运气好转的季节。

我沿着路往前走，就在这时，不知怎么，我想起了我儿子。不管他在哪儿，我都祝他好运。如果他现在还没到达德国——他应该已经到了——我希望他快乐。他还没写信告诉我他的地址，但我相信不久就能有他的消息。还有我女儿，愿上帝爱她并保佑她。我希望她生活得好。我决定今晚就给她写封信，告诉她我支持她。我母亲活着，身体还可以，这也让我感到庆幸。如果不出问题的话，我还能再陪她几年。

鸟在欢叫，公路上有些车从我身边开过。也祝你交好运，兄弟，我想。我希望你的幸运之船早日到来，有了钱就还我。还有我的前妻，这个我曾经深深爱过的女人，她活着，生活得也很好，起码据我所知是这样的。我希望她幸福。该说的说了，该做的也做了，可我认定情况完全有可能比现在糟得多。当然，现在每个人都有困难，大家的运气都很背，但情况很快就会好转，也许到了秋天就会好起来，有很多可以期待的东西。

我一直往前走，然后我吹起了口哨。我觉得如果我想吹口哨的话，我有这个权利。我一边走一边甩胳膊，但午餐盒老在碍我的事。我在里面放了三明治、一个苹果和一些饼干，还有保温杯。我在一个停车场上铺着碎石子、窗户上钉着木板的名叫斯密迪的老餐馆前停住脚，我都不记得从什么时候起这地方就被木板封上了。我决定把午餐盒放下一会儿。我放下了它,然后我抬起双臂,抬得和肩膀一样高。当有人按了声车喇叭、从公路上拐进停车场时,我正像个傻子一样站着。我拿起午餐盒,向车走过去。这个家伙名叫乔治,是我的一个同事。他开到我跟前,打开乘客一侧的车门。"嗨,进来,哥们儿。"他说。

"你好,乔治。"我说。我上了车并关上车门,车子快速开起来,轮胎下石子飞溅。

"我看见你了,"乔治说,"是的,我看见了。你在练什么东西,我不知道是什么。"他看看我又看着前方的路。他开得飞快。"你总是像这样张开胳膊在路上走?"他大笑——哈,哈,哈——猛踩油门。

"有的时候这样,"我说,"不一定,要我说的话。实际上,我只是站在那儿。"我说。我点了根烟,靠在了座位上。

"有什么新鲜事?"乔治说。他把一根雪茄放到嘴里,但没有去点它。

"没什么新鲜的,"我说,"你呢?"

乔治耸耸肩,稍后他咧嘴笑了笑。他现在开得非常快,风扑打着车子,发出呼呼的声音。他开得就像我们要迟到了,但不是这样,我们有很多时间,我告诉了他。

尽管如此,他还在把速度往上加。我们过了出口继续往前开。我们现在已开过了上班的地方,径直向山里开去。他把雪茄从嘴里拿出来,放回到衬衣口袋里。"我借了点钱,把这个宝贝彻底翻新了一下。"他说。他说他想让我看看,他使出全身的劲猛踩油门。我系好安全带并坐稳了。

"快开,"我说,"还等什么,乔治?"就在这时我们真的飞了起来。车窗外的风在怒吼。他把油门一脚踩到底,我俩全速往前冲。我们坐在他那辆还没付清贷款的大车里向前飞奔。

山雀派

那天晚上,我正待在自己房间里,听见走廊上有点响动。我从书稿上抬起头,看见门缝里塞进来一个信封。信封很厚,但也没有厚到无法从门缝底下塞进来。信封上面写着我的名字,里面有封声称是我妻子写的信。我说"声称"是因为尽管信中诉说的委屈只能来自一个在二十三年里无时无刻不在密切观察我的人,但对我的指控却非常地蛮横,完全不符合我妻子的性格。然而,最关键的是,信的笔迹并不是我妻子的。但假如不是她的笔迹,那又会是谁的呢?

我真希望自己还保存着那封信,这样我就可以一字不漏地把它复述出来,包括最后那个无情的惊叹号。我现在所说的不仅仅是信的内容,还包括它的语调。但很遗憾,我没能把它保存下来。我要么是把它弄丢了,要么就是把它错放在哪里了。在我即将讲述的这件憾事过去之后,在清空写字桌时,我可能不小心把它给扔掉了,但这也不符合我的性格，通常我不会扔掉任何东西。

不管从哪方面讲，我的记忆力都非常好，我能回忆起读过的东西里的每一个字。正是由于能记住像名字、日期、发明、战争、条约和联盟这一类的东西，过去我经常在学校里得奖，在与事实有关的测试里得分总是很高。后来的日子里，在所谓的"现实世界"里，记忆力对我的成功极有帮助。比如，如果现在有人让我给出特伦多大公会议[1]或《乌得勒支条约》[2]的细节，或者谈谈迦太基[3]，那个在汉尼拔[4]战败后被罗马夷为平地的城市（罗马士兵把盐犁进迦太基的土地里，这样迦太基就再也不会被称为"新的城市"[5]了），我都能做到。如果被问到七年战争[6]、三十年战争[7]和百年战争[8]，或简单地说说第一次西利西亚战争[9]，我可以满

---

[1] 特伦多大公会议（Council of Trent），天主教会于1545至1563年间在意大利特伦多举行的大公会议。
[2]《乌得勒支条约》（Treaty of Utrecht），1713年欧洲多国于荷兰乌得勒支签署的和约，旨在结束西班牙王位继承战争。
[3] 迦太基（Cathage），古国名，首都迦太基城，坐落于北非海岸（今突尼斯），与罗马隔海相望，最后因为在三次布匿战争中均被罗马打败而灭亡。文中"迦太基"指其首都"迦太基城"。
[4] 汉尼拔（Hannibal，前247—前183），迦太基军队的统帅。
[5] 在迦太基语中，迦太基有"新的城市"的意思。
[6] 七年战争（Seven Years' War），1756至1763年间英国-普鲁士联盟与法国-奥地利联盟之间发生的一场战争。
[7] 三十年战争（Thirty Years' War），1618至1648年间由神圣罗马帝国的内战演变而成的一场大规模欧洲战争。
[8] 百年战争（Hundred Years' War），1337至1453年间英法两国断续进行的战争。
[9] 第一次西利西亚战争（First Silesian War），1740年至1742年间奥地利与普鲁士之间的战争。

怀信心和热情，滔滔不绝地讲述一番。随便问我任何一件和鞑靼人①、文艺复兴时期的罗马教皇以及和奥斯曼帝国兴衰有关的事情。温泉关战役②、夏洛战役③或马克沁机枪，太容易了。坦能堡战役④？简单得就像山雀派一样，国王跟前二十四只著名的山雀⑤。在阿让库尔战役中，是长弓确保了英国人的胜利。再比如一些其他的。所有人都听说过勒班陀战役，那是最后一场在奴隶划着的排桨帆船之间发生的伟大海战。这场混战于一五七一年发生在地中海的东部，欧洲基督教国家的联合海军击退了由阿里·穆安津·扎得率领的阿拉伯游牧部落，这个臭名昭著的家伙喜欢在行刑队到来前亲手割掉囚犯的鼻子。但有谁记得塞万提斯也参与了这件事，并在这场战争中被砍掉了左手？另外，在博罗季诺战役中，俄法两国一天的死亡总数是七万五千人——这等于从早到晚每隔三分钟就摔落一架载满人的大型喷气式飞机所导致的死亡总数。库图佐夫把他的部队撤回到莫

---

① 鞑靼人（Tartars），是多个族群共享的名称。在西方语境中通常指在欧洲曾被金帐汗国统治的突厥语族及其后裔。
② 温泉关战役（Battle of Thermopylae），发生于公元前480年，是希波战争中的一次著名战役。
③ 夏洛战役（Battle of Shiloh），发生于1862年，是美国南北战争时期的一场著名战役。
④ 坦能堡战役（Battle of Tannenberg），发生于1914年，是第一次世界大战中德国与俄罗斯帝国之间的一场战役。
⑤ 这个典故出自一首著名的童谣《唱首六便士的歌》。歌谣的大意是：烤好的派里有二十四只山雀，当派被切开后，二十四只山雀开始唱歌。国王在数着他的财富，王后在吃面包和蜂蜜。女佣在花园里晾衣服时，飞来一只山雀，叼去了她的鼻子。山雀派用在这里，是说讲述那些事就像背一首童谣一样容易。

斯科。拿破仑喘了口气，集合起他的人马，继续前进。他进入到莫斯科的市中心，在那儿待了一个月，等着库图佐夫，可库图佐夫再也没露面。这位俄罗斯大元帅在等着冰雪的到来，等着拿破仑向法国撤退。

事情全都粘在我脑子里，我记得住。所以当我说我能够再现这封信，其中我读过的、罗列了对我指控的那部分，我不是随便说说的。

信的一部分内容如下：

亲爱的，

情况不太好，实际上是很糟糕，已经从很糟变到更糟了。你知道我说的是什么。我们已经走到头了。我们之间的关系结束了。但是，我还是很后悔我们没能就此谈一谈。

我俩已有很长一段时间没能好好谈谈了。我指的是真正的谈话。即使在婚后，我们总还能不断地交流，谈论新闻和交换想法。孩子们小的时候，甚至在他们长得挺大了以后，我们总还能挤出点谈话的时间。自然，那时候这么做要比现在难多了，但我们设法做到了，我们找到了时间。我们制造出了时间。我们不得不等他们睡着后，或利用他们在外面玩耍以及和看护在一起的时间，但我们设法做到了。有时我们特意请个看护来，就是为了让我俩能谈一谈。有几次，我们一谈就是一整夜，一直谈到太阳升起为止。然而，意外难免发生，我知道，情况在变。比尔惹了那场官司，琳达发现自己怀孕了，等等。我俩安宁的生活从窗口飞出去了。责任渐渐压在了你身上。你的工作变得更加重要了，我们单独在一起的时间被挤掉了。后来，孩子们离开了家，我们谈话的时间回来了。我们又拥有了对方，但是能说的却越来越少了。"免不了的。"我听见聪明人这么说。他说的是对的，<u>是免不了</u>，但这落在了我们头上。不管怎么说，没什么好抱怨的。<u>不需要抱怨</u>，这封信的目的不是为了抱怨什么。<u>我只想说说我们俩，我想说说目前</u>的状况。要知道，是时候去承认<u>不可能发生</u>的却已经发生了，是时候去认<u>输</u>，去请求赦免，去……

读到这里我停了下来。事情不太对头，有点诡异。信中表露出来的情绪有可能属于我妻子。（也许属于，就算是属于吧，假设所表露的情绪是她的。）但笔迹却不是她的。我应该知道这个，我认为自己在她的笔迹这方面算得上是个专家。可是如果不是她的笔迹，这个世界上又有谁会去写这些呢？

我该在这里稍稍交待一下我们俩和我们的生活。在我提到的这段时间里，我们住在一个租来消夏的房子里。我刚从一场疾病中康复，这场疾病使得我原计划在春天里该完成的事情几乎都推迟了。房子的三面被草地、桦树和连绵的山丘环绕——一种"原生态景观"，就像房产经纪人打电话向我们描述这个房子时所说的。门前的一块草坪，由于我缺乏兴趣去照料，已经是杂草丛生了，一条碎石子铺成的车道一直通向公路。在公路的那一边能看见远处的山峰，所以所谓的"原生态景观"是一种仅能从远处欣赏的风景。

我妻子在乡间没有什么朋友，也没人前来拜访。坦白地说，我很满意这种孤寂的生活。但她是一个习惯了朋友的女人，习惯了与店主和商贩打交道。到了这里，只有我们俩，得重新依靠自己的力量生活。从前，在乡间拥有一栋房子是我们的理想——这本是我们梦寐以求的一种生活。但现在我明白了这并不是个好主意。不，它不是。

我们的两个孩子很久以前就离开了家。他们中的一个偶尔会来封信。破天荒地，比如说，在某个节日里，他们中的一个会来个电话——对方付费的，那自然，我妻子太愿意付这笔钱了。他们这种表面上的冷漠，我相信，是我妻子感到悲伤和不满的主要原因——那种不满，我不得不承认，在我们搬来乡下前我就模模糊糊地感觉到了。不管怎么说，多年来住在大型购物中心和公交车站附近，出租车离的比大厅里的电话还近，现在却来到乡间生活，这对她来说是件很困难的事，非常困难。我认为她的衰老，就像一个历史学家可能会说的，被我们搬来乡下这个事件加速了。我觉得在那之后她的精神状况也变差了。当然，我这是后见之明，而这往往只是去佐证一些显而易见的东西。

我不知道就笔迹这个问题我还能说些什么，我怎么说才能更让人信服？家里就我们俩，没有其他人，起码据我所知能写出这封信来。然而，我至今仍然坚信那封信的笔迹不是她的。毕竟，从她还没有嫁给我时起，我就在读她的笔迹。一直可以追溯到所谓的我们的史前时代——那时她还是个小女孩，穿着灰白相间的校服离家去上学。她离家一共两年，除了节日和暑假外，她每天给我写信。在我俩相处的整个过程中，我估计（一个非常保守的估计），算上我们分别和我短期出差或住院等情况，我估计，如我所说，我一共收到过她一千七百甚至有可能一千八百五十封手写的信，还没算上几百张，有可能上千张的便条（"回家的路上，请顺路取一下干洗的衣服，从科尔蒂兄弟店买点菠菜空心面"），我在世界上任何地方都能认出她的笔迹来。只要给我几个词。我确信无论从雅法或马拉喀什的一个市场上捡起一张纸条，我就可以辨别出那是不是我妻子写的。甚至只需要一个词。比如，就说"交谈"这个词吧，她决不会这样来写"交谈"！然而，我首先得承认，如果不是她的笔迹，我不知道还会是谁的。

其次，我妻子从来不会为了加强语气而在词的下面划线，从来没有过。我不记得她哪怕这么做过一次——在我们整个婚姻生活中，更别说在婚前收到的那些信里。不过说这种事情可能会发生在任何人的身上，我估计，也是合情合理的，也就是说，任何人都可能发现自己处于一种完全反常的状态，在某种压力下，做出与自己性格完全不相符的事情，然后在一个词甚至一整句话的下面划上一道线，一道简简单单的线。

我敢说整封信里的每一个词都是假的，这句话不是很准确（我没把信读完，而现在信已经找不到了，也就不可能再读了）。我这里说的假并不一定是指"不真实"，有些指控也许是真实的。我不想在这件小事上斤斤计较。我不想在这件事上小心眼,事情已经够糟了。不。我想说,我只想说,尽管信里表达的情绪可能是我妻子的,甚至可能有一定道理,可以说是合理的。但是,她没有写这封信的事实,即使没有彻底破坏对我指控的力度,甚至使指控完全失去可信度的话,也削弱了指控的力度。或者说,即使是她写的,也会因为她没有用自己原来的笔迹来写这个事实而失去可信度!这种闪烁其词让人急于寻求真相。跟往常一样,真相总是存在的。

出事的那个晚上,我们比较安静但并非不愉快地吃了晚饭,我们已经习以为常了。我不时抬起头来向桌子对面送去一个微笑,以表示我对美味饭菜的感激之情——水煮三文鱼、新鲜芦笋和加了杏仁的肉饭。另一个房间里的收音机正轻柔地播放着普朗克的一个小组曲,我五年前在旧金山范内斯的一个公寓住着时,在一个雷雨交加的天气里,第一次从一张数码唱片上听到过它。

我们吃完饭,喝完咖啡、吃完甜点后,我妻子说了句让我吃惊的话。"今晚你打算在你的房间里待着吗?"她说。

"会,"我说,"你有什么打算吗?"

"我只是想知道。"她端起杯子喝了点咖啡。尽管我试图用目光和她交流,她却在回避我。

今晚你打算在你的房间里待着吗?这样的问题与她的性格完全不符。我现在很诧异当时我为什么不去进一步地追究。如果说有谁了解我的习惯,那就是她了。但我觉得她那时就已拿定了主意,她说话的时候已经在隐瞒什么了。

"我今晚当然会在房间里。"我重复了一遍,语气里也许有点缺乏耐心。她没说什么,我也没有。我喝完咖啡并清了清嗓子。

她抬起头和我对视了一下,然后点点头,好像我们之间已达成了某种默契。(当然,我们并没有。)她站起身,开始清理桌子。

我有种晚餐结束在了一个不完美音符上的感觉,觉得需要一些别的东西——也许几句话——来让事情变得圆满,让气氛重新融洽起来。

"起雾了。"我说。

"是吗?我没注意到。"她说。

她用洗碗巾在洗碗槽上方的窗户上擦了擦,向窗外看去。有一阵她什么都没说,然后她说道——现在在我看来这话也是难以理解的——"看见了。是的,雾蒙蒙的。好大的雾,是不是?"她只说了这些。说完就低下头,开始洗盘子。

我在桌旁又坐了一会儿,然后说道:"我该回我的房间了。"

她把手从水里拿出来,放在台子上。我以为她会对我正从事的工作说上几句鼓励的话,但她没这么做,瞅都没往这边瞅一眼。她像是在等着我离开厨房,好让她享受一段独自待着的时间。

记住,信从门缝塞进来时我正在房间里工作。读到的东西足以让我质疑信的笔迹,同时让我好奇我妻子在忙着做家务的同时,怎么会有时间来写这封信。继续往下读之前,我起身来到门口,打开门,察看了一下走廊。

房子的这一端很黑。我小心翼翼地探出头去,看见走廊另一端的客厅里亮着灯。收音机像往常一样轻声播放着。我为什么要犹豫?除了雾以外,这个夜晚和我们在这儿度过的其他夜晚没什么两样。但今晚有些异样的事情正在进行之中。就在这时,我发现自己在害怕——害怕,如果你能相信的话,在我自己的家里!——害怕沿着过道走过去,去确认所有一切都正常。或者是出了什么事情,我妻子是否遇到了——怎么说呢?——某种困难,难道我不该在事情进一步发展之前,在浪费更多时间去读由他人笔迹写成的她的话之前,去面对这个现状?

但我没有去调查。也许我想避免正面的冲突。不管怎么说,我退缩了回来,再次读信前我先把房门关好锁上。但当我发现夜晚正在这个愚蠢又难以理喻的事情中偷偷溜走时,我有点生气。我开始感到一种不自在。(没有其他的词可以用来形容。)当我再次拿起这封声称来自我妻子的信,又开始读起来时,我感到胃里的食物在往上翻。

把我俩的牌——我俩,你和我——统统放在桌子上的时机来过又消失了。你和我。兰斯洛特与吉尼维

尔①。阿贝拉尔与埃洛伊斯②。特洛伊罗斯与克雷茜达③。皮拉摩斯与提斯柏④。乔伊斯与诺拉·巴纳克尔⑤，等等。你知道我的意思，亲爱的。我们在一起很久了，经历了幸福与痛苦，疾病和健康，肠胃不舒服，眼、鼻、耳、喉的毛病，高潮和低潮。现在呢？唉，除了真相之外我不知道还能说些什么，那就是我连一步也走不下去了。

读到这儿我丢下信，又去了门口，决定把这件事一次性地彻底解决。我需要一个理由，现在就需要。我想，我当时很愤怒。但就在这一刻，就在我打开门的这一刻，我听见客厅里传来一阵低沉的咕哝。好像有人试图在电话里说些什么，而这个人在尽量不让别人听见。然后，我听见听筒放下的声音。就这样，一切又和之前一样了——收音机在轻声播放，除此之外屋子里没有其他的声音。但我刚才分明听到了一个声音。

恐慌取代了我的愤怒。我朝走廊望过去，感到有点害

---

① 兰斯洛特（Lancelot）是中世纪传说中的不列颠国王亚瑟的骑士和朋友，但他却和王后吉尼维尔（Guinevere）成为情人。
② 阿贝拉尔（Abélard）是法国十二世纪著名神学家和经院哲学家，埃洛伊斯（Héloïse）是他的学生，两人是中世纪著名的一对恋人。
③ 特洛伊罗斯（Troilus）与克雷茜达（Cressida）是莎士比亚的同名悲剧中的一对情人。
④ 皮拉摩斯（Pyramus）与提斯柏（Thisbe）是古罗马传奇故事中一对殉情的恋人。
⑤ 詹姆斯·乔伊斯（James Joyce，1882—1941）是爱尔兰著名作家，诺拉·巴纳克尔（Nora Barnacle，1884—1951）是他的恋人和伴侣，并最终成为他的妻子。

怕。一切和过去没什么两样——客厅的灯还亮着，收音机在轻声播放。我走了几步，听了听，希望能听见她毛衣针发出的令人心安的咔嗒声，或者是翻书的声音，但没有。我又向客厅走了几步，然后——我该怎么说呢？——我失去了勇气，或许也失去了好奇心。就在这一刻我听见门把手轻轻转动的声音，随后无疑是门轻轻打开又关上的声音。

我当时的冲动是想从走廊冲进客厅，把这件事情彻底弄清楚。但我不想鲁莽行事，让自己丢脸。我不是个冲动的人，所以我等着。屋子里有某种活动——有些事情正在进行之中，我确信这一点——当然，别说是为了我妻子的安全，就是为了能使自己安心，我也有责任采取行动。但我没有这样做。我做不到。时机就在眼前，但我犹豫了。突然，采取任何果断行动都已经太晚。时机瞬息即逝，无法再召回了。正像大流士在格拉尼卡斯战役中因犹豫不决而失去了战机，亚历山大大帝四面出击，给了他致命的一击。

我回到房间，关上门，但我心跳加剧。我坐在椅子上，全身发抖，再一次拿起那几页信纸。

怪就怪在这里。我不是去把信从头到尾读上一遍，或哪怕从刚才停下来的地方接着往下读，而是随机地拿起信纸，借着台灯的光，东一句、西一句地读了起来。这让我可以把对我的指控并列对比，直到整个控告（事实如此）呈现出一个完全不同的面貌——一个更容易接受的面貌，因为这么做使它失去了时间上的顺序，这样一来，也就削弱了它的威力。

就这样，以这种方式，从一页跳到另一页，这儿一句，那儿一句，我断断续续地读到下面这些——在不同的情况下，它也许可以作为某种摘要：

……进一步退缩到……足够小的一件事，但……滑石粉撒在厕所里，包括墙上和踢脚线上……一个弹壳……更别提精神病院了……直到最后……一个均衡的观点……坟墓。你的"工作"……求你了！让我喘口气……没有一个，甚至没有……这事无需再说了！……孩子……但真正的问题……更别说孤独感了……耶稣基督！真的！我是指……

这时，我清晰地听见前门关上了。我把信纸丢在桌子上，快步来到客厅里，没多久就发现我妻子并不在家里。（房子不大——两个卧室，其中的一个被称作我的房间，偶尔也被称作我的书房。）但请记住：房子里的每一盏灯都还亮着。

窗外降下了浓厚的雾，浓厚到几乎连车道都看不见了。门廊的灯亮着，一个行李箱在那儿放着。这是我妻子的行李箱，我们搬来这儿时，她就带着这个装满她东西的箱子。这到底是怎么回事？我打开门。突然——除了照直说我不知道还能怎样来描述——一匹马从雾里走了出来，后来，也就一眨眼的工夫，当我还愣在那儿的时候，又走出来一匹。这两匹马在我们的前院吃着草。我看见我妻子待在一匹马的边上，我叫了声她的名字。

"到这边来，"她说，"看这儿。有比这更绝妙的吗？"

她站在这匹大马的侧面，拍着它的肚子。她穿着她最漂亮的衣服，高跟鞋，还戴了顶帽子。（自从三年前她母亲的葬礼后，我还没见她戴过帽子。）她向前走了几步，把脸靠在马的鬃毛上。

"你从哪儿来的，你这个大宝贝？"她说，"你从哪儿来的，甜心？"然后，在我的注视下，她把脸埋进鬃毛，哭了起来。

"好啦，好啦。"我边说边走下台阶。我走过去拍了拍那匹马，然后碰了一下我妻子的肩膀。她往后缩了缩。马打了个响鼻，抬了抬头，又啃起草来。"怎么了？"我对妻子说，"看在老天的分上，到底出了什么事？"

她没有回答。马往前走了几步，继续拽着草吃。另一匹马也在大声咀嚼着。我妻子抓住马的鬃毛，跟着马在走。我把手放在马的颈脖处，感到一股力量顺着手臂传到我的肩头。我打了个哆嗦。我妻子还在哭。我感到无助，同时也很害怕。

"你能告诉我到底发生了什么吗？"我说，"你为什么这样穿戴？前廊上放着的箱子是干什么用的？这些马又是从哪儿来的？看在老天的分上，你能告诉我到底出了什么事吗？"

我妻子对着马低吟。低吟！后来她停了下来，说："你没有读我的信，读了吗？也许你只是扫了一眼，没有读。别不承认！"

"我确实读了。"我说。我在说谎，是的，但这是个无伤大雅的谎话，只有一部分是不真实的。但如果有谁是清白无辜的，就让他扔出第一块石头来吧。① "但不管怎样，告诉我这是怎么回事。"我说。

我妻子把头从一边转到另一边，她把脸埋进马潮湿的黑色鬃毛里面。我能听见马哗嚓、哗嚓的咀嚼声，它在用鼻孔吸气时打了个响鼻。

她说："有这么个女孩，你知道，你在听吗？这个女孩非常爱这个男孩，爱他超过了爱她自己。但这个男孩——唉，他长大了。我不知道他是怎么了。总之，发生了什么。他不知不觉地变得很凶狠，他……"

我没有听见其余的，因为就在这时从雾里钻出一辆汽车来，开上了车道，车的大灯亮着，车顶上一盏蓝色的灯闪烁着。没多久，汽车的后面又出现了一辆小卡车，拉着一个看上去像是运马的拖车，由于雾太大，看得不是很清楚。它可以是任何东西，比如说一个巨大的便携式烤箱。汽车一直开到草坪前才停下来，小卡车开到与汽车并排后也停了下来。两辆车的车灯都开着，引擎都在转动，这更增添了一些奇异怪诞的气氛。一个戴着牛仔帽的男子——我估计是牧场工人——走下卡车来。他竖起羊皮袄的领子，冲着马吹起了口哨。一个穿着雨衣的胖男人从汽车里钻了出来。他比牧场工人的块头要大得多，也戴着一顶牛仔帽，雨衣敞开着，可以看见腰间别着的手枪。他肯定是个副警长。尽管眼前这么多

---

① 这个典故出自《圣经·新约》的《约翰福音》，原意是指没有不犯错误的人。用在这里是说任何人都免不了说点谎话。

的事情让我感到焦虑,两个男人都戴着帽子这件事还是相当引人注目。我用手理了理头发,后悔自己没有戴顶帽子。

"我刚才给警察局打了电话,"我妻子说,"当我看见这些马时。"她停顿了一会儿,又说了点别的什么。"现在不需要你开车送我进城了。我在信里提到过这个,你看的那封信里。我说了我需要搭车进城。我可以搭——至少,我觉得可以——这两位先生中一位的车。我并没有改变主意,我是说这个决定是不会更改的。看着我!"她说。

我一直在看着他们把马往一起赶。警官举着手电筒,工人让马沿着一个斜坡往拖车上走。我转身看着这个我不再认识的女人。

"我这就离开你,"她说,"这就是发生的事情。我今晚进城。这是我自己筹划的。这些都在那封信里写着呢。"然而,像我早先说过的,我妻子从来不在词的下方划线,但她现在说话的语气(已擦干了眼泪),就像说出的每一个词都被强调了一样。

"你在发什么神经?"我听见自己在说,好像下意识地在给自己说出来的话增加些分量。"你为什么要这么做?"

她摇摇头。工人正在把第二匹马往拖车上拉,他尖声吹着口哨,拍着手,偶尔喊上一声:"喔,喔,该死的,往后退,往后退!"

警官胳膊下面夹着一个硬板记事本走了过来,手里还拿着一个巨大的手电筒。"谁打的电话?"他说。

"我打的。"我妻子说。

警官打量了她一会儿。他用手电筒照了照她的高跟鞋,又往上照了照她的帽子。"你已穿戴整齐了。"他说。

"我要离开我的丈夫。"她说。

警官点点头,好像他明白这是怎么回事。(但他不明白,他不可能明白!)"他不会为难你吧,会不会?"警官说,用手电筒照着我的脸,并快速地上下晃动着,"你不会吧,会吗?"

"不会,"我说,"不会为难的。但我很不高兴……"

"很好,"警官说,"那就不用再说什么了。"

工人关好并闩上拖车的门,然后穿过潮湿的草地向我们走来。我注意到,草已经齐到他靴子的边了。

"谢谢你们打来电话,"他说,"感激不尽。这场雾真大。如果它们跑到大路上去,那就要出大乱子了。"

"这位女士打的电话,"警官说,"弗兰克,她需要搭车进城。她要离开家。我不知道谁是受伤害的一方,但她要离开。"他转向我妻子。"你确定吗?"他对她说。

她点点头:"确定。"

"那好,"警官说,"那就这么着吧。弗兰克,你在听着吗?我无法送她进城。我还得办一件事。你能不能帮忙带她进城?她可能想去车站或者旅馆。一般他们都是去这样的地方。那是你要去的地方吗?"警官对我妻子说道:"弗兰克需要知道。"

"他可以把我放在汽车站,"我妻子说,"门廊那儿放着的是我的箱子。"

"怎么样,弗兰克?"警官说。

"我想可以,当然,"弗兰克说,取下他的帽子,又放

523

回头上,"我很愿意这么做,但我不想造成任何不愉快。"

"绝对不会,"我妻子说,"我也不想造成任何麻烦,但我——嗯,我现在很忧伤。是的,精神上很痛苦。但一旦离开这里,离开这个可怕的地方就会好了。我要去查看一下,确定没落下什么东西。重要的东西。"她加了一句。她犹豫了一阵,然后说道:"其实并不像看上去的那么突然,这已经持续了很久很久。我俩结婚已经好多年了。好时光坏时光,上上下下,我们都经历过了。但现在是我依靠自己的时候了。是的,是时候了。先生们,你们知道我说的是什么吗?"

弗兰克又把他的帽子摘了下来,拿在手里转着,像是在检查帽檐。然后他把帽子重新戴上。

警官说道:"这种事很难免。上帝知道没有一个人是十全十美的。我们生来就有缺陷。天使只有在天堂里才能找到。"

我妻子向房子走去,穿着高跟鞋的脚在潮湿杂乱的草地里择路而行。她打开前门进到屋里。我可以看见她在被灯照亮的窗户后面走动着,这时一个念头钻进了我脑子里。我有可能再也见不着她了。这是我当时的一个念头,我不由得摇晃了一下。

牧场工人、警官和我站在那儿等着,什么也不说。潮湿的雾在我们和车的灯光之间飘过。我能听见马在拖车里移动发出的声音。我觉得我们都感到不太自在。当然,我只能说我自己的感受。我不知道他们的感受到底怎样。也许他们每晚都碰见类似的事情——碰见别人的生活分崩离析。警官也许见过。但弗兰克,这个牧场工人,他眼睛向下看着。他把手放在前面的口袋里,又拿出来。他踢着草里的什么东西。我抱着双臂站在那里,不知道接下来还会发生什么。警官把他的手电筒打开又灭掉,隔一会儿他就用它来抽打一下迷雾。拖车里的一匹马嘶鸣起来,另一匹也跟着嘶鸣起来。

"雾里什么也看不见。"弗兰克说。

我知道他是在没话找话。

"这是我见到过的最糟的。"警官说。他看着我,这次他没有用手电筒照我的眼睛,但他说了些什么。他说:"她为什么要离开你?你打她了还是怎么了?给了她一巴掌,有没有?"

"我从来没有打过她,"我说,"结婚这么多年从来没有过。有几次我有足够的理由这么做,但我没有。她打过我一次。"

"好了,别说了,"警官说,"今晚我不想听任何废话。什么都别说,就不会有任何问题。别犯浑。想都别往那儿想。今晚这里不会有任何麻烦,是不是?"

警官和弗兰克都在看着我。我看得出来弗兰克有点窘迫。他取出家伙开始卷一根烟。

"不会的,"我说,"不会有麻烦。"

我妻子来到门廊,拎起她的行李箱。我有一种感觉,她不仅把家最后查看了一遍,还利用这个机会补了点妆,涂了新的口红等等。她走下台阶时警官为她照着路。"这边走,太太,"他说,"看着脚底下,当心滑。"

"我可以走了。"她说。

"好,"弗兰克说,"嗯,我们先把事情都弄清楚。"他又一次脱掉帽子,拿着它。"我会把你带进城,把你放在汽车站,但是,你要知道,我不想插在什么事的中间。你知道我的意思。"他看了看我妻子,又看了看我。

"是这样,"警官说,"你说得够多的了。统计数字显示家庭纠纷永远是一个人(特别是执法人员)可能遇到的最危险的情况,但我相信这里的情况绝对是个例外。是不是呀,伙计们?"

我妻子看着我说:"我就不吻你了。不了,不和你吻别了。说声再见吧。你多保重。"

"就是,"警长说,"接吻——谁知道那会导致什么,是不是?"他大笑起来。

我有种感觉,他们都在等着我说些什么,但我有生以来第一次感到自己说不出话来。我振作起精神,对我妻子说:"你上次戴着这顶帽子时,还戴着面纱,我挽着你的胳膊。你在为你母亲送葬。你穿了条黑色的裙子,不是你今晚穿的这条,但我记得是同一双高跟鞋。别就这样离开我,我不知道我该怎么办。"

"我不得不这样,"她说,"都在信里写着呢——所有一切在信里说得清清楚楚。其余的只能算作——我也不知道,秘密和猜测吧,要让我说的话。总之,信里说的没有一样是你不知道的。"她转向弗兰克说道:"我们走吧,弗兰克。可以叫你弗兰克吗?"

"叫他什么都可以,"警官说,"只要你按时叫他吃晚饭就行。"他又大笑起来——一个由衷的大笑。

"就是,"弗兰克说,"当然可以。那个,好吧,我们走吧,就这样。"他从我妻子手里接过箱子,走到卡车跟前,把箱子放进驾驶室里。然后他站在卡车乘客的一侧,打开车门。

"我安顿下来后就给你写信,"我妻子说,"我想我会的,不管怎样,但最重要的是,我们只能走着瞧。"

"这才像话,"警官说,"保持通话畅通。伙计,祝你好运。"警长对我说。他走到他的汽车跟前,钻了进去。

小卡车拉着拖车在草地上缓缓地转了个大弯。其中的一匹马嘶鸣起来。我妻子给我留下的最后形象是,当卡车驾驶室里一根火柴划着时,她衔着烟俯身去接工人递过来的火。她的两只手拢着那只拿着火柴的手。警官一直等到卡车和拖车从他身边开过后才掉转车头,车轮在潮湿的草地上打着滑,直到上了车道才止住,石子被轮胎轧得飞溅。开向公路时,他嘟了一下喇叭。嘟了一下。历史学家在某些特殊时刻,应该多用像"嘟了一下",或者"按了一下",甚至"摁了一下"这样的词汇,来描述一个大屠杀或对整个国家的前途蒙上阴影的事件。这时候,"嘟了一下"这一类的词汇就显得十分必要,一种不同寻常的用法。

我想说就在这时候,在我站在雾里看着她离去时,我想起了一张我妻子捧着婚礼花束的黑白照片。她十八岁——还是个女孩,她母亲在婚礼前的一个月还冲我大喊大叫。就在拍这张照片的几分钟前,她结了婚。她在微笑，她刚结束或者刚要开始大笑。不管是哪种情况，她在面对相机时，开心地张着嘴。她已怀孕三个月，当然，照片上还看不出来。但即使她怀孕了又怎样？那年头有谁不怀孕？她很幸福。我也很幸福——我知道我当时是这样的。我俩都很幸福。我不在那张照片里，但我就在几步远的地方，我记得，在和祝贺我的人握手。我妻子懂拉丁语、德语、化学、物理、历史、莎士比亚，以及所有其他你在私立学校能够学到的东西。她知道怎样得体地端着一只茶杯，她也知道怎样做饭和做爱。她是一流的。

那件和马搅合在一起的事件发生后几天，我在整理我妻子的物品，看看什么该保留，什么该扔掉，我发现了这张和其他照片混在一起的照片。我当时正在收拾东西搬家，我看了一会儿这张照片，然后就把它扔了。我很无情。我对自己说我才不在乎呢。我为什么要在乎？

如果我还有点常识——我有——如果我哪怕知道一点点人的本性的话，我该知道她没有我活不下去。她会回到我身边来的，很快就会。让它快一点吧。

不对，我什么都不知道，从来就没有知道过。她永远地走了，永远，我能感觉到这个。走了，不再回头了，一切都结束了。再也不会回来了。我再也见不到她了，除非我俩在某条大街上偶然相遇。

关于笔迹还有点疑问。这是个让人困惑的事。当然，笔迹这件事本身并不重要。和信的后果相比，它怎么算得上重要呢？不是信本身，而是信里写的那些东西使我难以忘怀。不，信本身一点也不重要，有比笔迹更重要的东西。

所谓的"更重要"只与一些微妙的事情有关。比如，可以这么说，娶一个妻子就像拥有一段历史。如果这样的话，那么我知道现在我正在历史的外面——就像马和雾一样。或者可以说我的历史已经离开了我。或者是我必须不携带历史往前走。或者是说历史现在和我没关系了，除非我妻子写更多的信，或者她向一个记日记的朋友讲了这件事。然后，多年以后，某个人能够回想起这段时间，根据留下的记录来解释它，解释它的点点滴滴，解释它所隐含和暗示的。这时我明白了自传其实是可怜人的历史。我在对历史说再见。我亲爱的，再见。

差事

一八九七年三月二十二号晚上，莫斯科，契诃夫和他的挚交阿列克谢·苏沃林外出吃晚餐。苏沃林是个有钱的报纸书籍出版商，保守派，一个白手起家的人，他的父亲在博罗季诺会战中只是一名二等兵。和契诃夫一样，他也是农奴的孙子，他们的血管里都流着农民的血液。除此之外，在政治观点和个人气质上，他俩却相差甚远。尽管这样，苏沃林一直是契诃夫仅有的几个挚友之一，契诃夫很喜欢有他陪伴。

自然，他们去了城里最好的一家饭店，它的前身是座被称为隐居寺院的住宅。在这里，你可以花上好几个小时，甚至半个夜晚来享受十道菜的大餐，当然，各种红酒、利口酒以及咖啡也是少不了的。像往常一样，契诃夫的穿着无可挑剔，深色的马甲和外套，夹鼻眼镜。那天晚上，他看上去就和那一时期他留下来的照片一样。他显得轻松、愉快，一面与领班握手，一面巡视宽敞的餐厅。餐厅被华丽的吊灯照亮，餐桌旁坐着衣着高雅的男男女女，侍者来回穿梭。当他被领到苏沃林就坐的餐桌边时，血突然从他嘴里涌了出来。苏沃林和两个侍者急忙把他扶到洗手间，试图用冰袋帮他止血。后来，苏沃林把他送回自己住的旅馆，并为他在套房的一个房间里备了张床。在又经历了一次吐血后，契诃夫同意住进一家专治结核病和相关呼吸道感染疾病的医院。当苏沃林前来看望他时，契诃夫就三天前在饭店里发生的"尴尬事件"向他道歉，他坚持自己没什么大事。"他一边像往常一样地开着玩笑，"苏沃林在他的日记里写道，"一边把血吐进一个大痰盂。"

契诃夫的妹妹玛丽亚·契诃夫在三月末来医院看望他。那天天气很糟糕，天上下着雨夹雪，地上到处是冻成冰的雪堆。她好不容易才拦下一辆马车。当她赶到医院时，心里早已焦虑万分了。

"安东·巴甫洛维齐仰面朝天地躺着，"玛丽亚在她的《回忆录》中写道，"医生不让他说话。怕他察觉我的担忧，问候完他，我就绕到桌子的另一边。"在堆满香槟酒、鱼子酱罐头和探视者送来的鲜花的桌子上，她看见了一件让她惊恐的东西，一张专家手绘的契诃夫肺部的草图，医生通常用它来向病人解释病情。肺的轮廓用蓝色线条画出，但上部却涂满了红色。"我知道那代表着有病的部分。"玛丽亚写道。

列夫·托尔斯泰是另外一个拜访者。这位俄国最伟大作家的造访使得医院员工又惊又喜，最著名的俄国人要来？尽管医院谢绝"不重要的"探访者，他们当然会允许他去看望契诃夫。在一群阿谀奉承的护士和住院医师的陪同下，这位威风凛凛的大胡子老人走进了契诃夫的病房。尽管他对契诃夫的话剧评价不高，(托尔斯泰觉得这些话剧太呆滞，并缺乏思想高度。"你的角色会把你引向何处？"他有一次质问契诃夫，"从沙发到垃圾间，再走回来。")但是托尔斯泰喜欢契诃夫的短篇小说。更重要的是，托尔斯泰喜欢契诃夫这个人，他曾对高尔基说："多么美丽又伟大的人啊，谦虚又安静，像女孩一样，连走路都像女孩子，他真是无可挑剔。"托尔斯泰在他的日记中写道（那年头，所有的人都有写日记的习惯）："我为我喜欢……契诃夫而感到高兴。"

托尔斯泰脱掉羊毛围巾和熊皮大衣，在契诃夫床边的一把椅子上坐了下来。尽管契诃夫正在服药，而且医生不允许他说话，更不要说与人交谈了，但当伯爵阐述他有关灵魂不朽的理论时，契诃夫不得不困惑地听着。对那次拜访，契诃夫后来这样写道："托尔斯泰假设我们大家（人类和动物）都在为某种原则而活（比如理性或爱），尽管无人知晓这个原则的本质和目的……这种不朽对我毫无用处，我无法理解它。对此，列夫·尼古拉耶维奇感到非常诧异。"

尽管这样，契诃夫仍由衷地感激托尔斯泰的来访。与托尔斯泰不同，契诃夫不相信人死了以后会怎样，他从来就没信过，他不相信不能被他的五官所感受到的东西。就他的人生观和作品而言，他曾对人说过，他缺乏"政治、宗教和哲学上的观念，因为我每个月都在改变它，我只好把自己限制在描述我的主人公如何恋爱、结婚、生子，死亡以及他们怎样说话"。

早年，在他的肺结核还没有被诊断出来之前，契诃夫曾说过："当一个农民发现自己得了肺痨，他会说：'我是一点办法也没有了，我会在春天和融化了的雪一起离开。'"（契诃夫本人死于夏季的一次热浪来袭期间。）但当他被确诊患上肺结核后，他却尽量不往坏处想。他给别人的印象是，他只是得了个慢性黏膜炎，很快就会好起来的。直到最后，他都很自信地说着好转的可能性。事实上，在他临死前的某封信里，他甚至告诉他妹妹他"正在发胖"，还说由于住在巴登韦勒，他觉得自己的状况好多了。

巴登韦勒是个温泉度假城市，在黑森林的西边，离巴塞尔不远，几乎在城里任何一处都可以看见孚日山脉。那时这里的空气很新鲜，对健康有益。多年来，俄国人常来这里度假，他们不是在林荫大道上散步，就是把自己泡在热矿泉浴里。一九〇四年六月，契诃夫来此走过了生命的最后一程。

月初，契诃夫很艰难地乘火车从莫斯科来到柏林，他做演员的妻子奥尔加·克尼佩尔与他同行。一八九八年，奥尔加与契诃夫在排练话剧《海鸥》时相识，与她同时代的人称她是个非常优秀的演员，有才华，长得也漂亮，比剧作家小了几乎十岁。契诃夫立刻被她吸引了，但在情感表露上却是不慌不忙的。与往常一样，他对调情比对婚姻更感兴趣。最终，经过三年的恋爱，包括多次分手、情书往来以及不可避免的误解，他们终于结了婚，并于一九〇一年五月二十五日在莫斯科举行了一个私人性质的婚礼。婚后，契诃夫享受着无与伦比的幸福，他把奥尔加叫作"小马"，有时又叫她"狗儿"或"小巴儿狗"，他还喜欢称她为"小乌龟"，有时干脆就叫她"我的开心果"。

契诃夫在柏林咨询过肺病专家卡尔·埃瓦尔德医生。据一位目击者说，医生检查完契诃夫后，摊开双手，一句话也没说就离开了房间，对契诃夫来说，这一切都太晚了。这位医生为契诃夫不早点就医和自己的无能为力而恼火。

一位正好在旅馆采访契诃夫的俄国记者给他的编辑部发回以下急件："契诃夫的日子已屈指可数了，他看上去得了致命的疾病，瘦得可怕，不停地咳嗽，稍微动一下就气喘吁吁，还发着高烧。"当契诃夫乘火车前往巴登韦勒时，这位记者曾到波茨坦车站为他送行，根据他的记载："契诃夫连上个小楼梯都很困难，他不得不坐下几分钟来喘气。"事实上，任何走动对契诃夫来说都是件痛苦的事，他的腿一直在疼，内脏也会疼，疾病已侵袭了他的内脏和脊椎。从这时候算起，契诃夫只活了不到一个月。据奥尔加讲，此时的契诃夫在提到自己的身体状况时，是"一副完全无所谓的样子"。

在巴登韦勒，有很多医生专门给来温泉疗养的富人治病，那些医生靠此生活得很好，席威尔医生就是其中的一位。在他的病人中，有些人身体虚弱，或有点小病，有些只是过分担心自己健康的老人。但契诃夫的情况不同，他已经到了无药可救的地步。契诃夫的名气如此之大，连席威尔医生都知道他，还在德国的杂志上读过他的一些小说。

六月初给契诃夫检查时，席威尔医生告诉契诃夫他很欣赏他的艺术才华，但没有就契诃夫的身体状况发表意见，反而建议契诃夫食用浸泡在黄油里的可可粉和燕麦片，再喝点草莓茶以助睡眠。

六月十三号，离他去世不到三周，契诃夫给他母亲写了封信，说他的健康状况有所好转。他在信中说："看样子一个星期后我就会痊愈了。"谁知道他为什么要那么说？他脑子里在想些什么？他自己本来就是医生，比别人更了解自己的身体。他正在死去，这是个简单且不可避免的事实。尽管这样，他还是坐在旅馆的阳台上研究火车时刻表，他还打听从马赛到敖德萨的航班情况。他其实是知道的，到了这样的时刻，他不可能不知道。但在他最后一批信件中的某封信里，他告诉他妹妹，他的身体日益健壮。

他对文学创作失去兴趣已经很久了。一年前，他差一点就没能完成《樱桃园》。写这部话剧是他一生中最艰难的一件事，写到后来，他每天仅能写六七行。"我失去了热情，"他写信告诉奥尔加，"我觉得我作为作家已经完蛋了，写的东西一文不值，一点用处也没有。"但他并没有停止，于一九〇三年十月写完了该剧本。这是他平生最后的一部作品，除了一些信件和笔记本上的几条记录外，他再也没写过任何东西。

一九〇四年七月二号，刚过午夜，奥尔加找人去请席威尔医生。情况很紧急，契诃夫昏迷不醒。两个度假的年轻俄国人正好住在隔壁房间，奥尔加敲开他们的房门求援。他们当中的一个人已经睡下，另一个还在抽烟看书。他忙跑着去找席威尔医生。"在七月那个闷热的夜晚,他脚下的沙砾发出的沙沙声,至今还回响在我耳边。"奥尔加后来在她的回忆录里这样写道。契诃夫开始出现幻觉,谈论海员,还夹着些与日本人有关的东西。"你不该把冰放进空空的胃里。"当奥尔加把冰袋放在他的胸口上时他说道。

席威尔医生赶了过来,他在打开医疗包时,眼睛一直都没有离开躺在床上喘息的契诃夫。病人的瞳孔已经放大,太阳穴上全是汗水。尽管席威尔医生知道契诃夫大限将至,脸上并没有流露出任何表情,他不是个情绪化的人。他是个医生,曾宣誓要尽自己最大努力来拯救病人。而且,契诃夫还在死亡线上微弱地挣扎着呢。席威尔医生准备好针管并给契诃夫注射了一针莰酮。这本来是为了加快他的心跳,但没有用——当然,这时候,什么药都没有用了。尽管这样,医生还是告知了奥尔加他打算输送氧气。契诃夫突然清醒过来,他轻声说道:"有什么用?不等氧气运到,我已经是具尸体了。"

席威尔医生一边揪着自己的大胡子,一边看着契诃夫。作家的脸颊深陷,脸上蜡黄蜡黄的,喘气声刺耳。席威尔医生知道也就是几分钟的事了。他没说一句话,也没和奥尔加商量,径直走到墙上装着电话的那个侧间里。他看了看电话的使用说明,按住一个按钮并摇一下边上的把手,他就能接通旅馆底层的厨房。他拿起话筒,放在耳边,并按照说明书所说的那样操作。终于有人接了电话,席威尔医生要了瓶旅馆里最好的香槟。"几只酒杯?"楼下的人问道。"三只!"医生对着话筒大声吼道,"快点,听见没有?"这是个难得的灵光一现的时刻,事后也容易忽视它,因为这个举动是如此地恰如其分,简直就像是命中注定的一样。

香槟被一个看上去很疲惫的年轻人送了上来,他金黄色的头发乱糟糟地立在头上,制服裤皱皱巴巴的,裤缝早没了,由于匆忙,夹克上还有一个扣子没扣上。他看上去就像个在凌晨偷空休息(比如,歪在一把椅子上打盹)的伙计,突然听到一阵刺耳的电话铃声——老天爷!——不等他明白过来,就被一个领班摇醒,让他给211房间送一瓶酩悦香槟:"快点,听见没有?"

年轻人一手拿着冰着香槟的银质冰桶,一手托着放了三个雕花水晶酒杯的银托盘走进房间。他把冰桶和杯子放在桌子上时,伸着脖子朝另一个房间看了看,那里传出一个人急促的喘息声。这声音听上去非常恐怖,令人痛心,年轻人把下巴埋进衣领里,转过身去,不想去听那越来越刺耳的呼吸声。在他正对着窗外漆黑的城市发愣时,一个看上去很威严、留着大胡子的人往他手里塞了一把硬币——捏在手里就知道,这是一笔很丰厚的小费。突然,房间的门打开了,没走几步,年轻人就已经站在楼梯口了。他张开手,吃惊地看着手上的硬币。

就像做其他任何事情一样,席威尔医生有条不紊地开着香槟的软木塞,他尽量减小开瓶发出的带有欢庆色彩的爆破声。倒了三杯香槟后,出于习惯,他顺手用软木塞把酒瓶塞上。他端着杯子来到床前,奥尔加松开了她一直握着的契诃夫的手——这只手烧得她手指发烫,她后来说道。她在他头后面垫了个枕头,然后把冰凉的盛着香槟的酒杯放在他手里,合拢他的手指。契诃夫、奥尔加,还有席威尔医生,互相看了一眼。他们没有碰杯,没有什么可以干杯的,在这个时候能为什么干杯?为死亡?契诃夫调集了他剩下的全部力量,说:"真是好久没喝香槟了。"他把酒杯靠着嘴唇,喝了起来。过了一两分钟,奥尔加把空杯子从他手上拿了下来,放在床头柜上。契诃夫侧了一下身,他合上了眼睛并叹了口气。一分钟后,他停止了呼吸。

席威尔医生从床单上拿起契诃夫的手,把手指搭在他的手腕上,又从背心口袋里掏出一只金表。他打开表盖,看着秒针慢慢地走着,非常缓慢地走着。他在检测契诃夫的脉搏时,让秒针在表面上走了整整三圈。这时是凌晨三点,房间里还是很闷热,巴登韦勒正遭受着多年来最恶劣的热浪的袭击。两个房间的所有窗户都开着,但一丝风都没有。一只硕大的长着黑翅膀的飞蛾从窗口飞进来,砰的一声撞在灯罩上。席威尔医生松开契诃夫的手腕,说道:"结束了。"他合上表盖,把表放回背心的口袋里。

奥尔加很快地擦干眼泪,并努力使自己平静下来,她感谢医生的服务。他问她是否需要点镇静药——鸦片酊,或者几滴缬草油。她摇了摇头,但她确实有个请求,在通知官方和让报界知道之前,也就是在契诃夫不再属于她之前,她想和他再单独待一会儿。医生您能帮这个忙吗?能否晚一点把这里刚刚发生的事情告诉别人?

席威尔医生用一根手指的指背捋了捋自己的大胡子,

为什么不呢？现在就让人知道和再等几个小时又有什么差别？剩下来的事也就是填一张死亡证明书，可以在早上去他办公室办理，他还可以先睡上几个小时。席威尔医生点了点头，表示同意。在他准备离开时，他咕哝了几句表示哀悼的话。奥尔加低着头。"很荣幸。"席威尔医生说道。他提上自己的包，离开了房间，从某种意义上说，也离开了历史。

就在这时候，软木塞从香槟酒瓶里迸了出来，泡沫沿着酒瓶流到了桌子上。奥尔加回到契诃夫的床前，她坐在一个脚凳上，握着契诃夫的手，不时抚摸一下他的脸。"没有人的声音，没有日常的嘈杂，"她写道，"只有美、宁静和死之庄严。"

她和契诃夫一直待到天亮。花园里的画眉鸟开始啼鸣，接着从楼下传来了桌椅搬动的声音。没多久，说话的声音也传了上来。就在这时，响起了敲门声。当然，她想，肯定是某个政府的办事员，比如验尸官，或者是警察局的，来找她问些问题和填表格。也许，仅仅是也许，是席威尔医生带着个殡仪馆的人回来了，来帮着处理契诃夫的遗体，好把它运回俄国。

但是，进来的却还是那个几小时前送香槟来的金发年轻人。然而现在的他，制服裤子烫得平平整整，两条裤缝笔直，舒适的绿夹克上的每颗扣子都扣得好好的，简直就像是换了一个人一样。他一点睡意也没有，头发梳得整整齐齐的，胖乎乎的脸也刮得干干净净，一副急于讨好的样子。他手里拿着个插了三枝长茎黄玫瑰的瓷花瓶,在把花献给奥尔加时,他敏捷地并了并自己的脚后跟。她向后退了一步,把他让进房间。他说,他来是为了取回酒杯、冰桶和托盘。他还想告诉他们,由于天气炎热,今天将改在花园里用早餐。他希望这个天气没给大家带来太多的不便,他就这个糟糕的天气向她道歉。

女人看上去有点心不在焉。在他说话的时候,她把目光移开,低头看着地毯上的什么东西,并抱着双臂。在等待客人指示的当口,手里还拿着花瓶的年轻人趁机观察了一下房间。明亮的阳光透过敞开的窗户照进来,房间很整洁,东西几乎没被人动过。椅子上没有乱扔着的衣服,看不见鞋子、袜子、吊带裤和胸衣之类的东西,也没有打开的箱子。总之,一切都有条不紊,除了旅馆的家具,看不见其他的东西。然后,因为女人还在低头看着什么,他也低下头看了看,立刻发现了躺在他脚尖附近的软木塞。女人并没在看这个软木塞,她在看着其他的地方。年轻人想弯腰捡起地上的软木塞,可他手上还拿着那个花瓶,而且,他害怕这样做会引起更多的注意,从而显得很鲁莽。他有点不情愿地抬起目光,不再去想那个软木塞。除了小桌子上两只水晶杯旁那瓶没塞塞子、只剩下半瓶的香槟外,其他的一切都显得很有条理。他又把房间扫视了一遍,透过一扇开着的门,他看见了卧室床头柜上放着的第三只酒杯。而且,床上还躺着一个人!他看不见脸,但那个盖着被子的人一动不动地躺着,一点声音也没有。他的目光在那个人身上稍稍停留了一下,又转到了别处。突然,他感到一种无来由的紧张,他清了清嗓子，把重心移到另一条腿上。女人仍然低着头，不说话。年轻人感到自己的脸庞开始发热，他有点心血来潮地想到，也许他应该建议在另一个地方进早餐。他咳了一声，希望能引起女人的注意，但她并没有抬起头来看他。尊敬的外国客人如果愿意的话，他说，可以在房间里用早餐。年轻人（他的名字没能流传下来，他极有可能丧身于第一次世界大战）说他很乐意送一盘早餐上来。两盘，他不确定地向卧室又瞟了一眼后，加了一句。

他陷入沉默，用手指划着他衣领的内侧。他不明白到底发生了什么事，甚至不知道这个女人有没有在听。他不知道他还该干什么，他还捧着那个花瓶，玫瑰的芬芳扑鼻而来，莫名其妙地引起了一阵悔恨。在他等候的整个过程中，这个女人就像是丢了魂一样。当他在那儿站着、说话、倒脚和捧着花瓶时，她就像是在另一个地方，一个远离巴登韦勒的地方。现在，她总算回过神来了，脸上的表情有了些变化。她抬起头来，看看他，又摇了摇头。她好像是在想弄明白，这个年轻人，这个捧着插了三枝黄玫瑰的花瓶的年轻人，到她房间里来干什么。花？她可没有说要花。

终于，她走到她的手提包前，掏出些硬币，又抽出几张纸币。年轻人用舌尖舔了舔嘴唇，眼看着又是一笔可观的小费，但这是为什么？她想让他干什么？他从来没有遇到过这样的客人。他又一次清了清自己的嗓子。

不需要早饭，这个女人说，至少现在不要。早饭在今天早上不是件要紧的事。她需要其他的东西，她要他去找一个殡仪师。他能听懂她的话吗？她的契诃夫死了，你知道吗？你明白吗？①年轻人？安东·契诃夫已经死了。你给我认真听着，她说。她让他下楼，去前台打听一下，哪儿可以找到本城最受尊敬的殡仪师。他必须可靠，举止得体和有敬业精神。这么说吧，一个配得上伟大艺术家的殡仪师。这儿，她一边说，一边把钱塞给他。告诉楼下的，是我特意让你来做这件事的。你在听吗？你明白我说的话吗？

年轻人努力想去弄明白她在说什么，他让自己不往卧室那个方向看。他感觉有点不对劲。他感到他的心脏在夹克下面狂跳不止，额头也在冒汗，他不知道眼睛该往哪儿看，他想把手上的花瓶放下来。

请帮我做这件事，女人说，我会感激地记住你的。告诉楼下的人是我要你这样做的，就这样说。但不要引起不必要的、不管是对你还是对这件事的注意。就说这是必须的，是我要求的，就这些！你在听我说吗？听懂了的话就点点头。最重要的是，不要引起惊慌，其他的事，其他所有的事，包括混乱，很快都会来临。最困难的已经过去了，我们都彼此清楚了吗？

年轻人的脸色苍白。他僵硬地站在那儿，紧握着手中的花瓶，勉强地点着头。

在得到旅馆的允许后，他要从容不迫地踏上寻找殡仪师的征途，切忌任何匆忙。他应该像去完成一项重要的差事那样去做，这就够了。他是去完成一项重要的差事，她说过。他可以想象自己走在繁华的街道上，手里捧着插着

---

① 原文为法语。

玫瑰的瓷花瓶，去送给一个非常重要的人士，这么想会使他觉得不虚此行（她安静地说着，推心置腹，像是说给一个亲戚或朋友听）。他甚至可以告诉自己，他要去见的这个人正等着他呢，等着他送来的花，或许已经等得有点不耐烦了。尽管这样，年轻人不要因此而激动地跑起来，不能因此而乱了步伐，记住他手上还捧着花瓶呢！他可以走得轻快点，但尽可能保持一种庄严的步伐。他将一步不停地走到殡仪师家门口，然后提起门上的黄铜门环，然后让它下落。一下，两下，三下，要不了多久，殡仪师本人就会出来。

殡仪师会是四十多岁，没错，也许五十多一点，秃头，很壮实，鼻子上低低地架着副金丝眼镜。他会是个温和的人，一点架子也没有，是一个只关心自己该知道的事情的人。围裙，对，他可能围着条围裙。他会一边听年轻人说话，一边用一条深色的毛巾擦手。他的衣服上还带着一丝淡淡的甲醛味，但这没什么，年轻人不该为此而担心，他几乎是个成人了，不应该再厌恶或担心这些了。殡仪师会听他把话说完，他是个自制力和忍耐力都很强的人，这个殡仪师，也是个能在这种情况下去减少而不是增加他人恐惧的人。他早已习惯了死亡的各种面貌，死亡于他已不是个秘密，没什么好惊奇的。今天上午我们所需要的正是这样的一个人。

殡仪师接过花瓶，在年轻人说话的过程中，仅有一次，他流露出了一丝兴趣，也可以说他暗示他听到了什么不寻常的事情。当年轻人提到死者的姓名时，殡仪师微微抬了抬他的眉毛。你是说契诃夫？等一下，我马上就和你走。

你听明白我说的了吗？奥尔加问年轻人。杯子放在那儿好了，别管它，别再想这些水晶酒杯之类的了，让房间保持原样。一切都就绪了，我们都准备好了，你可以去了吗？

但是，在那一刻，年轻人的脑子里只有那个躺在他鞋尖旁的软木塞，他必须弯下腰才能把它捡起来，手里还拿着花瓶呢。他会这样做的，于是弯下身子，眼睛不往下看，伸手去够那个软木塞，并最终把它握在手心里。

图书在版编目（CIP）数据

不管谁睡了这张床 /（美）雷蒙德·卡佛著；小二译. -- 海口：南海出版公司，2024.3
ISBN 978-7-5735-0427-2

Ⅰ.①不… Ⅱ.①雷…②小… Ⅲ.①短篇小说-小说集-美国-现代 Ⅳ.①I712.45

中国国家版本馆CIP数据核字(2023)第208698号

著作权合同登记号　图字：30-2024-002
WHERE I'M CALLING FROM
Copyright © Raymond Carver 1986,1987,1988,1989 Tess Gallagher
All rights reserved

不管谁睡了这张床
〔美〕雷蒙德·卡佛 著
小二 译

出　　版	南海出版公司　（0898）66568511
	海口市海秀中路51号星华大厦五楼　邮编 570206
发　　行	新经典发行有限公司
	电话(010)68423599　邮箱 editor@readinglife.com
经　　销	新华书店
责任编辑	侯明明
特邀编辑	张一帆　蒋屿歌　张云帆
营销编辑	张丁文　刘治禹
装帧设计	韩　笑
内文制作	王春雪　张　典
印　　刷	北京盛通印刷股份有限公司
开　　本	850毫米×1168毫米　1/32
印　　张	17.5
字　　数	350千
版　　次	2024年3月第1版
印　　次	2024年3月第1次印刷
书　　号	ISBN 978-7-5735-0427-2
定　　价	69.00元

版权所有，侵权必究
如有印装质量问题，请发邮件至zhiliang@readinglife.com